Liebesgrüße von Samos

Ein Roman von Frieda Rosa Meer

Ein großes Dankeschön und viele liebevolle Umarmungen,

verdienen meine Tochter für ihre schönen Kohlezeichnungen

und mein Mann für seine vielfältige Unterstützung.

Die Autorin

Frieda Rosa Meer ist ein Pseudonym der Liebesroman-Autorin
Sylvia Fuchs-Schiewe.
Sie wurde 1966 in Niedersachsen geboren, wo sie noch heute mit
ihrem Mann und ihren zwei Kindern lebt.
Nach ihrem Fachabitur 1986 arbeitet sie als Erzieherin in einer
Kindertagesstätte sowie in einer Grundschule.
Nebenbei widmet sie sich ihrer Leidenschaft als Autorin, die schon
in jungen Jahren begann.
Nach ihren ersten Romanen „Die Liebe eines Klons"
und „Die Rache eines Klons" folgt nun:
„Liebesgrüße von Samos"

ISBN 9783752851595

Impressum

Verfasserin / Herausgeberin
Sylvia Fuchs-Schiewe
Germany

frieda-rosa-meer@kabelmail.net
Facebook: Frieda Rosa Meer

Korrektur/Lektorat:
Jörg Querner, www.anti-fehlerteufel.de

Illustrationen/Design:
Lara Schiewe, laraschiewe27800@gmail.com

Cover/Grafik:
SolidMaks/ Elisabetta Danielli/ songpholt/
David Dubnitskiy/ Sky vectors/ Dmitry Polonskiy/
Evgeny Karandaev/ Shutterstock.com

Inhaltsverzeichnis

Liebesgrüße von Samos

Roman

Prolog

Ein frischer Wind wehte kräftig durch den farbenfrohen Herbstwald und ließ die Blätter tanzen. Es sah aus, als regnete es gelbe und orange Blüten. Die noch tiefstehende Sonne blinzelte mal hier, mal da durch das sich stets verändernde Blätterdach der Bäume.

Und die einzige Spaziergängerin, die so früh am Morgen durch den Park schlenderte, genoss jeden ihrer Strahlen.

Sie ließ den Kopf in den Nacken fallen, so dass ihre dunkelblonden glatten Haare bis zur Hälfte ihren Rücken bedeckten und die Sonnenstrahlen goldene und kupferfarbene Strähnchen entdecken ließen.

Der Wind blies ihr kalt entgegen und ließ sie frösteln. Sie wickelte ihren taubengrauen Trenchcoat fester um ihre Taille und knotete ihren Gürtel zu, schloss ihre grünen Augen und sog die kühle Luft des Waldes tief in ihre Lunge ein.

In der Nacht hatte es geregnet. Der Wald roch moderig, nach feuchten Blättern und Moos. Doch das störte sie nicht, ganz im Gegenteil. Für sie sah der Wald nicht nur herbstlich aus, nein, er roch auch nach Herbst und sie liebte den Herbst. Sie liebte ihn so wie andere den Frühling, in dem die Natur erwachte. Oder den Sommer, der ihnen Wärme und Erholung versprach.

Für sie war es der Herbst, der ihr das Gefühl der Veränderung, Erneuerung gab. An anderen Tagen hätte sie dieses Gefühl gänzlich genießen können, doch heute war es anders. Erinnerungen fielen vor ihr auf den nassen Weg wie die goldgelben Herbstblätter, die auch nicht gefragt werden, wann und ob sie bereit sind für diese Reise.

Es war zu spät, um gefragt zu werden, für diese Blätter wie auch für sie.

Es ging sich leise auf dem feuchten Blätterteppich, der die kleinen Wege des Stadtparks durchzog, um sie in die Stadt zurückzuführen.

Langsam schlenderte sie weiter durch die engen Gassen ihres Heimatstädtchens im Norden von Deutschland.

Es war ihr freier Tag, doch anstatt mal auszuschlafen, hatte eine merkwürdige Unruhe von ihr Besitz ergriffen und sie in den frühen Morgen hinausgetrieben.

Ein frisches Brötchen, dazu ein heißer Kaffee mit etwas Milch, das wäre jetzt genau richtig. Mit diesen Gedanken bummelte sie an den eben geöffneten Geschäften vorüber.

Es wurden Kleiderständer mit Wintermoden über die holprigen Pflastersteine gerollt und vor den Boutiquen platziert, Kisten voll mit frischem Gemüse aus kleinen LKWs in die Läden getragen und Werbetafeln aufgestellt.

In dem Augenblick, in dem sie die Straßenseite wechseln wollte, um den Bäckerladen von gegenüber zu besuchen, entdeckte sie diese riesige Pyramide im Schaufenster vor ihr. Es war eine Pyramide aus Büchern, ein echtes Meisterstück.

Das Schaufenster einer Buchhandlung war mit weißem Sand, Muscheln, Steinen und einem großen, weißen Sonnenschirm dekoriert. Etwas eigenartig für diese Jahreszeit, in der schon die ersten Weihnachtsdekorationen ihren Platz unter Winterjacken und Schneestiefeln fanden, ging es ihr durch den Kopf.

Doch unter diesem Schirm stand eine Pyramide aus Büchern, die nur aus einem einzigen Roman bestand. Ein azurblauer Einband zeigte viel Meer und viel Himmel. Und eine Frau auf einem Balkon. Ein Buch für den nächsten Urlaub, ging es ihr durch den Kopf. Sie hatte schon seit einigen Jahren keinen Urlaub mehr gehabt, das heißt keinen *richtigen*. In ihrer kleinen Wohnung mit dem Balkon und Blick auf den Park kam einfach keine rechte Urlaubsstimmung auf. Das wollte sie ändern.

Dann las sie den Titel des Romans, und als sie den Namen des Autors gelesen hatte, wusste sie, dass sie dieses Buch lesen musste.

Mit zitternden Knien betrat sie den Laden, es roch etwas muffig, obwohl alles sehr sauber und ordentlich war. Überall standen Bücher. Auf Tischen, Holzkisten und in deckenhohen Regalen an den Wänden, rundherum.

Ihr wurde etwas schwindlig, als ihre Blicke umherirrten. Selbst die Fenster waren mit Regalen fast zugestellt. Das Deckenlicht war eingeschaltet, um den Raum zu erhellen. Sie sah sich suchend um und konnte ihre Aufregung kaum unterdrücken und erst recht nicht verbergen.

Eine kleine, etwas rundliche Frau mittleren Alters mit einer rosigen Gesichtsfarbe kam auf sie zu.

„Kann ich Ihnen helfen?" Sie lächelte freundlich und war in die Wolke eines, keineswegs aufdringlichen, blumigen Parfums gehüllt.

„Ja, danke! Ich möchte ein Buch kaufen!", stotterte die junge Frau etwas unbeholfen.

Die Verkäuferin lächelte immer noch, vielleicht etwas breiter. Es war niemand weiter im Laden, und so galt ihre volle Aufmerksamkeit der etwas nervösen Frau im grauen Trenchcoat.

„Ich habe es in einem ihrer Schaufenster gesehen", stammelte diese unsicher weiter.

Was war bloß los mit ihr, sie verfluchte ihr unsicheres Auftreten, als wäre sie zu dumm ein Buch zu erstehen. Das passierte ihr doch sonst nicht.

Die nette kleine Frau ihr gegenüber fragte: „Wie heißt denn der Titel des Buches? Dann kann ich es für sie heraussuchen!" Der Titel! Ihr Herz pochte ungewöhnlich laut und irgendwie war es plötzlich sehr heiß im Laden.

„Liebesgrüße von Samos", hörte sie sich antworten.

Das Lächeln der Verkäuferin wurde zu einem Strahlen. Sie machte eine Handbewegung in Richtung des Schaufensters an der anderen Seite des Raumes.

„Unser Bestseller des Monats!" Sie ging voran, stieg vorsichtig mit ihren Pumps ins Schaufenster und in den weißen Sand. Dann nahm sie das oberste Buch von der Pyramide und reichte es ihr weiter. „Es ist eine mitreißende Urlaubs- und Liebesgeschichte. Ich konnte es kaum wieder aus der Hand legen, und das Ende! Nein, keine Angst, ich verrate es natürlich nicht. Wir haben hier, bei uns im Laden, schon einige verkaufen können. Die Pyramide hat mich viel Zeit und Nerven gekostet, aber ist sie nicht prächtig geworden?" Der Redefluss der netten Frau schien kein Ende zu finden, er drang nur noch aus der Ferne zu ihr durch. Sie betrachtete das Buch in ihren Händen, es war ein schönes Buch. Der Einband war komplett in das schönste Blau des Meeres getaucht, so dass er sofort Fernweh erweckt. Auf der Titelseite glitzerten ihr die Sonnenstrahlen auf dem Meer entgegen, so echt, so nah, so bekannt.

Keine Morgendämmerung und auch kein Sonnenuntergang, nein, es war Mittag! Die Sonne stand hoch am Himmel. Eine junge Frau lehnte über ein Balkongeländer eines strahlend weißen Hauses mit blauen Fensterläden und blickte auf die See hinaus.

Ihr Gesicht war dem Betrachter abgewandt, so dass sie ihm nichts, oder nur wenig, über sich verriet. Doch das brauchte sie auch nicht. Mit dem Buch in der Hand, verließ sie das Lädchen. Ohne zu wissen, wie sie dahin gelangt war, fand sie sich in ihrem alten Ohrensessel am Fenster wieder. Ihren Trenchcoat hatte sie achtlos auf den Teppich fallen lassen, und ihre nassen Stiefeletten, mitsamt ihren Füßen darin, waren auf dem kleinen Hocker mit dem guten Zierkissen von Tante Gerda gelandet.

Mit zittrigen Händen blätterte sie die erste Seite um.

Die Widmung las sich gleichermaßen wie eine Erinnerung und ein Versprechen:

„Für eine unfreiwillige Gefährtin und unvergessliche Freundin."

Liebesgrüße von Samos

Kapitel I

Die Mittagssonne brannte vom strahlend blauen, wolkenlosen Himmel herab auf die griechische Insel Samos und legte eine flimmernde Hitze über die Stadt Karlovasi. Eine junge Frau mit langen dunkelblonden, im Wind wehenden Haaren stand auf dem Balkon ihres Hotelzimmers und blickte auf das glitzernde Meer hinaus. Die leichte Brise des Meeres ergriff ihren türkisfarbenen, knöchellangen, weiten Rock, als wollte sie sie wie ein Kind zum Spielen auffordern, damit sie nicht mehr traurig sei.

Klara ließ das Buch auf ihren Schoß sinken. Sie starrte die Wand an, ohne sie zu sehen, und war nicht mehr in diesem Raum.
Sie erkannte die beschriebene Szene, denn sie selbst stand auf dem Balkon. Es war Mittag, und das Einzige, was sie hören wollte, war das monotone Plätschern der Wellen am Strand, wenn sie über die Kieselsteine rollten.
Aber dann wurde sie von ihrem Freund gerufen und in die Realität zurückgeholt. Kurz vor der Abfahrt mit dem Bus zum Flughafen. Ihr Urlaub war zu Ende. Klara erinnerte sich genau:

1: Klara und Ben

„Wo sind meine Turnschuhe?", schreckte sie Benjamin, ein junger Mann Ende zwanzig, aus ihrer Melancholie. „Unterm Bett, da wo sie die letzten zwei Wochen standen." Sie riss sich von dem wundervollen Blick auf die See los, strich ihre weiße Baumwollbluse glatt und schloss die Balkontüren von innen.

„Komm schon, wir müssen uns beeilen, sonst sind wir wieder die Letzten und müssen im Bus stehen." Er konnte wirklich Hektik verbreiten, dachte sie und stopfte ein Paar unbenutzte Socken in die letzte Lücke des Koffers, schloss ihn unter erheblicher Kraftanstrengung und stellte ihn zu den anderen Gepäckstücken. Die standen nun fix und fertig gepackt in Reih und Glied neben der Zimmertür.

Sie hatte sich von seiner Hektik anstecken lassen und flitzte von einer Ecke in die andere durch das Zimmer. Kontrollierte Schränke und Schubladen.

Als sie endlich stehen blieb und den Berg an kleinen, mittelgroßen und großen Taschen, Beuteln und Tüten betrachtete, stellte sie sich die Frage, woher dieser ganze Krempel stammte und was wohl noch wichtiger war, wer dies alles zum Bus, vom Bus zum Flugzeug, von dort zum Bus und Auto transportieren sollte.

Ein merkwürdiges Gefühl machte sich in ihrer Magengegend bemerkbar. Hatte sie zu viel gegessen oder zu wenig oder was Falsches. Oh je, bloß das nicht.

Dabei wusste sie genau, dass dieses eigenartige Gefühl nichts mit ihrer Nahrungsaufnahme zu tun hatte.

Eigentlich war dieser Urlaub zu kurz für diese wundervolle Insel.

Und doch kam er ihr manchmal endlos lang vor, wenn sie an das dachte, was sie sich, wieder zu Hause, vorgenommen hatte zu tun.

Es ist besser, unangenehme Dinge sofort zu erledigen, hatte ihre Mutter stets gesagt, und in diesem Punkt hatte sie Recht, auch wenn es nicht immer leicht war.

Leider hatte sie den Rat ihrer Mutter nicht befolgt.

Als die erste Hürde genommen war und sie sich im Reisebus auf der Küstenstraße Richtung Flughafen befanden, überkam sie dieses altbekannte Gefühl, etwas Wichtiges vergessen zu haben. Wie schon viele Male zuvor schob sie diesen Gedanken beiseite, in der Hoffnung, dass ihr gesamtes Gepäck, verpackt und sicher verstaut, im Bauch dieses Reiseungetümes hin und her rutschen würde.

Sie lehnte sich erneut zurück und genoss das wundervoll glitzernde, türkisfarbene Meer, das immer wieder zwischen den Kiefern am Straßenrand in seiner ganzen Pracht auftauchte.

Der Abschied vom Meer fiel ihr besonders schwer. Wer weiß, vielleicht würde sie irgendwann das Glück haben, am Meer zu leben? Vielleicht! In einem anderen Leben?

Es wäre ihr auch völlig egal, um welches Meer es sich handeln würde. Na ja, es wäre schön, wenn es dort auch einen Herbstwald geben würde.

Sie liebte das Meer, so wie es gerade war. Bei jedem Wetter, zu jeder Jahreszeit. Mal war es ruhig und glatt wie ein See und wenige Stunden später rollten tosend die Wellen an den Strand.

Hier auf der Insel Samos gab es vorwiegend Steinstrände, die bei jeder Welle ein klirrendes Geräusch hinterließen. Das Wasser war glasklar und der Blick ins Meer frei, so dass die kleinen Fische, die im flachen, warmen Wasser herumschwammen, gut zu erkennen waren. Und mit einem Schnorchel ausgerüstet hatte sie sogar einen Oktopus im Seegras gesichtet.

Durch ein plötzliches lautes Hupen des Busses wurde sie aus ihren Tagträumen gerissen. Ein Hund lief so schnell er konnte auf die andere Seite der engen Straße.

Der Bus schlängelte sich durch eine der kleinen Städte mit ihren weißen Häusern, die sich links und rechts der Straße eng aneinanderreihten.

Es war Juli, und was wir zu Hause in Deutschland in Gefäßen und Balkonkästen mit Dünger und viel Mühe versuchten zum Blühen zu bringen, rankte hier an Wänden, über Dächer und entfaltete seine volle Pracht in rosa und roten Blüten. Oleandersträucher säumten die Gassen.

Balkone und Terrassen wurden zum Schutz vor der Sonne von Pflanzen überwuchert und bildeten so grüne, kühle Oasen in der Mittagshitze.

Ihre Blicke schweiften erneut, wie auch ihre Gedanken, über die Insel, ihre Berge und Kiefernwälder, die riesigen Zypressen, sogar Laubbäume wie Eichen, Kastanien und Buchen gab es hier. Olivenbäume und Weinreben. So grün hatte sie sich die Insel vor ihrer Ankunft nicht vorgestellt.

Den Urlaub hinter und den Alltag vor ihr, rüttelte sie ihr Freund erneut in die Realität zurück. „Klara, träum nicht!" Ben grinste sie gutgelaunt an. Sie waren am Flughafen angelangt, und er, ein paar Jahre älter als sie, groß und kräftig, hatte sich bereits ins Gedränge des gerade mal sechzig Zentimeter breiten Ganges gewagt.

Beim Aussteigen, mit Handgepäck behängt, in der Menge mitgeschoben, zählte sie vor dem Bus in einer Menschenmenge stehend nicht zum letzten Mal ihre Gepäckstücke.

Dort fand nicht der erste und garantiert auch nicht der letzte Kampf um die Gepäckwagen statt, den sie diesmal verloren. Als sie sich endlich mit all ihren Habseligkeiten eingereiht hatten, waren sie die Vorletzten in der Reihe, die draußen ein ganzes Stück vor dem Flughafen endete. Nur noch ein Pärchen mit Kind bildete die Nachhut. Als sie endlich am Abfertigungsschalter angelangt waren, hatten ihre Koffer und Taschen, die sie die ganze Zeit Stück für

Stück vor sich hergeschoben hatten, erneut Farbe gelassen und Ben und Klara sehnten sich bereits jetzt nach einer Dusche. Eine halbe Stunde später hatten sie eingecheckt. Endlich wieder beide Hände frei zu haben, welch ein schönes Gefühl, dachte sie. Dann ein Blick auf die Uhr. Noch eine Stunde bis zum Abflug. Die Wartehalle war bis zum letzten Platz gefüllt. Ungewöhnlich voll, stellte ihr Freund fest, als sie sich durch die Menschenmenge schlängelten, um an einer Wand haltzumachen und zu warten. Die Zeit wurde lang. Sie hatten keinen Sitzplatz, und die Hitze wurde immer unerträglicher. Selbst die Klimaanlagen und Ventilatoren schienen zu schwitzen und kaum noch Kühlung zu erzeugen. Seltsam, wie schnell sie sich von der wunderschönen Wärme und dem schönen Wetter entfernt hatten und zur schrecklichen Hitze übergewechselt waren.

Ihre Blicke schweiften durch die Menschenmenge, mehr aus Langeweile als aus Interesse an den Mitreisenden.

Bis sie plötzlich ein bekanntes Gesicht entdeckte, mit dem sie hier und jetzt eigentlich nicht gerechnet hatte. Es war kein Verwandter, Nachbar oder Bekannter. Auch kein Schulfreund oder Ex-Freund, so wie es manchen Urlaubern wohl schon einmal ergangen war, die dann wieder daheim mit witzigen Anekdoten auf Partys auftrumpfen konnten, wen sie unerwartet wo getroffen und kaum wiedererkannt hatten.

Nein, es war jemand, über den sie nicht vorhatte etwas zu berichten. Warum auch, es gab nichts, gar nichts zu berichten, leider?

Er war ihr sofort aufgefallen, schon bei ihrer ersten Begegnung im Treppenhaus des Hotels, als sich ihre Blicke trafen, spürte sie für einen kurzen Moment etwas, was sie nicht recht benennen konnte, fast wie bei einem Wiedersehen, obwohl sie sich sicher war, ihm noch nie zuvor begegnet zu sein.

Er war ihr in den letzten zwei Wochen oft über den Weg gelaufen, im wahrsten Sinne des Wortes, denn er gehörte zu der Gruppe der

Animateure und Musiker, die für die abendliche Unterhaltung zuständig waren, auch im Hotel wohnten und ihre Mahlzeiten dort für gewöhnlich einnahmen. Doch außer diesem Gefühl im Bauch und eines freundlichen „Kalimera!" – „Guten Morgen!" wechselten sie kein weiteres Wort miteinander.

Und jetzt war er hier, wenige Meter entfernt, er trug einen Rucksack, ein wartender Passagier wie alle anderen auch, und doch anders. Er schien nervös zu sein, sah immer wieder hinüber zu den Abfertigungsschaltern, auf die große Uhr an der Wand. Reiste er allein, oder wartete er auf jemanden? Er sah nicht in ihre Richtung herüber, sie reckte sich etwas, doch nur wenige Momente später verlor sie ihn in der Menschenmenge aus den Augen. Sie hielt nach ihm Ausschau, versuchte ihn in der Menge wiederzufinden. Er war groß und überragte die Hälfte der Mitreisenden, seine kurzen hellbraunen Haare fielen allerdings in der Menge nicht auf. Er war nicht auszumachen, es war ihr unmöglich. Sie wollte ihren Platz nicht verlassen, um ihn zu suchen, weshalb auch? Wie sollte sie es Ben erklären? Warum auch? Sie würde ihn nie wiedersehen. Nur dieses undefinierbare Gefühl im Bauch war immer noch da – und blieb.

Eine Stimme aus den Lautsprechern der Wartehalle zog ihre Aufmerksamkeit auf sich. Sie war auf Englisch und nicht sehr deutlich. Doch die aufkommende Unruhe verriet nichts Gutes. Mit ihrem Freund zusammen übersetzt sie nach der Wiederholung die Durchsage.

Ein bereits heute Morgen gelandetes Flugzeug aus Deutschland konnte noch immer nicht starten. Ein technisches Problem, hieß es. Das erklärte die große Anzahl von Wartenden, die mit diesem Flugzeug nicht nach Deutschland zurückfliegen konnten. Das nächste bereits erwartete Flugzeug, auch aus Deutschland, würde wie geplant landen.

Da beide nach Deutschland zurückfliegen sollten und die Passagiere der ersten Maschine bereits mehrere Stunden gewartet hatten, entbrannte eine heftige Diskussion, wer denn nun eigentlich in die bald landende Maschine einsteigen dürfte, um nach Hause zu fliegen.

Urlauber, die eben noch fröhlich über diesen oder jenen Urlaubsgag lachten, verwandelten lauthals protestierend die Halle in eine kaum zu durchdringende Geräuschkulisse. Denn es sei doch klar, dass diejenigen warten müssten, deren Maschine defekt war. Doch die Neugier ließ sie verstummen, als sich erneut die männliche Lautsprecherstimme meldete.

Nach einer Reihe von um Verständnis bittenden Entschuldigungen wurde ein *Notfallplan* des Flughafenbetreibers vorgeschlagen. Da die zweite Maschine in wenigen Minuten landen und auch wie geplant wieder starten würde, sollten nicht nur Urlauber aus Hamburg mit dieser Maschine fliegen, sondern auch die Urlauber mit dem Zielflughafen Düsseldorf.

Die der ersten Maschine. Ein erneutes Aufbrausen und heftiges Diskutieren zwang die Stimme zu einer erneuten Pause.

„Die können uns doch nicht alle in eine Maschine stecken?" Einige schüttelten fassungslos den Kopf. Was allerdings auch nicht geplant war, wie sie nur einige Augenblicke später erfahren sollten.

Es würden nun alle Urlauber dem Alphabet nach aufgerufen werden, und diese Ersten sollten auch die Ersten sein, wenn sie einverstanden sein würden, die diese Insel verlassen *durften*, bis die Maschine voll besetzt sein würde. Die Anderen sollten weiterhin warten.

Wieder ging ein Raunen durch die Menge. Hitzige Diskussionen ebbten allerdings nach und nach ab. Denn den Meisten wurde klar, dass sie daran nichts ändern konnten.

Klaras bis dahin für andere kaum zu erklärende Gelassenheit war nun vorbei. Sie neigte weder zu Wutausbrüchen noch zu stiller Resignation. Vielmehr versuchte sie immer aus allem das Beste zu machen und zu organisieren. Ihre grauen Zellen arbeiteten auf Hochtouren. Sie verfolgte die aufgerufenen Namen mit Hochspannung.

Ben war sich sicher, dass sie diejenigen sein würden, die das große Glück haben würden, den ersten Flieger zu bekommen, er lehnte sich fast unbeteiligt an die Wand zurück und verschränkte seine Arme vor seinem Bauch. Sein Nachname begann mit einem B. Woran er, im Gegensatz zu ihr, in den ersten Minuten der Aufregung nicht gedacht hatte, war, dass sie zwei Bordkarten besaßen und kein Gemeinschaftsticket wie in der Bahn. Und dass auf ihrer Karte nicht sein Name, sondern ihr Name stand, der mit einem L begann, und sie wohl eine derjenigen sein würde, die es sich auf dem kleinen Flughafen die nächsten Stunden mehr oder weniger gemütlich machen würden.

Als Ben aufgerufen wurde und sie ihm ihre Befürchtung mitteilte, wollte er selbstverständlich bei ihr bleiben und mit ihr warten, doch so sehr sie es sich auch gewünscht hätte, überzeugte sie ihn doch, es nicht zu tun, sondern mit der ersten Maschine zu fliegen. Da er am nächsten Morgen einen wichtigen Termin im Büro haben werde und keiner wissen konnte, wie lange sie noch warten müssten.

Sie versuchte ihm möglichst glaubwürdig klarzumachen, dass es ihr nicht allzu viel ausmachen würde und er unbesorgt fliegen konnte, sie würde schon alleine auf sich achten, die *paar* Stunden.

Wie konnte sie ahnen, was sie da von sich verlangen würde?

Der Abschied war mit einem kurzen Abschiedskuss schnell im Gedränge beendet. Recht zügig und ohne großen Aufruhr wurden wenig später die *Auserwählten* durch die letzte Ticket- und Passkontrolle geschleust.

Klara blickte ihrem Freund mit gemischten Gefühlen nach. Seine blonden Haare wehten ihm ins Gesicht, als er draußen in den Bus stieg, der alle Passagiere zum Flieger hinüberfuhr. Er winkte ihr zu. Dann flog er, zwar ungern, wie er ihr mehrmals bestätigt hatte, aber er hatte eingesehen, dass er diesen wichtigen Termin nicht absagen durfte.

Er flog also in Richtung Heimat. Sie stand hinter der Scheibe neben lauter fremden Menschen und sah genau wie sie dem Flieger hinterher, der sie eigentlich nach Hause bringen sollte.

Die ersten Zweifel kamen ihr, als sie sich in einen nun frei gewordenen Sitz fallen ließ und zu grübelten begann. Wie lange sie hier wohl ausharren müsste? Die ganze Nacht? Einen weiteren Tag? Die Gedanken, ob es nicht doch besser gewesen wäre, wenn Ben geblieben wäre, drängten sich ihr auf.

Um sich abzulenken begutachtete sie ihr Handgepäck, alles, was sie zu brauchen meinte, hatte sie dabei. Da sollte noch mal jemand über vorsorgende, an alle Eventualitäten denkende Jungfraugeborene lästern, durchfuhr es sie.

Sogar Wechselkleidung steckte in ihrem Rucksack. Und verhungern würde sie auch nicht müssen. Außer zwei Äpfeln befanden sich unter anderem sogar noch ein kleines Verbandpäckchen und ein Handtuch in ihrem Gepäck. Die Wasserflasche hatte sie allerdings schon an der ersten Kontrolle abgeben müssen.

Einige Mitreisende waren noch sehr aufgebracht, es gab ein paar unschöne Auseinandersetzungen mit dem Flughafenpersonal, doch was konnten die schon tun? Sie teilten kostenlos Kaffee und kalte Getränke aus und versuchten die Leute zu beruhigen.

Die Nachmittagshitze war auf ihrem Höhepunkt, und noch immer gab es keinerlei Hinweise auf das, was ihnen allen bevorstehen würde.

2: Klara, Hoffnung

Klara saß unbeweglich in ihrem Sessel. Alles war wieder da. Jede auch noch so kleine Einzelheit war wieder da. Sie hatte noch keine Seite gelesen. Ihre Erinnerungen waren schneller. Sie legte das Buch auf den runden Holztisch neben der Stehlampe. Sie erhob sich, streifte ihre Stiefel von den Füßen und ging auf Socken in die kleine Küche, sie brauchte etwas zu trinken. Ihr Körper fühlte sich ausgelaugt an. Irgendwie zittrig. Wieso machten sie diese Erinnerungen so fertig? Wieso? Er war am Leben! Es war über zwei Jahre her. Sie hatte schon lange nicht mehr daran gedacht. An ihn gedacht. Es war vorbei – alles! Oder etwa nicht? Nein! Die Tatsache, dass er am Leben war, änderte alles!

Klara kam aus der Küche zurück und ihr erster Blick fiel auf das Buch. Es zog sie an und gleichzeitig hielt es sie auf Abstand. Vielleicht sollte sie es zurückbringen. Nicht mehr daran denken. An ihn denken. Unmöglich! Nun, da sie wusste, dass er am Leben war. Er hatte überlebt!

Was hatte er geschrieben? Wie würde er die Geschichte darstellen? Sie ließ sich schräg in den Sessel fallen, die Beine über die Lehne baumeln. Wie zufällig, geistesabwesend, ohne Hintergedanken nahm sie das Buch in die Hand.

Als wollte sie ihrem Verstand keine Möglichkeit geben, *nein* zu sagen.

Ja, es gab Gründe, es nicht zu lesen. Allerdings auch Hoffnungen, es doch zu tun.

Also las sie die ersten Seiten, die Chris geschrieben hatte. Christian! So hieß er, der Autor des Romans: *Liebesgrüße von Samos!*

3: Christian, für Freunde, Chris

Die leichte Brise des Meeres zupfte wie ein Kind an ihrem türkisfarbenen, langen, weiten Rock. Als würde sie sie zum Spielen auffordern, damit sie nicht mehr traurig sein sollte. Ja, er hatte keine Ahnung, warum, aber jedes Mal, wenn er ihr über den Weg lief, sah sie traurig aus. Selbst wenn sie lächelte, wirkte sie nie wirklich fröhlich.

Jetzt stand er hier, neben der Poolbar mit einer eiskalten Coca Cola in der Hand und starrte zu ihr hinauf. Sie sah nur aufs Meer hinaus. Kein Blick hinunter, in seine Richtung. Schade.

Aber er musste gleich los. Sein Taxi würde, sollte nichts dazwischenkommen, in zehn Minuten vor dem Hotel vorfahren, um ihn zum Flughafen zu bringen. Das war dann das Ende seines zweimonatigen Aufenthaltes hier auf Samos.

Eine wundervolle griechische Insel. Hier könnte er sich vorstellen sesshaft zu werden, irgendwann.

Aber an Ruhestand war nun wirklich noch nicht zu denken.

Es zeigten sich zwar schon seine ersten grauen Haare, aber er versuchte sie durch einen sehr kurzen Haarschnitt zu zügeln und seine 35 Jahre durch körperliche und geistige Fitness auszugleichen.

Letzteres war für seinen Job besonders wichtig.

Wonach er sich wirklich sehnte, stand da oben auf dem Balkon.

Oder so ähnlich.

Er trank seine Cola aus und als er erneut zu ihr aufsah, war der Balkon leer. Dabei hätte er sehr gerne noch einmal ihr Gesicht gesehen.

Er schnappte seinen Rucksack und ging langsam in die Hotelhalle, wo sein restliches Gepäck schon stand. Wie auch seine Gitarre, sein Lieblingsarbeitsgerät. Blöde Bezeichnung, aber sie war treffend.

Das Taxi fuhr vor und er stieg, nachdem er sein Gepäck im Kofferraum verstaut hatte, freundlich grüßend ein.

„Ja sou, ti kanis, Phillip? – Hallo, wie geht es dir?", fragte er lächelnd den Taxifahrer. Sie hatten sich schon oft miteinander unterhalten und angefreundet. An der Bar des Hotels verbrachten sie manchmal gemeinsam ihre Mittagspause. Und auch abends war Phillip gerne zu Gast und lobte die musikalischen Auftritte von Chris. „Ja sou! Chris!", antwortete Phillip. Er war etwa zwanzig und als hätte er sich schon den gesamten Morgen auf diese Fahrt gefreut, so fröhlich sprudelte es sofort aus ihm heraus. Die Fahrt zum Flughafen wurde kurzweilig. Chris genoss Phillips Erzählungen. Meistens handelten sie von erfolglosen Versuchen, ein wunderschönes Mädchen zu erobern. Wie auch dieses vom letzten Wochenende. Nach Phillips Ausführungen seiner Eroberungstaktiken war es Chris unverständlich, wieso sie beide immer noch alleine waren.

Dass er, Chris, nun nach Deutschland zurückfliegen wollte, passte Phillip ganz und gar nicht.

„Hey, wann kommst du zurück?" Er sah ihn von der Seite immer wieder fragend an.

„Ich weiß nicht, irgendwann bestimmt. Ich habe Freunde auf dieser Insel!" Damit erwiderte er Phillips Blick und beide mussten lachen.

„Warte nicht so lange damit! Sonst bin ich vielleicht verheiratet und meine Frau lässt uns nicht mehr durch die Tavernen ziehen!" Wieder lachten sie gemeinsam und ahnten doch, dass sie sich nicht so schnell wiedersehen würden.

Chris hatte sich mit einer Umarmung von Phillip verabschiedet.

„Vielleicht sehen wir uns ja bald mal wieder, Chris? ANTIO! *Auf Wiedersehen*!" Er lächelte.

„Bestimmt! NE!" Was *Ja* hieß. Chris glaubte nicht daran, nicht unter den gegebenen Umständen, und sagte es trotzdem. Sie winkten sich zu und Chris verschwand im Flughafengebäude.

4: Klara, Erinnerungen

Sie ließ das Buch abermals langsam auf ihren Schoß sinken. Ihr Gesicht fühlte sich heiß an.

Chris hatte sie auf dem Balkon gesehen. Er hatte sie beobachtet. Er hatte sich Gedanken über sie gemacht, bemerkt, dass sie traurig war. Wirklich?

Und dann hatte sie ihn in der Wartehalle des Flughafens wiedergesehen.

Sie blätterte ungeduldig die nächste Seite um und las alles, was geschah, aus seiner Sicht. Sie erfuhr, was er erlebte, kurz bevor sie sich wiedersahen, und hoffte, nun noch mehr zu erfahren. Über diese Geschichte, denn es war auch ihre Geschichte. Und über ihn, denn er hatte sie auch aus seiner Sicht aufgeschrieben.

Sie musste wissen, was er damals dachte. Ihr Verstand, der sie davor warnte, gab nach und seine Worte vermischten sich mit ihren Erinnerungen und Gefühlen.

5: Ben

Wovon Klara und auch Christian nichts ahnten, war die Begegnung von Ben und Serge im Flugzeug auf ihrem Rückflug nach Deutschland.

Ben hatte es sich am Fenster bequem gemacht, soweit das mit seinen 1,89 Meter möglich war. Er war schlank und breitschultrig, seine blonden Haare waren mittellang und sahen immer ein wenig struppig aus, das kam wohl daher, dass er die Angewohnheit hatte, sich die Haare zu raufen, sobald er ungeduldig oder sonst irgendwie schlecht gelaunt war.

Blaue Augen blitzten aus einem braungebrannten ovalen Gesicht lebensfroh in die Welt hinein. Er war ein recht positiv denkender Mann, und echte Probleme kannte er nicht. Sein Bürojob gefiel ihm. In einer Bank zu arbeiten fand er schon als Kind spannend. Und im schicken Anzug durch die Flure zu spazieren, Kunden zu beraten und Geld hin und her zu schicken, fand er sexy.

Das Flugzeug startete, sie flogen eine Schleife über den südlichen Teil der Insel.

Der Blick war traumhaft. Das Flugzeug war ein Airbus A320, es hatte drei Sitze nebeneinander auf jeder Seite, also sechs in einer Reihe. Neben ihm hatte ein junger Mann Platz genommen. Vom Alter her schien er wie auch Ben Ende zwanzig zu sein, doch vom Äußeren war er sein genaues Gegenstück.

Klein, schmal, kurze dunkle Haare und trübe graue Augen. Er schien recht angespannt, nein, das Wort stimmte nicht ganz, er wirkte ängstlich und war übernervös. Mit seinem Gurt hatte er leichte bis mittelschwere Probleme und der kleine Tisch vor ihm wollte von ihm einfach nicht hochgeklappt werden. Wozu auch immer er ihn heruntergeklappt hatte, konnte Ben nicht sagen. Sie brauchten ihn eigentlich noch nicht, denn sie waren noch im Steigflug.

„Darf ich ihnen helfen?" Ben beugte sich lächelnd zu ihm herüber und klappte den Tisch hoch, wo er dann auch blieb.

„Danke, sehr freundlich!", erwiderte der kleine junge Mann.

„Mein Name ist Ben, sie fliegen wohl nicht oft oder nicht sehr gerne?" Ben grinste ihn von der Seite an.

„Ja, ja, beides trifft zu, mein Name ist übrigens Serge." Er lächelte schüchtern und reichte Ben seine Hand. Ben erwiderte seinen eher schwachen Handschlag mit einem kräftigen und schnallte sich ab, da das entsprechende Lichtzeichen aufleuchtete.

Serge blieb angeschnallt und Ben grinste erneut, allerdings sah er dabei aus dem Fenster, er war ein höflicher Mensch und würde es nie wagen, sich über seine Mitmenschen lustig zu machen. Ganz im Gegenteil, ihm waren Menschen mit kleinen Macken sympathisch. Klara hatte schreckliche Angst in kleinen, engen Räumen, besonders im Dunkeln. Manchmal machte er sich einen Spaß daraus und spielte ihr im Fahrstuhl einen Stromausfall vor, den er jedoch gleich wieder beheben konnte, so dass sie nicht mehr als nötig in Panik geriet. Bei dem Gedanken an sie rekelte er sich gemütlich, soweit das möglich war, in seinen Sitz und schloss die Augen, die nächsten Stunden versprachen langweilig zu werden, es sei denn, sein Nachbar brauchte ihn, vielleicht zum Händchenhalten, falls es ein paar Turbulenzen geben sollte. Ben grinste sich in ein Nickerchen.

Serge hingegen beobachtete gespannt das Tun der Stewardessen. Serge hasste die Fliegerei, wenn er seine Arbeit in Deutschland erledigt haben würde und wenn alles gut lief, würde er übermorgen wieder zurückfliegen.

Doch daran mochte er noch gar nicht denken, aber das Fliegen gehörte dieses Mal   zu seinem Job, und noch ein bisschen mehr. Es dröhnte jetzt noch in seinen Ohren: „Du bist der beste Mann für diesen Job!" Pablo konnte man einfach nicht widersprechen!

6: Chris, Neugierde

Chris war überrascht so viele Wartende vorzufinden. Sicherlich an die dreihundert, die nichts anderes wollten, als nach Hause zu fliegen.

Die Durchsage über die defekte Maschine und die Notlösung mit den nach dem Alphabet sortierten Reisenden, die als Erste zurück nach Deutschland fliegen konnten, machte ihn mehr als nur neugierig.

Natürlich waren die Passagiere genervt und konnten nicht recht glauben, in was für eine Situation sie geraten waren. Besonders die des zweiten Fluges. Ihre Maschine war ja in Ordnung. Chris lauschte ihren Gesprächen und hoffte, dass sie Ruhe bewahren würden.

Er selbst war alles andere als nur genervt. Er war aufs Höchste beunruhigt. Seine Gehirnzellen arbeiteten auf Hochtouren. Und es ließ bei ihm alle Alarmglocken läuten. So verließ er die Halle. Er benutzte das kleine Fenster der Herrentoilette als Tür und sah sich, nur kurz, auf dem nahen Gelände um. So etwas gehörte zu seinen leichtesten Übungen.

Was auch sein Hotelchef schnell erkannt hatte. Er ließ ihn als Animateur nicht nur Musik spielen, sondern auch kleine Schauspielstunts. Fassaden hinauf- und hinabklettern, als James Bond zum Beispiel. Chris willigte nur zu gerne ein. Filmmusik war ohnehin sein Steckenpferd. Und die kleinen Stunteinlagen ergänzten sein sportliches Training hervorragend und hielten ihn fit.

Nicht weit entfernt des Toilettenfensters auf dem Flughafengelände entdeckte er das defekte Flugzeug. Es stand gleich um die Ecke und war aus der Halle nicht zu sehen. Chris sah sich um. Aber es war kein Arbeiter zu sehen, der es reparierte. Die Türen waren geschlossen. Nicht einmal die Treppen standen davor. War die Reparatur schon erledigt? Oder fehlte vielleicht ein Ersatzteil?

Chris vertraute wie so oft seinem Instinkt und sah zu, dass er wieder ins Gebäude kam, bevor jemand bemerken konnte, dass er es verlassen hatte.

Er ließ sich soeben wieder in den Toilettenraum, im wahrsten Sinne des Wortes, hinunterfallen, als er Schüsse hörte.

„Verdammt!" Er fluchte leise und nahm seinen Rucksack auf den Rücken, den er hier kurz zuvor zurückgelassen hatte.

Als er vorsichtig seinen Kopf in den Flur steckte, sah er mehrere vermummte Männer in beige-braunen Tarnanzügen und mit Maschinengewehren in ihren Händen. Sie drängten die Sicherheitsleute, das Flughafenpersonal, zwei Piloten und zwei Stewardessen in einen Raum und verschlossen ihn.

„Verdammt noch mal!" Es fiel ihm im Moment nichts anderes zu diesem Vorfall ein.

Die ganzen vergangenen Wochen hier auf der Insel war alles in Ordnung gewesen, mehr oder weniger, und ausgerechnet heute passierte es. Er musste und wollte nach Hause, Bericht erstatten und ein neuer Job wartete bestimmt schon auf ihn. Warum hatte er so lange gewartet? Er hätte schon vor Tagen fliegen müssen. Vielleicht hätte er all das, was nun passieren würde, verhindern können.

Es war seine Schuld, dass all diese Menschen sich nun in größter Gefahr befanden. Er musste alles tun, was noch möglich war, um ihnen zu helfen. Warum musste es auch ausgerechnet Samos sein? Aber er hatte es schon vorher geahnt.

„Die schicken mich bestimmt auf eine Insel!", hatte er zu Hannah, einer Kollegin, gesagt. „Und dann erwischt mich ein ganz mieser Job!"

Es sah so aus, als sollte er Recht behalten.

7: Klara, Geiseln

Klara erinnerte sich. Es war ziemlich still geworden in der Wartehalle des kleinen Flughafens. Ein kalter Imbiss wurde serviert, der sehr gut schmeckte. Sandwiches, frischer Fisch und Salat. Es schien sich mittlerweile auch der Letzte mit der Situation abgefunden zu haben, die Gespräche beim Essen waren ebenso wie in jedem Imbiss oder Restaurant. Das Einzige, was nicht nur Klara Sorgen bereitete, war der Gedanke, auch die kommende Nacht noch hier verbringen zu müssen.

Inzwischen war es später Nachmittag geworden, die meisten versuchten es sich irgendwie *gemütlich* zu machen, soweit es auf den harten Plastikstühlen möglich war. Einige lasen in alten Zeitschriften und wieder andere saßen einfach nur da und starrten aus dem Fenster in den strahlend blauen Himmel, wie auch Klara. Leise griechische Musik war aus den Lautsprechern zu vernehmen. Die Hitze schien etwas nachzulassen. Eine Ruhe war eingekehrt, die das, was nun folgte, umso unglaublicher erscheinen ließ.
Aus dem Nichts heraus durchfuhr ein ohrenbetäubender Lärm die Stille. Wie zu Silvester knallte es plötzlich überall um sie herum, allerdings waren weder Knallfrösche noch Feuerwerkskörper zu erkennen. Aufgeschreckt sprangen die eben noch ruhig Wartenden von ihren Plätzen auf. Frauen schrien und einige Urlauber rannten kopflos durcheinander, andere hielten einander an den Armen und sahen sich suchend um. Da keineswegs ersichtlich war, woher die Knallerei kam.
Dann wurde es wieder still. Bis auf vereinzeltes Schluchzen und Stöhnen und hier und da erleichtertes Aufatmen war nichts zu hören. Viele Urlauber vermuteten einen dummen Scherz. Leider nur kurz. Erst als acht mit Maschinengewehren schwer bewaffnete Männer von mehreren Seiten in die Halle stürmten, die Ausgänge

versperrten und die Menge umstellten, war spätestens jetzt allen klar, dass es sich um echte Gewehrkugeln gehandelte hatte. In panischer Angst drückten sich die meisten Menschen in der Mitte der Halle dicht aneinander. Wie zu einer Traube. Als könnten sie einander Schutz bieten. Einige hatten sich auf den Boden geworfen oder an die Wände gepresst. Andere sackten vor Panik in sich zusammen, sie wurden aber von Mitreisenden aufgehoben und gestützt. Über hundertvierzig Menschen suchten verzweifelt Schutz.

Klara hatte sich, wie noch zwei junge Männer, an eine Wand geflüchtet, an der auch ihr Handgepäck stand, wo sie völlig unbeweglich stehen blieben. Dahinter lag ein Flur, der zu gewissen Nebenräumen und den Toiletten führte. Rechts und links von der Wand konnte man den Flur dahinter betreten.

In der Mitte des Raumes, drängten die Menschen nun immer dichter zusammen. Bis erneut eine der Frauen vor Panik zu schreien begann. Es wurden Warnschüsse in die Hallendecke abgefeuert, so dass Putz von der Decke rieselte.

„Wie im Film!", entfuhr es Klara, bevor sie endgültig die Ernsthaftigkeit dieser Situation erfassen konnte. Keiner Bewegung fähig, stand sie fest an die Wand gepresst da und hoffte noch immer, dies wäre ein schlechter Scherz, Animation oder so, unglaublich, doch der Realität vorzuziehen. Schließlich hatten sie bei ihren Abendanimationen auch schon James Bond über ihren Köpfen an einem Seil hinwegsausen und an einer Hauswand emporklettern gesehen. Um wenige Minuten später, über Balkone und das Dach balancierend, in der Dunkelheit zu verschwinden.

Aber hier fehlte der Applaus. Der auch nicht kommen würde.

Die zwei Männer, die ebenfalls zur Wand geflüchtet waren, wollten sich rechts herum in den Flur flüchten, Richtung Ausgang. Doch nach einigen Metern wurden sie entdeckt und von einem der schwer bewaffneten und maskierten Männer brutal zurückgedrängt und mit dem Gewehr niedergeschlagen, was Klara allerdings nicht mehr sehen, nur noch hören konnte.

Denn in demselben Augenblick, als sie verfolgt wurden, riss irgendjemand Klara unsanft am Arm und zerrte sie links um die Mauerecke herum, an der sie immer noch bewegungsunfähig gestanden hatte.

Sie wehrte sich, versuchte den Griff von ihrem Arm zu lösen, fiel zu Boden, doch dann erkannte sie ihn. Er kniete neben ihr, mit einem zweiten Griff holte er ihren Rucksack und warf ihn vor sich auf den Boden. Sie sah in zwei leuchtend blaue, sehr ernst blickende Augen. Die so aussahen, als würde ihr Besitzer genau wissen, was er tat. Nur Klara nicht.

„Was tun Sie, was ist hier los?" Doch er legte seinen Zeigefinger über seinen Mund und zeigte auf das Ende des Flures. Klara hatte begriffen, dass dies hier alles andere als ein Scherz war und sie sich alle in größter Gefahr befanden, dass er sie hier herausbringen wollte, um das zu begreifen, dazu brauchte sie noch Zeit.

„Wir müssen hier weg!", hörte sie ihn flüstern, und seine Stimme kam ihr so fremd vor. Ganz anders als beim Grüßen im Hotelflur oder abends sein Gesang in der Bar. Ein Zittern lag in seiner Stimme, was zu seinem beherrschten Handeln völlig im Widerspruch stand.

Er zog sie am Arm hoch, mit sich fort. Sie liefen einen kurzen Gang entlang, dann   öffnete er eine der vielen Türen und wenige Sekunden später standen sie in einem kleinen Raum. Regale an den Wänden, ein schmaler Schreibtisch am Fenster.

Er schloss die Tür schnell, aber nicht vollständig. Einen kleinen Spalt ließ er offen und beobachtete den Flur. Während er dies tat, hielt er sie immer noch am Arm fest. Sie spürte seinen festen Griff, den er keine Sekunde gelockert hatte.

Nachdem die zwei Männer in den Kreis der übrigen Gefangenen zurückgebracht worden waren, ließen die Schreie nach, die Menschen standen eng aneinandergedrängt in der Mitte des Raumes, eine ältere Frau weinte, und ihr Mann versuchte vergebens sie zu beruhigen.

Die Entführer hatten sie umzingelt, ihre Waffen hielten sie senkrecht zur Decke gerichtet, doch ihre Finger lagen am Abzug, und ihre Gestik ließ vermuten, dass sie auch ohne Bedenken in die Menschenmenge schießen würden.

Das Verschwinden von zwei weiteren Passagieren blieb unentdeckt, noch.

Unterdessen waren Klara und ihr Retter in einem der Seitengänge spurlos verschwunden.

Zwei vermummte Männer tauchten aus dem vorderen Bereich auf, sie hatten ebenfalls Waffen und „trieben" das Flughafenpersonal vor sich her in die Halle. Es waren eindeutig die Anführer, die anderen beobachteten sie und warteten auf ihre Befehle.

8: Chris, Instinkt

Eigentlich wollte er nur so schnell wie möglich wieder raus hier. Es gab da die eine oder andere Möglichkeit. Er hatte genug Erfahrung und nicht nur als Animateur. Er sah, wie zwei junge Männer verfolgt, geschnappt und brutal zusammengeschlagen wurden. Und dann sah er Klara, nicht weit entfernt von den Männern und sehr viel näher vor ihm. In diesem Moment verließ ihn seine Professionalität und er vergaß, was er in seiner Ausbildung und in vielen Jahren aus Erfahrungen gelernt hatte. Er handelte instinktiv. Schnell und ohne an die Folgen zu denken. Oder vielleicht gerade aus diesem Grund, da er wusste, was passieren konnte und die Vorstellung, dass er diese Frau hier hilflos zurücklassen würde, nicht ertrug. Er musste sie hier herausbringen. Irgendwohin, in Sicherheit. Erst als sie in dem kleinen Büro festsaßen, wurde ihm bewusst, dass seine Flucht mit ihr im Schlepptau schwieriger sein würde und ebenso gefährlich, vielleicht sogar gefährlicher, als wenn er sie hier gelassen hätte.

9: Klaras Retter

Langsam schloss er die Tür ganz.

Dann sah er sie an. Sein Blick wirkte abschätzend.

Versuchte er ihren Zustand zu beurteilen? Ob sie in der Lage sein würde, seinen weiteren Plänen Stand zu halten? Oder sie ihm zusammenbrechen und zur Last fallen würde?

„Sind Sie in Ordnung? Atmen sie ganz ruhig weiter, keine Angst, Sie werden uns hier nicht finden, nicht wenn Sie sich ruhig verhalten."

Sie hatte also Recht, er machte sich Sorgen um ihre Nerven. Klara sah zu ihrem Arm. Er bemerkte es, ließ ihn los und setzte sich mit dem Rücken an die nun geschlossene Tür auf den Boden. Dann schob er ihren Rucksack zu ihr rüber.

„Haben Sie etwas zu trinken dabei? Dann nehmen Sie einen Schluck, aber nicht so viel." Er selbst kramte in seinem Rucksack und holte seine Trinkflasche heraus.

Klara ließ sich neben ihm nieder. „Nein, habe ich nicht!" Der Steinfußboden war kalt, weißer Marmor.

Er reichte ihr seine Flasche. Wie auch immer er diese hereingeschleust hatte.

Nachdem sie etwas getrunken hatten und er die Flasche zurück in seinem Rucksack verstaut hatte, sah sie ihn von der Seite an.

„Wieso haben Sie das getan? Wieso haben Sie mich hierher gebracht?" Sie sah ein Zucken unter seinem linken Auge. Dann drehte er sich mit seinem Gesicht zu dem ihren.

„Sie waren in diesem Moment die einzige Person, die ich retten konnte." Er lächelte schwach und sah dann auf die Uhr. Was Klara nicht verstehen konnte.

„Wir müssen Hilfe holen!", kam es fast flüsternd aus ihr hervor. Sie kramte in ihrem Rucksack und holte ihr Handy heraus.

„Den Versuch können Sie sich sparen! Das habe ich seit heute Mittag mehrmals erfolglos versucht. Was glauben Sie, warum Ihnen niemand die Handys abnehmen wollte?"

Er erhob sich und lief im Zimmer umher, öffnete einige Schranktüren und blieb dann vor einem grauen Kasten stehen, der im Schrank an der Wand befestigt war. Er klappte sein Taschenmesser auf, das er aus seiner Hosentasche gezogen hatte, und begann an den kleinen Schrauben, die die Verkleidung des Kastens festhielten, zu drehen. Er löste eine nach der anderen aus ihrer Fassung, danach hob er den Deckel vorsichtig ab. Zufrieden betrachtete er den Kabelsalat im Inneren. Es war anscheinend alles da, wo es sein sollte oder er es vermutet hatte.

Klara starrte auf ihr Handy: Kein Signal! Kein Empfang! Kein Netz! Wieso?

„Wir müssen hier raus. Hilfe holen!" Klara stand auf und stellte sich neben ihn.

In dieser Sekunde hörten sie Leute vorbeilaufen, etwas rufend, in einer Sprache, die Klara nicht verstehen konnte. Er legte erneut seinen Zeigefinger über seine Lippen. Sie hielt die Luft an, bis die Schritte verstummten. Harte, kräftige Schritte, wie sie schwere Stiefel hinterließen.

„Wer sind die Männer, und was wollen sie?" Sie sah ihn an und beobachtete seine Blicke, die sich voll und ganz auf den Kasten konzentrierten. Ein zentraler Steuerungskasten mit sämtlichen Sicherungen! Das erklärte sein Interesse. Oder auch nicht. Klara rieb sich ihre Stirn. Kopfschmerzen drohten. Ihr wirklich kleinstes Problem. Sie konnte nicht fassen, was hier passierte.

Er wendete sich wieder ihr zu: „Es sind Männer, die etwas erreichen wollen, wozu ihnen ausländische, besonders deutsche Touristen als Geiseln, als Druckmittel verhelfen sollen!"

Sein Oberlehrergehabe passte nun wirklich nicht zu ihm. Klara ging zum Fenster. Sie musste sich auf die Zehenspitzen stellen, um hinaussehen zu können.

„Was machen Sie da? Wollen Sie, dass Sie jemand sieht?" Er hatte sie zur Seite, vom Fenster fortgezogen.

„Ja! Ein Spaziergänger, ein Autofahrer ...!"

„Ein Terrorist!" Er grinste.

„Ich bringe Sie hier raus! Keine Sorge! Allerdings müssen wir warten, bis es dunkel wird." Er setzte sich auf den Schreibtischstuhl und ließ ihn leicht hin und her drehen. Kaum zu glauben, aber er schien sich zu entspannen.

„Dann haben wir eine Chance, hier rauszukommen, den Flughafen zu verlassen!", fuhr er fort.

Klara konnte sich nicht entspannen. Und der Gedanke, noch stundenlang hier in diesem engen Zimmer zu verbringen, mit ihm, alleine, und den Männern mit den Waffen vor der Tür, hielt sie nicht aus.

„Hier raus, den Flughafen verlassen, wie denn? Sind Sie lebensmüde?" Sie hatte keinen Schimmer, was sie zu dieser Äußerung trieb. Schließlich war sie die Letzte, die Allerletzte, die auch nur die leiseste Ahnung hatte von dem, was hier vor sich ging.

„Vielleicht!" Das klang wiederum nicht sehr zuversichtlich. Sie konnte ihn einfach nicht einschätzen, was sie noch mehr verunsicherte. Und versuchte es noch einmal:

„Wir werden ihnen direkt vor die Gewehre laufen!" Ihr wurde plötzlich unerträglich heiß.

„Das wird nicht passieren, wenn sie uns nicht sehen können!", antwortete er gelassen.

„Ist das Ihr Plan? Dass wir und ein Haufen schießfreudiger Typen hier in den Gängen und Hallen des Flughafens Blindekuh spielen werden? Wir haben doch keine Chance, hier rauszukommen, sie werden die Ausgänge verriegelt oder bewacht halten!"

„Nun mal langsam, großes Vertrauen scheinen Sie wohl nicht in meine Fähigkeiten als Retter zu haben?" Er wirkte halb belustigt, halb verärgert. Dennoch entschloss er sich, sie ein Stück in Kenntnis zu setzen.

„Glauben Sie wirklich, ich hätte Sie da rausgeholt, wenn ich schon jetzt mit meiner Weisheit am Ende wäre? Ich werde die gesamte Stromzufuhr lahmlegen. Dann werden wir fliehen."

Irgendetwas in seinen Augen machte Klara Angst, sie konnte nicht genau sagen, was es war.

10: Chris, *verdammt*

Chris hatte sich in dem kleinen Büro umgesehen und mit
Erleichterung festgestellt, dass er die richtige Tür gewählt hatte, der
zentrale Steuerungskasten befand sich an der Wand hinter ihm, den
er sogleich inspizierte.
Er sah zur Tür. Sie hatte keinen Schlüssel. Dennoch war er sich
sicher, dass hier niemand hinein kommen wollte. Vorerst jedenfalls
nicht. Er hoffte, sie würden zu diesem Zeitpunkt bereits weit weg
sein. Er würde diese Frau in das nächste Dorf schicken. Er musste sie nur
dazu bringen, die Klappe zu halten. Verdammt! Er sprach schon wie einer dieser Schurken. So viel zu
dem Thema: sich mit seinem Gegner zu identifizieren. Er wusste
genau, was zu tun war. Allerdings wusste er nicht, ob er es tun
würde. Verdammt, warum war er nicht schon gestern geflogen?
Dann hätte sich jemand anderes um den ganzen Schlamassel
kümmern müssen. Oder auch nicht. Sie hätten ihn zurückschicken
können, vielleicht! Vielleicht auch nicht?
Nein, es sollte so sein!

Die Zeit verlief wie im Schneckentempo.
Es war unheimlich ruhig im Flughafen. Verdächtig ruhig. Ja, sicher,
es war für heute der letzte Flug von Samos, ankommende Flüge
wurden nicht mehr erwartet.
Der perfekte Tag – für eine Geiselnahme!
Ja, er sollte es beim Namen nennen. Dennoch, verdammt ruhig!

11: Ben, Deutschland

Ben und Serge flogen bereits über Hamburg hinweg und ihr Flugzeug befand sich im Sinkflug. Dann setzte es zur Landung an. Ein kräftiges Ruckeln erschütterte das Flugzeug, als die Räder auf der Landebahn aufsetzten. Die Kraft der Bremsen presste seine Insassen in die Sitze. Die Maschine verlor an Geschwindigkeit, heulte auf und das Flugzeug drehte langsam auf der Landebahn, die es an die Gangway führte, um die Passagiere loszuwerden.

Serge, in den Sitz gepresst, hatte sich mit beiden Händen an den Armlehnen festgehalten. Und hielt sie auch noch fest umklammert, als die Maschine bereits ruhig, einfach so dastand. Ben stieg über Serges Beine hinweg in den Mittelgang. Ein junger Mann, der auf dem dritten Platz in der Reihe am Gang gesessen hatte, stand bereits fix und fertig zum Aussteigen bereit, ein Stück weiter vorn im Gang.

„Wir sind unten, Sie können sich wieder entspannen!" Ben lächelte Serge aufmunternd zu. „Sie sollten öfter fliegen. Das legt sich mit der Zeit, bloß nicht aufgeben! Alles Gute weiterhin!" Er nickte ihm lächelnd zu und ließ sich dann von der Menschenschlange den Mittelgang ein Stück weiterschieben in Richtung Ausgang.

Als es plötzlich nicht weiter ging. Er reckte sich, um den Grund dafür zu entdecken, konnte aber nichts erkennen.

„Was ist denn nun schon wieder los?" Er raufte sich die Haare, dass sie ihm *zu Berge* standen. Dann schaute er zurück zu Serge. Der war damit beschäftigt, sein Handgepäck aus dem Staufach über seinem Kopf zu angeln.

Serge sah sich unsicher um. War das eingetreten, was er vermutete? *Verflixt noch mal*, warum hatte es Pablo nur immer so eilig, er wollte ihm doch mehr Zeit geben, bis er, Serge, sicher die Passkontrolle passiert, seine Arbeit erledigt und das Flughafengelände verlassen hätte.

Die Stimmen wurden lauter, der Pilot kam aus dem Cockpit und sprach über Mikro. Er sagte etwas von Vorsichtsmaßnahme und bat um Verständnis, es sei etwas Unvorhergesehenes eingetreten und er müsse alle Passagiere bitten, wieder Platz zu nehmen. Ein Beamter der Flughafenpolizei würde jeden Moment kommen und sie über die Situation informieren.

„Wir haben doch hoffentlich keine Bombe an Bord, oder?" Ein Passagier sah sich verstört um. Lautes Gemurmel brach aus.

„Bitte behalten Sie Ruhe, es wird sich gleich alles aufklären!" Der Pilot sprach noch mit seiner Crew, als ein uniformierter Mann das Flugzeug betrat. Er ließ sich das Mikro geben und sprach in einem Ton, der keine Widerrede duldete. Das schien ihm für diese Art von Situation angemessen, um Aufruhr oder Panik zu unterdrücken. Weniger, um sie zu vermeiden.

„Ruhe! Ru-he! Nehmen Sie wieder ihre Plätze ein, dann werde ich ihnen erklären warum!"

Die Passagiere sahen einander fragend an und setzten sich dann auf ihre Plätze, was eine Weile dauerte da die Meisten bereits mitsamt Gepäck im Gang standen. Doch das schien den uniformierten Mann am Ende des Ganges nicht weiter zu stören, er flirtete mit einer der Stewardessen, es sah zumindest so aus, denn sie lachten einander beherzt zu und hatten leichte Schwierigkeiten, wieder ernste Gesichter zu machen. Als auch der Letzte seinen Platz wiedergefunden hatte und die Aufmerksamkeit voll und ganz ihm galt, räusperte er sich und sprach mit klarer, kräftiger Stimme in sein Mikrofon. Es brummte in den Lautsprechern, er nahm etwas Abstand zum Mikro und als er sprach, hatte er über 150 Menschen vor sich, die gespannt an seinen Lippen hingen.

„Im Auftrag des Flughafenbetreibers wurde ich als Beamter der Flugsicherung gebeten Sie über Folgendes zu informieren: Ich muss Ihnen leider mitteilen, dass sich ihre Heimreise etwas verzögern wird!"

Wieder ging ein Raunen durch die Menge.

„Wir wurden soeben von der griechischen Polizei darüber informiert, dass ein lang gesuchter Terrorist auf der Insel Samos gesehen wurde. Das bedeutet für uns, dass wir alle Passagiere, jedes Flugzeug, das diese Insel verlässt oder bereits verlassen hat, nochmals kontrollieren und ihre Insassen befragen müssen. Für Sie bedeutet es etwas mehr Zeit, um den ausgesprochen guten Service dieser Fluggesellschaft genießen zu können. Ich möchte Sie um Ihr Verständnis für weitere Unannehmlichkeiten bitten, die hieraus entstehen könnten. Selbstverständlich werden wir die Passagiere, die einen Anschlussflug oder Zug gebucht haben, bevorzugt behandeln." Damit hatte er seine Pflicht getan und verließ, nicht ohne der hübschen, brünetten Stewardess noch einmal zuzublinzeln, das Flugzeug.

Verunsichert sahen sie einander an, konnte es sein, dass in ihrer Maschinen ein Terrorist saß, die ganze Zeit des gesamten Fluges? Wenn ja, wer mochte es sein? Ben, der nun den Platz in der Mitte eingenommen hatte, stieß Serge leicht mit dem Ellenbogen in die Seite und beugte sich näher an ihn heran. Er flüsterte:

„Ich bin der gesuchte Terrorist, aber sagen Sie es keinem weiter. Ich wäre ja früher ausgestiegen, um Ihnen allen diese Unannehmlichkeiten zu ersparen, aber der blöde Flieger hielt einfach nirgends!" Er lachte kurz auf und grinste dann weiter vor sich hin. Dann sah er auf die Uhr.

„Wenn das hier länger als zwei Stunden dauern sollte, hätte ich genauso gut auf Samos bleiben können, dann ist mein Zug weg, mein Termin platzt, und der Auftrag, den ich damit bekommen hätte, gleich mit."

„Darüber sollten Sie keine Scherze machen!" Serge hatte sich ihm nicht zugewandt. Er sah ernst geradeaus.

„Worüber?" Ben verstand nicht. „Über den dämlichen Terroristen oder meinen verpatzten Auftrag?"

„Falls wirklich ein Terrorist im Flugzeug ist, kann das gefährlicher werden als eine Bombe!"

Ben sah ihn von der Seite an und wusste nicht recht, was er von ihm halten sollte. Also versuchte er der Sache gelassen entgegenzusehen, er konnte ohnehin nichts daran ändern. Serge lief eine Schweißperle von der Schläfe langsam sein Gesicht herunter. Er verfluchte Pablo, warum konnte er ihm nicht etwas mehr Zeit geben, nur zehn Minuten und er wäre in Sicherheit gewesen. Musste er denn so schnell die Polizei informieren? Jetzt saß er mittendrin und konnte nur hoffen, dass sein Pass gut genug gearbeitet war, um die Extrakontrollen zu überstehen.

12: Klara, Fremde

Ihr Begleiter erhob sich mit einem knarrenden Geräusch aus dem Schreibtischstuhl.

Begleiter, was für eine unpassende Bezeichnung, dachte Klara. Als wären wir zum Abendessen verabredet gewesen.

Aber wie sollte sie ihn auch nennen, sie kannte seinen Namen nicht, noch vor Tagen wollte sie ihn nicht wissen. Wieso auch? Doch jetzt war alles anders. Er war der Mann, der im Begriff war, sie aus höchster Gefahr zu retten. So war es doch? Vielleicht verdankte sie ihm sogar jetzt schon ihr Leben?

Niemand hier wusste, was die Terroristen tun würden, sie durfte nicht darüber nachdenken, denn noch war die Gefahr nicht überstanden.

Wo war er nur so plötzlich hergekommen? Sie hatte gedacht, er wäre bereits mit der ersten Maschine geflogen. Denn sie hatte ihn kein zweites Mal entdecken können.

Endlich, es wurde langsam dunkel. Das heißt eigentlich recht schnell. Die Dämmerung hier auf Samos war kurz.

Das flackernde Licht eines Feuerzeuges riss sie aus ihren Gedanken. Er hatte sich ihr zugewandt, sein Gesichtsausdruck spiegelte Verständnis wider. Seine blauen Augen sahen sie fast mitleidig an. So wie man einen herrenlosen kleinen süßen Hund betrachtet. Mit dem Gedanken, ihn zu umsorgen und zu beschützen.

Aber vielleicht war es auch nur das seltsame Licht und die Tatsache, dass er ein völlig Fremder war, auch wenn sie sich gewünscht hatte, es wäre nicht so. Jetzt wünschte sie sich auf keinen Fall Mitleid. Theoretisch!

Er löschte die Flamme des Feuerzeuges. Es war plötzlich fast ganz dunkel. Nur Umrisse waren noch zu erkennen.

„Nein, nicht!" Sie ergriff seine Hand. „Machen sie es wieder an!" Er tat es.

Ihre Stimme zitterte und das, was sie sagte, war nicht das, was sie sagen wollte: „Ich weiß nicht, was ich denken soll, ich weiß nicht, wer Sie sind, was Sie vorhaben und was die Männer da draußen von uns wollen!" Sie spürte, wie Verzweiflung in ihr emporstieg, mehr noch, verfluchte Scheißangst.

„Ich weiß nur eins, ich will hier weg, ich will nicht erschossen werden, lassen Sie mich hier raus, ich gehe zu den Anderen zurück, sie werden uns nichts tun, sie werden mit den zuständigen Behörden verhandeln, sich einigen und uns freilassen."

Sie drängte zur Tür, wollte sie öffnen, doch er hielt sie zurück. Tränen liefen ihr über die Wangen. Er ergriff ihre Handgelenke und drückte sie zurück an die Wand. Sein Feuerzeug fiel zu Boden, und jetzt war sie froh darüber, er sollte sie nicht so sehen.

„Ist schon gut, alles wird gut, bitte – beruhigen Sie sich, ich bringe Sie hier raus, lebend! Vertrauen Sie mir – bitte! Tun Sie einfach, was ich Ihnen sage, und es wird Ihnen nichts geschehen!"

Er nahm sie in seine Arme und ihre Tränen flossen auf sein graues Hemd. Oder war es grün? Sie wusste es nicht mehr und konnte keine Farbe erkennen. Dann ließ sie sich auf den Boden sinken und legte den Kopf auf ihre Knie. Er setzte sich neben sie. Sie versuchte normal zu atmen, ihr Herz pochte zu schnell.

Nach einiger Zeit hatte sie sich beruhigt. Sie saßen still nebeneinander in der Dunkelheit. Nur ihre Knie berührten sich ganz leicht.

13: Klara, wie gestern

Wie damals in dem engen Zimmer klopfte auch jetzt ihr Herz wild bis zum Hals. Es wurde schon ganz dämmrig im Zimmer, was ihre Erinnerungen noch realer werden ließ. Ihre Hände waren zittrig und eiskalt.

Sie versuchte das Buch auf den kleinen runden Tisch neben sich zu legen, verfehlte ihn, es kippte und fiel zu Boden. Sie knipste die Stehlampe an, bückte sich und hob es auf. Dann legte sie es mit beiden Händen in die Mitte des Tischchens.

Nach ihren Erlebnissen auf Samos hatte es Monate gedauert, bis sie wieder ohne eine wenigstens kleine Lichtquelle im Raum einschlafen konnte. Was allerdings nicht nur an der Situation im Flughafengebäude gelegen hatte. Das war erst der Anfang!

Ihre Augen schmerzten, sie rieb sie, ehe sie sich langsam vollständig aus dem Ohrensessel erhob und auf die alte Wanduhr sah, auch wenn sie die Uhrzeit im Moment wirklich nicht interessierte.

Sie ging ins Bad, machte sich etwas frisch, um danach in der Küche Teewasser aufzusetzen. Ein Beruhigungstee.

Sie sah hinüber zu dem Buch auf dem Tisch. Es lag einfach da, ruhig und unscheinbar. Ein Roman wie für den nächsten Urlaub im Süden gemacht! Niemals!

Wie konnte es sich anmaßen, ihre Gefühle so aufzuwühlen. Und ihr einfaches, aber zufriedenes Leben so zu stören. Wie konnte er ihr Leben, so wie sie selbst es für sich ausgesucht hatte, von einer Minute zur nächsten so durcheinanderbringen und dieses bedrohliche Gefühl im Bauch zurückholen?

Ja, es war wieder da, so stark, dass es ihr wehtat.

Er war am Leben, unglaublich! Sie wollte ihn vergessen, sie hatte fast alles vergessen. Wieso jetzt, wieso ging sie diesen Weg, wieso sah sie in das Fenster des Buchladens, wieso tat es noch immer weh?

Tränen liefen ihr die Wangen hinab, sie ließ sie einfach auf den Teppich tropfen. Es gab niemanden, der sie sah.

Sollte sie wirklich weiterlesen, wenn es sie jetzt schon so mitnahm? Sie wusste, dass diese Frage völliger Quatsch war. Es gab kein Zurück! Und vielleicht war genau das die richtige Therapie, mit den Erinnerungen fertigzuwerden und mit allem abzuschließen.

Der Teekessel pfiff, sie goss sich einen Tee auf. Sie nahm die Teetasse und stellte sie auf den Tisch neben das Buch. Ihre Hände waren wieder ganz ruhig und warm.

Für einen Augenblick sah sie nicht das Buch, sondern die wunderschöne weiß gehäkelte Spitzendecke, die unter dem Buch hervorragte, als wollte sie sagen, nimm das Buch, es drückt mich, befrei mich, befrei dich!

Sie hatte Recht, sie musste es weiterlesen, weiter bis zum Ende, sonst würde sie nie frei sein.

14: Klara, Flucht

Es waren kaum Geräusche aus der Wartehalle zu vernehmen. Was ging da nur vor sich? Warum war es so still? Wie ging es den Menschen? Klara vermochte sich kaum vorzustellen, wie verängstigt sie sein mussten. Sie waren in unmittelbarer Gefahr. Was würde als Nächstes passieren? Hatten die Terroristen bereits mit der Polizei Kontakt aufgenommen? Waren schon irgendwelche Forderungen bekannt gegeben worden, und wie würden die zuständigen Regierungen reagieren? Diese und eine Menge weiterer Fragen hämmerten in Klaras Kopf herum.

In der Dunkelheit verlor sie jegliches Gefühl für die Zeit. Wie lange hatten sie hier bereits auf dem Boden gesessen? Es wurde kalt, sie stand auf und lehnte sich an die Tür.

„Wann ist es so weit? Die Sonne ist bereits untergegangen!", fragte sie plötzlich in die Stille hinein wie zu sich selbst und steckte ihr Handy wieder ein, was keinerlei Signale empfing. Auch ihre Handytaschenlampe flackerte nur noch.

„Bitte, sag mir, was wir tun können?" Sie suchte in der Dunkelheit sein Gesicht, konnte aber nur Konturen erkennen. Sie hatte nicht bemerkt, dass sie ihn geduzt hatte, und er, er lächelte still und wartete etwas, bevor er antwortete, als müsste er sich genau überlegen, was er ihr sagen konnte und was nicht.

„Es sieht so aus …", begann er, um dann einen Moment abzuwarten und erneut zu beginnen: „Die Männer da draußen meinen es verdammt ernst, sie sind gefährlicher, als Sie es sich vorstellen können. Sie sind zu allem entschlossen, um ihre Forderungen durchzusetzen, zu allem."

„Danke, dass Sie mir so viel Mut machen, aber verdammt noch mal, was können wir tun?" Sie spürte, wie ihre Augen feucht wurden, und hoffte, dass ihre Stimme sie nicht verriet. Sie hasste es, vor anderen ihre Fassung zu verlieren.

„Wir können hier doch nicht noch länger herumstehen und darauf warten, entdeckt und erschossen zu werden, bitte tun sie etwas!"

„Ich weiß, mir geht es ebenso, wir müssen hier raus, wir müssen! Doch wir sollten noch etwas Geduld aufbringen, es muss erst richtig dunkel sein, sonst können wir meinen Plan vergessen, es ist besser, wenn Sie versuchen sich zu entspannen und sich auszuruhen. Wer weiß, wann wir dazu wieder Gelegenheit haben werden."

Dieser Satz hätte Klara vor einigen Stunden sicherlich hellhörig gemacht, doch hier in dieser Kammer, im Dunkeln war alles anders. Sie tastete sich zum Schreibtischstuhl vor und setzte sich. Das schmale Fenster über ihnen ließ ein Stück Himmel erkennen. Einen dunkelblauen Himmel. Anscheinend immer noch nicht dunkel genug.

15: Ben, Komplikationen

Sie hatten sich vor über dreißig Minuten mit den Unannehmlichkeiten, die auf sie zukommen würden, abgefunden und geduldig gewartet, als eine Neuigkeit die nächste zu jagen schien.

Jemand, vermutlich ein Pressesprecher des Flughafens, betrat das Flugzeug und ergriff das Mikro, das ihm eine Stewardess vor die Nase hielt. Ohne sich vorzustellen, was schon ungewöhnlich genug war, begann er:

„Ich muss Ihnen leider mitteilen, dass unvorhersehbare Ereignisse, die wir Ihnen leider aus Gründen, die ich Ihnen ebenfalls nicht nennen kann, Ihre Reise weiterhin verzögern wird!"

Danach trat eine Stille ein, die man der Zeit zuzugestehen mochte, welche die Passagiere brauchten, um das Wenige, um es beim Namen zu nennen: Nichts, zu begreifen zu versuchen.

Doch bevor ein Sturm von Fragen losbrechen konnte, sprach er taktischer Weise weiter: „Wir werden Sie jetzt nach und nach durch die Passkontrolle geleiten und Sie danach in der Wartehalle mit dem Nötigsten versorgen, um Ihnen die unabänderliche Wartezeit so angenehm wie möglich zu gestalten."

Mit diesen Worten übergab er sein Mikrofon der neben ihm stehenden Stewardess und marschierte schnurstracks aus der Maschine.

Es vergingen keine drei Sekunden, bis das tosende Durcheinander von über hundert Stimmen der Passagiere den Hohlraum des Flugkörpers bis in die letzte Gepäckklappe füllte.

16: Chris, Strategie

Er wusste, dass der Faktor Zeit eine wichtige Rolle spielte. Wer den kühlsten Kopf behielt, den längsten Atem hatte, die Antworten aussitzen konnte, ohne durchzudrehen, der würde am Ende sein Ziel erreichen.

Eigentlich müsste er sich die Lage noch einmal aus der Nähe ansehen. Wäre er alleine, hätte er sich längst hier raus und so dicht wie möglich an das Geschehen herangeschlichen. Aber so! Konnte er sie alleine lassen? Eher nicht. Sie neigte zu unüberlegten Handlungen, deren Konsequenzen sie nicht einzuschätzen vermochte.

Und eigentlich verriet ihm auch die Stille, dass er es offenbar mit Profis zu tun hatte. Sie kannten, genau wie er, die Macht der Zeit. Auch das Flugzeug stand schon für sie bereit, ihr Plan war gut durchdacht. Vielleicht sogar besser, als es für ihn im Moment zu erkennen war.

Dennoch gab es mathematisch gesehen eine Unbekannte, und das war er. Mit ihm konnten sie nicht rechnen. Er wäre schon längst auf dem Rückflug nach Deutschland, laut Plan und Alphabet.

Aber wussten sie das auch? Bis jetzt hatte er noch nichts entschieden. Er konnte einfach von hier verschwinden. Klara retten. In seinen Augen war das mehr, als man von ihm erwarten konnte. Wohl nur in seinen Augen!

Die Kommunikation war total unterbrochen. Es musste einen Störsender geben. Oder mehrere. Die Zerstörung des zentralen Störsenders wäre die erste Maßnahme.

Er konnte nicht anders. Sein Gehirn arbeitete bereits an einer Strategie.

Selbst wenn er es nicht wollte, auch für ihn gab es nur einen Weg.

17: Klara, Aufbruch

Klara schreckte hoch, als sie ein klackendes Geräusch vernahm. Sie erkannte eine kleine gelbe Flamme, die er aus dem Feuerzeug aufflammen ließ, um sie sofort wieder erlöschen zu lassen. Wahrscheinlich wollte er mit dem Benzin des Feuerzeuges sparsam umgehen.

Klara nahm ihr Handy aus dem Rucksack. Ihre Lampe warf nur noch einen kleinen schwachen Lichtkegel in den Raum. „Lassen Sie Ihr Handy aus! Mein Akku ist bereits leer. Vielleicht brauchen wir Ihres später noch."

Er erhob sich, deutlich hörbar durch das Klappern seines Rucksackes, vom Boden. Er musste mit den Trageriemen und Schnallen die Tür gestreift haben. Er hielt inne und lauschte. Alles war ruhig. Eine Ewigkeit schien zu vergehen, bis er die Flamme wieder entfachte und das spärliche Licht wenigstens die Umrisse des Raumes und die einzelner Gegenstände erkennen ließ.

„Es ist so weit, es ist dunkel genug, wir sollten uns auf den Weg machen, sind Sie bereit?"

Sie war es nicht, denn sie wusste nicht, was auf sie zukommen würde, und was noch schlimmer war, sie glaubte, es nicht im Geringsten beeinflussen zu können. Doch sie sagte: „Ja!", und erhob sich ebenfalls aus dem Schreibtischstuhl.

Er ging mit seinem Feuerzeug und in dem spärlichen Licht der Flamme zu dem Steuerungskasten. Dieser stand noch offen. Mit seinem Taschenmesser schob er langsam die Kabel hin und her, bis er das Gewünschte freigelegt hatte. Dann drehte er sich zu ihr um und seine Augen, im flackernden Licht der Flamme, fragten noch einmal, ob sie bereit sei.

Sie nickte nur stumm.

Wahrscheinlich machte sie nicht diesen Eindruck, denn obwohl sie sein Gesicht nur schattenhaft erkennen konnte, sah sie doch die

Falten, die sich auf seiner Stirn zeigten. Und so versuchte sie all ihren Mut zusammenzunehmen und hielt ihren Rucksack fest an ihren Körper gepresst, als könnte er sie beschützen.

Gespannt beobachteten sie den schmalen Lichtstreifen, der unter der Tür hindurchschien. Mit einem kurzen Klicken durchkniff er das erst Kabel mit der winzigen Zange des Taschenmessers. Es war keinerlei Veränderung erkennbar.

Das zweite Kabel erzeugte das gleiche klickende Geräusch, als es gekappt wurde, doch im selben Moment verschwand der Lichtstreifen unter der Tür und wiederum fast zeitgleich konnten sie Geschrei, laute Zurufe und ein aufgeregtes Stimmengewirr vernehmen. Sekunden später, Maschinengewehrfeuer. Was nur bedeuten konnte, dass er es geschafft hatte und es nun kein Zurück mehr gab.

Denn nun hatten sie auf sich aufmerksam gemacht und sogar ihren Aufenthaltsort verraten.

Wie sie am mehrfachen Klickgeräusch vernehmen konnte, kappte er alle weiteren Kabel, bis er die Tür langsam öffnete und in den Flur hinausspäte.

Es war völlig dunkel, sämtlich Lichtquellen und elektrische Anlagen waren stillgelegt, allerdings hatten sich ihre Augen bereits an die Dunkelheit gewöhnt, so dass sie die Umrisse des Korridors erkennen konnten, was für sie einen kleinen Vorteil bedeutete. Es waren keine Schritte oder Stimmen in der Nähe auszumachen. Sie nahmen ihre Rucksäcke auf den Rücken und verließen ihr Versteck. Anscheinend waren die Geiselnehmer noch damit beschäftigt, die Geiseln zusammenzuhalten und die Situation in den Griff zu bekommen. Diese wenigen Minuten mussten sie nutzen, um einen der Ausgänge zu erreichen.

Sie liefen von einem Korridor zum nächsten, immer den schwach leuchtenden Notausgang-Schildern hinterher. Klara blieb dicht hinter ihm und so unsinnig es auch schien, fiel ihr erst in diesen

Minuten der höchsten Anspannung ein, dass sie die ganze Zeit über nicht ein einziges Mal an Ben gedacht hatte.

Plötzlich stoppte er sie auf seiner Höhe, indem er ihr seinen Arm wie eine Sperre vor ihren Körper hielt, drückte sie in eine Nische und legte ihr seine Hand kurz auf ihren Mund, wenige Sekunden später liefen drei bewaffnete Männer an ihnen vorbei und öffneten jede Tür, die sie fanden, auch mit Gewalt, wenn sie verschlossen waren. „Sie suchen den Sicherungskasten und auch uns!", flüsterte er ihr zu. Die Schritte entfernten sich in einen der Flure.

„Los, wir müssen uns beeilen, weiter!" Er spähte in den nächsten Flur, die Männer waren nicht mehr zu sehen, und so schnell sie konnten rannten sie zu einer Glastür mit einem Notausgangsschild oben über der Tür, die ein Seiteneingang sein musste. Kurz vorher blieben sie stehen.

„Warten Sie, ich gehe zuerst, ich gebe Ihnen ein Zeichen und dann rennen Sie geradeaus, so schnell Sie können hinaus und suchen Schutz hinter den Bäumen, alles klar!"

Sie nickte, ihre Hände umschlossen krampfhaft die Trageriemen ihres Rucksackes links und rechts an ihrem Körper. Er schlich leise zur Tür und drückte die Türklinke herunter, die Tür öffnete sich, es hatte also funktioniert, der Alarm war ausgeschaltet.

In demselben Moment, als sie sein Winken sah und loslief, hörten sie erneut Schritte schnell näher kommen. Sie sah sich um.

„Jetzt!", rief er. „Laufen Sie!" Er stieß die Tür weit auf.

Sie rannte an ihm vorbei, so schnell sie mit dem Rucksack rennen konnte, durch die Tür ins Freie, sie war draußen. Sie rannte immer geradeaus, um die parkenden Autos herum.

Die kühle Nachtluft war erfrischend nach der Wärme in dem stickigen Raum. Der Parkplatz des Flughafens lag völlig in Dunkelheit gehüllt. Keine einzige Laterne warf ihr Licht auf die wenigen Fahrzeuge, die dort standen. Der Sternenhimmel zeichnete sich deutlich heller über ihm ab. Es war sehr still, nur der Wind rauschte durch die irgendwo am Ende des Platzes auftauchenden Bäume, die sie kaum erkennen konnte. Niemand war zu entdecken, und auch sonst schien nichts auf die außergewöhnliche Situation im Innern des Gebäudes hinzuweisen. Nur die Dunkelheit verriet, dass hier irgendetwas nicht stimmte.

Als sie die Umrisse einiger Bäume deutlich erkennen konnte, lief sie direkt auf sie zu. Unter ihnen angekommen, blieb sie stehen und sah sich um. In diesem Augenblick begannen die Laternen der Parkplatzbeleuchtung zu flackern. Und zu leuchten. Dann erst sah sie ihn aus der Tür rennen, er rannte, gefolgt von etlichen Gewehrschüssen, die ein Mann, der nun an der Tür zu sehen war, hinter ihm in seine Richtung abfeuerte. Es konnten nur wenige Sekunden vergangen sein, als sie ihn auf sich zulaufen sah und er sich *endlich* neben ihr ins Gras warf, um sogleich wieder aufzuspringen und sie mit sich zu reißen und mit ihr gemeinsam geduckt zwischen Sträuchern und durch Büsche in Richtung Straße zu laufen. Die Schüsse verstummten, als sie die Küstenstraße erreichten.

Was sie nicht sehen konnten, war ein mittelgroßer Mann, der ihnen nachsah und fast belustigt in die Dunkelheit feuerte, ohne auch nur annähernd in ihre Richtung zu zielen. Er nahm die Ausreißer nicht ernst und schien ganz genau zu wissen, dass sie ihm nicht gefährlich werden konnten.

„Wieso ging die Beleuchtung wieder an?" Völlig außer Atem blieb sie stehen.

„Es gibt ein Notstromaggregat! Die waren echt fix mit dem Ding!" Er sah zurück und sie konnte sehen, wie sein Gehirn arbeitete.

„Wir müssen weiter!" Ohne sie anzusehen, marschierte er los.

Die Straßenlaternen erhellten den Asphalt. Ihr Abstand zueinander war recht groß, doch immer, wenn sie direkt in den Lichtkegel unter einer Laterne gelangten, beschleunigte er seine Schritte. Sie hielten sich am Rande nahe den Sträuchern und folgten der Küstenstraße in Richtung Berge, weg vom Meer.

Eine Weile gingen sie schweigend nebeneinanderher. Sie musste sich immer wieder umsehen, um sich zu vergewissern, dass ihnen niemand folgte. Doch er schien sich dessen sehr sicher zu sein.

„Wie heißen Sie?", fragte sie plötzlich in die Stille hinein, die nur vom Zirpen der Grillen erfüllt wurde.

„Was?" Er blieb stehen und sah sie verdutzt an.

„Wie heißen Sie? Ist es denn so seltsam, dass ich den Namen meines *Retters* kennen möchte?", fragte sie und war dankbar für die Verschnaufpause, denn er ging nicht gerade langsam und die Straße verlief immer mehr bergauf.

Er lächelte sie das erste Mal, seitdem er sie aus der Wartehalle gezogen hatte, an. Zwei kleine Grübchen bildeten sich in seinem Gesicht. Die Bezeichnung *Retter* aus ihrem Mund schien ihn zu belustigen. Oder amüsierte er sich im Ganzen über sie?

„Christian, aber für meine Freunde, Chris! Und Sie?" Er sah sie immer noch lächelnd an.

„Klara!", antwortete sie.

„Vielleicht wäre es jetzt an der Zeit, mit dem *Sie* aufzuhören, was meinst *du*?"

Nun musste auch Klara lächeln.

„Du hattest dir deine Heimreise wohl etwas anders vorgestellt!" Er sagte es wie zu sich selbst, hatte sich von ihr abgewandt und ging weiter.

Es blieb ihr nichts anderes übrig, als ebenfalls weiterzugehen und zu versuchen mit ihm Schritt zu halten, um an seiner Seite zu bleiben.

„Wo gehen wir hin?", durchbrach sie erneut die Stille. „Die Stadt liegt unten am Meer, wir sollten Hilfe holen!"

„Genau das werden wir nicht tun!", antwortete er eisig, und dieses Mal blieb er nicht stehen.

Klara durchfuhr ein kalter Schauer, Angst machte sich in ihr breit, mit wem ging sie hier eigentlich durch die Nacht? Sie kannte ihn doch überhaupt nicht. Ein besonderes Gefühl im Bauch und eine Rettungsaktion waren kein Führungszeugnis für einen Menschen, dem sie blind vertrauen musste, oder wollte?

Die Erleichterung über die gelungene Flucht begann davonzufliegen wie noch wenige Stunden zuvor das Flugzeug in Richtung Deutschland.

Ohne weiter nachzudenken, blieb sie stehen, erst nach einigen Schritten bemerkte Chris, dass sie nicht mehr hinter ihm ging. Er blieb ebenfalls stehen und drehte sich zu ihr um.

„Was ist los?", fragte er ungeduldig.

„Was los ist, fragst *du* – *ich* will wissen, was hier los ist!" Klara hatte ihre Stimme erhoben und ihren Rucksack ins Gras fallen lassen, oder sollte man lieber Heu sagen, denn die Sonne hatte mit ihrer erbarmungslosen Hitze alle Feuchtigkeit verbrannt und es gab ein knackendes Geräusch.

„Ich werde nicht einen Schritt mit dir weitergehen, wenn du mir nicht sofort erklärst, was du vorhast!"

Chris kam langsam auf sie zu, es schien ihr, als ob er sich ein Lachen verkneifen würde. Blieb dann aber mit versteinerter Miene vor ihr stehen.

„Du traust deinem Retter nicht mehr?" Es war ein ironisches Lächeln, was sich auf seinem wirklich gutaussehenden Gesicht breit machte, auch wenn sie es nicht so klar sehen konnte, da sie zurzeit ziemlich genau in der Mitte zwischen zwei Laternen standen und sie jeweils das schwache Licht im Rücken hatten.

Sie war sich sicher, dass er sich über sie lustig machte. Verdammt noch mal, wer war dieser Typ, der es fertigbrachte, sie schon bei ihrer ersten Begegnung so zu faszinieren, dass sie sich Dinge ausmalte, über die sie jetzt lieber nicht nachdenken wollte. Er sah sie mit seinen blauen Augen abwartend an. Er schien zu überlegen, was sie wohl tun würde. Sie wich seinem immer noch auf sie gerichteten Blick nicht aus. Sein Gesicht zeigte keinerlei Regung, was sie umso verzweifelter, aber auch wütend werden ließ. Dann kam er noch dichter auf sie zu, bis er ihr zum Greifen nahe gegenüber stand. So dass sie sein Gesicht gut beobachten konnte. Sie sah eine Veränderung, was auch immer diese zu bedeuten hatte, sie war sich sicher, dass er eine Entscheidung getroffen hatte! Sie hoffte, dass er sie nicht länger im Unklaren darüber lassen werde, was er vorhatte. Und dass er sicher erkannt haben würde, dass sie Recht hatte. Sie versuchte sich zu entspannen. Doch sie sollte sich täuschen, und das nicht zum letzten Mal auf ihrer unfreiwilligen Reise.

„Wir werden nicht in die Stadt gehen, sondern in die Berge", sagte er mit einem entschlossenen Ton, dass es ihr die Sprache verschlug. Anscheinend war er es Gewohnt, Befehle zu erteilen, denn dieses war ein Befehl und nichts anderes.

„Wir verlassen gleich die Straße und nehmen den kleinen Pfad dort drüben!" Er zeigte in die Richtung, in der er den Weg vermuten musste, denn sehen konnte man ihn nicht.

„Wieso?", entfuhr es ihr, nicht mehr ganz so selbstsicher wie vor wenigen Augenblicken.

„Wir haben jetzt keine Zeit für Erklärungen, nur so viel, es ist der sicherste Weg!" Er schien etwas ungehalten, hatte er nicht mit Widerstand ihrerseits gerechnet?

„Ich, habe Zeit", entgegnete sie und wusste selbst nicht, woher sie in diesem Moment den Mut und die Kraft dazu nahm.

„Mein liebes Fräulein", er näherte sich ihrem Gesicht, so dass sie seinen Atem spürte, „wenn Sie Wert auf Ihr entzückendes junges Leben legen, heften Sie sich entweder an meine Versen und tun, was ich sage, oder gehen in diese Stadt dort und werden früher oder später erschossen!" Sein Gesicht war immer noch dicht vor dem ihren. Doch der Ausdruck in seinen Augen wurde weicher, als er ihre Angst zurückkehren sah. Klara musste plötzlich an die alten John-Wayne-Filme denken. Genauso sprach Chris gerade eben. „Das ist nicht dein Ernst?", entfuhr es ihr.

„Mein voller Ernst", entgegnete er, wendete sich von ihr ab, ging zu seinem Rucksack, den er an der Stelle hatte stehen lassen, von der er zurückgehen musste, und ohne sich nochmals umzusehen, ging er weiter die Straße hinauf. Sie konnte es nicht glauben, wovon redete er? Die Lichter der Stadt leuchteten friedlich wie sonst auch, es waren keinerlei Merkwürdigkeiten auszumachen.

Ja, es war ihnen bis jetzt kein einziges Auto begegnet, aber sie waren ja gerade erst losgegangen, und es war schon spät! Die Menschen schliefen. Sollte sie nicht vielleicht doch ohne ihn in die Stadt gehen, jemanden suchen, dem sie die ganze Geschichte erzählen konnte und der ihr helfen würde? Irgendjemand musste doch Hilfe holen, wenn nicht sie, wer dann?

Doch auch der Flughafen sah von außen wieder wie immer aus, und wahrscheinlich würde ihr niemand glauben, wenn sie eine Geiselnahme schildern würde, der sie als Einzige entkommen war. Und wenn doch, was würden die Geiselnehmer tun, wenn sie sich bedroht fühlen würden? Vielleicht hatten sie schon mit einer Regierung Kontakt aufgenommen und alles, was nicht abgesprochen war, könnte eine tödliche Gefahr für die Geiseln bedeuten.

„Verdammt!", fluchte sie leise vor sich hin. „Du hast wohl zu viele Actionfilme gesehen!" Wieso sollte sie dieses Risiko eingehen, wenn *er* anscheinend den vollen Durchblick hatte und zu wissen schien, was zu tun war?

Also entschied sie sich dafür, ebenfalls ihren Rucksack aufzunehmen und ihm zu folgen.

Er wartete an dem kleinen Pfad, der ganz versteckt zwischen hohem Gras und Strauchwerk verborgen lag und sich anscheinend den Berg hinaufschlängelte.

Chris ging vor ihr, so dass sie sich nicht durch Gestrüpp schlagen musste. Er sah sich oft nach ihr um, machte sie auf Wurzeln aufmerksam oder reichte ihr die Hand, wenn es allzu steil und unwegsam wurde. Klara war froh über die Dunkelheit um sie herum, doch eigentlich war es gar nicht richtig dunkel. Das Licht reichte aus, um Bäume, größere Wurzeln und Büsche erkennen und umgehen zu können. Es wäre ihr lieber gewesen, wenn sie sich hätte irgendwo verkriechen und alles vergessen können, und mit alles meinte sie auch alles!

Solche Stimmungen überfielen sie in letzter Zeit regelmäßig, was allerdings in der jetzigen Situation leichter erklärbar und verständlicher war als sonst.

18: Chris, Gewissen

Chris atmete erleichtert auf, als er den Parkplatz überquert und die Bäume erreicht hatte. Dort wartete Klara bereits auf ihn. Er war erst losgelaufen, als er sie vom Gebäude aus nicht mehr sehen konnte und sicher war, dass niemand auf sie schießen konnte. Seine Hoffnung, dass die Geiselnehmer nicht über die neusten Maschinengewehre verfügen würden und auch über keinerlei Nachtsichtgeräte, hatten sich bestätigt, glücklicherweise! Dennoch! Der Verfolger, der auf ihn schoss, als er bereits losgelaufen war, blieb im Eingangsbereich stehen. Chris wusste, dass er entweder ein miserabler Schütze oder ein Mann mit Prinzipien war. Es gab genug Männer, die ihn auch von hinten auf der Flucht abgeknallt hätten. Dieser gehörte nicht dazu.

Dass keiner von ihnen die Verfolgung aufnahm, deutete auf die Sicherheit hin, in der sie sich glaubten. Wieso?

Als sie die Straße entlanggingen, musste er endlich eine Entscheidung treffen. Er hatte wirklich genug Zeit um das Für und Wider gegeneinander abzuwägen. Trotzdem kam er zu keinem Ergebnis.

Konnte es sein, dass er Klara nicht gehen lassen wollte? Der Gedanke, sie nie wiederzusehen, beeinflusste ihn heute Mittag noch nicht so stark wie jetzt.

Als sie ihn nach seinem Namen fragte, wurde ihm bewusst, dass sie ihn nun auch als Person wahrnahm. Dass er ihren Namen und vieles mehr seit Wochen wusste, ließ er sie nicht wissen.

Er war kein abergläubischer Mann, gewiss nicht. Er glaubte weder an den Zufall noch an Bestimmung oder das Schicksal. Er glaubte an sich selbst. Seine besondere Auffassungsgabe, Situationen einzuschätzen, zu verändern, in eine bestimmte Richtung zu lenken. Manchmal auch Menschen. Sie zu beeinflussen hatte viel mit Menschenkenntnis und Psychologie zu tun. Er war sehr gut in diesem Fach während seiner Ausbildung. Leider sah die Wirklichkeit oft doch ganz anders aus. Glücklicherweise! Oder auch nicht, für ihn eher nicht, als er seine erst vor Monaten entbrannte Liebe zu einer jungen Frau unerfüllt zurücklassen musste. Sie in den Armen eines anderen zu wissen, versetzte ihm immer noch einen Stich.

Auch wenn er wusste, dass es ihr gut ging und sie die richtige Entscheidung getroffen hatte. Für sich und diesen Mann. Nicht für ihn.

Und nun, spielte er Schicksal? Entschied er vielleicht in diesem Moment, wohin sie der Weg bringen würde? Ihn und Klara? Und damit meinte er nicht den schmalen Pfad, der sie in die Berge führen sollte.

Der Aufstieg fiel ihr leichter, als er gedacht hätte, und doch hatte er Zweifel daran, ob seine Entscheidung, sie mitzunehmen, richtig war. Würde sie durchhalten, würde er nicht alleine schneller ans Ziel gelangen? Wahrscheinlich schon, aber er hatte sich anders entschieden und war auch jetzt noch davon überzeugt, dass er ein zweites Mal ebenso handeln würde. Wieso? Diese Frage wollte er sich jetzt lieber nicht stellen.

Er rechtfertigte seine in diesem Augenblick gefällte Entscheidung, sie weiterhin mitzunehmen, mit dem Sicherheitsaspekt! Er konnte in der nächsten Stadt nicht auf sie aufpassen!

Er musste diesen Weg gehen. Und dieser, sein Weg, würde für sie auf jeden Fall ungefährlicher sein als der, den sie alleine gehen würde.

Das hatte er sich schön zurechtgelegt! Nicht ganz zufrieden, aber überzeugt von sich selbst, schlug er ihn ein.

19: Ben, Schwäche

Der Tag schien kein Ende zu nehmen. Sie saßen nun schon seit Stunden im Flugzeug fest. Die Passagiere wurden immer unruhiger. Nach der offiziellen Stellungnahme war eine weitere Stunde vergangen. Nichts passierte. Niemand wurde herausgelassen und auch keine Pässe eingesammelt oder irgendjemand befragt. Die Stewardessen hatten ihre liebe Not, einzelne Personen vor dem Ausrasten zu bewahren. Sie redeten freundlich und beruhigend auf sie ein, servierten kalte Getränke. Keinen Alkohol! Es wurde immer heißer. Es war Sommer. Und auch in Deutschland konnten die Sommer heiß sein. Dieser war es. Besonders, wenn man in einer Metallröhre saß.

Serge schaute die ganze Zeit aus dem Fenster.

„Was gibt es denn da zu sehen?" Ben beugte sich über ihn und starrte aus dem kleinen ovalen Fenster des Flugzeuges.

„Andere Flugzeuge! Die starten oder landen. Werden betankt oder beladen!"

Serge sah Ben kurz an. Der ließ sich wieder zurück in den Sitz fallen.

„Was ist hier bloß los?" Wie auf Kommando betrat der Sprecher der Flughafensicherung plötzlich das Flugzeug. Ein lautes Stimmengewirr stürmte auf ihn ein. Der Pilot kam aus seinem Cockpit dazu und übergab ihm sein Mikrofon und trat einen Schritt zurück. Der Sprecher hob seinen freien Arm und deutete mit einer Handbewegung an, dass sich alle, die aufgesprungen waren, wieder setzen und ruhig sein sollten.

Sein kleiner schwarzer Schnauzer zuckte und seine Augen verrieten eine enorme Anspannung. Er war relativ jung, vielleicht Mitte dreißig, und sicherlich noch nie in einer ähnlichen Situation gewesen. Seine Stimme zitterte, als er sprach:

„Es gibt einige Komplikationen im Flughafen auf Samos." Er holte tief Luft. Die Menschen sahen einander erst stumm an, doch dann fielen Worte wie Bombe oder Terroristen.

„Doch zuerst muss ich Sie über eine sehr wichtige Maßnahme in Kenntnis setzen.

Wir erteilen Ihnen hiermit ganz offiziell eine Nachrichtensperre.

Das heißt: Sie dürfen niemandem etwas von dem übermitteln, was ich Ihnen gleich mitteilen werde. Dies ist von größter Wichtigkeit und kann lebensrettend sein. Ich muss Sie darauf hinweisen, dass bei Missachtung dieser Anweisung Strafen bis zum Freiheitsentzug auf sie zukommen könnten.

Bis auf Weiteres erlauben wir Ihnen, Ihre Handys zu behalten, um sich bei Ihren Familien zu melden. Einen Grund für Ihre Verspätung ist ein Magendarmvirus, das sie alle an diesem Ort festhält. Wir haben Sie unter Quarantäne gestellt.

Haben Sie Fragen zu meinen Ausführungen?"

Die Passagiere sahen einander an und viele schüttelten mit ihren Köpfen, was als ein *nein* zu deuten war.

„Gut, dann bitte ich Sie jetzt noch einmal das Ganze sehr ernst zu nehmen.

Denn wir haben die Nachricht erhalten, dass die auf Samos verbliebenen Urlauber von einer noch nicht identifizierten Terroristengruppe im Flughafengebäude als Geiseln gefangen gehalten werden."

Ben hatte das Gefühl, ihm würde ein Messer in die Brust gestochen werden. Er kannte das Gefühl nicht, aber so stellte er es sich vor.

„Klara!" Er sagte ihren Namen, als würde er sie damit retten können.

Serge schloss für einen Moment seine Augen. Wieso machte Pablo einen Fehler nach dem anderen? Es war zu früh!

Erschrockene Blicke und ein leichtes Raunen ging durch die Reihen. Gleichzeitig war eine unendliche Erleichterung zu spüren, nicht zu denen zu gehören, die auf Samos zurückbleiben mussten.

Als sich die Menge wieder ein wenig beruhigt hatte, fuhr der Sprecher mit seinen Erklärungen fort.

„Als Erstes ist es nun für uns von großer Bedeutung herauszufinden, wie viele Passagiere und wer genau sich unter den Geiseln, die zurückgeblieben sind, befinden. Wir wurden darüber informiert, dass es kurz vor der Geiselnahme Schwierigkeiten mit einer Maschine gab und es dazu kam, dass mehr oder weniger ausgelost wurde, wer in diese erste Maschine steigen durfte und wer noch auf der Insel verbleiben sollte. Ist das so richtig?"

Allgemeines Nicken bestätigte seine Informationen.

„Dadurch ist es für uns schwer feststellbar, wer sich noch auf Samos befindet. Wir müssen nun Ihre Personalien aufnehmen, um auch Angehörige der Betroffenen informieren zu können.

Die Stewardessen werden nun so nett sein", dabei lächelte er der Brünetten dankend zu, „Ihre Pässe einzusammeln. Sobald wir alles dokumentiert haben und alle Formalitäten erledigt sind, werden wir Sie zu einer persönlichen Befragung der Reihe nach aus der Maschine holen. Die Polizei wird das übernehmen.

Danach müssen Sie sich allerdings noch in der Wartehalle für weitere Fragen bereithalten.

Eine Beamtin wird in dieser Zeit einige Ihrer Fragen beantworten und falls jemand etwas Auffälliges beobachtet haben sollte, möchte ich Sie bitten, es uns sofort mitzuteilen, selbst das kleinste Detail kann sehr wichtig und hilfreich sein! Ich möchte mich bei Ihnen allen für Ihr Verständnis und Ihre Mitarbeit bedanken. Denken Sie daran, es können Menschenleben davon abhängen, was für Informationen wir bekommen, und davon, dass keine Informationen nach außen dringen!"

Ben hatte während der Ausführungen mehrmals mit dem Kopf geschüttelt, er konnte es nicht glauben, das war doch nicht möglich, es war das erste Mal, dass Klara alleine fliegen sollte, und nun das. Warum war er nicht bei ihr geblieben, dieser verdammte Termin, verflucht sei er. Was musste sie für Ängste ausstehen. Bei diesen Gedanken raufte er sich mit beiden Händen die Haare, dann sprang er von seinem Sitz auf, so dass er sich seinen Kopf an den Staufächern stieß.

Nach vorne, über die Rückenlehne seines Vordermannes gebeugt, wendete er sich an den Sprecher des Flughafens und rief: „Was fordern die Geiselnehmer und wie geht es den Geiseln?" Er hatte die volle Aufmerksamkeit aller Anwesenden in der, gefühlt, immer enger werdenden Flugzeugröhre.

„Wir haben bis jetzt keinerlei weitere Informationen, gehen aber davon aus, dass es den Geiseln, den Umständen entsprechend, gut geht."

„Sie gehen davon aus? Verflucht noch mal, Klara, meine Freundin, ist eine von ihnen, tun Sie etwas, holen Sie sie da raus, so schnell wie möglich!"

„Schon gut, schon gut, beruhigen Sie sich, wir tun unser Möglichstes. Kommen Sie doch gleich mit uns, wir werden uns um Sie kümmern und Sie auf dem Laufenden halten." Mit diesen Worten nickte er dem Piloten zu und stieg aus der Maschine.

Ben hatte seinen Kopf mit der Stirn auf die Lehne gestützt und mit seinen Armen umschlossen.

Nun war es Serge der ihm seine Hilfe anbot. „Es tut mir so leid wegen Ihrer Freundin, doch Sie können ihr nicht helfen, wenn Sie hier zusammenbrechen. Kommen Sie, wir steigen aus, ich bringe Sie ins Flughafengebäude. Es wird alles wieder gut werden. Und dann werden Sie Ihre Klara glücklich in Ihre Arme schließen können. Kommen Sie, ich nehme Ihr Handgepäck." Serge nahm ihn am Arm und schob ihn in den Gang hinein. Dann holte er das

Handgepäck aus dem Staufach und schob Ben langsam weiter vor sich her.

Ein merkwürdiges Bild bot sich den Mitreisenden. Ein kleiner schmaler junger Mann stützte einen breitschultrigen, großen Mann, der nun gebeugt vor ihm herging, und führte ihn aus dem Flugzeug. Sie folgten ihnen mit ihren Blicken. Es war recht still, jeder hing seinen Gedanken nach, und manch einer dankte Gott für die glückliche Fügung, geliebte Menschen und sich selbst nicht in Gefahr zu wissen.

20: Pablo

Fast zur selben Zeit ging Pablo mit großen Schritten und den Armen auf dem Rücken verschränkt in der Leitzentrale des Flughafens auf Samos auf und ab.

Nein, er sah nicht aus wie Napoleon Bonaparte, wenn auch seine Art zu gehen, oder sollte man besser sagen zu stolzieren, so wie man es aus Filmen kennt, ihm sehr ähnlich war. Außerdem fehlte der Hut und dass er seine rechte Hand in einem 90-Grad-Winkel in seine Weste gesteckt dicht am Herzen trug.

Und Pablo war groß, sogar sehr groß, weit über eins neunzig, und sehr mager. Seine Gesichtszüge waren hart und machten ihn älter, als er eigentlich war. Das hatte er mit Chris gemeinsam. Was allerdings auch das Einzige war, was diese beiden Männer gemeinsam hatten.

Carlo, einer von Pablos Leuten, saß am Computer des Terminals und tippte nervöse auf der Tastatur herum.

Beide Männer trugen grün-braune Tarnkleidung. Ihre Gesichtsmasken lagen neben ihnen auf dem Pult.

„Hast du es nun endlich, oder müssen wir abbrechen, weil *du* deine Aufgabe nicht erfüllen kannst?" Verärgert blieb Pablo hinter Carlo stehen, was diesen umso mehr verunsicherte.

„Jetzt leg endlich eine Verbindung zur griechischen Regierung, die werden sich freuen wieder von uns zu hören!"

„Ich habe es gleich, ja, alles klar, Boss!" Carlo drückte mal hier, mal da ein paar Knöpfe und reichte dann Pablo den Hörer.

„Hören Sie! Sie wissen, von wo der Anruf kommt? Gut! Wir haben ergänzende Anweisungen für Sie: Wir rechnen bis morgen früh weder mit neuem Personal noch mit neuen Passagieren, da keine weiteren Flüge geplant waren. Wir öffnen nun das Nachrichtennetz für Sie für eine halbe Stunde. Damit sollte es für Sie keine

Schwierigkeit sein, alle Flüge für die nächsten Tage abzusagen und die Fluggäste umzuleiten. Zum Beispiel auf die Fähre zur Türkei. Zusätzlich werden Sie die Zufahrtstraßen zum Flughafen sperren lassen. Der Flughafen bleibt geschlossen. Ein Schaden an der Elektrizität, Totalausfall aller Systeme, was weiß ich! Lassen Sie sich etwas einfallen. Ich will hier niemanden sehen. Danach ist das öffentliche Nachrichtennetz erneut gestört, so dass wir nicht von Schaulustigen und Reportern umzingelt werden sollten. Falls sich doch jemand hierher verirren sollte, haben meine Posten ihre Anweisungen.

In Ihrem eigenen Interesse und in dem Ihrer Landsleute sollten Sie dafür sorgen, dass sich hier niemand blicken lässt, ich will im Umkreis von fünf Kilometern keinen Menschen sehen, weder Polizei, ihre Männer noch Zivilisten, und ich habe gute Augen. Sollten Sie das nicht hinkriegen, werden einige der deutschen Touristen waagerecht in ihre Heimat zurückkehren! Alle weiteren Forderungen werden folgen!" Pablo legte den Hörer zurück.

Ein dritter Mann betrat die Einsatzzentrale.

„Warum hast du ihnen nicht gleich gesagt, was wir noch wollen?"

„Ganz ruhig, Marco, eins nach dem anderen! Zuerst müssen sie uns die Urlauber, die morgen nach Hause fliegen wollen, vom Leib halten. Oder willst du etwa hunderte von Menschen hier vor verschlossenen Türen stehen sehen? Schließlich müssen wir hier irgendwann auch wieder raus!" Pablo klopfte seinem kleinen Bruder, der fast so groß war wie er selbst, freundschaftlich auf den Rücken.

„Wir lassen sie ein wenig für uns arbeiten, und wenn sie glauben, unseren Plan zu kennen, dann zerstören wir den ihren! Hast du dem Personal diktiert was sie ihren Familien schreiben sollen? Dass sie hier gebraucht werden?"

„Die Nachrichten auf ihren Handys sind geschrieben, wenn der Störsender ausgeschaltet ist, werde ich sie abschicken."

„Sehr gut!"

Pablo blickte auf die Überwachungsmonitore und somit in die mit über hundert Menschen gefüllte Wartehalle.

Friedlich saßen die Geiseln in Reihen auf ihren Stühlen, als wenn nichts Besonderes geschehen wäre. Erst der Anblick von maskierten Männern mit Maschinengewehren erklärte die Ruhe im Raum.

21: Klara, Aufstieg

Als sie die nächste Straße erreicht hatten, drehte sich Chris um und reichte ihr die Hand, um ihr über einen kleinen trockenen Graben zu helfen. Danach überquerten sie die Fahrbahn. Kein Fahrzeug war zu sehen. Klara überlegte, wie spät es wohl sei. Als könnte er ihre Gedanken lesen, sagte Chris: „Ich glaube, eine Pause würde uns beiden gut tun. Wir haben ungefähr die halbe Strecke hinter uns!" Er nahm ihr den Rucksack vom Rücken, als sie neben ihm stand.

Sie widersprach ihm nicht und Chris begann damit, das trockene Gras um sie herum niederzutreten und ein paar größere Zweige den Hang hinabzuschleudern. Sie ließen sich ins Gras fallen und spürten beide die Erschöpfung der letzten Stunde.

Bis jetzt hatte sie durch die Anstrengung, den Hang hinaufzusteigen, nicht bemerkt, wie ihre Füße schmerzten. Sie war heilfroh die Turnschuhe für ihre Rückreise gewählt zu haben, in Sandaletten oder Pumps wäre sie hier in der Wildnis völlig verloren gewesen. Allerdings waren ihre Turnschuhe nur aus Baumwolle und einer flachen Sohle aus Gummi, so dass sich jeder Stein durch sie hindurchdrückte. Und im Augenblick stachen auch noch sämtliche Grashalme und Zweige durch ihren dünnen Rock und die Bluse. Sie wühlte in ihrem Rucksack und zog eine hellblaue Jeans und ein dunkelblaues Sweatshirt heraus, schnappte sich beides und ging ein paar Meter den Hang hinauf, um sich umzuziehen.

Er sah ihr nach, zupfte sich einen Grashalm und begann auf ihm herumzuknabbern, was ihn jedoch nicht davon abhalten konnte, ein amüsiertes Lächeln auf sein Gesicht zu zaubern, sich der Länge nach mit dem Rücken auf dem harten Boden auszustrecken und den sichelförmigen Mond anzustarren. Er kam sich vor wie Huckleberry Finn, und es gefiel ihm.

Als sie zurückkam, waren seine Augen geschlossen und seine Arme über der Brust verschränkt. Sie legte sich mit einem halben Meter Abstand neben ihn und versuchte, den mehr oder weniger harten Rucksack unter ihrem Kopf so zu platzieren, so dass er wenigstens halbwegs bequem war.

Sie hatte ihr Zeitgefühl seit der Geiselnahme fast völlig verloren. Es war Nacht, das war sicher, doch ansonsten hätten auch schon Tage und Nächte vergangen sein können, die Zeit war unangemessen langsam verstrichen, im Gegensatz zu den Ereignissen.

„Wie spät ist es eigentlich?" Klara drehte ihren Kopf zu ihm um, er ließ die Augen geschlossen, nahm den Grashalm aus dem Mund und antwortete etwas schlaftrunken, was sie für ziemlich übertrieben gespielt hielt.

„Gleich Mitternacht! Wenn du kannst, solltest du wieder etwas schlafen, wir werden bei Sonnenaufgang weitergehen!"

„Wohin?" Er öffnete seine Augen, sie waren so hellwach, wie es Klara schon vermutet hatte. Und trotz der Dunkelheit konnte sie sie klar blitzen sehen. Oder halluzinierte sie?

„Hast du irgendwelche Phobien, zum Beispiel Platzangst?" Er sah sie nicht an.

„Was soll diese Frage? Habe ich mich etwa die Stunden, die wir in dem engen Büro gezwungenermaßen zusammen verbringen mussten, eigenartig verhalten?" Sie hatte sich zum Sitzen aufgerichtet.

„Ich dachte nicht an den kleinen Raum, sondern an etwas …" Er zögerte, schien nach einem Wort zu suchen. „Etwas noch Unbehaglicheres!"

„Was kann noch unbehaglicher sein als stundenlang in einer kleinen Kammer eingeschlossen zu sein?" Sie hatte das Gefühl, es nicht wissen zu wollen.

„Du solltest dir jetzt noch keine Gedanken machen, versuch dich auszuruhen!" Er drehte sich zur anderen Seite um und außer einem ziemlich kalten „Gute Nacht!" war nichts mehr von ihm zu vernehmen.

Klara ließ sich erneut ins Gras nieder, klopfte auf ihrem Rucksack herum und wusste nicht recht, was sie von ihm halten sollte. Nach einer Weile hatte die Erschöpfung sie übermannt und sie schlief tief und fest ein.

22: Klara, Antworten

Klara legte das Buch auf den kleinen Tisch zurück. „Fragen, Fragen!", murmelte sie vor sich hin. Sie hatte das Gefühl, als wären es heute noch mehr als damals. Sie rieb sich ihren verspannten Nacken, erhob sich langsam aus ihrem Sessel und wusste nicht so recht, was sie tun sollte, wollte? Als sie im Zimmer zweimal die gesamte Länge hin- und zurückgeschritten war, zog sie geistesabwesend die Vorhänge zu und holte sich einen Apfel aus der Küche. Es war spät geworden. Die Stehlampe war die einzige Lichtquelle in dem Raum. Irgendwie ist hier alles klein, ging es Klara durch den Kopf.

Dann schlüpfte sie in ihre schwarzen Plüschhausschuhe hinein, hängte sich ihre selbstgestrickte, fast knielange, braune Jacke über ihre Schultern und öffnete die Tür zu ihrem kleinen Balkon. Dort stellte sie sich mit dem Rücken an die Wand und sah hinunter in ein kleines Waldstück.

Eine schöne Wohngegend, dachte sie, so ruhig und dunkel, sie begann zu frösteln, den Apfel in der einen, die sie umschlingende Strickjacke festhaltend in der anderen Hand. Der Herbstwind blies ihr kalt ins Gesicht und spielte mit ihren offenen Haaren. Sie waren lang geworden, reichten ihr mittlerweile bis zur Hälfte ihres Rückens hinunter.

Die Luft war feucht, die Hauswand, an die sie sich gelehnt hatte, wurde immer kälter, bis sie es nicht mehr aushielt. Wenn sie die Augen schließen würde, könnte sie im Tunnel sein. Sie ließ sie offen. Die Straßenlaternen warfen Lichtkegel auf die Fahrbahn unten vor dem Haus. Nur die vorbeifahrenden Autos störten die Stille. Sie ging wieder hinein.

Es war bereits nach Mitternacht. Morgen früh um sieben würde ihr Wecker klingeln. Würde er, eigentlich! Doch Morgen würde er es nicht tun, da war sie sich sicher. Der Bürojob musste warten. Sie würde nicht eher dieses Zimmer verlassen, um zur Arbeit zu gehen, bis sie das Ende der Geschichte kannte. Doch kannte sie es nicht längst? Ein Ende, das in der Vergangenheit lag! Aber vielleicht lag es gar nicht in der Vergangenheit, vielleicht lag es ganz allein in ihren Händen?

Den halb angeknabberten Apfel legte sie auf die noch immer auf dem Tisch stehende Untertasse mit der halb ausgetrunkenen Teetasse. Sie setzte sich in den alten Sessel, streifte ihre Schuhe ab und zog fröstelnd die Knie dicht an sich heran. Das Buch nahm sie in beide Hände, betrachtete noch einmal den Umschlag und las langsam den Namen des Autors: „Christian …!"

23: Ben, schlaflose Nacht

Ben hatte sich einen Platz an der großen Fensterfront ausgesucht. Neben ihm saß Serge. In den langen Stunden hatte er sich rührend um Ben gekümmert. Ihm etwas zu trinken und zu essen gebracht, was Ben allerdings abgelehnt hatte. Serge hatte Bens Pass gemeinsam mit seinem eigenen an das Flughafenpersonal weitergereicht, ihm eine Decke besorgt und die ganze Zeit zugehört, wenn er von Klara sprach.

Sich Fotos aus ihrem eben beendeten Urlaub auf Samos zeigen lassen und ihn brüderlich in den Arm genommen und den Rücken geklopft, als ihm die ein oder andere Träne über die Wange gelaufen war.

Die Wartehalle des Hamburger Flughafens war voll besetzt. Es wurde so gut wie niemand fortgelassen. Nur einem älteren Ehepaar wurde die Weiterreise mit einem Anschlussflug gewährt, soweit Serge und Ben mitbekamen. Alle anderen wurden befragt und mussten sich gedulden.

Ben zerbrach sich bereits die halbe Nacht seinen Kopf über die Geiselnahme. Immer wieder stellte er Serge dieselben Fragen: „Warum wurden die Touristen einer griechischen Insel als Geiseln genommen? Auf Samos! Wieso hier? Und wieso überhaupt, was wollten die Geiselnehmer? Geld? Die Freilassung von Gesinnungsgenossen? Oder geht es um Politik?"

Ben starrte aus dem Fenster in die Finsternis. Als würde er irgendwo da draußen die Antworten auf seine Fragen finden. Doch die Lichter der Landebahnen leuchteten wie immer. Und die vielen startenden und landenden Flugzeuge fuhren an ihr jeweiliges Terminal wie an jedem ganz normalen Tag.

Serge zog sich seine Wolldecke etwas höher und strich sie glatt. Er konnte auch nicht schlafen. Es würde schon bald wieder hell werden.

„Weißt du, Ben!", begann er. „Ich lebe schon seit vielen Jahren auf Samos, genau genommen in Samos Stadt!"

Ben drehte sich abrupt zu ihm um. „Wirklich? Das wusste ich nicht!" Erstaunt fixierte er Serge.

„Diese kleine Insel Samos hatte in seiner jahrtausendalten Geschichte schon viele Feinde kommen und gehen sehen. Die Perser, noch 500 v. Chr., Alexander der Große, römische Herrscher wie Kaiser Augustus, Piraten, Germanenstämme, Araber und Türken. Italiener und Deutsche. Wiedereroberungen durch die Griechen und Niederlagen wechselten sich auch in den Jahrhunderten nach Christus ab.

Die Insel hat eine bedeutungsvolle Lage, für die es sich zu kämpfen lohnt, noch heute. Es geht um Politik und Macht und natürlich um viel Geld."

„Das verstehe ich nicht!" Ben rieb sich die Augen.

„Ich weiß, es ist kompliziert. Alte Fehden aus längst vergangenen Zeiten stehen zwischen ihnen, das könnte auch in unserem Fall zu weiteren Problemen führen. Die Regierungen der betroffenen Länder sind sich uneinig in der Bekämpfung von Terroristen. Und dann kommt noch die enorme Verschuldung Griechenlands dazu. Das Fernbleiben der Touristen. Und die Flüchtlingsriese nicht zu vergessen, dies alles sollte man nicht unterschätzen. Und niemand möchte den ersten Schritt tun, denn vielleicht könnte gerade er von der ganzen Miesere profitieren.

Auch wenn sich im Allgemeinen die Gesamtlage zu entspannen scheint, im Untergrund brodelt es noch sehr stark. Und was glaubst du, was einzelne verzweifelte Menschen alles tun würden, um sich das wiederzuholen, was ihnen ohne ihr Zutun genommen wurde?"

Ben begann zu grübeln, konnte sich aber nicht recht in Serges Gedankengänge hineinversetzen. „Glaubst du, dass die Geiselnehmer ihren Geiseln etwas antun würden, wenn sie nicht das bekommen, was sie wollen?"

Serge drehte sich zu Ben und sah ihm ernst in seine müden blauen Augen. „Nach einem Misserfolg bleiben nur noch die Ehre und die Rache!"

Ben war sprachlos nach dieser klaren Aussage. Serge sah plötzlich ganz anders aus. Von dem flugangstgeplagten kleinen jungen Mann war nichts mehr zu erkennen. Hier sprach ein stolzer kleiner junger Mann – aus Erfahrung?

24: Klara, der zweite Tag

Es begann bereits zu dämmern, als sie erwachte, so gegen 6.00 Uhr. Die Luft war feucht und kühl, kein Lüftchen regte sich, es vergingen ein paar Augenblicke, bis sie wieder wusste, wo sie war. Sie hatte tief und fest geschlafen. Doch nun spürte sie jeden einzelnen Knochen. Völlig steif stützte sie sich auf und bemerkte dabei eine Lederjacke, die ausgebreitet über ihr lag.

Als sie sich nach Chris umsah, stand er wenige Meter vor ihr auf einem kleinen Felsen, den Rücken ihr zugewandt. Er blickte aufs Meer hinaus, dorthin, wo jeden Moment die Sonne aufgehen würde. Der Himmel hatte eine Farbe, die es fast unmöglich machte, sie zu beschreiben. Es gab sie einfach nicht, jedenfalls nicht wörtlich. Er schimmerte in den Farben der ersten Sonnenstrahlen, die ineinander verschwammen, von der Farbe Weiß, Beige, Gelb, Orange, Rosa, über Hellblau, Grau, Blau mit einem Hauch Violett. Das Meer spiegelte sie auf einem glitzernden Tablett wider.

Ein atemberaubendes Bild, was durch die Silhouette von Chris vervollkommnet wurde. Er war groß und schlank, auch wenn er nicht wie ein Bodybuilder gebaut war, so war seine Statur doch kräftig. Völlig bewegungslos stand er da wie eine der vielen griechischen Statuen, ja, einem griechischen Gott gleich. Klara zuckte zusammen, der griechische Gott bewegte sich und kam auf sie zu.

„Guten Morgen, haben Sie gut geschlafen? Vielleicht haben Sie einen Wunsch, ein leichtes Frühstück nach Art des Hauses?"

Mit einer galanten Verbeugung griff er mit der einen Hand nach der *Bettdecke*, seiner Jacke, während er mit der anderen Klara vom Boden aufhalf.

Einige wenige Schritte entfernt hatte er aus einem Baumstumpf einen kleinen Tisch gezaubert und mit erlesenen, sehr wertvollen Gaumenfreuden eingedeckt. Einer Apfelsine, drei Schokoriegeln, einem Päckchen Kaugummis, ein paar Butterkeksen und einer Dose Cola. Sein breites Grinsen war der Beweis dafür, dass seine Überraschung ein voller Erfolg war.

Klara war völlig sprachlos, ließ sich von ihm auf einen improvisierten Stuhl – Stein – führen und betrachtete erfreut den mit einer Kamillenblüte dekorierten Frühstückstisch.

„Greif nur zu!", forderte er sie mit einer einladenden Handbewegung auf. „Wir haben noch einen recht langen Weg vor uns, und mit leerem Magen marschiert es sich so schlecht." Diesen letzten Satz hätte er sich verkneifen können, er spürte es, kaum dass er ihn ausgesprochen hatte. Ihr Lächeln verschwand und der positiv überraschte Gesichtsausdruck wurde von einem fragenden verjagt.

„Danke!", war alles, was sie sagen konnte, und sie begann an einem Butterkeks zu knabbern. Sie hätte am liebsten laut aufgeschrien aus Wut über sich selbst, wie konnte sie auch nur im Traum auf die Idee gekommen sein, dass *er ihr* eine Freude machen wollte? Er machte *„Gut Wetter"*. Das war alles! Sie waren hier mehr oder weniger auf der Flucht oder so ähnlich, und sie hatte nichts Besseres zu tun, als sich romantische Vorstellungen zu machen. Stattdessen sollte sie ihn lieber so lange bearbeiten, bis er ihr endlich sagen würde, was er vorhatte.

Die Sonne begann sich aus dem Meer zu erheben, vor einer Minute hätte Klara diesen atemberaubenden Moment noch vollends genießen können, doch nun war er getrübt durch die Realität, die selten so war, wie sie sie sich erträumt hatte.

Es wurde ein recht schweigsames Frühstück, und beide waren froh, als sie ihre Rucksäcke auf ihren Rücken verzurrt hatten, um die letzte Hälfte des Berghanges bis zur nächsten Straße zu bewältigen.

Im Sonnenlicht war eine Art Trampelpfad zu erkennen, was den Aufstieg erleichterte. Dennoch war Klara am Ende ihrer Kräfte angelangt, am liebsten hätte sie sich einfach hingesetzt und wäre nie wieder aufgestanden, jedenfalls nicht heute. Ihren Pulli hatte sie längst wieder in den Rucksack gesteckt.

„Wir sind gleich da", unterbrach Chris ihren stummen Aufstieg und wartete auf sie. „Wir haben es noch rechtzeitig geschafft, es wird noch niemand dort sein."

„Wo?" Klara hatte ihn eingeholt und blieb neben ihm stehen, sie war völlig außer Atem, denn die letzten Meter waren recht steil und unzugänglich gewesen. Der Boden war mit Geröll bedeckt. „Wir sind gleich am Tunnel, er wird uns auf die andere Seite des Berges bringen."

Der Eupalinion-Tunnel, natürlich, eine wirklich gute Idee, es ist der kürzeste Weg, um auf die andere Seite des Ampelos-Berges zu kommen, und der leichteste wohl auch. Aber warum wollte er auf die andere Seite?

„An deinem Gesicht sehe ich, dass du von dem Tunnel weißt, die meisten Touristen besichtigen ihn, er ist ein beeindruckendes Bauwerk, eine wirklich tolle Leistung. Er wurde als Wasserleitung genutzt, über mehr als 1000 Jahre hinweg. Vom sechsten Jahrhundert vor Christus bis zum fünften Jahrhundert nach Christus. Doch heute ist der Rest des Tunnels verschüttet, er ist nur noch circa 150 Meter weit zu betreten. Die restlichen 500 Meter sind verschlossen." Sein Bericht wie aus dem Reiseführer endete abrupt. In diesem Moment wurde ihr ganz schlecht, sie hatte darüber im Infoprospekt gelesen.

„Warte, Chris warte!", rief sie, doch er war schon wieder ein Stück vorausgegangen und winkte nur, sie solle nachkommen. Sie eilte ihm, so schnell sie konnte, hinterher.

Endlich waren sie an dem Parkplatz vor den Treppen, die zum Tunneleingang hinaufführten, angelangt. Es war niemand zu sehen, kein Auto parkte hier oben. Nur die Grillen, ach nein, es waren Zikaden, wie Chris sie verbesserte, waren schon wach, sie schienen nie zu schlafen. Klara konnte sie nicht sehen, aber ihr Gesang war schon zu hören, als sie heute früh erwachte.

Sie waren ungefähr auf halber Höhe des Berges Ampelos und konnten eine wunderschöne Aussicht auf das Meer und die Stadt Pythagorion genießen.

„Wir sollten jetzt hinaufgehen, es wird Zeit", sagte Chris.

„Aber der Tunnel …!" Klara konnte den Satz nicht beenden.

„Vertrau mir, bitte! Ich weiß, was ich tue, und es ist wichtig, dass uns niemand sieht." Er ging weiter voran.

Er hatte einen Plan, ganz sicher. Aber wem würde der dienen? Sie wollte wissen, was hier wirklich ablief. Und sie war sich mittlerweile sicher, dass er es wusste, vielleicht wusste er mehr als ihr lieb sein würde.

25: Klara, Zweifel

„Nein!" Klara ließ ihren Rucksack langsam zu Boden gleiten und sah Chris, der sich sofort umgedreht hatte, fest in die Augen. Sie hatte es ganz ruhig, aber sehr bestimmt gesagt, und Chris spürte, dass dies der Augenblick war, in dem er sie entweder zurücklassen oder ihr die Wahrheit sagen sollte. Er zögerte, doch ihre Augen ließen die seinen nicht los. Stumm blickten sie einander an, jeder wartete auf die Entscheidung des Anderen. Chris brach das Schweigen.

„Komm, setzen wir uns!" Auf der untersten Stufe der von Kiefern umsäumten Steintreppe ließen sie sich nieder.

„Ich hatte eigentlich nicht vor, dich einzuweihen, es ist gefährlich, zu viel zu wissen." Er schnaufte kurz auf, als wenn es ihm unendlich schwerfiel, weiterzusprechen. Klara sagte keinen Ton, sie spürte, dass alles, was er ihr jetzt sagen würde, ihre Ahnungen weit übertreffen konnten.

„Ich weiß nicht recht, wo ich beginnen soll." Chris sah Klara zögernd an. Klara nickte ihm kurz zu, sie konnte ihre Ungeduld kaum zügeln. Chris hatte sich entschieden, endlich.

„Also gut, ich … ich bin ein V-Mann!"

Klara öffnete ihren Mund und für eine kleine Weile vergaß sie zu atmen und ihn wieder zu schließen. „Ein Polizist?", entfuhr es ihr.

„Ein verdeckter Ermittler!" Chris sagte es in einem Ton, als ob er ihr mitteilen wollte, er sei Klempner.

„Du bist ein Spion, ein echter Spion, wirklich? Ehrlich?" Sie war leicht verstört, überrascht, und dann verärgert!

„Chris? Du machst dich über mich lustig, was glaubst du eigentlich, wer du bist?", entfuhr es ihr schließlich, wütend sprang sie auf und wollte an ihm vorbei die Treppe hinauf, weg einfach nur weg von diesem arroganten Kerl, der glaubte, sie wie ein kleines dummes Mädel vom Lande behandeln zu können. Doch noch ehe sie die zweite Stufe erreichen konnte, hielt er ihren Arm fest und zwang sie stehen zu bleiben.

„Das ist kein Scherz und ich will dich auch nicht ärgern, es kommt mir ja selbst oft komisch vor, doch es ist, wie es ist. Wolltest du nun die Wahrheit hören oder nicht?" Chris stellte sich dicht vor sie, er sah seltsam traurig aus, hatte sie ihn sehr verletzt? Ja, vielleicht war er verletzt und enttäuscht, weil sie es für abwegig hielt, dass er ein *Spion* sein könnte? Klaras Empörung schwand.

„Es tut mir leid, vielleicht habe ich zu viele Spionagefilme gesehen, und irgendwie kann ich es mir nicht vorstellen, hier mit einem echten Spion auf der Flucht vor irgendwelchen Terroristen Berge hochzukraxeln und womöglich noch durch einen nicht bis zum Ende begehbaren Tunnel zu stolpern! Es tut mir leid, ich wollte dich nicht beleidigen."

Ihre Blicke trafen sich, und für einen winzigen Augenblick kamen sie einander näher. Nicht, da sie einander dicht gegenüber standen, sondern weil sie versuchten sich in den Anderen hineinzuversetzen.

„Schon gut, es tut mir auch leid, ich bin nicht sehr gewandt im Umgang mit Menschen und mit Worten. Ich arbeite meistens alleine, und für engere soziale Kontakte fehlt mir die Zeit. Ich bin nie lange an einem Ort."

„Warum hast du mich mitgenommen?" Klara konnte sich diese Frage nicht länger verkneifen, er musste doch einen Grund gehabt haben?

Chris wich ihrem Blick aus, er sah überhaupt nicht mehr so cool und überlegen aus. Als würde ein zweiter Chris zum Vorschein kommen. „Ich traf meine Entscheidung in einem Bruchteil einer Sekunde, und ich werde sie nicht korrigieren. Ich könnte dich hier zurücklassen, bis alles vorbei ist, du wärst hier relativ sicher, doch ich werde es nicht tun, nicht einmal wenn du mich darum bitten würdest. Ich habe schon zu viel gesehen, ich weiß zu viel, es gibt Situationen, die nicht mehr zu kontrollieren sind. Eine Geiselnahme ist eine davon!" Chris sah Klara fast flehend an. Sie wich seinen Augen nicht aus.

„Klara, es werden vielleicht Menschen sterben, und ich will nicht, dass du eine von ihnen bist."

Klaras Augen wurden feucht und noch ehe sie wusste, was sie tat, fiel sie ihm um den Hals. „Danke!", flüstert sie.

Er hielt sie fest in seinen Armen und drückte sie an sich. Nur kurz, dann ließ er sie los. Klara ging einen Schritt zurück. Sie sahen einander verlegen an.

„Ich weiß schon", begann Klara, „es hat sich so ergeben, du warst da, ich war da, und der Flur bot ..." Sie mussten beide lachen.

„Lass uns weitergehen!", sagte er schließlich und nahm ihre Rucksäcke auf.

Als sie beide langsam die Steintreppe nebeneinander emporstiegen, durchbrach Klara erneut das Schweigen.

„Wieso forderst du keine Hilfe an? Es gibt Spezialeinheiten, soweit ich weiß, die sind für Entführungen extra ausgebildet. Wir sollten uns irgendwo verkriechen, bis alles vorbei ist. Wozu gibt es denn die Polizei, das Militär, die Experten von ganz oben? Was willst du alleine tun? Wieso lässt du mich nicht hier im Wald zurück? Ich halte dich nur auf. Und der Tunnel, er ist verschüttet, da kommen wir nicht weiter?" Klara hatte erst das Gefühl, ihn nicht zu erreichen.

Doch mit diesen Fragen schien sie ihn zurückgeholt zu haben, von wo auch immer. Er sah ihr ins Gesicht und begann zu lächeln. Weiße, gerade geformte Zähne zeigten sich, und das Strahlen in seinen blauen Augen war wieder da. „So viele Fragen auf einmal, eine davon kannst du dir selber beantworten! Und die anderen, mal sehen, was ich tun kann.

Also, es gab schon gestern Mittag keine Möglichkeit mehr, Hilfe zu holen. Sämtliche Verbindungsnetze von Samos zur Außenwelt wurden gestört. Handys, Telefone, ja selbst die Funkverbindungen wurden gestört. Die Geiselnehmer haben nicht nur den gesamten Flughafen besetzt. Sie könnten überall auf der Insel, selbst in der Polizeistation ihre Leute platziert haben.

Doch im Moment haben wir beide das As im Ärmel, denn ich glaube, dass wir die einzigen Außenstehenden auf dieser Insel sind, die bis jetzt von der Entführung wissen. Wir sollten sehn, dass wir weiterkommen!" Damit war für ihn das Gespräch beendet.

Für Klara hatte es erneut Fragen aufgeworfen und nicht annähernd alle beantwortet. Oder doch? Noch bevor sie Zeit zum Nachdenken hatte, drängte er zur Eile.

26: Klara, Etappenziel

Es war noch früh am Morgen, dennoch wurde es von Minute zu Minute wärmer. Vielleicht war es auch die Anstrengung, die Treppenstufen emporzusteigen? Klara kämpfte mit den Stufen, die zum Teil ausgetreten und brüchig waren. Dazu kam, dass sie unterschiedlich tief waren und jeder Schritt mit Bedacht gesetzt werden musste.

Endlich waren sie an der letzten Stufe angelangt und konnten nun den Eingang zum Tunnel sehen. Allerdings standen sie am Ende der unendlich lang erscheinenden Treppe vor einem silberfarbenen Metallgitterzaun. Mit passendem Tor, das leider verschlossen war. Chris drückte fast gelangweilt die Klinke herunter. Dann nahm er etwas, was wie sein Taschenmesser aussah, aus einem Seitenfach seines Rucksackes, steckte ein Stück Metall oder Draht in das Schloss und öffnete die Tür.

Er hielt Klara das Tor auf und ließ es hinter ihr klackend ins Schloss fallen.

Sie überquerten einen grob gepflasterten Platz und kamen dann an ein kleines Häuschen. Chris rüttelte an der Türklinke einer alten zweiflügeligen Holztür. Sie gab nicht nach. Es hing ein dickes, altes, verrostetes Schloss an einem schweren Riegel. Er hätte sich das Rütteln sparen können, schoss es ihr durch den Kopf. Doch er war hier der Experte, oder?

Klara nahm ihren Rucksack ab und lehnte sich gegen die Steinmauer.

„Du solltest dir wieder etwas Wärmeres überziehen!" Er hatte Recht, ihre dünne Baumwollbluse würde ihr im Tunnel zu kalt werden.

„Wir steigen durch ein Seitenfenster ein, vergiss deinen Rucksack nicht!"

Schon war er hinter der linken Hauswand verschwunden. Es war ein richtiges kleines Haus mit einer Vorderseite, in welche die große alte Holztür eingebaut worden war, und in den zwei gegenüberliegenden Seiten waren je zwei kleine Fenster eingelassen. Die Rückseite bildete bei genauerem Hinsehen das Felsgestein des Berges. Das gesamte Gebäude war nicht viel größer als ungefähr zwanzig Quadratmeter. In diesem Moment hörte sie es klirren.

„Was ist passiert?", fragte sie erschrocken.

Doch bei ihm angelangt, zeigte er ihr, wo sie einsteigen konnten. Chris hatte ein Brett gefunden, das lang genug war, um auf ihm zum Fenster hinaufzuklettern, welches er eben mit selbigem zerschlagen hatte. Es waren ungefähr zwei Meter Höhe zu überbrücken. Er lehnte es schräg gegen die Hauswand auf die steinerne Fensterbank direkt unter das zerbrochene Fenster. Dann holte er seine Lederjacke aus seinem Rucksack, wickelte sie um seine rechte Hand und kletterte wie eine Katze auf allen vieren das Brett hinauf. Es sah wirklich sehr leicht aus. Mit der Jacke um seine Hand gewickelt, schlug er die Reste der Fensterscheibe heraus. Dann legte er sie über die Fensterbank, um sich vor noch verbliebenen Glassplittern beim Einsteigen zu schützen.

„Wirf mir die Rucksäcke zu und dann komm nach!", hörte sie seine Anweisungen. Sie tat, was er sagte, und warf ihm, so gut sie konnte, die Taschen zu, die er auffing und gleich danach in das Innere des kleinen Hauses hinabfallen ließ.

„Ich hoffe, da war nichts Zerbrechliches in deinem Rucksack!" Er lachte ihr von oben halb auf dem Brett, halb auf der Fensterbank kniend zu. Es schien ihm richtig Spaß zu machen, dieser *Einstieg*.

„Vielleicht fragst du mich das nächste Mal etwas früher", schlug sie ihm vor. „Oder was hältst du eigentlich von der Tür, war das alte verrostete Schloss unknackbar?"

Er lächelte ihr verschmitzt zu, und überhaupt hatte sie den Eindruck, als hätte er sich verändert, er war irgendwie fröhlich. Seit, ja, seit wann? Sie konnte es nicht genau sagen, vielleicht seit sie hier ankamen oder seit sie Bescheid wusste?

Aber auch sie riss er aus dieser beklemmenden, grübelnden Stimmung, es kam ihr fast so vor, als ob sie mal eben eine kleine Klettertour in den Bergen unternehmen würden. Alles und alle war und waren so weit weg, sehr weit weg. –

„Reich mir deine Hand, ich zieh dich hoch!" Er hielt sich mit der linken Hand am Fensterrahmen fest und seine Rechte reichte er ihr entgegen. Mit etwas Schwung lief sie das Brett hinauf, ergriff seine Hand und mit seiner Hilfe war sie schnell oben angelangt. So knieten sie beide dicht an dicht auf dem schmalen Brett vor dem kleinen Fenster. Er hielt immer noch ihre Hand, sein Lächeln verschwand, seine Augen ließen die ihren nicht los, diesen seltsamen Blick würde sie wohl nie vergessen, sein *Innehalten* und die Berührung seiner Hand, … sie kam plötzlich ins Wanken und spürte, wie sie ihr Gleichgewicht verlor. Er reagierte sofort, zog sie ganz an sich heran und drückte sie in die Fensteröffnung. Sie klammerte sich an ihm fest. Ihr war schwindelig, doch die Höhe konnte es wohl kaum sein.

„Geht es dir gut? Du bist so blass!" Chris sah sie besorgt an, der seltsame Blick war verschwunden.

„Es geht schon wieder, danke!" Ihr war auf einmal wirklich nicht gut, und sie wünschte, sie müsste jetzt nicht in das schummrige Innere dieses Häuschens springen. Was erst der Anfang sein würde.

„Ich springe jetzt runter, wenn ich unten bin und du innen im Fenster sicher sitzt, stößt du das Brett weg, dann brauchst du dich nur noch fallen zu lassen, ich fange dich auf!"

Klara nickte und dachte: Nur fallenlassen, wenn weiter nichts ist! Sie war kein besonders sportlicher Typ, doch auch sie wusste, dass bei jedem Sprung die Landung das Entscheidende war. Und sie konnten bestimmt keinen verstauchten Knöchel gebrauchen. Nicht heute!

Chris' Sprung sah perfekt aus. Er war sicher unten aufgekommen und packte die Rucksäcke zur Seite. Klara steckte ihre Beine durch das Fenster und stieß das Brett weg. Sie musste gut auf die verbliebenen Glassplitter achten, knotete sich Chris' Jacke, auf der sie saß, mit den Ärmeln um, und ließ sich zu ihm hinunterfallen. Er fing sie auf. Und wieder hatte Klara das Gefühl, dass er sie länger als nötig in seinen Armen hielt. Nur dieses Mal konnte sie seine Gesichtszüge nicht genau deuten.

Dann nahmen sie ihre Rucksäcke auf. Als sie sich etwas umsahen, konnten sie das dunkle Loch im Fußboden, den Eingang des Tunnels, erkennen.

Die kleinen, sehr hoch liegenden Fenster ließen nur wenig Licht ins Innere fallen. Und bei geschlossener Eingangstür kam ihr dieser Abstieg in ein etwa ein Meter mal zwei Meter langes, völlig finsteres Loch wie der Eingang in eine Gruft vor.

Der Einstieg über eine sehr alte Steintreppe war nur etwa einen halben Meter breit. Dreizehn Steinstufen führten sie bis zu dem schmalen Gang hinunter. Das hatte sie auch im Reiseführer gelesen. Als sie daran dachte, fielen ihr 101 Gruselgeschichten ein. Es war feucht und kalt hier unten. Die Decke des Ganges lief spitz zu wie bei einem Giebel. Sie konnte sie mit ausgestreckten Armen erreichen. Knapp zwei Meter mal zwei Meter im Querschnitt maß der Gang, in dem sie sich nun befanden. Chris hatte sein Feuerzeug herausgeholt, wohl mehr als Beruhigung für Klara, als dass sie besser sehen konnten als vorher.

Die kleine Flamme zeigte ihnen rundherum Felsen, und an manchen Stellen lief Wasser herunter, so dass es auf den Steinen unter ihren Füßen sehr glatt war. Sie tasteten sich einige Meter in dem engen Gang entlang.

Die Flamme des Feuerzeuges wurde immer kleiner. Klara ergriff Chris' Arm und in diesem Moment erlosch die Flamme völlig. Es entfuhr ihr ein kleiner Schrei, doch Chris hatte bereits ihre Hand ergriffen und zog sie neben sich an die kalte Wand.

„Es ist alles in Ordnung, keine Angst, wir werden bald Licht und auch Frischluft erhalten."

„Verdammt noch mal", hörte sich Klara leise fluchen, „warum haben wir nicht oben gewartet, bis es so weit ist?" Sie hasste es unter der Erde in völliger Dunkelheit eingeschlossen zu sein. Natürlich war sie da keine Ausnahme, und eigentlich waren sie auch nicht eingeschlossen, und doch hätte weder Chris noch sie selbst in diesem Moment sagen können, in welcher Richtung der Eingang beziehungsweise der Ausgang lag.

„Mein Handy! Es ist in meinem Rucksack! Die Taschenlampe ging letzte Nacht noch."

„Wir sollten wirklich sparsam mit dem letzten Licht umgehen, was wir zur Verfügung haben."

„Noch sparsamer! Wir stehen hier im Stockdunkeln herum!"

„So gegen sieben, spätestens halb acht Uhr morgens müsste meiner Erinnerung nach der Wärter kommen und alles in Betrieb nehmen. Den Gang abschreiten und den Belüftungsschacht kontrollieren. Damit ab acht Uhr die ersten Besucher hinabsteigen können."

Chris drückte das Licht seiner Armbanduhr an. „Es ist viertel vor sieben, es kann also nicht mehr lange dauern, wir werden uns bis dahin ausruhen. Komm, setz dich auf meine Jacke!"

„Nein – danke! Es ist mir zu kalt, um mich hinzusetzen. Ich stehe lieber oder gehe ein paar Schritte." Ein paar Schritte gehen, was redete sie da für einen Blödsinn, nie im Leben hätte sie sich in einer derartigen Situation auch nur einen halben Meter weiterbewegt. Wenn er nicht immer noch ihre Hand halten würde, hätte sie nicht einmal genau sagen können, wo er stand, obwohl er nur einen

Schritt weit entfernt war. Plötzlich ließ er ihre Hand los, als ob es ihm eben eingefallen wäre, dass er sie noch hielt. Stocksteif blieb sie stehen und wagte nicht sich umzudrehen. „Wie lange wird es noch dauern, bis das Licht eingeschaltet wird?", fragte sie in die Dunkelheit hinein, sie konnte diese Stille nicht ertragen. Es war so beängstigend. Das Gefühl, er könnte sie alleine lassen, genauso wie das Gefühl, dass er dort stand und in ihre Richtung sah.

„Es muss jeden Augenblick so weit sein, hier, nimm meine Jacke, du holst dir noch eine Erkältung, es ist wirklich kalt hier unten." Schon hatte er ihr seine Lederjacke umgehängt, sie konnte ihn nicht sehen, doch ihm schien die Dunkelheit nichts auszumachen, denn er wusste genau, wo sie sich befand.

Wer war er nur, und was tat sie hier eigentlich mit ihm? Er bemutterte sie, als wäre er für sie verantwortlich. War er das, weil er sie da rausgeholt hatte?

Sie begann am ganzen Körper zu zittern. Wie lange sie so dastand, konnte sie nicht sagen, es kam ihr endlos lange vor. Hatte er sie deshalb gefragt, ob sie unter Platzangst leidet?

„Klara? Ist alles ok, du bist so still?" Seine Stimme klang so warm, dass Klara nicht glauben konnte, dass derselbe Mann, der ihr Befehle erteilen konnte, als wäre es das Selbstverständlichste auf der Welt, hier unten mit ihr im Tunnel stand, und sich ehrlich besorgt anhörte.

„Nein, nichts ist ok." Sie konnte ihre Tränen nicht mehr unterdrücken und schluchzte laut auf. „Ich will hier raus, was tun wir hier eigentlich? Menschen werden gefangengenommen, wer weiß, was sie erleiden, wir wissen es, doch was tun wir? Wir sitzen andauernd in irgendwelchen Kammern und Tunneln und können keinen Meter weit sehen. Verdammt noch mal, sag mir, was das soll!"

Er legte seine Hand auf ihre Schulter, doch sie schüttelte sie ab, im gleichen Moment wünschte sie, es nicht getan zu haben. Sie fühlte sich einsam, verängstigt, und das alles um sie herum war ein einziger Albtraum. Sie wünschte, er würde sie in seine Arme nehmen, doch diesmal tat er es nicht.

„Es tut mir leid, es tut mir wirklich leid, dass ich dir dies alles zumute, ich wünschte, es hätte eine andere Möglichkeit gegeben." Er meinte es ehrlich, das spürte sie, doch warum gab es keine andere Möglichkeit? Sie wischte ihre Tränen unsanft weg. Sie schämte sich ihrer Gefühlsausbrüche, doch sie konnte sie einfach nicht unterdrücken.

„Ich muss auf die andere Seite dieses Berges, ich kann den Geiseln helfen, ich glaube zu wissen, was die Geiselnehmer vorhaben, und ich hoffe, ich kann das Schlimmste verhindern. Dies ist der schnellste Weg, wenn man keinen Helikopter hat."

Chris kniff ihr kurz in den Oberarm, von wegen *so ein Pech*!

„Au!" Klara rieb sich die Stelle. Sie musste lächeln und hatte das Gefühl, dass er es wusste, auch wenn er es nicht sehen konnte und genau das sein Plan war.

„Ich werde uns auf die andere Seite dieses Berges bringen! Es gibt nur eine Hand voll Leute, Freunde, denen ich vertrauen kann. Sie sind wie eine Familie für mich, sie werden mir auch dieses Mal helfen. Wir werden eine sichere Verbindung bekommen, um Hilfe zu holen, denn ich glaube nicht, dass schon irgendjemand von der Geiselnahme weiß, sie brauchen noch etwas Zeit, die werden wir nutzen!

Klara durchfuhr ein Frösteln, als wäre es plötzlich noch viel kälter geworden. Sie wollte ihn fragen, wie er zu diesen Mutmaßungen kam, doch in diesem Moment wurde es hell.

Die Dunkelheit war so plötzlich vorbei, das Licht war so grell, dass sie ihre Augen schließen mussten, so geblendet wurden sie von den

Neonröhren, die links des Ganges an den Wänden befestigt waren und flackernd entbrannten.

Chris wandte sich Klara zu, strich ihr eine Haarsträhne aus dem Gesicht und sah ihr in die noch von Tränen glänzenden Augen.

Ihre Fragen waren verschwunden – für den Augenblick.

27: Klara, Fassung

Klara legte ihren Kopf in den Nacken und schloss die Augen. Sie brannten leicht vom langen Lesen. Und ihre Schultern waren auch verspannt und schmerzten. Aber das alles war nebensächlich. Klara konnte es nicht glauben. War es wirklich so? Seine Gedanken und Gefühle? Ihre Erinnerungen verschwammen mit den Buchstaben und wurden eins mit seinen Beschreibungen. Sie ergänzten sie. Chris hatte eine wundervolle Art, die Situationen zu schildern. Er hatte selbst sie, Klara, stets richtig eingeschätzt. Es war ihr peinlich, dass es so war. Seine Sichtweise wurde zu ihrer und anscheinend auch umgekehrt.

Unruhig knickte sie die unterste rechte Ecke der gerade gelesenen Seite hin und her. Eselsohren! – Eine unschöne, dumme Angewohnheit, für die sie nicht selten von ihren Lehrern und Lehrerinnen in ihrer Schulzeit getadelt und zur Ordnung gerufen worden war. Schon sah sie sich wieder als kleines stilles Mädchen auf der Schulbank sitzen, mit einem flauen Gefühl im Bauch und die Augen ängstlich auf das gerichtet, was noch auf sie zukommen könnte. Dieses flaue Gefühl im Bauch, sollte es sie eigentlich ihr Leben lang verfolgen? Auch jetzt war es wieder da, so stark wie schon lange nicht mehr.
Sie wusste, dass sie es nur loswerden konnte, wenn sie eine Entscheidung treffen würde. Eine schwerwiegende Entscheidung wie die, die sie vor einigen Jahren getroffen hatte. Zu dieser Entscheidung würde sie noch mehr Mut brauchen.
Sie presste mit ihrem Zeigefinger und ihrem Daumen den Falz der Ecke fest und blätterte die Seite um, so dass ein „unschönes" Eselsohr unabänderlich für die Ewigkeit festgehalten wurde.

28: Klara, der Tunnel

Das Licht und die Frischluft, die hereingeblasen wurde, waren eine große Erleichterung. Klara hatte den Eindruck, das Meer riechen zu können und ein leichtes Rauschen zu vernehmen. Als sie es Chris gegenüber erwähnte, meinte dieser, das hinge mit dem Luftdruck im Tunnel zusammen.

Klara ging hinter Chris, sie fragte sich, ob Ben schon von der Geiselnahme wusste und wie es den Anderen wohl bis jetzt ergangen sein mochte. Die ganze Zeit war sie nur mit sich selbst beschäftigt gewesen. Dabei waren sie hier keiner unmittelbaren Gefahr ausgesetzt, oder doch? Ob schon irgendwelche Forderungen bekanntgegeben wurden, und wie wohl die zuständigen Regierungen antworten werden? Chris hatte ihr ja gesagt, dass sie wahrscheinlich   bis jetzt die einzigen Außenstehenden sein würden, die von der Geiselnahme Kenntnis hatten, er war sich so sicher, wie konnte er nur?

Plötzlich hörten sie Stimmen, sie schienen schnell näher zu kommen.

„Verdammt!" Chris fluchte leise vor sich hin. „Ich hoffte wirklich, dass wir ein bisschen mehr Zeit hätten. Komm wir müssen uns beeilen!" Sie liefen so schnell es ging.

Der Tunnel verlief nicht schnurgerade, so dass sie durch eine Biegung außer Sicht waren. Dann war der Gang zu Ende. Der Tunnel endete an einer Felswand mit einem schweren Eisengitter aus Eisenstangen, wie ein altes Gefängnisgitter sah es aus. Ausbruchsicher! Sie konnten hindurchsehen. Ein Tunnel verlief weiter durch den Berg.

„Was können wir tun, sie werden uns gleich finden!" Klara sah ihn fragend an.

Doch er lächelte wieder wie zuvor in der Fensteröffnung. Er sah wie ein kleiner Junge aus, dem ein Streich so gut gelungen war, dass er ihn einfach nicht für sich behalten konnte.

„Wir machen uns unsichtbar! Im Springen hast du ja schon Übung, oder?" „Springen, wohin?" Sie konnte ihm nicht folgen, gedanklich, bildlich, denn es gab kein Fenster oder ähnliches, aus dem sie hätten springen können. Bis er seinen Rucksack absetzte und sich neben ein, wie sie glaubte, Lüftungsgitter kniete. Es war nicht größer als ein Quadratmeter. Darunter war ein Schacht zu erkennen, der nicht viel größer war als das Gitter selbst. Es gab diese Schächte in regelmäßigen Abständen auf der gesamten Länge des Tunnels. Sie alle waren miteinander verbunden. Es war eine etwa 60 cm breite Rinne, die am Anfang etwa drei Meter und am Ausgang acht Meter unter dem Tunnelniveau lag und so das benötigte Gefälle von 0,5 Prozent aufwies. Dort unten befand sich die eigentliche Wasserleitung in Tonröhren, was Klara allerdings noch nicht wusste.

Chris begann an dem Gitter zu rütteln, um es aus seinem steinernen Rahmen zu heben. Aber das Gitter war verrostet und sehr schwer. Klara kniete sich neben ihn und zusammen rüttelten sie es los und schoben es auf eine Seite. Chris zog einen Riemen aus seinem Rucksack und befestigte ihn an dem Gitter. Als Nächstes nahm er ihren Rucksack auseinander und knotete die Trageriemen ebenfalls aneinander.

„Hast du einen Gürtel um?", fragte er plötzlich. Sie musste verneinen, sie trug am liebsten lockere Kleidung. Gleichzeitig zog er seinen Gürtel aus seiner ausgewaschenen und hautengen blauen Jeans, die ihm wirklich sehr gut stand. Er war sehr schlank, doch keineswegs zu dünn, und ehrlich gesagt hatte der Gürtel keinerlei Funktion zu erfüllen, außer vielleicht, wenn man sich so wie jetzt abseilen wollte. Überhaupt sah er wirklich sehr gut aus. Chris! Nicht der Gürtel!

„Komm schon, träum nicht!", hörte sie ihn ungeduldig neben sich. Erst jetzt spürte sie, wie angespannt er plötzlich war, die Stimmen kamen immer näher. Es war kein Wort zu verstehen, obwohl Klara Griechisch eh nicht verstanden hätte, aber sie schienen bereits hinter der Biegung angelangt zu sein. Sie wagte den ersten Blick in den Schacht. Sie sah ungefähr einen halben Meter tief unter ihnen eine Lampe angebracht. Ihr Licht war jedoch schwach, so dass sie den Grund des Schachtes nicht erkennen konnte. Sie sah Chris erschrocken an, er lächelte, doch dieses Mal war es nicht echt. Wahrscheinlich wollte er Klara beruhigen, aber dafür war es zu spät. Er hatte sich bereits an den Rand gesetzt und ließ die Beine hinabbaumeln. Dann warf er die Rucksäcke hinunter. Wie schon einmal eine halbe Stunde zuvor ins Eingangshäuschen.

Sie lauschten dem dumpfen Aufprall. Es konnte nicht allzu tief sein, vielleicht zwei Meter? Oder drei? Das Gitter hatte er über zwei Ecken gerade und fast zur Hälfte über die Öffnung platziert, so dass noch genügend Platz zum Durchkriechen blieb. Die Riemen und Gürtel hingen aneinandergeknotet in den Schacht hinunter. Chris sah Klara an, sein gestelltes Lächeln war verschwunden, er brauchte nichts zu sagen, sie wusste, dass es keinen anderen Ausweg gab, wenn sie nicht entdeckt werden wollten; warum das so wichtig war, war eine weitere Frage.

Dann ließ er sich langsam am Gitter hinunter, bis er im Schacht hing, um sich wenige Sekunden später fallen zu lassen. Klara war die Kehle wie zugeschnürt, dann hörte sie seinen Aufschlag. Und gleichzeitig ein leises Stöhnen.

„Chris! Chris bist du ok?", rief sie flüsternd zu ihm hinab.

„Ja! Es geht mir gut, beeil dich, ich fang dich auf!"

„Aber ich kann dich nicht sehen, was soll ich nur tun?"

„Du brauchst nur dasselbe zu tun wie ich, ich kann dich sehen, ich fange dich auf, spring!"

„Chris, ich habe Angst, ich kann mich nicht in die Dunkelheit fallen lassen, ich kann nicht!" Ihre Beine zitterten, ihre Hände waren schweißnass und dann konnte sie auch schon Schritte hören, die unausweichlich näher kamen.

„Setz dich an den Rand, halte dich an den Riemen fest, und lass dich langsam an ihnen herunter, dich werden sie halten können! Klara, los! Sonst ist alles umsonst gewesen!"

Wie sie es schaffen konnte, sich am Gitter und schließlich an den Riemen herunterhängen zu lassen, wusste sie später nicht mehr, sie spürte nur die Schmerzen an ihren Handflächen von den Riemen und dass sie sich nicht mehr halten konnte.

Der Fall war das Schlimmste, dass sie nicht schrie, war ebenfalls unerklärlich, dafür hatte sie sich die Lippe blutig gebissen.

Chris fing sie auf und beide fielen zu Boden. Für einen kurzen Augenblick spürte sie seinen Atem in ihrem Gesicht, doch er stand gleich wieder auf und sprang hoch, um das Seil aus Riemen und Gürteln zu erreichen, aber er kam nicht heran. „Verdammt, ich kann sie nicht erreichen, wir müssen das Gitter rüber ziehen!" „Heb mich hoch, vielleicht komme ich heran!" Klara stand auf und Chris umfasste ihre Hüften und hob sie hoch, soweit er konnte, sie tastete in der Luft nach dem Seil, und als sie schon nicht mehr glaubte, es erreichen zu können, erwischen sie es und zog so stark sie konnte, es bewegte sich zögernd, sie spürte, dass Chris zu schwanken begann und sie nicht mehr länger halten konnte, sie ließ nicht los, und als sie zusammen umkippten und gegen die Felswand des Schachtes prallten, war dieser Ruck stark genug, um das Gitter bis fast über die gesamte Öffnung des Schachtes zu ziehen. Ein kratzendes Geräusch war zu hören, dann fielen sie erneut zu Boden und blieben erschöpft liegen, um zu lauschen.

Wenige Augenblicke später waren die Stimmen direkt über ihnen. Hatten sie etwas gehört? Konnten sie die Riemen am Gitter baumeln sehen oder den Spalt erkennen, der nicht ganz über dem Schacht geschlossen war, und sie entdecken?

Klaras Herz schlug wie wild. Einer der Männer beugte sich leicht über den Schacht. Sie konnten sein Gesicht genau erkennen. Die Lampe knapp unter dem Gitter strahlte ihn regelrecht an. Klara und Chris hielten den Atem an. Aber es geschah nichts, er konnte sie nicht sehen, er wurde geblendet und im unteren Bereich des Schachtes war es stockdunkel, so blieben sie unsichtbar.

Die zwei Männer sprachen Griechisch miteinander und lachten, dann verschwand das Gesicht über dem Schacht und sie gingen davon. Chris lauschte gespannt, dann schüttelte er den Kopf. „Das war knapp!", flüsterte er. „Wir hatten Glück, selbst wenn sie etwas gehört hatten, konnten sie es nicht zuordnen, wie auch? Wer käme auf diese dämliche Idee, in einen Schacht zu springen!"

Sie gaben sich mit einer einfacheren Erklärung zufrieden. Die Schritte entfernten sich, sie gingen zurück. Erleichtert wagten die *Unentdeckten*, wieder normal zu atmen. Sie lagen immer noch an die Wand des Schachtes gelehnt auf dem Boden. Langsam gewöhnten sich ihre Augen an die Dunkelheit, Umrisse wurden immer deutlicher.

„Wir haben es geschafft!", flüsterte Chris leise lachend.

„Ratten! Sie sagten, es wimmelt hier unten nur so von ihnen." Übermütig nahm er Klaras Kopf in beide Hände und gab ihr einen dicken Kuss auf die Stirn.

Klara starrte ihn, soweit sie ihn sehen konnte, erschrocken an. Was sollte dieser Kuss auf die Stirn? Als küsste er ein Kind, oder schlimmer noch, einen Hund! Du denkst zu viel, Klara, du denkst zu viel Blödsinn! Warum konnte sie diesen Kuss nicht einfach hinnehmen als freundschaftlichen Kuss, einen kleinen gemeinsamen

Sieg errungen zu haben und sich darüber freuen zu können. „Frauen werde ich nie verstehen!", hätte Ben dazu gesagt.

29: Klara und Chris, Dunkelheit

Chris war noch immer in Hochstimmung. Er hatte eine weitere Hürde erfolgreich übersprungen, oder besser *untersprungen*. Wie zuvor am Tunneleingang, als er das Fenster erstürmte, schien er sehr von sich begeistert. Sie wurde einfach nicht schlau aus ihm. Als sie sich wieder gefangen hatte, fragte sie spitz:
„Was haben wir geschafft, unentdeckt in einem Schacht zu sitzen?"
Klara konnte sich seine Begeisterung nicht erklären.
„Unentdeckt und vor allem unerkannt zu bleiben, ist die schwierigste Aufgabe als Spion! Von hier an wird uns niemand weiter verfolgen. Wir werden sicher ans Ziel gelangen!"
„Hat uns denn jemand verfolgt, ich meine richtig verfolgt, vom Flughafen?"
„Nein, nicht direkt, aber sie haben überall ihre Leute, sogar hier oben in den Bergen, an den Nebenstraßen, und wenn wir Pech haben auch im Wald, durch den wir noch ein gutes Stück zu laufen haben. Die Terroristen haben den gesamten Flughafen besetzt sowie die Insel unter Beobachtung.
Wie ich schon sagte, die gesamte Insel wird überwacht, und das nicht erst seit gestern." Er spürte ihre Gereiztheit, und es machte ihm Spaß, sie ein wenig zu schüren. Sie nahm ihm den Spion nicht ab, er konnte es ihr nicht einmal verdenken. Oft genug konnte er es selbst kaum glauben.
„Du machst Witze, das kann nicht sein, von wem denn?"
„Ich wünschte, ich wüsste es, das würde meinen Einsatz vereinfachen. Aber du kannst dich darauf verlassen, es ist so."
„Aber es ist mir nicht aufgefallen, auch nicht als wir auf der Fahrt zum Flughafen die halbe Insel durchquert haben."
„Es ist niemandem aufgefallen, aber das war auch nicht anders zu erwarten. Mittlerweile kenne ich viele Leute von der Insel sehr gut, und ich weiß auch, wer wohin oder besser zu wem gehört. Leider

kennen mich gewisse Leute auch, was sich nicht vermeiden ließ und sich nun wiederum als Nachteil herausstellt."

Klara konnte sich das nicht vorstellen, warum sollten sie das tun? Doch Chris sollte Recht behalten.

Klara stand auf und wischte sich die Steinchen von den Knien.

„Ich verstehe das alles nicht, du sprichst schon wieder in Rätseln, was für Leute, *ihre* Leute?"

„Schon gut, es ist besser, du weißt es nicht, normalerweise rede ich nicht so viel, das muss an der Luft hier drinnen im Berg liegen oder an deiner Gesellschaft. Meistens arbeite ich allein und kann mit niemandem reden, das ist das Schlimmste an meinem Job, danach kommt das ‚Was sage ich wem und wie?‘, was auch nicht viel angenehmer ist."

„Was ist das für ein Job, ein Spion zu sein?"

Chris hatte sich ebenfalls erhoben und begann mit einem faustgroßen Stein die Wände möglichst leise abzuklopfen.

„Ein einsamer!"

Über ihnen das schwere Gitter, eine Glühlampe und der Blick von unten in den Tunnel über ihnen. Es war kein Ausweg zu erkennen. Nur ihr beider gleichmäßiges Atmen war zu hören, und das gleichmäßige Klopfen von dem Stein, den Chris immer wieder gegen die Steinwand schlug. Es war unheimlich.

All die Fragen in ihrem Kopf waren wieder da, doch sie hatte keine Kraft, sie ihm zu stellen. Wieso ging sie mit ihm? Wer war er wirklich, wie konnte er so leicht zu ihrem Retter und vielleicht auch der Menschen im Flughafengebäude werden? Was taten sie hier eigentlich? War sie denn die letzten Stunden total umnachtet?

Es wurde immer kälter im Tunnel, umso länger sie sich in ihm aufhielten. Sie begann zu zittern.

„Hier, nimm diesen Stein und kratze um die Steine herum. An dieser Wand, die hier, die müsste es sein!" Er kratzte ebenfalls die Fugen frei. Mit einem handgroßen Felsstein in ihrer Hand, den er irgendwie hier unten gefunden hatte, arbeitete auch sie eine Weile an der Steinwand.

„Chris! Was soll das? Lass uns wieder raufklettern! Ich will hier raus aus diesem Loch!" Klara hatte Chris am Arm gepackt und zu sich gedreht. „Ich halte das hier unten nicht länger aus! Das ist mein Ernst!" Sie schnappte nach Luft.

„Also doch Klaustrophobie!" Er drehte sich um und klopfte so leise wie möglich gegen die Steine, die er bereits freigekratzt hatte, weiter an der Wand herum.

„Gleich wird es besser, versprochen. Mach einfach weiter, das lenkt dich ab!"

„Was hast du für einen Auftrag? Du hast doch zurzeit einen konkreten Auftrag, oder?"

Er hatte sich weder zu ihr umgedreht noch mit dem Abklopfen und Kratzen der Wand aufgehört.

„Pssst, sei ruhig, horch!" Er klopfte mit dem Stein mit kurzen Schlägen immer an dieselbe Stelle der Steinwand, in den Pausen dazwischen konnte man den dumpfen Schlag hören, es klang hohl.

„Was hattest du mich gefragt?" Chris wandte sich um und sah Klara fragend an. Er kannte die Antwort, doch sein Gesicht spiegelte nur die Frage wider.

„Es ist völlig unmöglich, du kannst kein Spion sein!"

„Warum nicht?" Chris grinste sie überlegen an, er schien es zu genießen, wenn ihn jemand herausforderte.

Klara sah ihn an, und antwortete wie selbstverständlich: „Weil *ich* hier bin!"

„Ich wünschte, du hättest Recht. Ich wäre kein Spion und du wärst dennoch hier bei mir!" Er hielt inne und sah sie abwartend an.

Klara wollte etwas darauf antworten, doch sie wusste nicht, was. Er war wirklich eingebildet, ging es ihr durch den Kopf. Gleichzeitig fühlte sie sich glücklich. „An welchem Auftrag hast du gearbeitet? Ich meine bevor wir in die Entführung geraten sind?" „Ich ermittelte verdeckt als Musiker, wie du weißt. Schon über zwei Monate. Bis sie mich gestern enttarnten, meine Wohnung war verwüstet, mein Computer zerstört, das Handy hatte keinen Empfang und mir wurde klar, dass ich so schnell wie möglich von der Insel runter und Bericht erstatten musste, leider war es schon zu spät."

Klara war nun völlig durcheinander, erst redete er kaum drei Sätze mit ihr und nun sprudelte es aus ihm heraus wie aus einer Wasserquelle.

„Es war dumm von dir, den Flieger nehmen zu wollen, dort hätten sie dich doch als Erstes vermutet. Tut so etwas ein guter Spion?"

„Wer sagt, dass ich ein guter Spion bin?" Er starrte die Wand an und klopfte unentwegt, immer stärker und stärker.

Er verblüffte sie immer wieder. Jetzt mit seiner Schlagfertigkeit und mit seiner Ehrlichkeit. Oder diente das Ganze nur zur Ablenkung? Welchen Auftrag hatte er denn nun?

„Wir sollten sehen, dass wir hier raus kommen, ich habe das Gefühl, unter der Erde zu sein, tut uns beiden nicht besonders gut." Mit einem starken Schlag brach er einen Stein aus der Mauer. Ja, es war eine Mauer, kein gewachsener Felsen.

Nach und nach brachen sie gemeinsam weitere Gesteinsbrocken heraus. Er kratzte um und klopfte gegen die Steine, als ginge es um Leben und Tod.

30: Chris, Überschätzung

Hoffentlich hatten die beiden Männer, die die Führungen hier im Tunnel durchführten, schlechte Ohren. Sie warteten normalerweise draußen am Tor auf die Besucher, begrüßten sie, kassierten Eintrittsgelder und rauchten noch eine Zigarette, besser zwei, bevor sie alle gemeinsam hier heruntersteigen würden.

Normalerweise! Hoffentlich auch heute. Er hoffte es wirklich, denn er konnte nicht leiser arbeiten!

Aber bald würde sie in Sicherheit sein. Dann würde er alleine weiterziehen. Es war sein Job, Menschen zu retten, nicht ihrer. Ein Glück, er hatte den Weg gefunden. Er wusste, dass er hier sein musste. Er sah nicht viel, aber er fühlte einen Luftzug. Durchzug! Der restliche Weg würde nicht gerade leichter werden. Geröll und bedrückende Enge. Würde sie das schaffen? Er hätte sie nicht mitnehmen dürfen. Er war egoistisch. Das war sein Fehler, der ihm immer wieder in die Quere kam.

Das fällt dir wirklich früh ein, Chris!

Überschätzung war ein weiterer Schwachpunkt. Vielleicht sollte er nach diesem Job ernsthaft über eine Versetzung nachdenken.

Bürojob? – Niemals!

31: Chris und Klara, Licht am Ende des Tunnels

„Was meinst du mit *hier rauskommen*, was ist hinter den Steinen? Ein weiterer Tunnel?" Klara starrte auf das dunkle Loch in der Wand, das Stück für Stück größer wurde.

Mit einem kräftigen Tritt brachte er den unteren Teil zu Fall, eine Staubwolke nahm ihnen die Sicht, sie husteten beide und wichen an die gegenüberliegende Wand des Schachtes zurück. Als sich der Staub verzogen hatte, spähte Chris in die Dunkelheit, um sogleich wieder mit einem schweren Stein bewaffnet den oberen Teil der Mauer herauszuschlagen.

„Tunnel ist vielleicht zu viel gesagt, die Wasserleitung führt hier weiter bis zum nördlichen Ausgang." Chris hielt einen Moment inne, richtete sich auf. Er musste gebückt arbeiten, denn die Öffnung befand sich knapp über dem Boden des Schachtes. Er drückte sein Kreuz langsam nach hinten durch und reckte sich. So ganz ohne Werkzeug ein Loch in die Mauer zu schlagen, nur mit herausgebrochenen Steinen, war keine leichte Arbeit.

„Hast du etwas über die Geschichte dieser Insel gelesen?" Chris sah Klara fragend an.

„Ein wenig, wieso?" Klara verstand nicht, worauf er hinaus wollte.

„Dieser Tunnel, der Eupalinos -Tunnel, er diente den Griechen vor circa zweitausend Jahren als Wasserleitung. Mehr als tausend Jahre transportierte er das Wasser aus den Bergen zum Meer, zur Versorgung der alten Hauptstadt. Wir befinden uns in dem Wasserkanal. Hier in dieser Rinne verläuft die eigentliche Wasserleitung. Unten an der Wand. Siehst du die Tonröhren?"

Die Tonröhren maßen etwa fünfundzwanzig Zentimeter im Durchmesser. Klara bückte sich und tastete an ihr lang. Erst jetzt durchschaute sie den Schacht, in dem sie sich befanden. Eigentlich war es ein Tunnel im Tunnel.

„Da der nördliche Bereich des Tunnels wegen Bauarbeiten gesperrt und der Ausgang verschlossen wurde, müssen wir leider den Wasserkanal benutzen."

„Was für Bauarbeiten?" Klara hatte nichts dergleichen gehört oder gesehen.

„Durch Erdrutsche ist die Sicherheit im Tunnel nicht mehr gewährleistet. Schutt und Geröll müssen entfernt werden und die Einsturzgefahr überprüft werden."

„Und deshalb gehen wir durch den Wasserkanal, der war doch auch verschlossen, sogar zugemauert?" Klara wurde übel.

„Na ja, der Stollen ist frei, man wollte vermeiden, dass irgendjemand hier unbeaufsichtigt herumspaziert. Wir werden bald auf der anderen Seite dieses Berges sein." Ein zuversichtlicher Chris, alles nur gespielt?

Chris vermied es, Klara anzusehen, er bückte sich, hob einen Stein auf, der etwas spitzer war als die anderen, und hackte weiter an der Öffnung herum, ziellos, so kam es ihr vor, denn die Öffnung wurde nicht größer, sie war schon fast einen Meter breit und ebenso hoch. Klara lehnte sich langsam an die Felswand und atmete tief durch, eigentlich hatte sie vor, ihm ganz ruhig zu verstehen zu geben, dass das doch wohl nicht sein *Ernst* sein konnte, doch irgendwie schien es ihr unmöglich, auf diesem Trip ruhig zu bleiben.

„Chris!"

Er drehte sich zu ihr um und wusste sofort, als er sie ansah, dass in diesem Augenblick er nicht mehr alleine entscheiden würde, ob sie weitergehen würden. Er alleine kannte das Schicksal der Menschen im Flughafengebäude, aller Menschen, die von den Geiselnehmern bedroht werden würden. Doch konnte er auch ihr Schicksal verändern? Und über Klaras Schicksal bestimmen? Könnte er sie zurücklassen, hier alleine? Sie könnte auf ihn warten. Wie lange? Über Nacht? Unmöglich! Wusste jemand, dass er bei ihr war? Sie könnte den Tunnel zurück gehen, raus, zurück! An jedem anderen

Tag, aber nicht heute! Heute herrschte Krieg auf Samos, ein leiser, versteckter Krieg, nur er wusste warum und was passieren würde. Wusste er es wirklich? Wenn nicht, war alles sinnlos gewesen, das durfte nicht sein!

„Chris!" Klara erhob ihre Stimme, packte ihn an den Schultern, als er sich zu ihr umdrehte, und begann ihn zu schüttelte.

„Ich gehe nicht durch *diesen* Tunnel! Und du wirst es auch nicht tun, das ist total verrückt, wir werden ersticken, verschüttet werden, begraben sein, nein, Chris, vergiss es! Überleg dir was Anderes, lasse uns über den Berg gehen, wir schaffen es, auf die andere Seite zu kommen, auch ohne den verflixten Tunnel, bitte, Chris!" Klara verstummte plötzlich, sie ließ ihn los und wich einen Schritt zurück, seine Augen waren stumm wie seine Stimme, er erschreckte sie mit seiner Regungslosigkeit. Vor Wut und Verzweiflung holte sie mit ihrer Hand aus und wollte ihn schlagen, noch nie zuvor hatte sie so etwas getan, er ergriff ihre Hand und hielt sie fest, noch bevor sie auch nur in die Nähe seines Gesichtes kam. Einen Augenblick lang standen sie sich regungslos gegenüber und ihre Augen versuchten, ihr jeweiliges Gegenüber zu durchdringen, soweit das in dem Schacht möglich war. Diesmal durchbrach Chris das Schweigen.

„Wir werden beide durch diesen Tunnel gehen, und wir werden auf der anderen Seite des Berges ankommen, wir beide werden es schaffen!"

Klara liefen Tränen über die Wangen, sie schüttelte hilflos den Kopf, noch immer hielt er ihren Arm fest, doch langsam verschwand die Starre aus seinen Augen.

Chris begann sich seinen Rucksack umzuhängen, er hatte kein weiteres Wort gesagt. Sie wusste, dass es sinnlos war, weiter auf ihn einzureden, diese Augen, ihr fiel die Geschichte von Dr Jekyll und Mr Hyde ein. Wie konnte ein Mensch zwei Wesen in sich vereinen?

Sie wusste auch, dass sie niemals alleine aus diesem Loch herauskommen konnte, aber sie konnte auf Besucher des Tunnels warten, es müssten doch bald welche hier sein.

„Du kannst nicht zurück!" Chris hatte sich auch ihren Rucksack über die Schulter geworfen und reichte ihr seine Hand entgegen. „Komm, wir schaffen es gemeinsam, das sind wir den Anderen schuldig." Jetzt sahen seine Augen traurig aus, als täte es ihm leid, wie er sie behandelte, doch Klara wusste nicht, ob sie diesen Augen trauen konnte. Sie wischte sich das tränennasse Gesicht mit dem Handrücken ab und ging, ohne seine Hand zu ergreifen, auf das dunkle Loch in der Felswand zu, eine Konfrontationstherapie gegen Angstzustände in völliger Dunkelheit könnte nicht erfolgversprechender sein als diese hier. Bevor sie den ersten Schritt in den Tunnel setzen konnte, hielt er sie an der Schulter zurück.

„Ich muss dich dazu zwingen, versuch mich zu verstehen, bitte!" Klara blickte ihn über ihre Schulter hinweg verachtend an. „Wie könnte ich? Doch um dein Gewissen zu erleichtern, *du* zwingst mich nicht, denn wenn ich nicht gehen wollte, würdest du mich nicht einen halben Meter von der Stelle bewegen können." Klara wandte sich zum Gehen um.

„Warte! Ich gehe voraus!" Chris ging an Klara vorbei. Sie bückten sich und stiegen über die Mauerreste in den Wasserkanal hinein.

„Halte dich dicht hinter mir, versuch flach zu atmen und nicht zu sprechen, wir können es in zehn bis fünfzehn Minuten schaffen." Klara fühlte sich schon jetzt schwindlig und schrecklich verloren in dieser ewigen Dunkelheit. Eigentlich müsste sie sich langsam daran gewöhnt haben, dachte sie, doch es gab Dinge, an die man sich nie gewöhnen würde.

Langsam Schritt für Schritt folgte sie ihm in diese grausige Gruft. Es roch noch moderiger, war noch feuchter und kälter. Um nicht völlig die Orientierung zu verlieren, mussten sie ihre Arme ausstrecken und die Wände entlangtasten. Klara hörte Chris atmen und seine

Schritte auf dem holprigen Gesteinsboden, sehen konnte sie ihn nicht. Manchmal fluchte er fast unhörbar leise vor sich hin, wenn er ins Stolpern kam.

Klaras Hände schmerzten, sie hatte das Gefühl, als würde die Felswand sie zerschneiden. In ihrer Brust brannte es, das Atmen fiel ihr schwer, plötzlich hatte sie das Gefühl, allein zu sein, sie konnte ihn nicht mehr hören, ging er zu schnell, kam sie nicht nach? Sie wollte schreien, einfach losschreien, um aufzuwachen. Aber sie konnte nicht, es kam kein Ton aus ihrer Kehle. Ihr Atem ging schnell, sie hatte Angst, keine Luft mehr zu bekommen, sie schnappte nach Luft wie ein Fisch auf dem Trocknen. Sie sank auf die Knie und lehnte sich an den kalten Felsen. Ihr war kalt und sie war müde, unendlich müde.

Es rauschte in Klaras Kopf, ihr gesamtes *Ich* weigerte sich, diese Realität zu akzeptieren, es war einfach unmöglich, dass sie, Klara, hier saß und all das, was sich hier zutrug, die Realität sein konnte. Dunkelheit und absolute Stille umgab sie. Dann versuchte sie es erneut:

„Chris!" Ihre Stimme klang furchtbar, sie wurde von den Wänden zurückgeworfen und als gespenstisches Echo drang sie wieder an ihr Ohr.

Im selben Moment hörte sie ein Geräusch wie das Flügelschlagen von vielen Vögeln immer näher kommen.

„Chris!" Ihre Stimme klang panisch. Sogleich war er bei ihr, kniete neben ihr nieder.

„Ich bin hier, keine Angst, das sind Fledermäuse, sie sind gleich wieder weg. Sie tun dir nichts. Hab keine Angst, ich lasse dich nicht allein, niemals!" Er nahm sie in seine Arme und drückte sie an sich.

„Niemals würde ich das tun." Das war es, was sie sich im Innersten ihres Herzens wünschte, nur hier in der Dunkelheit konnte sie es sich eingestehen, denn es machte ihr noch mehr Angst als die Dunkelheit selbst.

„Komm, steh auf, wir sind gleich draußen, an der frischen Luft, die Sonne scheint, und es ist bestimmt schon schrecklich heiß." Chris half ihr auf, legte ihren Arm um seine Schulter und zog sie mit sich.

Es war so eng im Gang, dass er beschloss ihren Rucksack zurückzulassen. Das Atmen fiel ihm immer schwerer, er betete innerlich, dass es nicht mehr weit sein möge. Aus Erzählungen wusste er, dass es zu schaffen war, doch jetzt, da er Klara und sich selbst hier rausbringen musste, wurden seine Zweifel immer größer. Plötzlich bewegte sie sich nicht mehr, ihre Beine schliffen neben ihm auf dem Boden entlang, sie war ohnmächtig. Chris ließ sich langsam mit ihr niedersinken.

Er hatte das Gefühl zu ersticken, Schweiß rann aus sämtlichen Poren seines Körpers. Seine Beine waren kalt und schmerzten. Und er hörte ein Pochen in seinem Kopf. Er beugte sich zu Klara herunter und lauschte, bis er ihren Atem fand. Erleichtert lehnte er sie an die feuchte Wand. Sie war am Leben, er musste Hilfe holen, alleine würde er das letzte Stück bestimmt schaffen und den Ausgang erreichen. Erneut beugte er sich hinab und gab ihr einen Kuss. Dann legte er auch seinen Rucksack ab, richtete sich auf und stolperte weiter ins Unbekannte.

Er wusste, wenn er den Ausgang nicht rechtzeitig erreichen würde, wäre das ihr beider Tod, niemand würde sie hier vermuten, hier unten suchen. Und was würde mit den Menschen im Flughafen geschehen, Pablo würde seinen Plan erfolgreich durchführen, er würde eine Eskalation provozieren, er würde Rache nehmen, blutige Rache, und niemand konnte ihn stoppen, niemand, außer … Er taumelte, seine Beine waren schwer wie Blei, er wusste nicht, ob er atmete, er spürte nur Schmerzen in seiner Brust, dann sah er einen kleinen weißen Punkt, er lief nicht, er taumelte Meter für Meter, und der Punkt wurde größer und größer.

Schließlich ließ er sich in dieselbe Richtung fallen, ja, es war ein Loch, ein Loch in einer Steinmauer, er konnte Felssteine erkennen, nicht allzu groß, Licht fiel in den Tunnel, Licht! Luft! Chris lag wenige Meter von der Steinmauer entfernt, das Loch war gerade mal so groß wie ein Fußball, doch das reichte, um ihm Mut und Kraft zum Weitergehen zu geben. Er richtete sich auf, stützte sich an der Wand ab. Er spürte wieder Luft zu bekommen, zu atmen. Langsam, Schritt für Schritt ging er auf das kleine, helle Licht zu, und mit seiner letzten Kraft warf er sich gegen die Felssteine und fiel mitsamt der Steinmauer hinaus in den hellen Sonnenschein. Vor Schmerzen rollte er sich über das Geröll und rieb seine Schulter, er hustete eine Weile und dann blieb er auf dem Rücken liegen. Mit beiden Armen schützte er seine Augen vor dem grellen Licht. Erst langsam konnte er wieder sehen und blinzelte in den strahlend blauen Himmel.

„Chris? Chris!", eine Stimme schien ihn zu rufen, hatte er Halluzinationen? Er rollte sich auf die Seite und sah Antonio durch den Pinienwald auf ihn zulaufen. Er warf sich neben ihn und sie umarmten sich stürmisch.
„Chris, um Himmels willen, wo kommst du denn her, was ist geschehen, bist du in Ordnung?"
„Ja, es geht mir gut, mir fehlt nichts, aber …"
„Was tust du hier oben bei uns in den Bergen? Warum bist du durch den Tunnel gekommen?" Antonio sah Chris mit seinen braunen Augen fragend an, er war ein großer breitschultriger Mann, Ende zwanzig, seine rabenschwarzen Haare trug er fast schulterlang und seine Haut war braungebrannt. In seiner Nähe sah Chris recht blass aus, schmal und klein, obwohl das nicht der Fall war.
„Warte, Antonio, warte, ich erzähl dir alles später, es ist noch eine Frau in dem Tunnel, so circa 50 Meter weit entfernt, du musst sie

rausholen." Chris fiel das Sprechen noch schwer, er drückte seine Faust auf die Brust.

Antonio verlor keine Sekunde, er zog sein Feuerzeug aus der Hosentasche, stieg über die Mauerreste hinweg und war augenblicklich mit dem Licht der kleinen Flamme im Innern des Stollens verschwunden.

Nach wenigen Minuten erschien er wieder am Tunnelausgang, er trug Klara über seiner Schulter, hielt ihre Arme mit einer Hand fest, und in der anderen Hand hielt er beide Rucksäcke. Er stieg mühelos über die Steinreste und hustete ein wenig, das war alles, es ging ihm gut.

Chris war inzwischen aufgestanden und kam ihm zu Hilfe, die Antonio eigentlich nicht brauchte.

„Wie geht es ihr, ist sie aufgewacht?" Sie legten sie langsam ins Gras, besorgt betrachtete er Klaras blasses Gesicht.

„Mach dir keine Sorgen, sie ist bewusstlos, aber sie atmet, das sind die alten Gase in dem Tunnel, sie braucht viel frische Luft und Ruhe, sie wird einen Husten haben, wenn sie aufwacht, da hilft auch keine Medizin, aber sie wird es überstehen."

Chris sah Antonio an, er war ein einfacher Mann, aber wenn Chris ihn brauchte, dann war er da. Er war immer eine große Hilfe gewesen, er hielt zu ihm, dabei war ihre Freundschaft erst ein paar Jahre alt. Sie hatten sich kennengelernt, als Chris hier auf der Insel Urlaub machte und sein Motorrad streikte, Antonio kam vorbei, hielt seinen Jeep an und reparierte das alte Ding, das geliehen war und das wer weiß wie viele Touristen „verheizt" hatten. So begann ihre Freundschaft, die ihnen beiden wertvoller war als jede andere.

„Wir bringen sie ins Haus, meine Mutter wird sich um sie kümmern." Antonio hob sie hoch, trug sie auf seinen Armen durch die Pinien in Richtung Haus. Chris schnappte sich die Rucksäcke und folgte ihm stumm.

Das alles hatte ihn doch ziemlich mitgenommen, hatte er sich jetzt schon überschätzt? Und er war noch lange nicht am Ziel. Aber der Gedanke, dass Klara nun in guten Händen war, erleichterte ihn sehr.

„Wie konntest du mich sehen, so weit entfernt vom Haus?", fragte Chris, der immer noch hinter Antonio durch den Wald lief und Mühe hatte, mit ihm mitzuhalten.

„Ich war gerade dabei, eine alte Zypresse zu fällen, nicht weit entfernt vom Tunnel. Da hörte ich es krachen, ich wusste sofort, dass das nur der Tunnel sein konnte!"

Antonio trug Klara so selbstverständlich mit sich, als ob er ein Schaf nach Hause trug, das sich im Wald verirrt hatte. Chris bewunderte ihn für seine Stärke und Ruhe, er hatte ihn niemals kopflos handeln sehen, er war immer beherrscht und ihm überlegen in seiner ruhigen Art.

„Wer ist sie, sie ist sehr schön!" Auch dieses war typisch für ihn, er sprach aus, was er fühlte und dachte.

„Ist sie eine Archäologin, wolltest du ihr den Tunnel zeigen, oder ist sie deine neue Eroberung und du wolltest ihr imponieren, he?"
Antonio drehte sich um und grinste übers ganze Gesicht.

„Keines von beidem, ich erkläre es dir, wenn wir im Haus sind."
Chris lief an Antonio vorbei auf das Haus zu, das nun zwischen den Bäumen zu sehen war. Das alte Bauernhaus stand am Waldrand mit Blick auf die Weinberge. Ein schmaler Weg führte ins Tal hinab, in ein Bergdorf, und zur nächsten größeren Straße. Er klopfte gegen die Tür, als sie geöffnet wurde, stand Antonio bereits neben ihm.

„Antonio, Chris, was um Himmelswillen ist geschehen?" Eine ältere, etwas rundliche Frau machte sofort Platz und ließ sie ins Haus eintreten. „Trag sie in mein Zimmer, leg sie aufs Bett!", kommandierte sie ihren Sohn. „Was habt ihr beide nur wieder angestellt?"

„Das ist ja wieder typisch, Mom, ich rette Chris und das Mädchen aus dem Tunnel, und du verdächtigst mich gleich mit!" Antonio grinste Chris erneut an, der buffte ihn freundschaftlich in seine rechte Seite.

„Nun raus mit euch beiden, ich will sehen, dass ich das Mädel wach kriege, gebrochen ist nichts?" Mit vorwurfsvollem Blick fixierte sie erst Antonio, dann Chris.

„Nein, Mom, sie ist nicht gestürzt, es war nur die schlechte Luft in dem Tunnel und die Angst." Chris vermied es, ihr in die Augen zu sehen, sie war für ihn wie eine Mutter geworden in den wenigen Sommern, die er auf Samos verbrachte.

Er hatte sich oft alleine gefühlt, doch diese beiden Menschen gaben ihm das Gefühl, eine Familie zu haben. Sie war eine herzensgute Frau, und Chris wusste, dass sie ihn fast ebenso liebte wie ihren eigenen Sohn, doch sie konnte auch tadeln, und ihr strenger Blick reichte schon aus, um zu wissen, dass es Zeit war, sich dünn zu machen.

„Wir warten draußen!", ergriff Antonio das Wort und schob seinen Freund aus dem Zimmer, hinaus auf die Veranda.

„Setz dich schon mal!" Er zeigte auf einen Tisch mit vier Stühlen. „Ich hol uns nur schnell was zur Stärkung, solange Mom beschäftigt ist." Grinsend drehte er sich um und ging ins Haus zurück. Wenige Augenblicke später kam er wieder heraus und hatte zwei Wassergläser halb mit Wasser und Eis gefüllt und eine Flasche Ouzo in seinen Händen.

„Du hast dich eine Weile nicht sehen lassen, was war los, hattest du Ärger?" Antonio füllte die Gläser ganz mit Ouzo auf und schob das eine Chris entgegen.

Chris saß bereits, mit beiden Ellenbogen aufgestützt und mit den Händen die Stirn reibend, am Tisch. Er ergriff das Glas und leerte es mit einem Zug. Er hatte völlig vergessen, wie trocken seine Kehle war. Wann hatten sie das letzte Mal etwas getrunken, morgens als die Sonne aufging, im Tunnel? Jetzt war es bald Mittag.

„Nun lasse dich nicht lange bitten, erzähl schon, was ist los, was hattet ihr in dem verdammten Tunnel zu suchen, du hast doch gewusst, dass er gefährlich ist. Hat es was mit deinem Job zu tun?" Aufmerksam betrachtete Antonio seinen Freund, er wusste, wenn er so schweigsam war, hatte es mit seinem Job zu tun, und meistens war er irgendwie in Gefahr. Er fand es aufregend, einen Spion als Freund zu haben, zwischen seinen Aufträgen oder auch wenn die Sache zu heiß wurde und er untertauchen musste, kam er immer hierher, um sich zu erholen, auszuspannen, zu erzählen. Das tat ihm gut, seiner Seele, sagte Mom, das war noch wichtiger als die Heilung seiner Wunden, die er stets davontrug.

Es war das erste Mal, dass Chris einen Auftrag auf ihrer Insel hatte, Antonio wusste davon. Allerdings nur sehr wenig und er hoffte nun, dass Chris ihn mehr miteinbeziehen würde. Vielleicht brauchte er ihn sogar als Helfer oder Informant.

Er schenkte ihm das Glas mit Ouzo fast voll und sah ihn abwartend an.

„Nun sag schon, was ist los, warum bist du hier, kann ich dir helfen?"

„Ich brauche die Kiste!" Chris sah nicht auf.

„Du meinst, du willst etwas aus deiner Kiste holen?" Antonio wurde es mulmig zumute.

„Nein, ich brauche die ganze Kiste." Chris sah auf und blickte ihm direkt in die Augen.

„Alles, was in der Kiste ist? Mein Gott, was hast du vor, du fängst doch nicht etwa einen Krieg an, hier auf Samos?" Antonio versuchte zu lächeln, doch es wollte ihm nicht gelingen, er hatte Chris selten so ernst gesehen.

„Der Krieg wurde schon begonnen, er ist in vollem Gange! Es geht um Pablo, er hat es getan!", begann Chris langsam.

„Du meinst, er hat den Flughafen gekapert!" Antonios Augen weiteten sich. „Aber du hast doch gesagt, als du das letzte Mal hier warst, dass er nur blufft?"

„Das dachte ich zuerst auch, aber ich hatte mich geirrt. Ich wusste, dass er etwas plante, doch ehrlich gesagt traute ich ihm das Ding nicht zu, ich hatte ihn unterschätzt. Er war mein Auftrag. Der, den ich bis hierher verfolgt hatte.

Dass ich mich mit seinem Bruder Marco anfreundete, erwies sich letztendlich doch als Vorteil. Schon ein paar Tage später, nach meinem letzten Besuch bei euch, erfuhr ich von Marco, dass Pablo dieses Mal was ganz Großes vorhatte. Marco war sehr besorgt, er bat mich mit seinem Bruder zu reden, doch der hatte sich noch nie etwas sagen lassen und schon gar nicht von Fremden, er war misstrauisch Fremden gegenüber. Er überlegte sich jedes Wort, was er in meiner Gegenwart sprach, und er wäre gewiss nicht mit dem, was Marco mir erzählte, einverstanden gewesen. Berechtigterweise! Anders als Marco. Der sagte, der Coup wäre zu groß für sie, ihr letztes Ding ging daneben und sie kamen nur mit Glück davon. Er hatte Angst, er wollte nicht mitmachen, doch das würde er Pablo niemals zeigen.

Ich informierte die Firma, berichtete, dass sich mein Verdacht bestätigt hätte, dass ich ihn identifiziert hatte. Und dass die Sicherheitsvorkehrungen verstärkt werden sollten. Da ich noch kein Ziel, geschweige denn ein Datum nennen konnte, wollten sie mir nicht so recht glauben, ich hatte keinerlei Beweise. Nur Vermutungen und Kneipensprüche. Es lief dieses Mal einfach alles schief bei diesem Job.

Ich spürte, dass Pablo unruhiger wurde. Mit jedem Mal, wenn ich sie in der alten Taverne am Hafen aufsuchte, sah ich seinen Hass gegenüber den *Führern dieser Welt*, wie er sie zu nennen pflegte, wachsen.

Durch Marco bekam ich eine Menge mit, doch auch er wurde zunehmend verschlossener, er ließ mich nur das erfahren, was ich in seinen Augen erfahren durfte. Als sein Freund, nicht als ein Mitglied ihrer Gruppe. Als ich sie beide bei einem Streit belauschte, erfuhr ich von seinem fanatischen Plan, sich auf dieser Welt ein unvergessliches Denkmal zu setzen, als *Rächer aller Unterdrückten!* Antonio! Er wird sie alle töten, alle Geiseln!"

Beide sahen sich eine Weile schweigend an. Antonio schüttelte verständnislos mit dem Kopf.

„Das ist doch total verrückt, so wird er kein Geld erpressen können."

„Ich glaube nicht, dass es ihm um Geld geht, er ist ein Fanatiker, er will Aufmerksamkeit, er will angehört werden. Er ist verrückt!"

Chris rieb sich die Augen, atmete hörbar tief durch und ließ sich dann mitsamt Stuhl nach hinten kippen. Er kippelte ein paarmal hin und her, fixierte dann Antonio mit einem Blick, der ihn abschätzend musterte. Und als er ihn eben etwas fragen wollte, kam ihm Antonio zuvor.

„Du hast lange gewartet, bis du mich eingeweiht hast! Bis heute! Du willst, dass ich mitkomme? Natürlich komme ich mit, ich kenne die Gegend besser als manch anderer, der hier wohnt, ich habe einen Jeep, ein kleines Boot im Hafen, und schießen kann ich auch, wenn es drauf ankommt, ich gehe regelmäßig auf Kaninchenjagd, ich kann dir Rückendeckung geben!"

„Antonio, warte, warte, das ist kein Film, und ich bin nicht James Bond!" Chris hatte sich nach vorne fallen lassen, er ergriff Antonios Hände, die dieser auf dem Tisch niedersinken ließ.

„Ich sage nicht, dass du mitkommen sollst, ich kann dich nicht einmal bitten mitzukommen! Aber ich brauche dich, ich kann es alleine nicht schaffen. Es wimmelt überall nur so von Pablos Anhängern. Sie sind friedlich, noch! Aber ich habe keine Ahnung, warum oder wie lange noch. Ich weiß nicht, wozu er sie braucht, warum er den Störsender eingesetzt hat und die gesamte Insel von der Außenwelt abgeschnitten hat, ich weiß es nicht!" Chris war aufgesprungen und lief unruhig auf und ab. Antonio starrte ihn beunruhigt an.

„Ja, er erfuhr, wer ich bin, meine Tarnung als harmloser Musiker, Aussteiger, flog auf, frag mich nicht wie, ich weiß es nicht, ich weiß so vieles nicht, es macht mich verrückt, ich habe das Gefühl, ich laufe ihm vor seine Mündung. Es war schon fast so weit, ich musste Hals über Kopf fliehen. Ich hatte keine Möglichkeit, jemanden aus der Firma zu informieren, sie hatten mein Funkgerät zerstört, die Telefonzentrale funktioniert auch nicht. Ich weiß nicht, wo er diesen Störsender installiert hat. Die gesamte Insel ist abgeschottet, seit gestern Mittag, ich hoffte noch rauszukommen, bevor er zuschlägt, meine Behörde zu informieren, doch es war zu spät, ich geriet mitten in die Geiselnahme!" Chris nahm sein von Antonio erneut gefülltes Glas und spülte den Inhalt herunter, ohne zu realisieren, was er da trank. Erst als es durch seine Speiseröhre in seinen Magen floss, erkannte er das Getränk.

„Ich komme mit dir, wann müssen wir aufbrechen?" Antonio hatte sich erhoben und sah zur Tür. Seine Mutter kam heraus, sie lächelte zufrieden.

„Die Kleine ist aufgewacht, sie hustet sich die Lunge aus dem Hals, aber ich habe ihr einen Tee gebraut, Heilpflanzen aus dem Wald, der wird ihr guttun."

„Ich wusste doch, dass du eine Hexe bist, Mom!" Chris erhob sich, umarmte sie und gab ihr einen dicken Kuss.

„Danke, Mom! "

„Schon gut, und das nächste Mal lässt du deine Freundin daheim, wenn du wieder mal den Helden spielen musst!"

„Ganz bestimmt, Mom! Ich hab da gleich noch eine Bitte, kann Klara bei dir bleiben, vielleicht ein, zwei Tage?"

„Aber natürlich, gerne!" Ihre Blicke wanderten von einem zum anderen.

„Ich muss was erledigen, Antonio hilft mir." Chris wurde von zwei wachsamen Augen durchleuchtet, aber er hatte nicht vor Mom einzuweihen, sie würde sie nicht gehen lassen, und wenn sie auf sie schießen müsste.

„Wir sollten sofort aufbrechen!" Chris sah zu Antonio hinüber.

„Ich hole meine Sachen!" Antonio lief ins Haus.

„Pass mir auf meinen Jungen auf, und auf dich!" Mom drückte Chris fest an sich, sie war eine kluge Frau. In ihren Augen begann sich Wasser zu sammeln. Sie wendete sich ab. Als Antonio aus dem Haus kam, schleppte er eine mittelgroße Metallkiste in Richtung Jeep, der auf dem Weg vor dem Hof stand. Dann gab er seiner Mutter einen kurzen Kuss und setzte sich hinters Steuer.

Chris rief ihm zu: „Ich sage Klara noch Auf Wiedersehen, bin gleich wieder da!"

Chris öffnete langsam die alte Holztür zu Moms Schlafzimmer. Er sah Klara im Bett liegen, auf dem Rücken, mit geschlossenen Augen. „Klara?", flüsterte er vorsichtig.

„Chris!" Sofort öffnete sie ihre Augen und hob ihren Kopf in seine Richtung.

„Ich wollte dich nicht wecken, wie geht es dir?" Er setzte sich auf die Bettkante und ergriff ihre Hand, die kraftlos auf der weißen, nach Blumen duftenden Bettdecke lag.

„Es geht mir viel besser, ich bin nur etwas müde, aber das kann auch von dem Tee kommen, den mir *Mom*, so soll ich sie nennen, eingeflößt hat. Ein übel riechendes Zeug, aber lindernd." Sie unterdrückte einen aufkommenden Hustenreiz und wendete sich kurz ab.

„Ich bin gekommen, um mich von dir zu verabschieden, ich werde mit Antonio zum Hafen fahren." Chris drückte Klaras Hand leicht. Er hasste es, Abschied zu nehmen, er würde sie vielleicht nie wiedersehen. Wenn alles vorüber war, würde er sie abholen und nach Hause bringen lassen, zu ihrem Freund, in ihr Leben zurück. Er dankte Gott dafür, dass ihr nichts Schlimmeres zugestoßen war, das hätte er sich nie verzeihen können.

„Zum Hafen, was wollt ihr unternehmen? Ihr wollt doch nicht alleine gegen die Entführer vorgehen? Wolltest du deshalb hierher, um ihn zu holen?"

Chris lächelte und konnte es sich nicht verkneifen, sie im Stillen seine kleine Spionagehelferin zu nennen.

„Könntest du auch ab und zu mal keine Fragen stellen? Aber um dich zu beruhigen: Wir werden versuchen den Störsender auszuschalten und das Spezialeinsatzkommando über alles, was ich weiß, zu informieren." Belustigt zupfte er ihre Bettdecke zurecht und gab ihr schnell einen Kuss auf die Stirn. „Ich danke dir für dein Vertrauen, und verzeih mir bitte mein Benehmen!"

Klara richtete sich auf, ergriff seine Hand und hielt ihn zurück, als er sich zum Gehen abwendete. „Werden wir uns wiedersehen?" Ihre Stimme zitterte, wie auch immer seine Antwort lauten sollte, sie hatte für sich in den letzten Stunden eine Entscheidung getroffen, die sie nicht wieder rückgängig machen würde.

„Wer weiß, vielleicht, irgendwann."

Er lächelte dieses Lächeln, das keines war, sie erkannte es sofort, doch sie antwortete ebenfalls mit einem Lächeln und ließ seine Hand langsam los, sie hoffte, er möge schnell gehen, denn sie konnte ihre Tränen nicht länger zurückhalten.

Die Tür hatte sich noch nicht ganz geschlossen, als sie ihr über die Wangen rollten. Klara ließ sich nach hinten in die Kissen fallen und starrte auf die Tür. „Vielleicht, irgendwann!" Sie wiederholte diese zwei Wörter leise.

Chris blieb noch einen Augenblick zögernd hinter der Tür stehen, sollte er hineingehen und ihr sagen, zeigen, was er fühlte? Es war unmöglich, er wusste nicht einmal, ob er diesen Tag überleben würde, niemals zuvor hatte er sich darüber Gedanken gemacht, ernsthafte Gedanken.

Seit er als Spezialist zur Aufklärung und Vermeidung von Terroranschlägen tätig war, gehörte das Risiko, verletzt oder getötet zu werden, schlichtweg dazu. Doch dieses Mal war alles anders, Unsicherheit machte sich in ihm breit, kein gutes Zeichen für einen Spion. Abgeklärtheit und stummer Gehorsam, ohne Zweifel an dem, was getan werden musste und an den eigenen Fähigkeiten, war das Wichtigste, um zu überleben. War er gerade im Begriff, das Letztere zu verlieren? Er durfte nicht weiter darüber nachdenken. Entschlossen die Sache erfolgreich zu beenden wendete er sich seiner Aufgabe zu und von Klara ab.

Er ließ sie weit, weit hinter sich.

32: Ben, zermürbende Stunden

Der zweite Tag brach an. Ben wurde durch lautes Reden geweckt. Er brauchte einen Moment, um sich zu erinnern, wo er war. Sämtliche Knochen taten ihm weh. Was kein Wunder war, denn die Plastikschalenstühle in der Wartehalle des Flughafens waren alles andere, aber keinesfalls bequem.

Die Stimmen, einige Meter von ihm entfernt, wurden immer lauter. Ben rappelte sich auf und streckte sich. Da entdeckte er Serge mit zwei Kaffeebechern in den Händen. Er kam lächelnd auf ihn zu.

„Na, ausgeschlafen? Ich konnte es kaum mit ansehen, wie du dich über vier Stühle ausgestreckt schlafen gelegt hattest. Aber ich wollte dich auch nicht wecken. Die meisten von uns haben auf Decken auf dem Boden gelegen. Auch nicht besonders komfortabel, aber immer noch rückenschonender als du."

Serge überreichte ihm den einen Becher und sie sahen gemeinsam aus dem Fenster. Das Wetter war gut. Sonnenschein und nur wenige Wolken am Himmel. Flugzeuge landeten und starteten, wie am Tag zuvor.

„Was soll der Aufstand da vorne, weißt du, was da vor sich geht?" Ben sah sich um. Vielleicht zehn Passagiere sprachen mit einem Polizisten des Flughafens.

„Sie wollen hier weg, raus aus dieser Halle, weg von den Fragen und der Anspannung." Serge sah ebenfalls zu ihnen hinüber.

„Und sonst, gibt es Neuigkeiten?" Ben wollte diese Frage eigentlich nicht stellen. Seine Angst, dass es schlechte sein könnten, war einfach zu groß.

„Nein! Sie erzählen uns nichts. Obwohl ich mir sicher bin, dass sie bereits weitere Informationen erhalten haben." Serge drehte sich zurück zu der Glasscheibe.

Ben betrachtete ihn seitlich im sich spiegelnden Glas. „Wie kommst du darauf?"

„Welcher Geiselnehmer will nicht so schnell wie möglich sein Geld? Und vor allem seine Freiheit. Denn auch die Schurken sitzen im Gebäude des Flughafens auf Samos fest. Mehr oder weniger!"

„Ich habe das gestern nicht ganz kapiert, was meintest du, von wegen der Geschichte von Samos?"

Serge, nun mit dem Rücken an die Scheibe gelehnt, ließ sich langsam an ihr herunter, setzte sich auf den Boden und streckte seine Beine lang aus. Ben tat es ihm gleich, obwohl er mehr Schwierigkeiten hatte, sich auf den Boden zu setzen. Er verzog leicht das Gesicht, bis er einigermaßen bequem saß, so steif wie er war.

Serge trank den letzten Schluck Kaffee aus seinem Pappbecher. „Ich glaube, das führt zu weit, wenn ich dir das alles erzähle, was in den vergangenen Jahrhunderten in der griechischen Geschichte so los war. Die Nähe zur Türkei war ein immerwährender Konfliktpunkt. Die Kriege, die geführt wurden, verbesserten keinesfalls das Verhältnis zueinander.

Aber was heute noch schwerwiegender zählt, sind die Schwierigkeiten aus jüngster Geschichte. Die starke Verschuldung Griechenlands, die Flüchtlingskrise, der zurückgehende Tourismus der letzten Jahre. Weißt du, was das alles aus ganz normalen Bürgern machen kann, wenn sie ohne ihre Schuld um ihre Existenz bangen müssen? Und wenn dann noch etwas passiert, was die Menschen, die man liebt, verletzt oder sogar tötet, dann gibt es kein Verständnis und auch kein Vergeben mehr."

Serges Blick fiel auf den Becher in seiner Hand. Er begann ihn langsam, aber unaufhaltsam zusammenzudrücken. Bis nur noch ein kleiner Ball aus Pappe in seiner Hand lag. Ben beobachtete sein Tun. Er wurde nicht recht schlau aus diesem kleinen, fast zarten Mann. Er war ungefähr in seinem Alter, und doch kam er ihm viel älter und erfahrener, fast weise vor.

„Woher weißt du so was?"

„Ich habe dir doch erzählt, dass ich lange auf Samos gelebt habe. Die Insel ist nicht sehr groß. Jedenfalls nur so groß, dass man sich gegenseitig kennenlernen kann. Ich hatte sehr viel Kontakt zu Einheimischen und es wurden einige von ihnen zu meinen besten Freunden. Ich musste mitansehen, wie Häuser verlassen wurden, Familien sich trennen mussten, weil es keine Arbeit mehr gab." Sein Blick schweifte nun in die Ferne, als würde er sich erinnern, was Wehmut oder sogar Trauer in ihm auszulösen schien.

„Willst du mir etwa damit sagen, dass diese Geiselnahme eine Art Racheakt sei, von Einheimischen, von Griechen?" Ben rückte näher an Serge heran und fixierte ihn mit einem ungläubigen, aber auch auffordernden Blick. Er wollte die Wahrheit hören, wenn Serge sie wissen sollte.

„Wer weiß? Verstehen könnte ich es!" Er erhob sich und ging in Richtung der Toiletten.

„Das ist nicht dein Ernst! Wie kannst du für so eine Aktion Verständnis haben?"

Ben rief es ihm hinterher, ohne eine Antwort zu bekommen. Wie konnte Serge solche Verknüpfungen herstellen? Es sei denn, er wusste wirklich mehr, als er zugab? Doch Ben bekam keine weitere Chance, mit Serge zu sprechen. Als dieser zu ihm zurückkam, folgte ihm bereits ein Polizist.

„Entschuldigen Sie bitte, ist das hier Ihr Personalausweis?" Damit hielt er Serge seinen Ausweis vor die Nase.

„Ja." Serge wartete gespannt auf sein Anliegen.

„Wir haben, wie auch die aller anderen Passagiere, Ihre Papiere überprüft und bemerkt, dass ihr Wohnort Samos ist. Stimmt das?"

„Ja, das ist richtig!" Serge stand völlig ruhig dem Polizisten gegenüber. Und er war auch keinesfalls überrascht, als dieser ihn fragte:

„Wir möchten Sie bitten uns in diesem Fall behilflich zu sein, würden Sie dem zustimmen?" Der Polizist betrachtete ihn aufmerksam.

„Aber natürlich! Selbstverständlich, wenn ich helfen kann?"

„Das hoffen wir. Vielen Dank! Dann bitte ich Sie mich zu begleiten!" Serge nickte Ben lächelnd zu und schritt dem Uniformierten hinterher.

Ben hatte während dieser Unterhaltung seinen Mund geöffnet und ihn erst eben wieder geschlossen. Sprachlos war noch eine untertriebene Reaktion, in der er sich befand. Wieso brauchte die Polizei, die Regierung Hilfe von einem Einheimischen, wenn es sich um eine Geiselnahme handelte? Für solche Fälle gab es doch Spezialeinheiten, Elitetruppen, Spezialisten eben! In was war seine Klara da nur hineingeraten? Und er saß hier fest und konnte nichts tun!

Er erhob sich schwerfällig und blickte wieder auf das Rollfeld. Nicht um etwas zu sehen, sondern vielmehr um nicht gesehen zu werden. Denn seine Augen wurden blind vor Tränen, und dass niemand das Zucken seines Körpers sah, lag einzig an seiner Kraft, sich so weit zusammenzureißen, dass er sich keinen Zentimeter bewegte.

Klara! Was mochte sie für Ängste ausstehen, er stellte sich Szenarien vor, die er aus Filmen kannte. Doch all diese Vorstellungen waren gänzlich andere als die, die Klara wirklich durchleben musste. Zu ihrem Glück, konnte er später feststellen. Nicht zu seinem!

33: Serge, der Helfer in der Not

Als Serge den Raum betrat, in dem die Sonderkommision ihren Einsatz plante, wurde ihm plötzlich etwas unwohl. Er wurde an einen großen ovalen Tisch geführt, der rundum mit uniformierten Männern besetzt war.
Auch für ihn stand ein Stuhl an diesem Tisch bereit. Mit rund zwanzig Mitarbeitern von Polizei, über Flughafenbetreiber, SEK, GSG9, bis zu Vertretern der deutschen sowie der griechischen Regierung und weiteren wichtigen Personen, die er sich nicht merken konnte, platzte dieser Raum vor Entscheidungsgewalten aus allen Nähten. Und all diese zwanzig Augenpaare waren allein auf ihn gerichtet.
Er schluckte einmal trocken und war dankbar dafür, sich setzen zu dürfen.
Einer dieser Elitesoldaten in Uniform ergriff das Wort: „Wir wollen uns nicht mit Förmlichkeiten aufhalten, dafür ist unsere Zeit zu kostbar und die Lage zu ernst. Wir sind uns doch einig, dass alles, was in diesem Raum geäußert wird, unter strengste Geheimhaltung fällt!?" Sein Blick traf Serge.
„Natürlich! Selbstverständlich!" Serge wurde heiß. Er fühlte, wie eine kleine Schweißperle seine Stirn hinabrollte. Er ließ sie auf seine rechte Hand, die leicht schräg auf dem Tisch lag, tropfen. Und hoffte, es würde niemand bemerkt haben. Sie fortzuwischen wäre zu auffällig gewesen.
„Also dann, zu den Fakten!" Der große breitschultrige Soldat in Ausgehuniform, so wie Serge ihn insgeheim bezeichnete, begann mit seinen Ausführungen. Die Wörter, die er benutzte, kannte Serge nicht alle, aber seine Schilderung und Deutung der Sachlage konnte Serge für sich, im Inneren, nachvollziehen und bestätigen.
Der Sprecher holte tief Luft, sah sich um, und forderte damit die gesamte Aufmerksamkeit. „Wir haben folgende Forderungen von

den Geiselnehmern erhalten. Erstens: eine Lösegeldforderung in Höhe von zwanzig Millionen Euro! Und zweitens: eine schriftlich beglaubigte Anordnung der griechischen Regierung, die auf Samos gestrandeten Flüchtlinge schnellstmöglich von der Insel zu entfernen und ihre Lager aufzulösen. Bei weiteren Flüchtlingsaufkommen sofortige Weiterleitung der Menschen auf das Festland in Camps. Diese Forderungen müssen bis morgen Mittag erfüllt werden!" Pause!

Seinen Zeigefinger erhebend ergänzte er: „Ansonsten werde ab 12.00 Uhr stündlich jeweils eine Geisel erschossen!"

Lautstarke Empörung machte sofort die Runde. Wörter wie ausgeschlossen, undurchführbar, absurd waren vernehmbar.

„Ruhe! Ich bitte um Ruhe!", setzte sich der uniformierte Sprecher durch. „Es ist wenig hilfreich, sich in Empörung und Unverständnis zu verstricken. Wir brauchen jetzt Lösungen, dass wir diese schnellstmöglich finden werden, darüber habe ich keinen Zweifel."

Erneutes Raunen lief durch den Raum.

„Aber die Umsetzung ist noch offen. Gefordert wurde ein Flugzeug, das die jeweiligen Schriftstücke direkt vor das Flughafengebäude auf Samos bringen soll und durch die GSG9 übergeben werden soll, die gesamte Elitegruppe muss anwesend sein!" Stille im Raum.

Ein weiterer Soldat meldet sich zu Wort. „Das ist keine Forderung, sondern eine Falle!"

Zustimmendes Nicken ringsum.

„Eine weitere Forderung ist, das Geld von einem Kleinflugzeug aus in eine bestimmte Bucht in der Nähe von Pithagorio abzuwerfen."

Plötzlich kam Serge ins Spiel. Der Sprecher wendete sich ihm zu: „Können Sie mir sagen, was das Besondere an dieser Bucht ist?" Er trat mit einer Karte, die vor ihm auf dem Tisch gelegen hatte, an Serge heran und zeigte mit dem Zeigefinger auf eine Bucht wenige Kilometer vom Flughafen entfernt. Aber zu weit, um schnell für die Geiselnehmer erreichbar zu sein. „Wieso hier?" Er starrte Serge an.

„Äh, ich weiß nicht!"

„Sehen Sie genau hin, kennen Sie diese Bucht?"

„Wieso fragen Sie nicht jemanden, der da wohnt, oder einen Fremdenführer?"

„Weil jegliche Kommunikation zur Insel gestört wird und schlechthin nicht möglich ist und wir keine Zeit haben!" Er schnaufte hörbar durch seine Nasenlöcher.

„Ok! Warten Sie, diese Bucht, genau diese?" Er zeigte mit seinem Finger auf eine kleine Bucht.

„Sagen Sie uns alles, was Ihnen dazu einfällt!"

„Ja, die kenne ich. Eine kleine ruhige Bucht, flach abfallender Strand. Keine große Strömung, außer bei Sturm. Leicht von der Uferstraße zu erreichen. Ach, noch was! Dort kam es immer wieder zu Vorfällen!"

„Was für Vorfälle?"

„Touristen hatten immer mal wieder Kontakt mit dem Drachenfisch, auch Petermännchen genannt."

„Drachenfisch? Ist das eine Art Hai?"

„Nein, wirklich nicht. Er ist klein und vergräbt sich sehr gerne im flachen Wasser, besonders zur Eiablage. Leider besitzt er auf seinem Rücken einen giftigen Stachel und sollte man auf ihn treten oder anderweitig mit ihm Kontakt haben, das heißt eine Verletzung erlangen, löst dieses Gift sehr starke Schmerzen aus und kann im schlimmsten Fall, bei einer allergischen Reaktion, sogar zum Tode führen." Serge überlegte kurz.

„Einmal hatte mir eine Touristin erzählt, die auf den Stachel getreten war, ihre Schmerzen im Fuß wären so stark gewesen, sie wären vergleichbar mit den Wehen bei der Geburt eines Kindes."

„Aber was kann uns das nützen?", rief ein weiterer Anwesender ungeduldig in den Raum.

„Es wurden überall Warnschilder aufgestellt, Baden verboten, Gefahr durch giftige Fische!"

138

„Das ist es! Der Strand ist menschenleer! Niemand will dort ins Wasser gehen. Die Gefahr, dass das Geld dort entdeckt wird, ist geringer als woanders!"

„Aber wieso soll die GSG9 das Geld nicht überbringen?" Ein Polizist hatte diese Frage gestellt. Niemand antwortete. Serge schob die Karte wieder weiter auf den Tisch zurück. Der Sprecher ging auf ihn zu.

„Vielen Dank! Sie haben uns wirklich geholfen! Und Sie denken an die vorhin geäußerten Bedingungen, zu niemanden ein Wort! Das entsprechende Schriftstück wird Ihnen zur Unterzeichnung noch vorgelegt."

Serge nickte und schüttelte seinem Gegenüber die Hand. „Viel Erfolg!"

„Danke!"

Beim Rausgehen streifte er noch kurz die Schulter seines Sitznachbarn und als er die Türklinke losließ und die Tür wieder ins Schloss fiel, hatte er auch die letzte seiner vier Wanzen in dem Raum mit den wichtigsten Leuten zur erfolgreichen Lösung dieses Geiselnahme-Falles verteilt.

Eigentlich wollte er sie schon vor der Zusammenkunft in diesem Raum verstecken, aber er erhielt keine Gelegenheit dazu. Pablo war so schnell mit seiner Meldung seiner Geiselnahme, dass es danach nur so von Polizei wimmelte und auch sie, die Passagiere des Rückfluges, nicht mehr aus den Augen gelassen wurden.

Doch nun hatte er es geschafft. Er schaltete sein Handy ein, nahm die Kopfhörer und lauschte.

Wie erwartet schlugen sich die schlauen Herren mit Wörtern die Köpfe ein. Und wie erwartet würde es kein *echtes* Schriftstück zur Auflösung des Flüchtlingslagers auf Samos geben. Das war Serge von Anfang an klar gewesen. Aber dafür sollten sie anderweitig bluten.

Das Geld würde einen Sender bekommen, doch der machte Serge keine Sorgen. Wenn alles so verlaufen würde, wie es nun von den Einsatzkräften geplant war, würde er sicherlich der Gewinner dieser Geiselnahme werden. Vielleicht der einzige. Morgen früh um 6.00 Uhr würde Pablo noch einmal für wenige Minuten den Störsender ausstellen. Genau dann würde Serge ihm alle Informationen aus der Zentralen Einsatzstelle übermitteln. Somit sollte eigentlich die Geiselnahme das Ende finden, das sie sich wünschten.

Als Serge zu Ben zurückkam, überfiel ihn dieser mit hundert Fragen. Aber Serge blieb standhaft.

„Es tut mir leid, ich darf niemandem etwas sagen, streng geheim. Nur so viel. Es wird alles erdenklich Mögliche getan, um deine Klara und die anderen Passagiere aus dieser schrecklichen Situation zu retten."

Ben wendete sich von ihm ab, raufte sich die Haare und ließ sich auf einen dieser schicken Plastikstühle fallen. Er konnte nur abwarten und hoffen. Und beten! Was nicht so unbedingt seins war. Doch heute brauchte er, oder besser gesagt Klara, jede Hilfe, die sie bekommen konnte.

Kapitel II

1: Antonio, Verirrung

Als Chris aus dem Haus kam, saß Antonio bereits im Jeep. Mom stand auf der Veranda, sie drehte sich nicht zu Chris um. Er legte seine Hand auf ihre Schulter und drückte sie fest, sie legte die ihre ebenfalls auf seine, doch beide sprachen kein Wort und sahen einander nicht an. Chris lief die zwei Stufen von der Veranda hinunter und schwang sich auf den Beifahrersitz neben Antonio. Schweigend fuhren sie eine Weile durch den Wald, an Weinbergen und riesigen Zypressen vorbei, immer der kleinen Landstraße nach, eher ein befestigter Waldweg, der sie nach Pythagorion führen sollte. Durch Bergdörfer mit ihren malerischen weißen Häusern und engen Gassen. Es war weit über Mittag, als sie das schützende Blätterdach des Wäldchens verließen und es unerträglich heiß und staubig wurde im offenen Jeep, der alles andere als Fahrkomfort bot. „Wir sollten irgendwo einen Happen essen!" Antonio war ganz nüchtern bei der Sache, er umfuhr elegant ein Schlagloch, warf einen prüfenden Blick in den Rückspiegel, auf den Verbleib der Kiste, die er mitsamt Chris' Rucksack und einer kleinen Tasche mit seinen Habseligkeiten auf der Ladefläche des Viersitzers verstaut hatte. Und nachdem er beruhigt festgestellt hatte, dass sich weder das eine noch das andere Teil selbständig gemacht hatte, wagte er einen ähnlich prüfenden Blick auf Chris zu richten. Sein Freund war merklich verändert, still, zu still, und ganz und gar nicht der Chris, den er kannte, cool und immer Herr der Lage.
„Was ist los, bist du schon verhungert oder vielleicht erschossen worden, ohne dass du mir Bescheid gegeben hast?" Antonio grinste zu Chris hinüber.

„Tut mir leid, mir ist nicht nach Reden zumute." Er rieb sich das Gesicht, als wollte er sich damit erfrischen – wachhalten.
„Ist es das Mädchen, das dich so durcheinander gebracht hat, he?" Antonio grinste erneut. Sein Grinsen unterschied sich enorm von Chris' eher schüchtern-verschmitzten Grinsen. Antonio wirkte fast ein wenig fies, wenn man ihn nicht kannte und nicht einschätzen konnte. Er war sich sicher, dass sich Chris verknallt hatte, es musste ihn ja auch mal erwischen, das war klar, aber dass es gleich so schlimm kam und der sonst so abgeklärte Chris hier mit hängenden Ohren saß, amüsierte ihn.

„Ich habe eine Idee, wir halten an der erstbesten Taverne, du brauchst unbedingt eine Stärkung, und hältst dabei Ohren und Augen offen, es muss doch langsam auf der Insel bemerkt worden sein, dass wir von der Außenwelt abgeschlossen sind. Vielleicht erfahren wir etwas Brauchbares?"

Chris lächelte schwach, wie gut sein Freund ihn doch kannte, er war wie ein Bruder, den er nie hatte.

„Du hast Recht, ich habe seit gestern nichts Vernünftiges mehr gegessen, und Informationen könnten wir wirklich gebrauchen." Sie nahmen nicht die erstbeste Taverne, nein, Antonio steuerte die *Remataki Taverne* an, am Ostrand der Hafenanlage und fast unmittelbar am Remataki Strand.

Chris bemerkte es gelassen, dass Antonio den hübschen Badenixen am Strand nachsah, während sie sich einen Platz auf der Terrasse suchten. Er wählte einen Tisch aus, von dem aus sie den Jeep ebenso gut im Auge behalten konnten wie den Strand und die Zufahrtsstraße. Nachdem sie von einem jungen Kellner freundlich begrüßt worden waren und er ihre Bestellung entgegengenommen hatte, die bei Antonio reichhaltiger ausgefallen war als bei Chris, der sich Moussaka und einen leichten Retsina, einen geharzten Weißwein bestellte, im Gegensatz zu Antonios Bestellung, mit gebackenem Schafskäse, *Feta*, als Vorspeise, Tzaziki und Souvlaki und einem Muskatwein, eher üppig ausfiel.

Chris begann mit seiner Gabel nervös herumzuspielen.

„Woher nimmst du bloß diese Gelassenheit und Ruhe?", fragte er plötzlich in das sanfte Geräusch des Windes hinein, der vom Meer angenehme Kühlung und den Geruch von Algen und Sonnencremes herüberwehte.

„Du bestellst ein opulentes Mal, flirtest mit den Strandschnecken und machst es dir auf diesen Plastikstühlen bequem, als hättest du drei Wochen Urlaub all inclusive gebucht." Chris schüttelte verständnislos den Kopf.

„Ich weiß gar nicht, was du hast Chris? Du warst es doch, der mir beibrachte, wie man sich *undercover* verhält, an die Umgebung anpassen und unerkannt beobachten, speichern und Situationen voraussehen kann, die dann auch manchmal eintreten!"

Chris konnte ein schüchternes Lachen nicht unterdrücken. „Du hast Recht und warst wirklich ein guter Schüler."

„Ein besserer, als du dir vorstellen kannst!" Antonio grinste in Richtung Meer. Chris sah sein Gesicht nicht, wie es sich veränderte im grellen Licht der Sonne, die erbarmungslos vom Himmel hinabstrahlte, brannte, ein unlöschbares Feuer, wie auch Antonio es ab und zu in sich fühlen konnte, ein Brennen und die Suche nach jemandem, dem es möglich war, den Brand zu löschen.

Der Kellner kam zurück und stellte Brot und Salat auf den kleinen wackeligen Plastiktisch.

Noch als er gedanklich mit der Frage beschäftigt war, wie er all die Speisen hier drauf unterbringen sollte, sprach Chris ihn von der Seite an und fragte nach den letzten Ergebnissen des Fußballspieles am Vorabend. Zu Chris' und Antonios Überraschung war er bereit ausführlich Auskunft zu geben. Und sich dazu noch äußerst erbost über diesen neunmalklugen, allwissenden und vor allem alles sehenden Schiedsrichter auszulassen. Chris konnte es kaum abwarten, ihn vom Tisch zu entlassen. Zur Hilfe kam ihnen ein älterer Herr, der am anderen Ende der Terrasse die Rechnung verlangte.

„Das ist doch unmöglich, gestern ging absolut nichts, es waren sämtliche Verbindungen gestört, kein Handy, kein öffentliches Telefone, kein Computer, kein Fernseher war funktionstüchtig. Ich habe die halbe Hotelanlage durchsucht und im Flughafengebäude dasselbe, ich sah nur noch die eine Möglichkeit, ich musste die Insel verlassen. Doch es war bereits zu spät."

„Jetzt beruhige dich mal wieder, Spionage-Einmaleins, erstens: einen klaren Kopf behalten!"

Chris, der sich dicht zu Antonio vorgebeugt hatte, ließ sich abrupt nach hinten in seinen Stuhl zurückfallen, so dass dieser bedenklich knackte.

„Ich muss sofort telefonieren, sofort!" Er winkte bereits den Kellner heran, bevor Antonio auch nur die Zeit hatte, noch ein einziges Wort zu sagen.

„Könnte ich bitte Ihr Telefone benutzen?" Verdutzt starrte der junge Mann sein Gegenüber an. Er war groß, schlank, fast mager, sein schmales Gesicht mit den tiefliegenden Augen und der schmalen langen Nase wirkte älter, als er eigentlich war.

„Es tut mir leid, aber haben Sie denn noch nicht gehört, dass ein Satellit in eine falsche Umlaufbahn geraten ist und deshalb jegliche Funkverbindungen und Übertragungen gestört sind? Es fuhr doch gestern so ein Wagen mit Megaphon über die ganze Insel und hat die Leute informiert, dass es ein, zwei Tage dauern würde oder länger, bis die Verbindungen wieder hergestellt werden können. Haben Sie denn nichts davon gehört?"

„Wir wohnen oben in den Bergen, ohne Telefon, sind eben erst in die Stadt gekommen!", erklärte Antonio fast wahrheitsgetreu.

„Aber Sie haben doch das Fußballspiel gesehen?" Jetzt verstand Chris überhaupt nichts mehr. Verstört sah er zu Antonio hinüber, doch der zuckte auch nur verständnislos mit den Schultern.

„Ach so, ja das stimmt, da hab ich Glück gehabt, ich war gestern Abend noch bei meinem Cousin auf der kleinen Insel Patmos, ich bin erst heute früh mit der Fähre wieder zurückgekommen."

„Wie weit ist es bis zur Insel Patmos?" Chris versuchte seine Stimme zu beherrschen, um seine Frage so nebensächlich wie möglich klingen zu lassen. Obwohl er selbst nicht mit dem Ergebnis zufrieden war, erteilte der Kellner arglos Auskunft.

„Sie liegt rund 45 Kilometer südwestlich von Pythagorio. Wenn Sie mit der Autofähre übersetzen wollen, sollten Sie sich Zeit nehmen, bis zu vier Stunden dauert die Überfahrt, manchmal auch noch weit mehr, das hängt von der Zahl der Stopps auf anderen Inseln ab und von den Freundinnen des Kapitäns auf den verschiedenen Inseln, wenn Sie wissen, was ich meine!" Augenzwinkernd verließ der Kellner den Tisch.

„Warum der Fernseher dort funktionierte und nicht hier, scheint dem langen Kerl kein bisschen merkwürdig vorzukommen." Chris beugte sich zu Antonio herüber, der ebenfalls den Kopf über den Tisch neigte.

„Ich muss dorthin, ich muss meine Leute informieren. Wenn die so vorgehen, wie es im Lehrbuch steht, haben die Geiseln keine Chance. Er wird sie vor ihren Augen hochgehen lassen. Ich weiß es!"

„Aber woher willst du wissen, dass er es wirklich tun wird? Was sagt man nicht so alles unter Alkoholeinfluss, vielleicht wollte er seinen Bruder nur etwas erschrecken, ihn abhärten. Wer weiß das schon?

Pablo wird mittlerweile seine Forderungen gestellt haben, aber er hat es nicht eilig. Der Regierung hatte er Zeit zur Erfüllung der Bedingungen verschafft, sie werden sie erfüllen und die Geiseln werden freigelassen. Außerdem würde der Weg zur Insel Patmos viel zu lange dauern, bis wir ankämen, wäre alles vorbei. Und deine ‚Freunde' wissen im Ernstfall selber, was zu tun ist. Ehrlich gesagt verstehe ich deine Panik diesmal nicht ganz." Antonio griff zu seinem Glas Wein und leert es mit einem Zug.

Dies war der Augenblick, als Chris das erste Mal in seiner Gegenwart ein merkwürdiges Gefühl in seiner Magengegend verspürte, das er beim besten Willen nicht deuten konnte. Und es wurde stärker. Es war nicht sein Hunger, so viel stand fest. Das Essen wurde serviert, sie aßen schweigend, was ihnen guttat. Nach dem Essen verließ Chris den Tisch, um zur Toilette zu gehen, er konnte nicht klar denken, was wollte er tun? Er wollte den Störsender ausschalten, er wollte unbedingt eine Verbindung herstellen, er wollte Leben retten, doch was tat er, er aß zu Mittag. Er schleifte eine völlig fremde junge Frau durch einen engen jahrtausendalten Tunnel, litt er unter Wahnvorstellungen, die Insel wurde besetzt, von Pablos Männern, er hatte sie gesehen, überall. Er kannte ihre Gesichter, und sie kannten ihn. Und er wurde entlarvt. Trotzdem gelang ihm die Flucht, und nun? Er war eine Gefahr für Pablo, er kannte ihn besser, als ihm lieb war. Er irrte sich nicht, Pablo war schlau, er würde alles dafür tun, um zu verhindern, dass er, Chris, seine Informationen weitergeben konnte. Doch was hatte er für Infos, denk nach, denk nach, alles kann wichtig sein! Chris warf sich eine Hand voll eiskaltes Wasser ins Gesicht. Sein Spiegelbild war erbärmlich, was war bloß los mit ihm? Noch nie war er bei einem Fall so hilflos wie bei diesem. Hilflos, kraftlos und unendlich müde, verdammt, Chris, der Ouzo und die Anstrengung im Tunnel sind dir wohl nicht bekommen! Er sprach zu sich selbst, doch er konnte sich nicht hören, er starrte schreckensbleich in sein Spiegelbild, doch es verschwamm vor seinen Augen, ihm wurde schwindlig, er spürte seine Beine nicht mehr, er hielt sich am Waschtisch fest.

Dann erschien Antonio im Spiegel. Sein Gesichtsausdruck war wie versteinert.

„Antonio!" Seine Stimme war nicht einmal ein Raunen. Seine Gedanken verloren sich in der Dunkelheit des Nichts. Als er auf den harten Steinfußboden der Toilette aufschlug, war er bereits bewusstlos und verspürte keinerlei Schmerzen.

Und als wenige Augenblicke später Antonio und der Kellner ihn aus dem Gebäude zum Jeep trugen, den Antonio kurz vorher an der Hintertür geparkt hatte, und ihn unter einer Decke verbargen, war er bereits in einen tiefen traumlosen Schlaf gesunken.

2: Klara, alles noch einmal

Aufgewühlt und völlig übermüdet ließ sie ihren Kopf an die Rückenlehne fallen, das Buch ruhte in ihrem Schoß, sie starrte an die Decke über ihr.
Sie sah fleckig aus. Ein Anstrich war schon lange überfällig, vielleicht sollte sie die gesamte Wohnung renovieren? Oder ganz aufgeben?
Was für absurde Gedanken!
Chris hatte Recht, die ganze Zeit. Sie waren überall. Und selbst sein Freund war einer von ihnen. Chris hätte tot sein können. Schon nach ihrem Besuch im Restaurant hätten sie ihn verschwinden lassen können. Warum hatte Antonio ihn verschont? War seine Freundschaft doch echt?
Sie erhob sich und legte das Buch aufgeschlagen umgedreht auf den Tisch, sie musste ins Bad. Erst nach einer Hand voll kaltem Wasser in ihrem Gesicht und einem Blick in den Spiegel konnte sie wieder klar denken. Wer war sie eigentlich, was hatte sie in den letzten Jahren getan, gelebt?
Ihre Freunde sagten, sie hätte sich sehr verändert nach ihrer Trennung von Ben. Sie sei so *in sich gekehrt* und zöge sich immer mehr zurück. Da hatten sie Recht, doch sie konnte es nicht ändern, sie wollte es nicht ändern, alles war so unwichtig seit damals, als sie Chris auf Samos begegnete.
Sie nahm die dicke Haarbürste und bürstete kräftig ihre Haare, bis sie glänzten und ihre Kopfhaut schmerzte.
Dann zog sie sich aus und schlüpfte in ihren Pyjama. Als sie das Buch aus dem Wohnzimmer holte, fiel ihr Blick auf die alte Uhr. Viertel nach zwei. Sie   löschte das Licht – bis auf die Leselampe im Schlafzimmer über ihrem Bett –, ließ sich ins Bett fallen, stopfte sich sämtliche Kissen hinter den Rücken, die sie nur finden konnte, und begann wieder zu lesen.

3: Klara, Entscheidung

Chris war mit Antonio davongefahren. Sie wollten den Geiseln helfen, aber wie?

Klara war aus dem Bett gestiegen und unruhig im Zimmer umhergelaufen, sie hatte ihre Bluse und ihren leichten Rock wieder angezogen, denn selbst hier oben in den Bergen und im Wald wurde es am Nachmittag zunehmend heißer.

Ihre Jeans und den Pullover hatte sie nicht entdecken können. Sie warf ihren Rucksack über eine Schulter, denn irgendwie war ihr nach Aufbruch zumute. Was hielt sie hier auch noch? Sie wollte in die Stadt, sehen, was vor sich ging, hören, ob alles gut gegangen war, nach Hause fliegen und vergessen!

Also schnappte sie ihren Rucksack und ging in die Wohnstube, die gleichzeitig Küche war. Mom stand am Herd und es roch verführerisch. Klara hustete immer noch etwas, aber sie fühlte sich schon viel stärker.

„Na nu, wer kommt denn da, geht es dir besser, Kind?" Sie hatte den Rucksack gesehen, doch sie erwähnte ihn mit keinem Wort.

„Ich habe uns Hackfleischauflauf mit Gemüse gekocht, das Lieblingsessen meines Sohnes. Du musst doch hungrig sein, nach so einem Abenteuer!" Während sie so vor sich hin plapperte, schnappte sie sich zwei selbstgehäkelte Topflappen und schon stand das köstliche Gericht auf dem bereits fertig gedeckten Tisch.

„Setz dich doch und greif zu!" Mom lächelte Klara ermunternd zu.

„Danke!" Klara setzte sich und verspürte plötzlich großen Appetit. Es schmeckte wirklich sehr lecker.

„Möchtest du Wein trinken oder ein Glas Wasser?"

„Wasser bitte, ich vertrage bei der Hitze keinen Wein. Und vielen Dank für Ihre Mühe, die Sie mit mir hatten. Ich werde nach dem Essen in die Stadt zurückgehen."

„In die Stadt zurück, so so!" Mom verkniff sich ein leichtes Grinsen, das dem ihres Sohnes sehr ähnlich war, oder umgekehrt. „Warum bleibst du nicht noch einen Tag, Chris hatte mich gebeten dich hierzubehalten. Ich würde mich sehr freuen, wenn du mir ein wenig Gesellschaft leisten würdest! Und vielleicht kommt Chris ja morgen schon zurück mit Antonio und dann bist du fort, was soll ich ihm dann sagen?" Mom blickte Klara hilflos fragend an.

„Er kommt nicht zurück, jedenfalls nicht wegen mir!" Sie wich ihren Augen aus, die sie aufmerksam musterten. Das war nicht nötig, denn eine erfahrene Frau, wie Mom es war, sah sofort, was los war. Die Kleine hatte sich in den besten Freund ihres Sohnes verliebt, und dieser kalte Retter der Menschheit hatte es nicht einmal bemerkt oder wollte es nicht wahrhaben, wie auch immer, sie hatte das Gefühl, etwas nachhelfen zu müssen, sonst würde sie es wohl nicht mehr erleben, dass kleine süße Babyfüße mit ihren ersten Gehversuchen durch ihre gute Stube patschen würden.

„Ich weiß ja nicht, was euch dazu bewogen hat, durch den alten Tunnel zu kriechen, aber so zerknittert kannst du unmöglich zurück in die Stadt. Deine Sachen sehen wirklich schlimm aus. Deine Jeans und den Pulli habe ich gewaschen. Sie hängen draußen auf der Leine. Warte, nach dem Essen suche ich dir ein Kleid heraus. Es wird dir bestimmt passen, ja, die Größe kommt hin. Und ein schönes warmes Bad lass ich dir auch ein, und dann werden wir einen Weg finden, wie du in die Stadt gelangst, ohne die Strapazen eines langen Abstiegs in der Hitze des Nachmittages."

Es war fast unmöglich, Mom zu widersprechen, und Klara versuchte es auch erst gar nicht. Es tat so gut, bemuttert zu werden, und in der Stimmung, in der sie sich befand, konnte ihr fast nichts Besseres passieren.

Also legte sie sich in die alte gusseiserne Wanne und atmete den herrlichen Duft von Wildrosenöl ein, den ihr Mom mit in das Bad gegeben hatte. Was machten schon ein, zwei Stunden Unterschied?

Sie war sich noch nicht einmal sicher, was sie tun würde, wenn sie in der Stadt war. Chris hatte sie gewarnt irgendjemandem etwas von der Entführung zu sagen, und solange die Verbindungen mit dem Festland und nach Deutschland nicht funktionierten, konnte sie weder Ben noch sonstwen informieren.

Vielleicht sollte sie einfach alles auf sich zukommen lassen, wer weiß, vielleicht wurde die Entführung bereits beendet, die Verbindungen wären wieder frei und der nächste Flieger nach Deutschland stand schon zum Abflug bereit und wartete nur noch auf sie. Das war ja wieder typisch, so einfach, so bequem wie möglich. Allen Schwierigkeiten aus dem Weg gehen, verdammt nochmal, was bist du bloß für ein Feigling.

Wütend auf sich selbst und auf das Schicksal und auf Chris sprang sie aus der Wanne, dass sie beinahe ausgerutscht und die Wanne zum Umkippen gebracht hätte.

So schnell, wie es nur irgend ging, zog sie die Kleidungsstücke an, die ihr Mom bereitgelegt hatte. Erst als sie fertig in die Wohnküche kam und Moms erstauntes Gesicht sah, bemerkte sie, was für ein hübsches Kleid sie trug. Es war knöchellang, mit kleinen, kurzen Ärmeln, gerade und schlicht geschnitten, aber in einem Azurmarineblau, das selbst den Farben des Meeres Konkurrenz machte.

„Es steht dir hervorragend, wie für dich gemacht." Mom lächelte zufrieden.

„Wem gehört es?" Klara strich langsam an dem weichen Baumwollstoff hinunter.

„Sie sollte einmal meine Schwiegertochter werden, Claire war ihr Name." Mom hielt einen Teller in der einen Hand und ein Geschirrtuch in der anderen, doch sie schien es vergessen zu haben, sah einfach geradeaus, raus in den Wald hinein. Als würde sie etwas oder jemanden kommen sehen. Dann begann sie zu erzählen und

Klara setzte sich auf einen Holzstuhl an den langen Tisch, an dem sie kurz vorher zusammen gegessen hatten.

„Claire war wunderschön. Ein zartes Geschöpf mit langen braunen Haaren. Sie war ein guter Mensch, hilfsbereit und ehrlich. Herzensgut, sie trug selbst die Spinnen aus dem Haus in den Wald zurück. Weißt du, es war zu der Zeit, als die erste große Flüchtlingswelle über uns hinwegrollte. Du hast sicherlich die Bilder im Fernsehen gesehen." Klara nickte ihr zu.

„Wir rannten alle an den Strand. Ganz Samos versammelte sich am Strand. Wir zogen die Menschen an Land. Frauen, Männer, Kinder!" Mom wischte sich zwei Tränen mit dem Trockentuch unter den Augen fort.

„Und die Toten!" Sie stockte.

„Keiner von uns wird diese Bilder der toten Körper je wieder vergessen. Sogar Kinder starben, vor unserer Küste, im Meer. Die Schreie der Frauen, wenn sie sie fanden, nie zuvor habe ich solche schmerzerfüllte Schreie der Ohnmacht und Hilflosigkeit gehört." Mom wischte sich unsanft übers ganze Gesicht, stellte den Teller auf den Tisch und setzte sich Klara gegenüber.

„In den nächsten Tagen, Wochen und Monaten waren wir täglich am Strand. Wir bildeten Gruppen, wechselten uns ab. Versorgten die Flüchtlinge mit dem Nötigsten. Was wir entbehren konnten, brachten wir ihnen, und auch mehr. Die Unterstützung von außen war mäßig. Zelte und Zäune, Lebensmittel, Medikamente. Aber was diese Menschen brauchten, war Hoffnung. Und die konnten wir ihnen nicht geben. Wir wussten doch selbst nicht, wie es weitergehen würde." Sie lächelte Klara entgegen und legte ihre Hände auf Klaras Hände.

„Claire war unermüdlich. Besonders die Kinder lagen ihr am Herzen. Sie dachte sich immer wieder neue Überraschungen für sie aus. Sie spielte Spiele mit ihnen, bastelte kleine Bastelarbeiten mit ihnen. Bemalte mit ihnen die Zelte kunterbunt." Mom musste lachen.

„Und dann kam dieser eine Abend. Dieser Abend, an dem sie nicht heim kam. Antonio wollte sie abholen, er ging ihr entgegen, aber sie war nirgends zu finden. Wir suchten die ganze Nacht. Unsere Freunde und Nachbarn halfen uns. Wir waren so verzweifelt. Und dann wurde sie gefunden, am nächsten Morgen. Tot! Am Strand zwischen den Felsen. Antonio starb mit ihr an diesem Morgen." Mom liefen die Tränen über ihre rosigen Wangen. Sie schien es nicht zu spüren. Sie war weit weg. An diesem Strand, an diesem schrecklichen Morgen.

Klara erhob sich und ging zu ihr, umklammerte sie mit beiden Armen und hielt sie ganz fest. Auch ihr liefen die Tränen herunter und tropften auf das blütenweiße Tischtuch.

4: Klara, Tränen

Tränen rannen ihr über die Wangen, sie bemerkte es erst, als sie auf die Seiten des aufgeschlagenen Buches in ihrer Hand tropften. Sie wischte vorsichtig mit der Hand über die Seiten. Die Tränen konnten nicht aufhören zu fließen, als hätten sie schon lange auf diese Gelegenheit gewartet, sich zu befreien. Sie suchte auf dem Nachttischchen nach Taschentüchern, vergebens, sie zerwühlte die Kissen, doch auch dort fand sie keines, blind vor Tränen warf sie sich in die Kissen und schluchzte leise in die schneeweiße Bettwäsche.

Die Sonnenstrahlen fielen direkt auf ihr Kopfkissen und auf ihr Gesicht, sie waren warm und hell. Sie blinzelte, als sie die Augen öffnete, sie hatte geschlafen, tief und fest. Sie konnte sich an keinen Traum erinnern, das war selten so.
Die Erschöpfung und die Tränen hatten sie in einen erholsamen Schlaf fallen lassen. Sie sah auf ihre Armbanduhr, fast zehn Uhr. Sie musste im Geschäft anrufen, dort wurde sie sicherlich schon sehnsüchtig erwartet.

Klara meldete sich krank für den Rest der Woche und versprach am nächsten Montag wieder fit zu sein. Dann zog sie ihren Pyjama aus und stellte sich unter die Dusche, das tat gut. Sämtliche Muskeln schienen zu erwachen. Sie reckte sich nach dem Abtrocknen und hatte das Gefühl, einen großen Schritt weitergekommen zu sein – wohin, das würde sich zeigen.
Sie kochte sich erst einmal einen Kaffee, eine große Tasse voll. Dann öffnete sie die Balkontür, die Luft war angenehm mild, die Sonne schien direkt auf ihren Balkon, sie entschied, es sich in ihrem Liegestuhl bequem zu machen, eingerollt in einer warmen

Wolldecke, konnte sie diesen schönen Oktobertag genießen und lesen, was anderes konnte sie zurzeit nicht tun.

Auch wenn sie wusste, was als Nächstes passierte, war es ihr, als könnte sie es vielleicht doch verändern, alleine durch ihre Vorstellungskraft, die sie vollständig in die Geschichte hineinsog und sie noch einmal erleben ließ.

5: Klara, Gewissen

Mom war aufgestanden und hatte Klara noch einmal fest an sich gedrückt, dann ließ sie sie los und ging zur Tür. Dort blieb sie mit dem Rücken zu Klara gewandt stehen.
„Claires Tod wurde nie aufgeklärt. Ihr Mörder wurde nie gefunden. Weißt du, Menschen sind einfach gestrickte Wesen. Von diesem Tag an änderte sich unser Verhalten den Flüchtlingen gegenüber. Es waren Fremde für uns. Und unsere eigenen Probleme schienen durch sie noch größer zu werden. Die Touristen blieben fern. Existenzängste zerfraßen unser Mitgefühl. Wem, glaubst du gaben wir die Schuld an alledem?" Sie drehte sich um und sah Klara ernst an.
„Seit damals bin ich nicht wieder am Strand gewesen. Ich weiß nicht, wie es zurzeit dort aussieht, wie viele Flüchtlinge dort leben und wie sie dort leben!
Ich weiß, dass es nicht richtig ist, wie ich denke, handle, aber ich kann nicht anders!"
Klara ging auf sie zu, doch Mom hielt sie mit einer Handbewegung auf Abstand.
„Ich bin nicht stolz auf meine Einstellung, bestimmt nicht, und ich will sie auch nicht rechtfertigen."
„Wie hat Antonio den Tod von Claire verarbeitet?" Klara konnte sich nicht vorstellen, diesen vor Kraft strotzenden Mann traurig und verzweifelt zu sehen.
Mom musste plötzlich lächeln. „Das hat er bis heute nicht können, aber weiterleben, weitermachen, das konnte er, dank Chris. Er war es, der ihm zeigte, wie! Als er hier auftauchte, veränderte sich Antonio. Er sog die Erzählungen von Chris in sich auf wie ein trockener Schwamm. Alles um Chris herum war aufregend und neu. Sie wurden sehr gute Freunde, fast wie Brüder. Und Antonios Schmerzen wurden überdeckt von Chris' Lebensfreude. Er tat ihm

so gut. Und tut es immer noch. Auch wenn ich oft Angst um die beiden habe. Einer ist verrückter als der andere!"

„Chris wollte unbedingt hierher, zu euch. Jetzt weiß ich, warum." Klara lächelte Mom entgegen.

„Schön, dass er dich mitgebracht hat, auch wenn der Weg nicht der beste war!" Sie mussten beide laut lachen und wünschten, Chris und Antonio wären auch hier.

Klara und Mom saßen noch eine Weile auf der Veranda. Klara gingen die Flüchtlinge nicht aus dem Kopf.

„Ich war nicht am Strand, an dem die Flüchtlinge ihr Zeltlager haben. Ich habe mich bewusst fern gehalten. Ich hatte Angst davor, was ich sehen würde, und wollte es auf keinen Fall sehen."

„Und jetzt hast du Gewissensbisse deshalb!" Mom legte ihre Hand wieder auf die von Klara. „Ach Mädchen, das musst du nicht. Manchmal ist es besser, Dinge nicht zu sehen, auch wenn es kaltherzig klingt. Viele Helfer sind traumatisiert. Glaub mir, keiner von ihnen würde dich verurteilen. Du bist noch so jung. Glaube mir, deine Zeit, Menschen zu helfen, wird kommen. Und dann wirst du wissen, was du zu tun hast."

Klara sog Moms Worte auf wie eine Weissagung. Diese Frau war die weiseste, die sie je kennenlernen durfte. Sie war ihr dankbar für ihre ehrlichen Worte und ihr Verständnis.

Nachdem sie noch eine Zeitlang über dieses und jenes geplaudert hatten, wusste Klara, dass sie aufbrechen musste. Eine innere Unruhe breitete sich in ihr aus.

„Wie komme ich in die Stadt?", fragte Klara plötzlich und sah sich nach ihren Sachen um.

„Wenn du die kleine Straße am Ende unserer Auffahrt immer geradeaus gehst, kommst du direkt zu einer Bushaltestelle. Der Bus fährt dreimal am Tag vorbei, meistens ohne dass er jemanden mitzunehmen braucht. Der nächst fährt in einer Stunde!"

Mom räumte den kleinen Tisch ab, auf dem ihre bereits leeren Gläser standen, und sah sie nicht an. Sie überlegte, ob es nicht doch eine Möglichkeit geben konnte, Klara zum Bleiben zu überreden. Wenn Chris es so wollte, dass sie bleiben sollte, hatte er seine Gründe dafür. Sie hoffte, es seien persönliche.

Sie wollte nicht länger darüber nachdenken, nie würde sie verstehen, warum er diesen gefährlichen Job hatte, und Antonio, der war genauso; wenn es nach ihm ginge, wäre er Polizist geworden. Aber dann hätte er Mom hier alleine zurücklassen müssen. Das wollte er nicht. Sie musste sich damit abfinden.

„Wie lange bleibst du denn auf unserer schönen Insel Samos? Vielleicht kannst du uns noch ab und zu besuchen, wir würden uns riesig darüber freuen, Antonio und ich und natürlich Chris!"

„Eigentlich wollte ich schon gestern zurück nach Deutschland fliegen!" Klara hielt inne und irgendwie kam ihr dieser Satz so abwegig vor, zurück nach Deutschland, erst gestern? Es war so viel geschehen, wie konnte sie zurück wollen, jetzt, heute?

„Und dann bist du doch geblieben! Wegen Chris?" Mom stellte diese Frage im Vorübergehen, scheinbar beiläufig.

„So könnte man sagen, er hatte überaus starke Argumente!" Klara konnte es nicht fassen, dass sie es so nannte.

„Hast du nicht vielleicht ein Fahrrad? Dann brauche ich nicht auf den Bus zu warten." Klara hatte all ihre Sachen in ihrem Rucksack verstaut und ihn bereits halb auf dem Rücken. Mom spürte, dass nichts auf der Welt sie jetzt hier noch hielt.

„Ja, es ist nicht das neuste, aber es fährt sich gut. Und wenn du radeln willst, wird es schon gehen, es gibt da einen kleinen Pfad, eine Abkürzung, nicht mit dem Auto zu befahren, aber mit dem Rad!" Sie überlegte einen Augenblick.

„Wo willst du jetzt eigentlich hin, ich meine, es geht mich ja nichts an, aber wenn du bereits gestern fliegen wolltest, hast du doch sicherlich keine Bleibe mehr und zurzeit, in der Hochsaison, wirst du kaum etwas zum Übernachten finden!"

„Ich fliege heute nach Hause, ich will direkt zum Flughafen!" Sie sagte es laut und bestimmt, nicht für Mom, mehr für sich selbst.

„So so! Dann wird es das Beste sein, du fährst mit dem Rad zu Costas, er hat ein Restaurant am Strand, und Antonio ist eng mit ihm befreundet, dort kannst du das Rad stehen lassen, er kann es dann das nächste Mal, wenn er dort ist, wieder mit nach Hause bringen. Und ich bin sicher, dass Costas so freundlich sein wird und dich bis zum Flughafen bringen wird. Er liefert auch aus und ist von daher ständig am Pendeln. – Warte, ich schreibe ihm ein paar Zeilen, denn sein Deutsch ist nicht so gut wie meines." Lächelnd lief sie ins Nebenzimmer und holte Papier und Bleistift. Als sie fertig war, faltete sie den Brief zweimal und überreichte ihn Klara.

„Schade, dass ich dich nicht überreden konnte, länger zu bleiben. Ich würde mich wirklich sehr freuen, wenn du uns bald wieder besuchen kommen könntest!" Sie lächelte, umarmte Klara und gab ihr einen Kuss auf die Wange.

Klara war gerührt, diese Freundlichkeit, fast Liebe, könnte man sagen, einer doch Fremden entgegenzubringen, das war nicht nur Gastfreundlichkeit, die wie in vielen südlichen Länder großgeschrieben wird, das war viel, viel mehr.

„Ich werde sicherlich eines Tages zurückkommen, ich weiß nicht, wann, aber ich freue mich schon heute darauf! Vielen, lieben Dank für alles, meine Mutter hätte nicht besser für mich sorgen können als du!" Klara umarmte Mom ebenfalls, und Mom kullerte eine Träne über ihr sonnengebräuntes, rundes Gesicht. Dann lächelten sie sich einander noch einmal zu und Klara stieg auf das alte Rad, das hinter dem Haus an der Wand lehnte.

„Immer geradeaus, den Berg hinab, dann kommst du direkt auf einen kleinen sandigen Pfad zu, da biegst du ab, er führt dich zum

Strand, das Restaurant heißt ‚Remataki!', so wie der Strand selbst auch.

Ach, Klara, deine Jeans und der Pulli!" Sie lief zur Wäscheleine und faltete sie im Gehen so klein es ging. Dann half sie Klara die Kleidungsstücke in den Rucksack zu stecken.

Dann fuhr Klara los, winkte noch einmal und verschwand im Wald hinter Pinien und Kiefern. Es war angenehm kühl und so grün wie zu Hause. Sogar Laubbäume wie Eichen, Buchen und Kastanien konnte sie entdecken.

Auf der kleinen Straße fuhr es sich recht gut, doch als sie auf den Pfad abbog, der sich eng um den Berg herumschlängelte und ständig bergab verlief, musste sie ihr Rad unentwegt abbremsen, um nicht auf Schotter und weichem Sand ins Schleudern zu kommen. Sie hatte kaum Zeit, sich die wunderschöne Landschaft zu betrachten, die sich immer mehr wandelte, umso tiefer sie ins Tal und dem Meer entgegen fuhr. Der Himmel strahlte in einem tiefen Blau, nicht eine Wolke war zu sehen.

Die Vögel zwitscherten und der Fahrtwind spielte wild mit ihren Haaren. Ihr blaues Kleid flatterte, und sie fühlte sich frei.

Als sie den Wald und damit den Schutz der schattenspendenden Bäume verließ, brannte die Sonne erbarmungslos auf sie hernieder. Riesige Zypressen und Olivenbäume veränderten die Landschaft. In den letzten fünfzehn Minuten, bis sie den Strand und damit das kühle Meer erreichte, fuhr sie durch eine Steppenlandschaft mit vertrocknetem Gras und ausgetrockneten Bachläufen, die nur durch die kleinen Brücken, die über sie führten, erkennbar waren.

Der Strand kam in Sicht. Er war gut besucht, Stimmen trug der Wind vom Meer zu ihr herüber. Sie stieg ab und sah sich um. Wie war doch gleich nochmal der Name des Restaurants? Ach ja, Remataki! Sie brauchte nicht lange zu suchen, es war das größte hier am Strand, in der Nähe des Hafens. Geradewegs steuerte sie darauf zu, stieg vom Rad und lehnte es gegen einen verrosteten Zaun aus

Draht, um sich einen Platz auf der Terrasse zu suchen. Wenn sie gewusst hätte, dass sie auf demselben Stuhl Platz nahm, auf dem vor noch nicht einmal zwei Stunden Chris gesessen hatte, hätte sie es Schicksal genannt.

Ein Kellner kam auf sie zu, er grüßte freundlich und wollte ihr die Karte reichen.

Sie schüttelte den Kopf. „Nein danke, ich suche Costas, ich habe eine Nachricht für ihn."

„Dann haben Sie ihn schon gefunden!", antwortete der gutaussehende, braungebrannte Grieche. Sein Haar war pechschwarz, gewellt, und reichte ihm fast bis auf die Schultern. Er musste so um die dreißig sein, im Schätzen war Klara noch nie gut.

Sie überreichte ihm den Zettel, den Mom ihr gegeben hatte, und musterte sein Gesicht, als er ihn las.

Zuerst schien er erstaunt zu sein, einen Brief von einer deutschen Touristin überreicht zu bekommen, doch als er erkannte, von wem der Brief war, entspannten sich seine Gesichtszüge wieder, es kam Klara fast so vor, als ob es ihn freute, dieser Frau einen Gefallen tun zu dürfen.

„Ach, Sie sind die Freundin von Chris und Antonio!"

„Schreibt sie das?" Klara lächelte schwach.

„Das freut mich aber sehr. Chris und Antonio sind hier stets gern gesehene Gäste. Und natürlich auch all ihre Freunde." Er lächelte Klara breit zu.

„Ich dachte, Sie können kein Deutsch sprechen, Mom sagte es mir, und dabei sprechen Sie sehr gut Deutsch!"

„Antonios Mutter hat mich lange nicht gesehen und gehört", erwiderte er mit einem noch breiteren Lächeln.

„Und was Ihre Bitte betrifft, Sie sei Ihnen schon erfüllt. Bei der nächsten Tour sind Sie mit dabei. Wann geht Ihr Flugzeug?"

„Ich weiß es noch nicht, ehrlich gesagt!" Klara schaute etwas verlegen aufs Meer hinaus.

161

Er kräuselte die Stirn leicht, dann meinte er, sie solle sich vielleicht doch lieber erst etwas stärken, wenigstens einen Kaffee trinken, denn wer wisse schon, wie lange sie auf dem Flughafen noch warten müsse.

Klara stimmte ihm zu, bestellte nur einen Kaffee, da sie bei Mom ausreichend versorgt worden war und keinerlei Appetit verspürte. Costas eilte hinein, um ihn zu holen.

Da saß sie nun, alleine auf einer fremden Insel, in einem fremden Land, mit so gut wie keinem Groschen, oder besser gesagt Euro, in der Tasche und vielleicht einem halben Dutzend schießwütiger Terroristen, die ihr den Weg nach Hause versperrten, aus was weiß für einem Grund auch immer.

Langsam sammelte sich Wut anstatt Verzweiflung in ihr, und sie spürte, wie sie immer unruhiger auf ihrem Plastikstuhl hin und her rutschte.

Ihr war heiß, und sie war müde, warum fragte sie nicht diesen netten Kellner, ob er vielleicht irgendetwas von einer Besetzung, oder besser gesagt von einer Geiselnahme durch Terrorristen gehört hatte? Es war alles so unwirklich, langsam kam ihr der Gedanke, sie hätte sich das alles nur eingebildet, vielleicht litt sie unter kurzzeitigem Gedächtnisverlust mit Wahnvorstellungen. Vielleicht war sie mit diesem Chris durchgebrannt, hatte ihren Freund sitzen lassen, und durch schreckliche Schuldgefühle hatte sich ihr Gehirn so einen Ausweg gesucht, eine Erklärung. So was sollte es ja geben, sie hatte es im Fernsehen gesehen. Der Kellner brachte den Kaffee, und Klara wurde aus ihren Gedanken gerissen.

Sie sah ihn an, er lächelte wie vorher schon sein gleiches undurchdringbares Lächeln.

Klara hatte bereits ihren Mund geöffnet und war fest entschlossen ihren wirren Gedanken ein Ende zu machen und zur Realität zurückzufinden. Doch dieses Lächeln, irgendetwas war mit diesem Lächeln, sie schloss ihren Mund, als ob sie eben mal kurz nach Luft geschnappt hätte wie ein Fisch, der vom Angelhaken abgenommen wurde und um sein Leben nach Luft schnappte, allerdings das Glück hatte, zu klein zu sein, und ins Meer zurückgeworfen wurde. Sie wusste nicht warum, sie hatte nur schon wieder so ein merkwürdiges Gefühl im Bauch, und dieses Gefühl hatte sie oft vor einer Dummheit gewarnt.

„Haben Sie noch einen Wunsch, Klara? So stand es im Brief, ich darf doch Klara sagen?"

Er musste es bemerkt haben, denn er beobachtete sie genau.

„Nein und ja, ich meine ich habe keinen Wunsch mehr, und Sie dürfen mich Klara nennen, Costas!"

Er nickte und verschwand.

Klara seufzte auf, und ihr fiel wieder ein, was Chris sagte: Wir sind die Einzigen, die es wissen, du darfst es Niemandem sagen, du bringst sie und dich unnötig in Gefahr!

Seine Männer sind überall! Überall?

Chris, wo bist du nur? Verdammt, warum hast du mich zurückgelassen, was soll ich nur tun? Plötzlich sprang sie auf und wand sich zum Gehen um, sie wollte in die Stadt radeln, um Chris zu suchen. Da war Costas um dieselbe Ecke herum gekommen, um die sie eben verschwinden wollte.

„Ach – Sie wollten doch alleine gehen?" Costas sah sie erstaunt an.

„Nein, nein, ich wollte nur …" Klara stotterte kurz, als er ihr zuvorkam.

„Wir können gleich losfahren, ich wollte Sie eben holen."

Klara zögerte, doch dann begann sie: „Wissen Sie nicht zufällig, wo Antonio und Chris sein könnten, ich kann sie über Handy nicht erreichen. Oder wissen Sie vielleicht, wo Antonio arbeitet?"

„Antonio arbeitet mal hier und mal da. Was gerade anfällt. Und er hat so eine Art, wie sagt man, Hausmeisterjob!

Sie waren heute Mittag zum Essen bei mir, aber wo sie hinwollten, das weiß ich leider nicht!" Er zuckte mit den Schultern.

„Aber vielleicht habe ich eine Idee, wer es wissen könnte. Es geht Ihnen doch um Chris, oder täusche ich mich da?" Klara musste so überrascht dreingeschaut haben, dass Costas gleich weiterplapperte: „Ah!" Er rollte mit den Augen und zog die Augenbrauen hoch. „Sie wollen ihn wiedersehen, bevor sie fliegen. Vielleicht sind Sie in ihn verliebt? Ha? Mein Auto steht da vorne an der Straße, Sie können schon einsteigen, ich hole schnell das Essen zum Ausliefern, und dann fahren wir zu meinem Freund, der weiß vielleicht, wo sie stecken, ok?"

„Ok! Ich würde gerne noch auf die …!" Sie kam nicht weiter.

„Ach, ich weiß schon, hinten links herum, die erste Tür!"

Sie nickte verdutzt. Wieso hatte er nicht schon eher erwähnt, dass sie hier waren? Wieso hatte sie nicht gefragt? Und woher wusste er, dass sie und Chris …? Ach, sicherlich hatte Mom ihren Wünschen freien Lauf gelassen. Aber so ausführlich schien der Brief nicht gewesen zu sein.

Egal! Er hatte eine Idee, wo sie erfahren konnten, wo die beiden sein könnten, das war doch schon mal ein Anfang. Sie ging, nachdem sie auf der Toilette war, in die Richtung des PKWs, auf das Costas gezeigt hatte. Die Türen waren nicht verschlossen, sie warf ihren Rucksack auf die Rückbank und setzte sich auf den Beifahrersitz.

6: Klara, in Gefahr

Klara saß noch immer auf dem Balkon ihrer Wohnung und las. Sie rieb sich ihre Augen. Chris war gefangen. Und sie ahnte nichts davon. Wie dumm und naiv sie doch war. Ihm zu folgen und sich selbst in Gefahr zu begeben.

Es war bereits Mittag, wieder ein wundervoller Herbsttag, eigentlich müsste sie an so einem Tag im Wald spazieren gehen, dachte sie, als sie so dasaß, den Blick vom Buch abgewandt, in die Baumgipfel gerichtet. Sie dachte an die wundervollen Farben der Blätter, den Duft nach feuchtem Moos, das Rascheln unter ihren Füßen im Laub. Also beschloss sie sich warm anzuziehen und Richtung Wald zu gehen, es würde sich sicherlich eine Bank unter einer wunderbar alten Eiche oder Kastanie finden, diese zwei waren ihre Lieblingsbäume, auf der sie in der Sonne sitzend weiterlesen konnte.
Sie verlor keine Zeit, zog sich an, die warmen Stiefel und den zerknautschten Trenchcoat. Das Buch nahm sie in die Hand, als ob sie es keinen Moment loslassen wollte. Schon seltsam, dass sie es gestern per Zufall entdeckte, oder war das Schicksal, Bestimmung? Manchmal glaubte sie an solche Dinge, doch meisten hatte sie die Hoffnung, ihr Leben selbst lenken, bestimmen zu können.
Allerdings konnte sie das nicht von dem Leben Anderer hoffen.
Ein stürmischer Wind blies ihr entgegen, als sie aus dem Haus trat. Mit großen Schritten ging sie in Richtung Waldrand. Es waren kaum Menschen auf der Straße, dabei sah es kälter aus, als es war. Der Wind, die Luft war recht mild für diese Jahreszeit. Als sie eine Weile umhergelaufen und die Farben des Herbstes in sich aufgesogen hatte, steuerte sie auf die nächste Bank zu, hinter der sie tatsächlich eine alte Eiche entdeckte. Dort ließ sie sich nieder.

Eine innere Unruhe stieg erneut in ihr auf. Wie würde Chris das, was als Nächstes passiert war, darstellen? Ungeduldig suchte sie die Stelle, an der sie unterbrochen hatte. Da war sie, sie stieg in das Auto!

7: Klara, Die Festung

Auf der Fahrt in die Stadt Pythagorion war Costas sehr schweigsam gewesen. Klara hatte es als unangenehm empfunden, neben diesem Fremden im Auto mitzufahren, also hatte sie zu reden begonnen. Sie erzählte von ihrem Urlaub, wie gut es ihr hier gefallen hatte und wie wunderschön die Insel Samos doch sei. Er lächelte und nickte, aber außer einer kurzen Bemerkung sagte es nichts. Endlich hielt er an einem Geschäft mitten in der Stadt. Es war laut, die Autos brausten vorbei, sie hupten öfter als nötig, und auch die Stimmen kamen ihr lauter vor als woanders. „Ich bringe dies kurz hinein und bin gleich wieder da!"

Er hatte eine Kiste mit wohlduftenden Speisen geschnappt, drehte sich zu ihr um und sagte, mit diesem merkwürdigen Lächeln, das seinen Mund umspielte: „Und nicht weglaufen, ok?" Klara hatte ein seltsames Gefühl. Dann verschwand er im Gebäude.

Klara beobachtete die vorbeilaufenden Menschen, niemand ahnte, was gestern im Flughafengebäude vorgefallen war. Niemand vermutete einen Überfall, eine Geiselnahme. Und erst recht konnte sich niemand vorstellen, dass sie, Klara, ein solches Geheimnis hüten würde.

Costas kehrte zurück und schwang sich auf den Fahrersitz.

„Sind Sie bereit eine kleine Wiedersehensparty zu feiern?" Er grinste noch breiter, fast unheimlich.

„Ich weiß jetzt, wo sie sind, mein Freund Sascha hat sie heute Mittag getroffen, sie wollten zur Festung!"

„Zur Festung?", entfuhr es Klara überrascht.

„Ja! Ich hatte schon so eine Ahnung, Antonio arbeitete dort manchmal im Museum als Hausmeister. Er kann fast alles. Sogar Führungen hatte er schon übernommen. Und er kann dort funken, er ist Hobbyfunker und durfte seine Funkanlage dort aufbauen!"

Ohne eine Antwort von Klara abzuwarten, startete er und fuhr rasant in Richtung Festung. Die bald auf einem Hügel auftauchte. Nach Costas Erklärungen eine Burgruine aus dem 18. Jahrhundert, von einem Freiheitskämpfer erbaut, der die türkische Übermacht besiegte.

Als Klara und Costas angekommen waren, stiegen sie beide aus. Es war niemand weit und breit zu sehen. Das Museum hatte offensichtlich geschlossen.

Gleich würde Klara Chris gegenüberstehen, und was wollte sie ihm sagen? Was, wenn er wütend wurde, weil sie nicht dort geblieben war, wo er sie zurückgelassen hatte?

Sie wurde unruhig, sie wollte so schnell wie möglich zu Chris. Es hinter sich bringen und Costas loswerden. Er war seltsam. Er schwitzte sehr stark und das konnte nicht nur an der Hitze des Nachmittages liegen.

Costas hatte den ganzen Weg bis zum Festungsturm nicht gesprochen, sie sah ihn von der Seite an, er kam ihr merklich angespannt vor, sie fragte sich, warum er sie bis zur Tür begleitete, und wollte eben sagen, wie dankbar sie für seine Hilfe war und dass er nun ruhig zurückfahren könnte, da sie nun angekommen seien.

Doch vielleicht wollte er sich nur vergewissern, dass Antonio und Chris sich wirklich dort aufhielten.

Die Erklärung kam prompt, als sie vor der Tür stehenblieben. Costas angelte nach etwas in seiner engen Hosentasche der ausgewaschenen hellblauen Jeans. Etwas Kleines, Glänzendes kam zum Vorschein, es war ein Schlüssel.

Er steckte ihn in das neu aussehende Schloss des großen schweren Eingangstores aus Holz. Er passte und so öffnete er und winkte Klara mit einer Handbewegung einzutreten.

„Aber woher …?"

Er schüttelte den Kopf, schob Klara hinein und meinte nur kurz: „Später!"

Sie kamen in den Eingangsbereich. Von dort aus führte rechts eine enge Wendeltreppe mit groben Steinstufen empor. Costas nickte in Richtung Treppe. Klara ging voran und stieg langsam Stufe für Stufe den Turm hinauf. Warum hatte er einen Schlüssel, und warum war er plötzlich so eigenartig? Ihr wurde bewusst, dass sie hier ganz alleine mit einem fremden Mann einen alten Turm bestieg! Wie konnte sie nur? Ihr Herz begann zu rasen.

Niemand, aber auch wirklich niemand wusste, wo sie war. Sie würde als vermisst gemeldet und nie gefunden werden. Wie konnte sie nur so vertrauensselig mit einem Fremden mitgehen? Sie blieb stehen und drehte sich zu Costas um.

„Wo ist Chris?" Ihre Stimme zitterte.

„Er ist sicher oben bei Antonio, bestimmt!" Costas lächelte.

„Ich will hier raus!" Panik ergriff sie, sie versuchte Costas zur Seite zu drängen und an ihm vorbei nach unten zu gelangen, doch was für ein erbärmlicher Versuch. Er hielt sie zurück, fest umgriffen seine Hände ihre Oberarme von hinten, so dass sie wehrlos wie ein Fisch am Haken vor ihm zappelte. Sie schrie um Hilfe. Kaum dass ihre Stimme verstummte, erschallte in diesem kahlen Gemäuer ihr Name:

„Klara?" Und gleich noch einmal etwas lauter: „Klara!"

Es war die Stimme von Chris, ganz sicher, sie hatte sie erkannt, und sie kam von oben.

Voller Hoffnung holte sie mit ihrem rechten Bein Schwung und trat zu, sie traf Costas am Schienbein. Er fluchte und lockerte seinen Griff, um sich das Bein zu reiben. Klara drehte sich abrupt um, er wollte sie erneut packen, aber sie war schneller, wand sich wie ein glitschiger Fisch aus seiner Umklammerung und rannte so schnell sie konnte die Steinstufen empor. Bis ganz nach oben. Eine Tür war nur angelehnt. Sie stürmte hinein. Völlig außer Atem stand sie in einem eckigen Raum. Es war vergleichsweise hell hier, ganz im

Gegensatz zu dem schummrigen Treppenhaus. Kleine Fenster ließen das Licht hineinfallen, der Himmel war zu erkennen. Im Zimmer standen ein Stuhl, ein Tisch und eine Liege.

„Klara!" Chris saß aufrecht an die Wand gelehnt auf der Liege.

„Chris!" Erleichterung schwang in ihrer Stimme mit.

Klara lief auf ihn zu und fiel ihm um den Hals, erst jetzt sah sie, dass seine Arme auf den Rücken gebunden und an einem Haken an der Wand befestigt waren. Chris lächelte schwach, halb erleichtert, sie wohlauf zu sehen, halb besorgt um das, was sie erwarten könnte.

„Hallo, Chris! Sieh, was für eine schöne Überraschung ich dir da mitgebracht habe, freust du dich?" Costas lehnte im Türrahmen und lächelte wieder dieses *dämliche* Lächeln! Welches Klara nicht mehr ertragen konnte. Sie saß auf der Liege, dicht an Chris' Seite, als erhoffte sie, ihm damit Schutz geben zu können, den er ihr im Moment nicht geben konnte.

„Was soll das, Costas? Warum bringst du eine Touristin hierher? Lass sie gehen, sie weiß nicht das Geringste." Der schwache Versuch, Klara doch noch aus dieser gefährlichen Lage zu befreien, bewegte Costas nochmals zu einem Lächeln.

„Mag sein, mag nicht sein! Sie war bei dir, also bleibt sie besser auch bei dir!

Ich lasse euch jetzt alleine, ihr werdet euch eine Menge zu erzählen haben, und ich gebe euch auch viel Zeit dafür." Er drehte sich um und schloss die Tür hinter sich zu.

Klara sprang auf, lief zur Tür, rüttelte an der Türklinke und schlug mit den Fäusten gegen die alte Holztür. Verzweiflung machte sich in ihr breit, und am Schlimmsten von allem war die Erkenntnis, dass Chris Recht behalten hatte, sie waren überall.

„Klara! Komm her und setz dich neben mich, es hat keinen Zweck, wir müssen uns was Anderes überlegen." Chris sah sie flehend an.

Wie konnte das nur geschehen, wie kam sie hierher, hatte Antonio sie holen lassen? Doch das war jetzt nicht mehr wichtig, sie war hier, bei ihm, eingeschlossen, und niemand würde sie suchen, noch nicht. War es nicht schlimm genug, dass er so versagt hatte, dass er so blind war und die Veränderungen von Antonio nicht wahrgenommen hatte, dass er den Geiseln nicht helfen konnte, nicht einmal sich selbst. Aber alleine hätte er all das noch ertragen können, doch nun war sie hier, er musste eine Lösung finden, sie mussten hier raus, um jeden Preis.

8: Klara, die Wahrheit?

Mit Tränen in den Augen kam Klara zurück und setzte sich wieder neben ihn. Eine Weile saßen sie schweigend so da. Dann durchbrach sie die Stille. „Wo ist Antonio? Wart ihr nicht mehr zusammen, als dich Costas überwältigte?" Sie betrachtete aufmerksam, wie sich seine Gesichtszüge verhärteten.

„Es war Antonio, der mich betäubte und hierher brachte!"

„Das kann nicht sein, er war dein Freund! Du hast gesagt, du musst auf die andere Seite des Berges, weil du dort Hilfe bekommst, von Antonio?"

„Ja, das hoffte ich!" Chris senkte seinen Kopf. „Ich dachte, er kann mir helfen den Störsender zu finden, der die Übertragungssender der gesamten Insel lahmgelegt hat. Ich muss ihn zerstören!" Er war, während er mit ihr sprach, nicht hier, er sprach wie zu sich selbst und blickte dann an ihr vorbei auf die graue Steinwand gegenüber.

„Die Übertragungssender sind miteinander verbunden."

Das half ihm jetzt nicht weiter. Er wartete einen Moment, drehte seinen Kopf und sah sie an. „Du bist uns alleine gefolgt?"

Klara nickte und wollte ihm erklären, warum sie nicht bei Mom geblieben war. Aber Chris winkte ab und sie blieb stumm.

„Du brauchst nichts zu sagen, es ist im Moment nicht wichtig."

Seine Augen sahen müde aus, als er sie fragte: „Weißt du noch, du hattest mich gefragt, wie mein Auftrag lautete. Erinnerst du dich?"

„Ja, ich fragte dich danach und du hattest mir keine wirkliche Antwort darauf gegeben."

„Es war nicht ganz einfach für mich, dir gegenüber zuzugeben, dass ich Fehler gemacht hatte. Es fällt mir immer noch schwer. Aber du solltest Bescheid wissen: Ich wurde auf diese Insel geschickt, weil es Verdachtsmomente gab. Es gab Internetbewegungen hierher, die darauf schließen ließen, dass Kontakte zu terroristischen Gruppen gesucht worden waren.

172

Die Situation, die hier eingetreten war, war voraussehbar, bloß wollte sie, wie so oft, niemand sehen.

Es gab Dinge, die ich beobachtet hatte und die zu wichtig waren, als dass ich sie hier für mich behalten konnte. Ich hätte schon früher gehen müssen, Bericht erstatten müssen. Ich war dieses Mal einfach zu nahe am Geschehen. Mir fehlte der gewisse Abstand, um erkennen zu können, dass es sich nicht nur um radikales Denken handelte, sondern die Sache wirklich ernst zu nehmen war. Es bestand Gefahr für die Bevölkerung sowie für Ausländer. Ich wusste, dass er etwas plante, jedoch nicht was und wann. Ich hatte zu spät reagiert."

„Wer plante etwas?" Klara konnte ihm nicht folgen.

„Der Anführer der Geiselnehmer! Außerdem kannte Antonio ihn, genau wie ich. Wir hatten regelmäßig Kontakt mit ihm und seinen Leuten!"

Klara biss sich auf die ohnehin zerbissene Unterlippe. Ganz langsam, bis sie den Schmerz fühlen konnte.

Sie konnte nicht glauben, was er da eben gesagt hatte. Langsam erhob sie sich und ging rückwärts ein, zwei Schritte in die Mitte des Raumes.

„Was soll das heißen, Antonio kannte ihn und du auch? Woher?"

Chris' Gesichtszüge verhärteten sich. Er sah gleich um Jahre älter aus.

Klara starrte ihn fassungslos an. Chris hielt ihrem Blick stand.

„Ja, ich war einer bestimmten Person schon seit längerer Zeit auf der Spur gewesen. So nahe wie hier auf Samos war ich ihm noch nie. Doch ich kannte weder seinen Namen noch sein Gesicht. Ich verfolgte nur Kontakte, die mich immer näher zu ihm führten. Eines Abends hatten Antonio und ich einige Leute kennengelernt. Du weißt doch, wie so etwas läuft!"

„Wie was läuft? Weiß ich nicht!"

„Na, man geht in eine Bar oder Taverne, trinkt zu viel, redet noch mehr und dann ist man der Kumpel von einem Kumpel und gehört dazu!

Erst viel später erkannte ich, mit wem ich es zu tun hatte. Dass meine Spur genau zu ihm führte."

Er wollte aufstehen, zu ihr gehen, aber die Kabelbinder um seine Handgelenke hielten ihn ruckartig zurück und schnitten in seine Haut, so dass er sich mit schmerzverzerrtem Gesicht wieder setzen musste. Er sah in ihren Augen die Zweifel.

„Was ist das für ein Mann, der Geiselnehmer?"

„Er ist der Anführer und heißt Pablo! Ein Fanatiker! Er hatte gegen den Westen gewettert. Gegen Europa. Gegen die EU-Flüchtlingspolitik und alles, was die Einheimischen hier auf Samos dadurch erleiden mussten und müssen.

Weißt du, niemand hilft ihnen wirklich. Die Flüchtlingslager sind überfüllt. Ihre Versorgung, ihre Rettung auf See, die vielen ertrunkenen Flüchtlinge, das Elend. Dazu kam das Fernbleiben der Touristen. Der finanzielle Verlust. Existenzängste.

Die Griechen, der Staat und die Bevölkerung waren immer noch total verschuldet und dann auch noch das. Sie waren verzweifelt und mehr als nur wütend. Einige von ihnen waren anfällig für Pablos Ideen. Pablo hatte sie aufgestachelt und Pläne aufgezeigt, die uns wie Kneipengerede vorkamen. Ich hatte ihn am Anfang nicht wirklich ernst genommen. Wie gesagt, er war auch meistens nicht mehr nüchtern, dachte ich jedenfalls damals."

„Du willst ihn doch jetzt nicht ernsthaft in Schutz nehmen und seine Tat rechtfertigen?" Klara starrte ihn vorwurfsvoll an.

„Nein, ich wollte dir nur erklären, wie wir ihn und einige seiner Leute kennengelernt hatten!

Dass ich durch Zufall die gefunden hatte, die ich beruflich gesucht hatte, und wie ich jetzt weiß mein bester Freund mit im Boot war, macht mich nicht gerade stolz. Sie ahnten lange Zeit nicht, dass ich ein Spion bin. Und erst recht nichts von meinem Auftrag, einen Terroristen aufspüren zu müssen. Auch Antonio kannte meinen Auftrag nicht. Doch gestern flog ich auf. Mein Zimmer wurde durchwühlt. Und dann waren alle Verbindungen gestört, das Handy-Netz, sogar die Funkverbindungen. Ich wusste, es geht los; was Pablo genau vorhatte, wusste ich noch nicht. Erst auf dem Flughafen erkannte ich recht schnell, für welche Variante seiner Rache er sich entschieden hatte. Er wollte Rache. Und er wollte als Rächer in die Geschichte eingehen. Aber er wird weder das eine noch das andere erreichen, er hat es das letzte Mal versucht, dafür werde ich sorgen." Chris sah zu Boden.

Klara trat näher an ihn heran, kniete sich vor ihn und legte ihre Hände auf seine Knie. Seine Worte klangen wie ein Versprechen. Sie hatte nicht die leiseste Ahnung, wie Chris, dieser *Musiker und Spion*, es halten wollte.

„Du hättest nichts weiter tun können. Es war richtig, deine Informationen weitergeben zu wollen. Du kanntest die Geiselnehmer. Alles, was du wusstest, war wichtig!"

„Aber ich habe es niemandem erzählen können. Es war zu spät. Ich hatte es nicht wahrhaben wollen, dass er es schaffen würde, friedliche, unbescholtene Landsleute in seinen Krieg zu ziehen. Er hatte sie verführt. Und sie folgten ihm, genau wie Antonio!" Chris ließ sich gegen die Wand zurückfallen.

„Das konntest du nicht ahnen. Außerdem hätten sie dich auch umbringen können, als sie dich enttarnten."

„Das hätten sie nicht getan. Weißt du, ich war einer von ihnen. Ich war ihr Freund. Wir hatten so manches Fest zusammen gefeiert. Man kannte sich. Antonio hatte mir alle Türen geöffnet. Er hatte ja keine Ahnung, dass Pablo derjenige war, den ich suchte. Sie hatten mir vertraut und zwar bis zum Schluss. Sie hatten mich einfach

175

gehen lassen. Sie waren überall. Sie hatten mich zum Flughafen fahren lassen. Sie glaubten, dass ich sie nicht verraten werde."

„Woher konnten sie das wissen?"

„Vielleicht weil Antonio mein bester Freund war."

„Oder er sollte dich ausspionieren?" Klara erschrak selbst bei dieser Vermutung.

Chris überlegte und nickte ihr zu. „Mag sein, aber vielleicht auch nicht!" Hoffnung lag in seiner Stimme.

Klara überlegte und ihr fiel der Augenblick ein, als sie Chris in der Wartehalle des Flughafens gesehen und in der Menge verloren hatte.

„Dann wussten sie sicherlich auch, dass du nicht in die erste Maschine gestiegen bist, dass du dich noch irgendwo im Flughafengebäude aufgehalten hattest! Und sie suchten dich nicht?"

Klara musste an die Stunden in dem kleinen Büro denken. Sie hätten ihn suchen, sie beide finden können. Was hätten sie dann getan? Er war sich so sicher, dass sie es nicht taten, wie konnte er das sein?

Doch jetzt waren sie beide hier. Sie lebten. Doch sie mussten hier raus!

„Chris! Du musst die Geiseln retten, du musst alles tun, sagen, was ihnen hilft zu überleben!"

„Ich weiß! Ich darf keinen weiteren Fehler machen, sonst sind alle Menschen auf dieser Insel in höchster Lebensgefahr."

Klara sah ihn an und hatte das Gefühl, ihn noch weniger einschätzen zu können als ohnehin. Selbst Antonio hatte er nicht erzählt, dass Pablo der gesuchte Terrorist war. Und auch Antonio hatte sich ihm nicht anvertraut.

Dennoch wollte sie ihm helfen. Ihm und den Geiseln. „Chris, wir werden den Störsender finden, ihn ausschalten, Kontakt zu deinen Leuten aufnehmen und ihnen helfen mit dem Anführer zu verhandeln. Und wenn alles vorbei ist, ich meine wenn das Lösegeld übergeben und alle Menschen in dem Flughafen wieder freigelassen worden sind, dann werden sie uns auch in Ruhe lassen, nicht wahr?"

Sie erhob sich, ergriff mit ihren Händen seine Oberarme und rüttelte ihn leicht.

„Sag mir, dass es so sein wird, Chris!" Sie sah Chris flehend an.

„Wir kommen hier raus, ich verspreche es dir, mir fällt schon noch was ein!"

Chris wendete seinen Blick von Klara ab, er konnte ihr doch nicht sagen, dass Pablo bestimmt kein Lösegeld wollte, und wenn er es dennoch verlangt haben sollte, dann um seine Leute bei Laune und die Regierung auf Trab zu halten, abzulenken von dem, was er wirklich vorhatte. Wenn er nur wüsste, was genau das war, doch sicher war, dass er auf die Geiseln früher oder später verzichten konnte, auf alle Geiseln.

Konnte oder wollte er es ihr nicht sagen? Er überlegte angestrengt, was für sie das Beste war, und entschied sich für die Wahrheit.

Klara beobachtete ihn die ganze Zeit.

Chris rieb sich die Augen. Er sah auf die Tür, wurde unruhig und begann zu reden, so als wollte er ihr alles erklären. Aber sie dachte, sie wüsste jetzt bereits *alles*!

„Pablo war der Terrorist, der durch Gewalt Aufmerksamkeit erlangen wollte, als starker Gegner, Rebell, gegen die Ungerechtigkeit, Korruption und für die Rechte der kleinen Leute kämpfen wollte. Aber glaube mir, er war nie ein *Robin Hood*! Und es war ihm völlig gleich, ob er und seine Leute dabei draufgehen würden." Chris drehte seinen Kopf zur Seite und blickte in ein ihn völlig ungläubig betrachtendes Gesicht.

„Ich wollte dich nicht ängstigen, es tut mir leid, aber ich halte es für wichtig, dass du weißt, was gespielt wird und was dich erwarten kann. Bis jetzt ging anscheinend alles gut, sonst hätten Costas oder Antonio anders reagiert. Aber ich will dennoch, dass du sehr vorsichtig bist!"

Klara nickte ihm stumm zu. Sie konnte nicht glauben, was er ihr damit sagen wollte. Sie sollte sich auf tote Geiseln gefasst machen. War es das, was er ihr sagen wollte? Oder war da noch mehr?

Sie konnte sich nicht erklären, wie sie in dieser höchst beunruhigenden Situation einschlafen konnte. Doch sie hatte geschlafen, denn als er sie sanft rüttelte, lag ihr Kopf an seiner Schulter und sie fühlte sich ausgeruht und kräftiger als vorher. Kaum dass sie erwachte, war der düstere Albtraum erneut Wirklichkeit.

Chris hatte einen Plan, er wollte helfen, und sie musste ihn dabei unterstützen, auf jeden Fall durfte sie ihm nicht zur Last fallen. Auf einmal war alles so klar, obwohl sie kaum mehr wusste als noch vor wenigen Stunden. Sie hatte sich nun ein Ziel gesetzt und wollte nicht mehr darüber nachgrübeln, warum, wieso und vor allem wer er wirklich war.

Was konnte es ihr nutzen? Zurzeit? Nichts! Sie war hier, er war hier und sie beide wollten dasselbe, helfen!

„Also, reiß dich jetzt zusammen, Klara!", sagte sie im Stillen zu sich selbst. Was auch immer vor ihr liegen mochte, war bestimmt besser als das, wovor er sie gerettet hatte.

9: Klara, so weit entfernt und doch so nah

Auf der Bank im Park unter einer alten Eiche war es etwas windgeschützt und die tiefstehende Sonne wärmte sie noch immer. Dennoch musste sie diesen Platz bald verlassen. Es würde dunkel werden und dann wollte sie hier wirklich nicht mehr alleine herumspazieren.

Aber sie konnte nicht aufhören zu lesen, sie musste erfahren, wie er diese Geschichte enden lassen würde. Bis jetzt hatte er alles so wiedergegeben, wie Klara es erlebt hatte. Und auch die Geschehnisse, bei denen er nicht anwesend war, waren sehr nahe an der Realität. Er hatte sehr gut recherchiert.

Ihre Gefühle und Gedanken konnte er nur erahnen und raten, dass er damit so richtig lag, erstaunte sie immer mehr. Und die Ehrlichkeit, mit der er seine Zerrissenheit darstellte und seine Fehler zugab, hatten ihr schon damals imponiert.

Damals hatte sie ihm fast blind vertraut. Ja, sie hatte hier und da ihre Zweifel. Aber sie hatte Erklärungen für alles, was ihr seltsam vorkam, gefunden.

10: Klara und Chris im Festungsturm

Es wurde bereits dunkel, als Klara und Chris endlich Schritte auf den Steinstufen vernehmen konnten, die immer näher kamen. Sie hatten kaum noch gesprochen, Klara hatte verzweifelt versucht mit einem kleinen Nagel, den sie auf dem Steinfußboden gefunden hatte, die Kabelbinder zu lösen, mit denen Chris an den Haken gefesselt war, doch ohne Erfolg.

Auch der Gedanke, aus dem Fenster zu klettern und irgendwo Hilfe zu holen, war völlig abwegig bei dieser Höhe.

Die Schritte stoppten vor der Tür. Ein Schlüssel wurde im Schloss bewegt und die Tür öffnete sich, Costas trat ein, er blickte missmutig drein, irgendetwas schien ihm gewaltig gegen den Strich zu gehen.

Es sprudelte auch sofort aus ihm heraus, kaum dass er im Zimmer war. „Pablo will dich sehen, jetzt sofort, und die Kleine da auch!" Er zeigte mit dem Schlüsselbund auf Klara und warf ihr ihren Rucksack vor die Füße.

„Also macht mir keine Schwierigkeiten, ihr könnt so und so nichts mehr ändern, die Dinge laufen, wie sie laufen sollen." Dabei ging er, mit einer Waffe in der Hand und einem Messer in der anderen, auf Chris zu und drehte ihn zur Seite, so dass er die Bänder durchschneiden konnte.

Auf so eine Chance hatte Chris gehofft. Diesem hinterlistigen Kellner wollte er schon vor Stunden eins auf die Nase geben. Jetzt konnte es glücken, wenn alles passte, es kam auf Sekunden an.

Klara stand zwei Meter entfernt an einem der Fenster. Angespannt beobachtete sie Costas. Sollte sie es wagen, an ihm vorbei zur Tür zu laufen? Konnte sie schneller sein als er? Als könnte er ihre Gedanken lesen, nickte Chris ihr zu und Klara lief los, zur Tür.

Costas drehte sich in ihre Richtung, einen winzigen Augenblick von Chris abgewandt, die Bänder bereits gekappt, holte Chris zum

Schlag aus, die rechte freie Faust traf Costas, der verdutzt zu Chris zurückblickte, direkt am Kinn.

„Ein klassisches K.O.!" Chris rieb sich seine Hand. „Nächstes Mal nimmst du besser echte Handschellen, um mich wie ein Sklave an die Kette zu legen!"
Costas fiel zu Boden und rührte sich nicht. Sofort beugte sich Chris über ihn und durchwühlte seine Taschen.
„Mal sehen was du so alles bei dir hast? Ah, noch ein Schlüssel! Mit einem Anker als Anhänger. Ist das nicht der Schlüssel von Antonios Boot? Du solltest uns wohl übers Meer fahren oder im Meer versenken? Egal, dafür ist es nun zu spät!" Er wendete sich Klara zu, die nun unbeweglich an der Tür stand, an der sie stehengeblieben war, als Chris Costas niedergeschlagen hatte.
„Wir müssen meine Kiste suchen, vielleicht hat Antonio sie hiergelassen, im Turm, oder er hat sie mit aufs Boot genommen? Wenn wir sie nicht finden, sehe ich alt aus, ich habe nur Costas Knarre und sein Messer!"
Er sprach wieder wie zu sich selbst. Klara spürte, dass er nur noch eines im Kopf hatte, er wollte im Alleingang gegen Pablo antreten, vielleicht sogar das Flughafengebäude stürmen.
„Warte! Ich dachte, du willst Hilfe holen, deine Leute informieren über das, was du weißt?" Klara hielt ihn am Arm zurück, da er im Begriff war, zur Treppe zu gehen.
„Ich habe schon viel zu viel Zeit verloren, ich kann den Störsender nicht mehr suchen, sie haben sicherlich schon Kontakt aufgenommen, und wie ich meine Leute kenne, läuft die Operation bereits auf Hochtouren, sie werden den verdammten Flughafen stürmen, das ist klar, und keiner der Entführer wird verschont werden, keiner! Sicherlich sind sie schon unterwegs!" Ein merkwürdiger Schatten huschte über sein Gesicht, Klara hatte ihn bemerkt, sollten sie ihm plötzlich leidtun, diese Unmenschen, die die Unverfrorenheit besaßen, friedliche Menschen als Gefangene zu

nehmen und vielleicht sogar über ihr Leben zu entscheiden? Oder ging es ihm um Antonio?

„Aber was hast du vor?" Sie sah in zwei kalte Augen. Wie wenig wusste sie von ihm? Wie viele *Einsätze* dieser Art oder ähnlich hatte er schon hinter sich gelassen, und wie viele wohl noch vor sich? Er war ein Soldat, und noch etwas mehr. Ihr lief es eiskalt den Rücken herunter, was unterschied sein Handeln von dem der Geiselnehmer? Nur sein Motiv? Sie schloss die Augen und wandte sich von ihm ab.

Chris spürte ihre Zweifel, er kannte sie selber nur zu gut. Er wollte sie beruhigen, sich und seine Aufgabe rechtfertigen, ihr sagen, dass er alles tun werde, um alle lebend da rauszuholen, auch wenn er selbst wusste, dass er den Ausgang dieser Geiselnahme nicht in der Hand hatte.

Da drehte sie sich plötzlich um, und ihre Augen leuchteten voller Hoffnung. „Der Störsender! Er ist hier!"

„Was?" Chris glaubte seinen Ohren nicht zu trauen. „Was heißt hier? Wo? Woher willst du das wissen?"

„Ich weiß es nicht, aber die Wahrscheinlichkeit ist nicht gerade klein. Costas erwähnte, dass dieser Turm hier Antonio zum Funken diente, er war Hobbyfunker!"

„Du hast Recht, die Möglichkeit besteht, und der Ort wäre ideal, warum bin ich nicht selbst darauf gekommen? Wir sollten nachsehen!"

Er nahm Klara bei der Hand und gemeinsam liefen sie aus dem Zimmer. Allerdings nicht ohne einen kurzen Blick auf den am Boden liegenden Costas zu werfen, der noch immer bewusstlos war. Sie ließen ihn zurück und verschlossen die Tür.

Im Treppenhaus sahen sie sich um. Eine schmale Treppe führte weiter nach oben. Sie stiegen die Stufen hinauf, bis sie an eine noch ältere Holztür mit gusseisernen Beschlägen kamen. Als sie die

Türklinke herunterdrückten, öffnete sie sich knarrend und ein kleiner Raum unter dem Dach mit allerlei Technik auf einer großen Arbeitsplatte war zu erkennen.

Chris sah erstaunt und bewundernd zu Klara herüber. „Du wirst noch eine echte Detektivin!"

Beide lächelten sich etwas entspannter zu. Chris setzte sich auf einen Schreibtischstuhl, stützte sich mit beiden Händen auf die Arbeitsplatte und ließ seine Blicke hin und her wandern.

„Das hätte ich dir nicht zugetraut, Antonio! Wie manches andere auch nicht! Du überraschst mich aufs Neue, was hast du noch alles vor mir verbergen können?" Er schüttelte seinen nun gesenkten Kopf, als wollte er diese Gedanken über Antonio aus ihm herausschütteln.

Indes hatte sich Klara ein Stück weiter an einen Computer gesetzt und klapperte mit ihren Fingern über die Tasten. Der Bildschirm leuchtete auf und gab eine Menge Zahlen preis, mit denen sie nichts anfangen konnte.

„Lass mal sehen!" Chris kam zu ihr herüber und musterte die Angaben, die er ebenfalls nicht deuten konnte.

„Versuche es weiter, es muss hier sein, die Möglichkeit, die Störungen zu beenden und sämtliche Übertragungen freizulegen."

„Hier ist etwas!" Klara traute ihren Augen nicht, es war eine einfache Mail, die mit A. unterschrieben war. Er hatte sie erst heute abgeschickt, an jemanden, der mit dem Anfangsbuchstaben P. begann.

Langsam las sie den kurzen Text vor, ihre Stimme versagte bei den letzten Zeilen: „Ich komme gegen Abend und bringe zwei dicke Fische mit, die dir wohl noch besser schmecken werden als die hundert vorher! Das Zerlegen überlasse ich dir, ich weiß doch, wie viel dir daran liegt! A."

Das war der Beweis, er gehörte zu Pablos Männern, doch Chris brauchte keinen Beweis mehr. Klara drehte sich zu Chris um, der hinter ihr starr auf den Bildschirm blickte.

„Er, Pablo, wollte uns töten, er wird alle töten, die sich in seiner Gewalt befinden!"

„Ich weiß, und daran wird auch die bestens ausgebildete Einsatztruppe, die GSG9, nichts ändern, im Gegenteil!" Er stockte. Seine Hände krallten sich in die Armlehnen des Schreibtischstuhles. „Im Gegenteil, das war es, was er wollte, er wollte Rache, einfache, kalte, berechnende Rache. Und sie sollten der Auslöser sein, die Einsatzkräfte der GSG. Da musste es noch mehr geben? Es musste eine Verbindung zwischen ihm und der Grenzschutzgruppe 9 geben. Er wird sie auflaufen lassen, vor der ganzen Welt als untragbar darstellen, und das wird ihm auch ohne Weiteres gelingen, sie haben keine Chance gegen einen Fanatiker wie Pablo. Sie kennen ihn nicht. Aber ich kenne ihn.

Ich brauche meine Kiste, verdammt, wo hat er sie nur versteckt?" Chris wühlte unter den Tischen, hinter Kartons und Stapeln von Akten.

„Hier ist sie nicht! – Verdammt noch mal, wir können nicht den ganzen Turm durchsuchen!" Chris raufte sich die Haare. „Überlege! Chris überlege!" Er sprach zu sich selbst.

„Chris, sieh doch, ich habe etwas gefunden!" Klara zeigte auf eine graphische Darstellung der Insel; rund um die Insel herum und über sie hinweg verliefen Linien, die an verschiedenen Punkten miteinander verbunden waren.

„Du hast es, der Störsender arbeitet in Verbindung mit den Funkmasten, sie sind über die gesamte Insel verteilt und er stört die Weiterleitung der Sattelitendaten. Sie stehen in Verbindung miteinander, wenn einer ausfällt, ist die Verbindung unterbrochen; das ist der Nachteil einer Kette, hat dir das keiner erklärt, Antonio, mein lieber Freund? Jetzt habe ich dich am Kragen!" Chris schob

Klaras Hände langsam beiseite und klapperte nun selbst auf den Tasten herum. Der Computer ratterte.

„Jetzt verpassen wir unserem Störsender ebenfalls eine kleine Störung!" Ein kurzes Lächeln huschte ihm über sein Gesicht, dann flogen seine Hände erneut über die Tastatur.

Die Anlage begann zu piepen und eine Lampe blinkte aufgeregt in rotem Licht.

„Sie ist wieder da, die Verbindung zur Außenwelt, ich habe Kontakt aufgenommen, siehst du, Klara?"

Sie nickte nur und ein erleichtertes Lächeln umspielte ihren Mund.

11: Klara, der Störsender

Chris schrieb, sendete und wartete auf Antwort.

„… bin in der Nähe des Einsatzortes, habe wichtige Informationen, kenne die Lage, erbitte Erlaubnis zum Verhandeln, einzige Möglichkeit, die Geiseln lebend zu befreien! Kein Angriff möglich, ich wiederhole, Einsatz sofort abbrechen, es besteht höchste Lebensgefahr für die Geiseln."

Die Antwort kam sofort.

„… kann keine Erlaubnis zum Eingreifen Ihrerseits geben, Angriff der Einsatztruppe ist genehmigt und läuft in Kürze an."

Chris verschränkte seine Arme hinter dem Kopf. Dann sah er Klara an.

„Dieser Einsatz darf nicht stattfinden, um keinen Preis, sie dürfen nicht landen."

Er wendete sich wieder dem Computer zu.

„Erbitte Bekanntgabe der Landezone!"

„Antwort: „Nicht erteilt!"

Chris schüttelte ungläubig seinen Kopf. „Was soll das heißen? Ich habe wichtige Informationen. Ich kenne die Geiselnehmer. Sie werden alle Geiseln töten!"

„Keine weiteren Informationen möglich!"

Chris hatte sich von seinem Stuhl erhoben und schritt in dem Dachgewölbe aufgeregt hin und her.

„Weißt du, was das bedeutet? Es bedeutet, dass sie mir nicht mehr vertrauen. Kein Wunder, ich hatte sie nicht rechtzeitig informiert, sie nicht gewarnt. Wenn ich nur wüsste, wann und wie sie angreifen werden.

Der Angriff läuft in Kürze an! Vielleicht morgen früh? Sie werden keinen nächtlichen Überraschungsangriff starten. Das Risiko für die Geiseln wäre zu groß. Sie werden zum Schein auf die Forderungen der Geiselnehmer eingehen. Welche auch immer es sein mögen.

Aber egal wie ihr weiterer Plan aussehen mag, es bedeutet, dass sie Pablo in die offenen Arme laufen werden, *sein* Plan geht auf.

Pablo hatte die ganze Zeit über die Störsender und die Radaranlage des Flughafens unter seiner Kontrolle, und von der Insel her hatte er nichts zu befürchten, da niemand informiert werden konnte. Wen sollten sie auch informieren, die hiesige Polizei wäre maßlos überfordert und hätte gegen geübte Kämpfer wie Pablo und seine Männer nicht die kleinste Chance. Sie durften nicht eingreifen, auf gar keinen Fall!"

Als wenn es seinen Gedankengängen helfen könnte, raufte er sich erneut seine kurzen Haare. „Wenn Pablo das vorhat, was er angedeutet hatte, und ich glaube nun zu wissen, welche seiner Pläne er ausführen wird, dann braucht er Publikum, er braucht die Presse, er braucht das Fernsehen, das Internet! Er muss sie informieren, noch bevor die Einsatztruppe landet. Aber er will keine Menschenmenge vor der Tür, da er sonst nicht fliehen kann. Deshalb hat er die Störsender eingesetzt! Nur er hat es in der Hand, wann etwas übertragen werden kann. Nur er kann darüber bestimmen, was wann an die Öffentlichkeit geht.

Das ist meine Chance, vielleicht muss ich doch nicht in die Höhle des Löwen! Klara, ist das eine gute Nachricht?" Er ergriff ihre Hände und strahlte ihr mit einem hoffnungsvollen Lächeln entgegen. Sie erwiderte sein Lächeln und betete, dass es so sein würde und doch noch alles gut enden werde.

„Was tust du?" Klara traute ihren Augen kaum, Chris klapperte noch einmal mit seinen flinken Fingern über die Tastatur und setzte den Störsender wieder in Kraft.

„Es bleibt besser so, wie es war, so kommen meine Kameraden nicht auf dumme Gedanken und alarmieren doch noch die Insel, ich möchte nicht noch mehr Menschen in Gefahr bringen. Und ich weiß nun, was ich wissen musste.

Komm, lass uns gehen, wir haben nicht mehr viel Zeit."

„Zeit wofür? Und was ist mit deiner Kiste?" Klara hastete hinter ihm her die Stufen hinab.

„Wir brauchen sie nicht mehr zu suchen, wenn alles gutgeht, brauche ich sie nicht!"

Sie verließen den Festungsturm und liefen in Richtung Strand und Hafen. Es wurde langsam dunkel und der Weg war nicht sehr gut gepflastert, Klara kam ins Stolpern und wäre um Haaresbreite gestürzt, wenn Chris sie nicht rechtzeitig gehalten hätte.

Chris verlangsamte seine Schritte. Wieso ließ er Klara nicht hier im Turm? Er hätte sie unter einem Vorwand an den Computer setzen können. Costas hatten sie eingeschlossen. Und Antonio war wahrscheinlich im Flughafengebäude. Nein, noch nicht. Wo war er? Ja, es war besser, Klara mitzunehmen, bestimmt!

Es bot sich ihnen ein wunderschöner Anblick, die Boote im Hafenbecken schaukelten sanft auf den dunklen Wellen. Im Hafen glitzerten die bunten Lichter der Tavernen und spiegelten sich im Meer. Musik war zu hören, mal mehr, mal weniger, so wie der Wind sie ihnen entgegenblies.

Die Wellen plätscherten sacht an die Felsblöcke des Walles. Der Wall bestand aus Beton. Sie liefen auf ihm entlang, und umso weiter sie aufs Meer hinauskamen, umso tosender brachen sich die Wellen an den großen Felsbrocken, die als Befestigung des Hafens dienten. Auf der anderen Seite des Walles war das Wasser ruhig und glatt, die verschiedenen Fischerboote und kleineren Jachten schaukelten nebeneinander auf den Wellen, auch ein schönes altes Segelschiff, was ein wenig an die Zeit der Piraten erinnerte, fiel Klara gleich auf, es sah sehr gepflegt aus. War es frisch instandgesetzt worden, oder war es neu und nur auf alt nachgebaut worden? Sie wunderte sich, dass sie sich über solche Dinge zurzeit Gedanken machen konnte.

„Es muss doch hier irgendwo liegen!?" Chris spähte in die Dunkelheit aufs Meer hinaus. „Er muss es weiter vom Hafen entfernt geankert haben, wo ist es?"

„Was meinst du?" Klara sah sich fragend um.

„Na sein Motorboot, Antonios Boot, es muss hier irgendwo liegen!" „Vielleicht hat Costas es viel weiter draußen geankert. Vielleicht kam er nur mit einem kleinen Paddelboot wie diesem da hinten!" Sie zeigte auf ein unansehnliches Ruderboot aus Holz, das fast keine Farbe mehr hatte und keinen vertrauenserweckenden Eindruck machte.

„Wenn es das ist, dann hat Antonio sein Handwerk gelernt, von wegen unauffällig operieren und auf Nummer sicher gehen. Siehst du, dort hinten leuchtet eine Bootslaterne, es ist das einzige Motorboot, das nicht im Hafen ankert, das muss es sein!"

„Was hast du vor, warum müssen wir auf das Boot?"

„Ich brauche es, wir fahren zum Flughafen, die Landebahn endet direkt am Meer, und wenn mein Plan misslingt, dann ist das Boot unsere letzte Rettung."

„Und was machen wir, wenn Antonio auf dem Boot ist?"

„Das ist er bestimmt nicht, sonst hätte er uns sicher persönlich geholt.

Komm, gib mir deine Hand!" Chris hatte bereits das Seil gelöst, mit dem das kleine Ruderboot vertäut war. Mit einem Bein stand er in der schwankenden Nussschale und mit dem zweiten auf dem schmalen Brettersteg, der genauso vertrauenserweckend aussah wie das Boot selbst.

Er reichte Klara seine rechte Hand und half beim Einsteigen. Sie setzte sich auf eines der Bretter, die als Bank dienten, raffte ihr Kleid zusammen und schlug es zu sich hoch, denn im Boot stand das Wasser knöchelhoch und ihre weißen Leinenschuhe saugten sofort das kalte Meerwasser auf. Sie fröstelte leicht. Ihr kurzärmeliges

Kleid war selbst für den lauen Nachtwind zu dünn. Chris saß nun ebenfalls ihr gegenüber und reichte ihr ihren Rucksack.

Sie wühlte in ihren wenigen Habseligkeiten, die sie die ganze Zeit, trotz allem, nicht aus den Augen gelassen hatte, als wären sie die Verbindung, die Tür zurück, in ihr eigentliches Leben. Dann zog sie ihren Pulli über und nahm den Rucksack auf den Rücken. Die Ruderschläge trugen sie, plitsch, platsch, langsam dem kleinen Licht in der Finsternis entgegen. Klara saß mit dem Rücken zum Hafen, vor ihr das weite, tiefschwarze Meer. Der Himmel über ihnen ließ unzählige Sterne aufblitzen. Und der abnehmende Mond zeichnete eine Spur aus fast weißem Licht auf das Meer. Wie eine Straße fuhren sie auf dem Streifen aus Licht auf das Motorboot zu. Sie spähte zum Hafen zurück, sie entfernten sich immer weiter vom Land, es war schwer zu schätzen, wie weit draußen das Boot lag, ihr kam der Gedanke, dass, falls irgendetwas passieren sollte, sie diese Strecke bestimmt nicht schwimmend zurücklegen konnte.

Chris lächelte still in die Dunkelheit hinein, er erriet wie so oft ihre Gedanken. Er bewunderte ihren Mut, fragte sich, warum sie all das auf sich nahm, und wunderte sich in diesem Moment über sich selbst, wie viel Wärme in ihm aufstieg, wenn er an sie dachte und daran, dass er alles tun würde, damit sie heil und sicher wieder zu Hause ankommen werde. Alles!
Doch jetzt war sie hier bei ihm, und er wollte nicht darüber nachdenken, wie es sein würde, wenn sie nicht mehr in seiner Nähe wäre.

12: Klara, Aufbruch

Mit einem lauten *klapp* schlug sie das Buch zu, um fast gleichzeitig von der Parkbank aufzuspringen und um ein Haar zu stürzen. Sie stolperte über ihren Trenchcoat, in dem sie sich mit ihrem rechten Schuh verfangen hatte. Sie befreite sich aus dem sie umschlingenden Mantel und lief im Eilschritt in Richtung Zuhause. Die Sonne schien noch immer, und die trockenen Blätter unter ihren Stiefeln raschelten noch genauso schön bei jedem ihrer Schritte. Doch sie sah und hörte sie im Augenblick nicht. Ihre Gedanken waren die einer typischen *Jungfraugeborenen*: Was muss ich tun? Was ziehe ich an? Und was packe ich ein? Ihr Entschluss stand so schnell fest wie der Gedanke, der sie überfiel, als sie die letzten Zeilen las. Sie musste es einfach tun, sie würde es sich nie verzeihen, wenn sie es nicht tun würde, und sie musste es sofort tun! Ganz untypisch für eine im Sternzeichen Jungfrau Geborene, oder auch nicht. Mehr Zeit für Überlegungen konnte auch zu viel Zeit für neue Entscheidungen bedeuten.

Kaum in ihrer Wohnung angelangt wühlte sie den kleinen Koffer aus dem Abstellraum hervor, warf ihn aufs Bett, ungeachtet des Staubes, den er auf ihrer schneeweißen Bettdecke hinterließ. Dann eilte sie zum Laptop und buchte ihren Flug nach Samos!

13: Chris, die Motorjacht

Als sie sich längsseits an die Jacht treiben ließen, konnten sie einen Namen erkennen. CLAIRE stand mit großen Buchstaben am Bug. Ja, das war sie, das war seine Jacht, er hatte sie nach seiner damaligen Freundin Claire benannt! Chris erinnerte sich an Antonios Erzählungen. Kennenlernen konnte er sie nicht mehr. Nur die Notbeleuchtung war eingeschaltet, um für andere Schiffe und Boote sichtbar zu sein. Es war nur eine kleine Motorjacht älteren Jahrgangs, aber noch recht gut in Schuss.

„Warte hier!" Chris hangelte sich an der kleinen Strickleiter, die bis knapp über der Wasseroberfläche baumelte, an Deck. Klara sah ihm nach, soweit das möglich war. Sie fror immer stärker und spürte, wie müde und erschöpft sie war.

„Es ist niemand an Bord!" Chris hatte seinen Erkundungsgang beendet. Erst jetzt half er Klara auf die Jacht zu klettern. Sie hatte im Boot das Seil fest in ihren Händen gehalten, das Chris zuvor an der Reling befestigt hatte.

„Hier kannst du dich etwas aufwärmen und ausruhen!" Chris führte Klara in die kleine Kajüte. Sie bestand aus dunklem Holz, rundherum, aber gemütlich. „Ich werde mich noch weiter umsehen und dann in Richtung Flughafen steuern."

Klara nickte nur kurz und ließ sich dann erschöpft auf das schmale Bett fallen, das, wie sie sofort zu spüren bekam, sehr hart war.

Chris wandte sich zum Gehen, zögerte dann kurz und blickte noch einmal zu Klara, die die Augen geschlossen hatte und reglos auf dem Bett lag. Sein Blick fiel auf ihr junges Gesicht, es sah so verletzlich, hilflos aus. Und doch war alles, was er bis jetzt von ihr kennenlernen durfte, viel mehr. Und hilflos war sie nur dann, wenn er sie in ausweglose Situationen gebracht hatte. Er konnte sich kaum von ihrem Anblick losreißen.

Ihr Haar umrahmte etwas struppig ihr Gesicht und ihre Hände hielten sich verkrampft am Kissen fest, auf dem sie lag. Am liebsten hätte er sie in seine Arme genommen und sie nie wieder losgelassen, ihr alles gesagt, was seit Tagen in ihm brodelte und was er nicht zeigen durfte.

Was er bei Sonnenaufgang unternehmen würde, war ein Versuch, auch wenn er Klara in dem Glauben ließ, es wäre eine Lösung, ein Ausweg. Er wusste, dass nur ein Bruchteil einer Chance bestand, dass er Erfolg haben würde. Wenn das der Fall sein und kein Wunder eintreten sollte, musste er da rein, alleine.

Sie stöhnte leise und begann zu zittern. Chris sah an ihr herunter. Aus ihren Schuhen tropfte das Meerwasser und auch der Saum ihres Kleides war teilweise durchnässt.

Er öffnete ihre Turnschuhe und zog sie aus. Dann sah er sich um, entdeckte ein Handtuch und wickelte es um ihre Füße. Auf einer Kiste lag eine Decke, die er über sie legte.

Sie öffnete kurz ihre Augen, ein zauberhaftes Lächeln huschte über ihre Lippen, dann fiel sie in einen tiefen Schlaf.

14: Klara, Flug nach Samos

Der Schrei einer Möwe, nein, eines Kleinkindes ertönte auf dem Platz hinter ihr und ließ sie aufschrecken, die Stewardess lächelte ihr entgegen und fragte, ob sie lieber Tee oder Kaffee hätte. Sie entschied sich für Tee und legte ein kleines Stück Stoff als Lesezeichen in die Buchseite, bevor sie es zuklappte. Denn sie hatte im Augenblick nicht die Ruhe, um weiterlesen zu können. Vielleicht etwas später.

Der Flug war bis jetzt angenehm verlaufen, Erinnerungen stiegen erneut in ihr auf, doch sie hatte keine Zeit, sie weiterzuverfolgen, eine Frau, die auf gleicher Höhe am Gang saß, fragte sie, wie spät es sei und ob sie schon einmal auf Samos gewesen wäre, doch sie ließ ihr keine Gelegenheit zu antworten, sondern erzählte ausschweifend von ihrem letzten Urlaub auf dieser aufregenden Insel.

Aufregend, wie konnte diese Frau von aufregend sprechen und eine Inselrundfahrt meinen?

Noch zwei Stunden und sie würden auf Samos landen, als Erstes hatte sie sich vorgenommen Mom zu besuchen, Antonios Mutter. Sie hoffte, dass sie ihr einige Fragen beantworten konnte, und dann, ja, und dann würde sie weitersehen. Auf jeden Fall würde sie nicht eher wieder zurückkehren, bevor sie, bevor sie …, ach es hatte keinen Sinn, sich zu viele Gedanken zu machen. Vielleicht war diese Reise nur ein großer Irrtum, aber musste sie nicht dennoch hierher zurück, zurück nach Samos reisen? Sonst könnte sie den Irrtum niemals erkennen?

Die nette Frau von gegenüber redete immer noch wie ein Wasserfall, der unermüdlich in die Tiefe stürzt, ohne eine Chance zu haben, je insgesamt unten anzukommen. So erging es dieser Frau auch, sie kam einfach nicht ans Ziel.

Höflich lächelnd nahm Klara also ihr Buch wieder in die Hand und deutete damit das Ende ihrer Bereitschaft an, weiter zuzuhören. Mit einem gequälten, etwas beleidigt wirkenden Lächeln wendete die Frau sich ihrem nächsten Opfer zu, der alte Herr neben ihr konnte ihr nicht entkommen.

15: Chris, Sonnenaufgang

Der Schrei einer Möwe weckte Chris unsanft aus seinem unruhigen Schlaf. Er hatte sich an Deck in der Nähe des Steuers ein Plätzchen gesucht und nachdem er das Boot noch in der Nacht bis in Sichtweite zum Flughafengelände gefahren und geankert hatte, hatte er sich für ein paar Stündchen aufs Ohr gelegt.

Nun blinzelte er verschlafen der aufgehenden Sonne entgegen, die sich langsam aus dem Meer erhob und den Himmel sowie das Meer rot färbte.

„Wunderschön!", vernahm er Klaras Stimme. Sie war eben die Treppe aus der Kajüte heraufgestiegen und blieb einen Augenblick stehen, um den Sonnenaufgang zu genießen.

„Ja, wunderschön!", antwortete Chris und beobachtete, wie der Wind mit ihren Haaren spielte und die Sonne sie rotgolden schimmern ließ. Ihr blaues Kleid flatterte im Wind um ihren Körper herum und zeichnete ihre Figur deutlich nach. Erst heute fiel ihm ein, dass er ein Foto von Claire in einem solchen Kleid gesehen hatte. Es stammte aus dem Sommer, bevor sie ermordet wurde.

Er schüttelte diesen Gedanken von sich ab, sprang auf und ging mit großen Schritten zu Klara hinüber. Mit einem fröhlichen „Guten Morgen!" gab er ihr einen flüchtigen Kuss auf die Wange und schwang sich gleich um sie herum weiter die Stufen hinab in die Kajüte.

„Mal sehen, ob ich was Essbares finde, ich habe einen Bärenhunger! Den Kaffee habe ich schon entdeckt!"

Klara stand immer noch an der obersten Stufe. „Guten Morgen!", brachte sie knapp heraus. Wie konnte er nur so fröhlich sein? Wer wusste, was heute alles passieren würde? Sie hatte Angst, es sich vorzustellen.

Chris pfiff eine bekannte Melodie vor sich hin, Klara kam nicht auf den Namen des Liedes, doch es handelte von einem unglücklich verlieben Mann. Im Hintergrund hörte sie, wie er mit dem Geschirr klapperte, er musste wohl fündig geworden sein.

„Frühstück ist fertig!" Er klang einfach wundervoll, sie wünschte, sie würde diesen Satz an jedem ihrer noch verbleibenden Tage aus seinem Mund hören. Sie lächelte still in sich hinein, sie liebte ihn, sie liebte ihn mehr, als sie je zuvor einen Mann geliebt hatte. Wieso ihn, wieso heute?

Es roch wirklich gut, und der Kaffee war einfach spitze. Genüsslich verspeisten sie Antonios eiserne Reserve unter Deck, denn viel mehr war es nicht. Toast, Marmelade und etwas Käse.

„Hat es dir geschmeckt?" Chris musterte Klara.

„Danke, es war das leckerste Frühstück seit langem!" Sie lächelte ihm glücklich entgegen. Sie hatte sich vorgenommen es ihm gleichzutun. Sie wollte einfach bei ihm sein und zu ihm stehen, bis er aufbrechen würde.

„Erzähl mir von dir!" Klara hatte den Kopf auf ihre Hände gestützt und sah abwarten zu ihm hinüber.

„Was meinst du?" Verunsichert spielte er mit seiner Kaffeetasse und sah dem schwankenden Kaffee dabei zu, wie er fast aus der Tasse schwappen wollte.

„Wer bist du wirklich? Ich meine, ich kenne dich als Musiker, als V-Mann, ein Retter der In-Not-Geratenen. Du bist ein Anführer, weißt, was zu tun ist. Du gibst nicht auf, wie schlecht es auch aussieht. Warum tust du so viel für Menschen, die du noch nie gesehen, gesprochen hast, warum riskierst du dein Leben für andere und bleibst ein Leben lang im Hintergrund, allein?"

„Ist es so?" Chris konnte seine Augen nicht von ihr abwenden.

„Sag du es mir, habe ich Recht?"

„Ja, es ist so! Seit Jahren. Es ist mein Job. Ich wollte es so, und als man mir die Chance gab, verdeckt zu ermitteln, nahm ich sie an. Ich bin Polizist, Soldat! Es gibt mehr stille Kriege auf dieser Welt, als du oder andere sich vorstellen können. Manche sehen wir in den Medien, doch die meisten finden im Verborgenen statt. Zuerst gehörte ich der GSG9 an, war einer von Vielen. Doch dann stellte sich heraus, dass ich meinen eigenen Kopf hatte, ich bin kein Teammensch. Na ja, so kam ich zu dem, was ich heute bin, ein V-Mann, ein Spion!" Er grinste verschmitzt und hielt ihre Augen gefangen. „Und findest du das schlimm?" Er stellte die Tasse auf den Tisch.

Sie blickte ihm fest in die Augen. „Ich sehe das Gute in dir, über das, was du tun musst, möchte ich nicht nachdenken, aber ich weiß, dass es oft die einzige Möglichkeit ist, Menschen zu retten, indem andere sterben müssen."

„Ja, es ist so. Leider! Ich kenne diesen Satz genau, oft genug habe ich ihn laut vor mich hin gesprochen." Er war aufgestanden, hatte sich abgewandt und blickte zur Kajütentür in den blauen Himmel hinaus. „Man, oder besser, ich muss mich entscheiden, jeden Tag neu."

Die Stille in dem kleinen Raum war bedrückend, Klara hielt es nicht mehr länger aus. Sie spürte seine Zweifel, warum hatte sie nicht schon früher gemerkt, was für einen Kampf er mit sich selbst führte? Er hatte es sie nicht sehen lassen, doch jetzt, warum jetzt, irgendetwas stimmte nicht mit ihm?

Sie stand auf und ging zu ihm hinüber, er stand reglos an der Tür, sein Blick war starr auf den Horizont, in die Unendlichkeit gerichtet. Sie nahm seinen Kopf in beide Hände und küsste ihn auf den Mund. Er erwiderte ihren Kuss und hielt sie fest in seinen Armen.

Nach einer Weile sah er in ihre Augen und hoffte sie mögen seine Verzweiflung nicht sehen. Wieso gerade jetzt, wieso begegnete er ihr zu einer Zeit, da er vor einem seiner schwierigsten Einsätze stand? Er konnte sich nicht entscheiden, es nicht zu tun, er musste da raus, es war sein Job, es war die letzte Chance für   hunderte

Menschen, die seit zwei Tagen im Flughafen ausharrten und auf Hilfe hofften.

„So!" Sie lächelte tapfer. „Und jetzt sagst du mir klipp und klar, was du vorhast, und du lässt nichts aus, ok!" Verblüfft stand er ihr gegenüber und überlegte, was er antworten sollte. „Du hast doch einen Plan? Oder etwa nicht?" Diese Frage verblüfte ihn noch mehr, er hatte sie mal wieder unterschätzt. Er zögerte kurz.

Dann begann er: „Ich werde die Stromzufuhr unterbrechen, Pablo kann nicht senden, er kann die ganze Aktion nicht in den Medien übertragen, also ist sein Plan gescheitert und er wird die Geiseln nicht einfach so erschießen, denn er will kein *billiger*, kleiner, verrückter Terrorist sein. Nein, er will Rache, Aufmerksamkeit, er will die Bloßstellung und die Vernichtung der GSG9!"

„Und weiter? Ich meine, wenn du wirklich Recht hast mit deiner Annahme, was tust du danach?" Klara sah ihn herausfordernd an.

„Ich werde mit ihm reden, wenn er nicht längst mit seinen Leuten geflohen ist, er hat schließlich immer noch das Flugzeug vor der Tür stehen! Und sollten meine Leute doch früher erscheinen, als ich glaube, ist er umzingelt, er hat keine Chance zu entkommen, er wird sich ergeben."

Klara lachte schrill auf. „Und so was will ein Agent sein, das ist doch nicht dein Ernst! Du willst mich verschaukeln. Er hat immer noch die Geiseln, er ist am Zug, nach wie vor!" Ihre Stimme war schrill und er spürte, dass sie nicht locker lassen würde.

„Dann werde ich mit oder ohne Hilfe der Einsatztruppe ihn und seine Männer erschießen!" Seine Stimme klang fremd, fast hysterisch.

Chris drängte an ihr vorbei die Stufen hinauf, er konnte ihr jetzt nicht in die Augen sehen, er könnte sich selbst nicht in die Augen sehen, er sah Pablo vor sich, wie er auf seinen jüngeren Bruder Marco einredete, seinen Fanatismus ausbreitete und seine Anhänger in seinen Bann gefangen nahm, sie überzeugte. Solche Menschen gaben nie auf, nie! Doch die Anderen, die ihm blind gefolgt waren, wie Marco und Antonio. Was konnte er für sie tun? Sie retten? Klara lief ihm nach. Sie musterte Chris fassungslos.

„Du hast doch gesagt, dass du Hilfe holen willst, dass deine Informationen wichtig sind für den Einsatz? Warum um Himmels Willen willst du alleine dort hinein gehen, den Helden spielen? Versuche sie erneut zu erreichen, vielleicht hat sich die Lage geändert und sie sind auf deine Informationen angewiesen?" Sie hatte ohne es zu bemerken seine rechte Schulter gepackt und ihre spitzen Fingernägel gruben sich in seine Haut.

Chris wendete sich ihr zu, sie hatte Angst um ihn, war das möglich? Machte sie sich Sorgen um jemanden, den sie erst zwei Tage lang kannte und eigentlich überhaupt nicht kannte?

„Du hast noch nicht einmal eine Waffe!"

„Ich habe Costas Waffe. Und ich habe meine Kiste gefunden, sie war im Laderaum versteckt."

„Und wenn du sie nicht gefunden hättest?"

„Aber ich habe sie gefunden!" Chris' Stimme wurde laut, er packte Klara an den Schultern und rüttelte sie sanft. „Verdammt, mach es mir nicht noch schwerer, als es ohnehin schon ist. Ich weiß, was ich unternehmen muss. Ich weiß, wie so ein Angriff aussehen wird. Ich werde vor ihnen da sein und sie unterstützen.

Du bist hier in Sicherheit, ich nehme das Ruderboot. In ein paar Stunden ist alles vorbei, und dann …!"

„Und dann?" Klaras Augen wurden feucht.

Er ging unter Deck und begann einige Dinge heraufzuholen und ins Boot zu packen. Unter anderem seine Kiste.

Klara sah ihm zu, was sollte sie nur tun, hier sitzen und warten, bis er zurückkehrte, ohne zu wissen, ob er zurückkehrte?

Er nahm sie noch einmal in seine Arme, drückte sie fest an sich. Dann küsste er sie zum Abschied! Und ließ sie völlig verstört an Deck stehen.

„Ich muss jetzt los!" Chris nahm seine Jacke und warf sie ins Ruderboot.

„Ich komme mit!" Klara setzte sich auf den Boden und begann ihre immer noch nassen Turnschuhe anzuziehen.

„Das ist doch nicht dein Ernst, das kommt überhaupt nicht in Frage!" Wütend zog er Klara zu sich empor. „Was soll das? Das ist kein Spiel, und du wärst mir nur im Wege. Ich kann dort nicht auf dich aufpassen. Ich liebe dich!"

Chris nahm ihre Hände in seine, führte sie zu seinem Mund und küsste sie. Klara kämpfte mit den Tränen und fiel ihm um den Hals. Er streichelte über ihr Haar, dann löste er sich langsam aus ihrer Umarmung.

Er wusste nicht, was er noch sagen sollte, alles, was sie beruhigen könnte, wäre gelogen. Wahrscheinlich werden sie mit Helikoptern von der anderen Seite der Insel kommen. Ein Ablenkungsmanöver wäre auch wahrscheinlich, die hoch stehende Sonne hilfreich. Sein Gehirn spielte mehrere Szenarien durch. Er würde zu der jeweiligen die passende Maßnahme ausführen.

So stieg er in das Ruderboot und mit kräftigeren Ruderschlägen als nötig ruderte er in Richtung Strand, Richtung Landebahn und Flughafen.

Klara sah ihm nach, Tränen rannen über ihr Gesicht, sie spürte das Salz auf ihren Lippen. Das Ruderboot wurde kleiner und Chris verschwand in ihm und wurde eins mit dem dunklen Punkt auf den grauen Wellen des Meeres.

16: Chris, Angriff

Als er am Strand angelangt war, zog er das Boot an Land in den Schutz einiger Sträucher. Dort zog er sich seine Schutzweste über und begann sich den Munitionsgurt und ein Maschinengewehr umzuhängen. Seine Kleidung, Jeans, T-Shirt und Turnschuhe, waren nicht besonders geeignet, um einen Kampfeinsatz durchführen zu müssen, aber dass gerade Antonio mit seinen Sachen abhauen würde, damit konnte er nicht rechnen. Was er sonst noch finden konnte, hatte er in einen alten Rucksack gesteckt und nun auf dem Rücken.

Dann blickte er kurz zurück, zur Jacht. Er konnte Klara nicht erkennen, die Jacht schaukelte friedlich im Sonnenschein mit ausreichendem Abstand zur Insel.

Er holte aus seiner Lederjacke ein rotes Stoffband und band es sich um seine Stirn, er hatte es einmal von Antonio als Geschenk bekommen mit den Worten: „Nur ein sehender Kämpfer ist ein guter Kämpfer." Damals trug Chris noch lange Haare, die ihm immer im Gesicht herumwehten. Mit Wehmut dachte Chris an die gemeinsame Zeit zurück. Doch die war nun vorbei.

Er flüsterte vor sich hin: „Wie Recht du damals doch hattest, und wie blind ich doch war!"

Er warf die Jacke zurück ins Boot und begann am Rande der Landebahn entlang geduckt und möglichst unentdeckt in Richtung Flughafengebäude zu laufen. Es war unerträglich heiß, doch so schwer bepackt er auch war, kam er dennoch schnell voran.

Als er am Gebäude angelangt war, schlich er im Schatten der Büsche um es herum zu den Versorgungsräumen. Er wusste ungefähr hinter welcher Wand das Notstromaggregat stehen musste. Er hatte alles dabei, was er für eine nette kleine Sprengung brauchte, und platzierte an der Außenwand ein Sprengstoffpaket. Dieses Mal würde es ihnen nicht mehr nützlich sein. Dann schlich er weiter zu dem Seiteneingang, aus dem sie vor zwei Tagen geflohen waren. Er hoffte, er würde durch dieselbe Tür hineingelangen. Mithilfe des Geiselnehmers, dem sie vor zwei Tagen entkommen waren. Er hatte Glück, tatsächlich sah er hinter der Glastür einen der Terroristen. Er erkannte Marco, der mit einer Zigarette im Mund gelangweilt an der Wand lehnte. Chris suchte nach kleinen Steinchen und begann sie gegen das Glas zu werfen. Marco erschrak, ließ seine Zigarette achtlos auf den Boden fallen und mit dem Gewehr im Anschlag öffnete er die Tür und trat nur einen Meter aus ihr hervor. Seine Blicke durchstreiften das Gestrüpp vor ihm. Doch Chris stand bereits direkt neben ihm an der Tür und packte ihn mit einem Handgriff, riss ihn zu Boden und presste sein Gewehr auf seine Brust, mit der rechten Hand hielt er ein Messer an seine Kehle und mit den Füßen schob er seinen Rucksack zwischen Tür und Wand, so dass sie geöffnet blieb.

„Überleg dir, was du tust, sonst war das heute dein letzter Sonnenaufgang!"

„Chris!" Verblüfft sah Marco zu ihm auf.

„Du bluffst doch, du kannst mich nicht töten, ich bin dein Freund, hast du das vergessen?" Marco rang nach Luft.

„War! Das ist das richtige Wort, ich würde es an deiner Stelle nicht darauf ankommen lassen."

„Was tust du hier, warum bist du zurückgekommen? Deinen Job hast du getan, und nicht mal schlecht, ich wäre nie auf die Idee gekommen, dass du ein Spitzel bist!"

„Mein Job ist erst beendet, wenn dein Bruder tot ist!"

„Du bist verrückt, lass mich los, das wirst du nicht tun, du hast keine Chance!" Marco versuchte sich unter Chris' Griff zu befreien, doch

Chris ließ nicht locker und das Messer an Marcos Kehle kratzte bereits seine Haut blutig. Erschöpft blieb er ruhig liegen. „Warum willst du das tun? Verschwinde, ich lass dich ein zweites Mal laufen, wir kassieren das Geld und verschwinden, und du hast die Geiseln gerettet, oder willst du auch was von der Kohle?"

„Was soll das, du weißt ganz genau, dass Pablo die Geiseln braucht, um die GSG9 zu vernichten. Er wird sie als unfähig hinstellen, als untragbar, er wird alle Geiseln töten."

Wut und Verzweiflung klang aus Chris' Stimme, Marco sah seinen Freund verstört an.

„Was redest du da? Das wird er nicht! Das Geld wird ins Meer geworfen. Antonio wird es aus dem Wasser fischen und uns dann am Strand mit seiner Jacht einsammeln.

„Klara!" Chris durchfuhr ein Stich in der Brust.

„Was, wer?" Marco verstand nicht. Chris schüttelte seinen Kopf. Marco fuhr fort.

„Wenn dein Trupp landet und den Flugplatz umstellt, sind wir schon weg. Es wird eine Weile dauern, bis sie den Störsender gefunden und ausgeschaltet haben, um uns mit Radar verfolgen zu können. Dann sind wir bereits untergetaucht."

„Das ist nicht war, er belügt dich, er wird sie töten, er will das Geld nicht, er will Rache, ich weiß nur nicht, warum."

Marcos Stirn zog sich in Falten. Konnte Chris Recht haben, war das möglich, dann opferte Pablo nicht nur die Geiseln, sondern auch seine Männer. Ihn! Marco zögerte.

„Es gibt ein Motiv! Pablo war früher einer von Euch. Es ist Jahre her. Aber er hat es nie vergessen können, dass er unehrenhaft entlassen wurde. Er wurde gefeuert. Man sagte ihm nach, er sei verrück, er wäre ein unberechenbarer Killer, der Spaß am Töten hätte, solche Leute konnten sie nicht brauchen, er entkam knapp dem Gefängnis, sie vertuschten die Sache und er begann ein neues

Leben, doch es ließ ihn nicht los, er suchte den Kampf. Er braucht das T…!" Marco verstummte.

„Er ist mein Bruder! Ich bringe dich zu ihm, wir zwingen ihn den Plan einzuhalten, du lässt uns gehen und wir überlassen dir die Geiseln, ist das ein Deal?" Marco sah Chris bittend an. „Dann sind wir quitt!"

„Jetzt sind wir quitt!" Chris holte aus und schlug Marco bewusstlos nieder, gefesselt und geknebelt zog er ihn weg vom Gebäude ins nahe Gestrüpp.

„Bis später, mein Freund, wenn du wach wirst, ist alles vorbei." In diesem Augenblick hörte er ein Flugzeug. Er späte in den Himmel. Ein kleinmotoriges Flugzeug warf einen Gegenstand mit Fallschirm ab. Er trieb in Richtung Strand. Chris sah dem Flugzeug nach, wie es sich immer weiter entfernte.

„Es geht los!", kommentierte er den Beginn des Einsatzes. Er wusste, dass er nicht mehr viel Zeit hatte.

17: Klara, Risiko

Klara hielt es einfach nicht länger aus, nervös wanderte sie an Deck auf und ab, blickte immer wieder zum Himmel hinauf und hielt Ausschau nach einem Flugzeug oder Helikopter oder nach Fallschirmspringern. Sie hatte keine Ahnung, was passieren würde. Sie spürte nur, dass sie nicht mehr warten konnte. Sie musste irgendetwas unternehmen. Sie musste an Land. Was sie dort tun konnte, wusste sie noch nicht, aber das würde sich dann schon zeigen, wenn sie erst einmal da wäre.

Wo hatte Chris nur den Schlüssel gelassen? Er steckte nicht im Zündschloss.

Klara war noch nie Motorboot oder gar eine Jacht gefahren. Aber viel anders als Autofahren konnte es ja auch nicht sein. Wenn sie nur endlich diesen verfluchten Schlüssel finden würde. Sie durchwühlte sämtliche Schubfächer, Schränkchen und sah sogar im Laderaum nach.

Nach einer Weile gab sie die Suche auf. Er musste ihn mitgenommen haben. Verdammt, er konnte sie doch nicht einfach so hilflos zurücklassen.

Klara umklammerte die Reling und sah über das taubenblaue Meer zum Strand hinüber. Er war menschenleer. Wie weit es wohl war bis zum Strand? Sie war miserabel im Schätzen, darum versuchte sie es erst gar nicht. Im Schwimmen war sie immer recht gut, allerdings war sie seit Jahren nicht mehr länger als zehn Minuten am Stück geschwommen.

Sicher, sie konnte es schaffen, bestimmt konnte sie das.

Ihr Endschluss stand fest. Sie zog die Turnschuhe wieder aus, stellte sie unter Deck neben ihren Rucksack. Sie würde all das erst wieder brauchen, wenn sie heimfahren würde. Doch bis dahin würde noch etwas Zeit vergehen.

Und ohne zu zögern begann sie, wieder an Deck, die Reling an der Strickleiter hinunterzuklettern. Zuerst war das Wasser eiskalt, doch als sie vollständig eintauchte und ihre Arme und Beine bewegte, konnte sie es aushalten.

Was sie nicht bedachte, war ihr Kleid, das sofort schwer an ihr klebte und das Schwimmen erschwerte. Doch sie hätte so oder so nichts Passenderes zum Anziehen gefunden. Eine Jeans wäre noch schwerer und nur in Unterwäsche am Flughafen aufzutauchen, gefiel ihr gar nicht.

Also schwamm sie drauflos, dem Strand entgegen, das Boot hinter sich lassend.

Die ersten Meter fielen ihr nicht leicht, doch dann fand sie ihren Rhythmus, so dass sie mit den Wellen schwamm und sie ihr nicht immer im Gesicht zerschlugen. Das Meer war recht ruhig, das war ihr Glück, denn sie kämpfte auch so mit ihren Kräften.

Auf halber Strecke stieß sie einen kurzen Schrei aus, sie hatte einen Krampf im Bein, sie zappelte wie ein Nichtschwimmer im Wasser herum und hatte Angst unterzugehen. Der Schmerz nahm ihr die Luft. Erst als sie begann Wasser zu schlucken und die Panik sie vollends mit sich reißen wollte, versuchte sie sich zusammenzunehmen. Sie konnte jetzt nicht aufgeben, sie wollte nicht ertrinken, sie wollte Chris wiedersehen, das war ihr einziger Wunsch.

Mit letzten Kräften umfasste sie ihren Fuß mit beiden Händen, ließ sich von den Wellen tragen und drückte so stark sie konnte das Bein zu sich heran. Es gelang, der Schmerz ließ nach. Erleichtert paddelte sie auf dem Rücken liegend auf den Wellen und rang nach Luft. Es war leichtsinnig von ihr, diesen Endschluss gefasst zu haben, doch was sie wenig später tun würde, übertraf diesen Leichtsinn um ein Vielfaches.

18: Chris, Einzelkämpfer

Chris schlich zur gleichen Zeit durch die Gänge des Flughafengebäudes von einem Flur in den nächsten. Bis jetzt hatte ihn niemand bemerkt, doch das war nur eine Frage der Zeit. Es war überraschend still, bei all den Menschen, die seit Tagen auf engstem Raum hier zusammen auf ihre Rettung warteten. Er fand die kleine Kammer mit dem Sicherungskasten auf Anhieb. Auch hier würde der Stromausfall nicht wieder zu beheben sein. Chris rieb sich nervös die Augen, während er den Sprengstoff mit Klebeband befestigte. Ihm gingen Marcos Worte nicht aus dem Sinn. Wenn Pablo doch nur hinter dem Geld her war, wenn er, Chris, sich geirrt hatte, einem Hirngespinst nachgejagt war? Verdammt noch mal, noch nie in seinem Leben war er bei einen Auftrag so verunsichert wie bei diesem, zu viele Gefühle vernebelten ihm den sonst so klaren Verstand. Doch nun war keine Zeit mehr für Vermutungen. Die Explosionen würden ein Durcheinander zur Folge haben, das er nutzen musste, um Pablo in seine Gewalt zu bekommen.

19: Klara, alles auf eine Karte

Klara stieg mit letzten Kräften aus den sie heranspülenden Wellen. Sie ließ sich am Strand in den warmen Sand fallen und die Sonne ins Gesicht brennen. Die kräftigen Sonnenstrahlen erwärmten langsam ihren unterkühlten Körper und sie spürte, wie sie wieder zu Kräften kam und sich ihr Atem beruhigte.

Unruhig spähte sie in den Himmel und lauschte. Wie lange mochte sie geschwommen sein? Würden sie mit dem Flugzeug kommen? Oder bereits auf der anderen Seite der Insel mit der Fähre oder einem Boot gelandet sein? Wie ihr Plan aussah, wussten sie nicht, aber dass sie nicht mehr warten würden, das war eindeutig aus der Aussage von gestern zu deuten.

Als sie sich eben erhoben hatte, vernahm sie ein leises Brummen, ja, es war so weit. Sie wischte sich eine Haarsträhne aus dem Gesicht und stolperte auf die Landebahn zu.

Das Geräusch wurde immer lauter. Als sie erneut zum Himmel aufsah, erblickte sie einen Fallschirm, an dem etwas hing. Er war aus einem kleinen Flugzeug gefallen. Der Wind trug es in Richtung Küste. Das Flugzeug allerdings flog eine Schleife und stieg wieder auf Höhe.

Was hatte das zu bedeuten? Sie hatte keine Ahnung und wollte nur eines, so schnell wie möglich den Flughafen erreichen. Barfuß rannte sie so schnell sie konnte auf der heißen Landebahn in die Richtung des Flughafengebäudes.

Eine plötzliche Explosion ließ sie sofort wie angewurzelt stehen bleiben. Eine zweite folgte kurz darauf. Rauchwolken stiegen in den blauen Himmel auf und wurden vom Wind davongetragen. Kurz darauf durchdrangen Schüsse das leise Rauschen des Windes. Dann war es wieder still, das Zirpen der Zikaden war zu hören und in Klara stieg die Angst unaufhaltbar empor wie zuvor die Rauchwolke in den Himmel.

Sie begann zu laufen und lief immer schneller, sie konnte nur an ihn denken, Chris!

20: Chris, Explosion

Die Explosionen schallten durch das gesamte Gebäude und ließen die Wände erzittern. Aufgeregte Stimmen schrien durcheinander, Schüsse wurden abgefeuert, Rauch drang durch die Flure. Pablo rannte aus der Leitstelle in die Wartehalle. Er konnte sich nicht erklären, was geschehen sein könnte. Hatte er doch die gesamte Insel unter Kontrolle. Und auf den Außenkameras hatten sie nichts entdeckt. Oder hatte Carlo geschlafen?

Seine Männer schrien aufgeregt durcheinander, die Geiseln sahen sich völlig geschockt um, doch es passierte nichts weiter, es war keine Rettungsaktion in Sicht.

„Was ist passiert, was ist hier los?" Pablo sah in die verwirrten Gesichter seiner Soldaten. „Wo ist Marco?" Er konnte ihn nicht entdecken.

„Los, sucht ihn!" Pablo stand etwas oberhalb der Halle, drei Stufen führten zu den Geiseln und seinen Leuten hinab, er stützte sich auf ein Stahlgeländer und blickte nervös auf seine Armbanduhr.

„Verdammt, wo bleiben die nur? Hey, Carlo, hast du Marco gefunden?"

Carlo kam völlig außer Atem in die Halle gestürmt. „Ich habe überall nachgesehen, ich kann ihn nicht finden!"

„Mach mir sofort eine Verbindung zum Festland, die spielen mit dem Leben unserer Geiseln, was denken die sich, wer ich bin?" Pablo war rot angelaufen, irgendetwas hatte er übersehen – oder irgendjemanden!

„Der Sicherungsraum steht in Flammen und das Notstromaggregat ist in die Luft geflogen, wir haben keine Energie, wir können nicht übertragen!" Ängstlich beobachtet Carlo seinen Anführer. Überbringer von schlechten Nachrichten lebten gefährlich. Doch Pablo sah Carlo bereits nicht mehr. Er zermarterte sich sein Hirn, um herauszufinden, was das alles zu bedeuten hatte. Als er sich einigermaßen wieder gefangen hatte, rief er seine Leute zu sich heran.

„Habt ihr das Feuer unter Kontrolle?" Sie bejahen es.

„Dann geht alle auf eure Posten, es kann sein, dass der Angriff jede Sekunde stattfindet, ihr wisst, was ihr zu tun habt!"

„Aber wir sollten verschwinden, mit dem Flugzeug, oder wir können uns in den Bergen verstecken!" Einer seiner Leute wagte es, sich seiner Befehle zu widersetzen, was sonst unmöglich erschien, ließ Pablo nun nicht einmal mit der Wimper zucken.

Konnte es sein, dass sein Bruder ihn verraten hatte, die Sprengung zündete und dann verschwand? Aber wieso, was für einen Sinn ergab das? Er hatte viel Zeit mit diesem Chris verbracht, bevor sie entdeckten, dass er ein Spion war.

Pablo wischte sich übers ganze Gesicht, um sich auf die nun wichtigen Maßnahmen konzentrieren zu können. „Wir sichern den Flughafen weiterhin ab! Wir wissen nicht, was schiefgelaufen ist, wir müssen unseren Joker behalten, vielleicht brauchen wir ihn noch, wenn nicht, wisst ihr, was zu tun ist!"

Die Geiselnehmer sahen einander unsicher an, sie hatten lange genug gewartet und nun schien alles in Gefahr zu sein, warum, was war geschehen? Sicher, sie hatten die Geiseln als, wie Pablo sagte, Joker! Aber warum war Antonio mit dem Jeep noch nicht hier? Und was noch wichtiger war, mit dem Geld?

Pablo spürte die Unruhe und wusste, dass er sofort eingreifen musste, ansonsten konnte sein Plan völlig aus den Fugen geraten. Er feuerte ein paar Schüsse mit seiner Waffe in die Hallendecke, so dass einige Fetzen von der Verkleidung auf sie herabfielen.

„Ihr wollt das Geld?", schrie er ihnen entgegen. „Dann kommt es jetzt auf euch an, wir warten auf Antonio, dann wissen wir vielleicht mehr, abhauen können wir immer noch. Die Anderen sind nach wie vor blind, sie wissen nicht, was wir tun werden, sie glauben, wir nehmen den Flieger."

„Und wenn sie doch schon gelandet und auf dem Weg hierher sind? Unsere Radaranlage ist tot und wir sitzen in der Falle und warten darauf, geschnappt zu werden."

„Vielleicht werden wir geschnappt, vielleicht wirst du das aber nicht mehr erleben!" Mit diesen Worten zog er erneut seine Waffe aus seinem Gürtel unter seiner Jacke hervor und richtete sie auf den Unruhestifter. Totenstille trat ein. Es war heiß, die Ventilatoren standen still, Schweißperlen bildeten sich auf der Stirn des Aufrührers. Doch bevor Pablo seine Entscheidung treffen konnte, knackte hinter ihm eine Waffe, als sie entsichert wurde.

„Überlege gut, was du tust, bevor du es tust!" Chris hielt die Waffe in der linken Hand und näherte sich Pablo von hinten, bis auch die Anderen ihn sehen konnten. Ein Funken Hoffnung spiegelte sich auf den Gesichtern der Geiseln wider, die bis jetzt verängstigt aneinander gekauert auf ihren Plätzen saßen. War das der Beginn eines Rettungseinsatzes?

Die Entführer tauschten nervöse Blicke.

„Das solltet ihr schön bleiben lassen!" Chris richtete sein Maschinengewehr, das er in der rechten Hand hielt, auf die dicht nebeneinander stehenden Terroristen. „Wen ich von euch töte, ist mir eigentlich egal, sicher ist nur, dass es nicht bei einem bleiben wird. Soll ich euch ein paar Antworten auf eure Fragen geben, oder wollt ihr lieber gleich erschossen werden?"

„Du nimmst den Mund reichlich voll, glaubst wohl, weil du uns einmal gelinkt hast, wird es dir auch ein zweites Mal gelingen? An deiner Stelle würde ich vorsichtig sein!"

Das war Carlo, er war von jeher Chris gegenüber misstrauisch gewesen und außerdem Antonios bester Freund, bevor Chris aufgetaucht war. Carlo verspürte große Lust, Chris bei lebendigem Leibe zu verbrennen.

„Ich an deiner Stelle würde vorsichtig sein, was meinst du, weshalb hier alles gefilmt und gespeichert wurde? Was jetzt jedoch vorbei ist." Grinsend stieß Chris Pablo seine Waffe in den Rücken, so dass dieser nach vorne gegen die Stange des Geländers gedrückt wurde. „Euer Anführer hat es weniger auf die Kohle als auf ein nachrichtenfüllendes Abendprogramm abgesehen, und wenn ihr Pech habt, seid ihr die Hauptdarsteller!"

„Was heißt hier filmen, wo?" Entrüstet sahen sich die Geiselnehmer im Raum um, die Kameras der Überwachungsanlage waren überall im Raum verteilt, nur dass sie jetzt, ohne Strom, nicht mehr zu gebrauchen waren.

„Carlo war damit beauftragt worden, alles aufzunehmen, euch auch, um es als Dokumentation ihres Attentates später zu veröffentlichen. Ein Rachefeldzug gegen die GSG9 sollte eure Geiselnahme werden. Der letzte Schachzug sollte noch stattfinden bei Eintreffen der Einsatztruppe!

Habe ich Recht, Pablo? Von einem Rückzug, wenn das Geld in Sicherheit war, war in deinem Plan nicht die Rede. Doch wer wusste von *deinem* Plan? Nur du selbst?"

Chris sah von einem zum Anderen. „Ihr solltet verschwinden, solange ihr noch könnt, das Flugzeug mit dem Lösegeld war schon da. Jetzt kommen nur noch Soldaten. Und ich habe, was ich wollte!"

Aufgebracht schrien die Entführer wild durcheinander, bis Carlo das Wort ergriff.

„Pablo! Du verdammtes Schwein, du wolltest uns alle opfern für deine Rache, du wusstest, wenn wir die Geiseln töten würden, würde die GSG9 nicht einen von uns am Leben lassen. Doch wann würden wir so etwas tun, nur wenn wir nicht mehr weiter wüssten, wenn die Geldübergabe geplatzt und die Flucht aussichtslos wäre. Ein Massaker, das wäre das Aus der berühmten Einsatztruppe.

Solch ein Fehlschlag ließe sich nicht verheimlichen oder entschuldigen, schon gar nicht wenn es in den Medien live übertragen werden würde, rund um die Welt! Das war also deine Überraschung für die GSG9!

Und du, was wäre aus dir geworden? Hättest du dich rechtzeitig abgesetzt, vielleicht mit deinem Bruder oder mit Antonio?"
Die Geiseln hatten sich immer mehr in Richtung Fensterfront zurückgezogen. Wenn sie die letzten Tage Angst hatten, so hatten sie doch immer gehofft, hier wieder heil herauszukommen. Diese Hoffnung wurde nun von Minute zu Minute kleiner. Es brodelte unter den Entführern und jeden Augenblick konnte die Situation eskalieren.

„Du hast Recht, Carlo, ich will den Kampf, und ich will den Tod der Geiseln, aber die Flucht war ebenfalls geplant, und das Geld steht für euch bereit, ich habe lediglich eine Zeitverzögerung eingebaut, um euch bereit zu machen für den Kampf."

„Du hast uns nur benutzt, du verdammtes Schwein." Carlo spuckte vor Pablo auf den Boden und wendete sich zum Gehen.

„Warte, warte, beruhige dich, Carlo!" Pablo hielt seine Waffe immer noch ausgestreckt in Richtung des Aufrührers. „Noch ist nichts verloren, wir sind immer noch am Zug, Chris blufft doch, im Gegensatz zu mir!"

Mit einem Ruck schwenkte er seine Waffe herum und ohne Vorwarnung feuerte er in die Menschenmenge der Geiseln. Schreie, Panik! Dann drehte er sich um und wollte auf Chris schießen, dieser, voller Entsetzen, zögerte; unfähig, Pablo zu erschießen, sah er nur eine Chance, er warf sich gegen das Fenster zu seiner rechten Seite, die Glasscheibe zersplitterte und er fiel durch sie hindurch auf den heißen Asphalt vor der Landebahn.

Im gleichen Moment raste ein Jeep auf ihn zu, er konnte sich nur knapp, indem er sich zur Seite rollte, retten.

Als er aufsah stieg ein Mann aus dem Jeep. Er lächelte. Es war Antonio.

„Ich wusste, dass du nicht aufgeben würdest, aber dass dein Plan so enden würde … Ich habe dich überschätzt, Chris, das macht mich traurig."

Chris kochte vor Wut, er wollte aufstehen, doch Antonio richtete sein Maschinengewehr auf seine Brust. Chris ließ sich resigniert zurückfallen.

Verdammt, er hatte alles verbockt, wie konnte er nur so schlechte Arbeit leisten, noch vor ein paar Wochen hätte er sich niemals vorstellen können, jemals so jämmerlich zu versagen.

„Bleib ruhig bequem liegen, mein Freund, dein Einsatz ist vorbei!" Chris versuchte seine Gefühle zu verbergen, doch die Enttäuschung über seinen Fehlschlag und den Verlust der Freundschaft zu Antonio, der ihn hintergangen und verletzt hatte, ließ ihn erbeben.

Er hatte verloren, auf ganzer Linie, seine Leute würden bald landen, sie würden den Flughafen stürmen, und Pablo würd seine Männer und die der GSG9 in ein Inferno stürzen.

Warum hatte er nicht auf Pablo geschossen? Er hätte damit die Situation in den Griff und die Geiselnahme beenden können, wieso konnte er es nicht tun? Er ballte seine Hände zur Faust und hoffte auf eine zweite Chance.

Die Geiselnehmer hatten Mühe, die panischen Geiseln zur Ruhe zu bringen. Sie drängten sie auf eine Seite des Warteraumes und zwangen sie, sich flach auf den Boden zu legen. Mehrere Verletzte wurden notdürftig von Mitgefangenen versorgt. Sie hatten Glück, Pablos Schüsse schlugen hauptsächlich in den Steinfußboden vor ihnen ein. Es gab nur wenige Treffer.

Inzwischen waren Pablo und Carlo aus dem Gebäude gelaufen.

„Du kommst spät!" Carlos Augen musterten Antonio skeptisch. Aber Antonio hielt seinen Blicken stand.

„Wie ich sehe noch rechtzeitig, der Spaß scheint erst zu beginnen." Antonio spürte, dass hier mehr vorgefallen sein musste als das Auftauchen eines Spiones! Pablo war ungewöhnlich still und Carlo zu aufgebracht. Antonio sah verunsichert von einem zum anderen. Er wollte die Sache beschleunigen. „Los, wir sollten jetzt abhauen, bevor die Einsatztruppe kommt."

„Wo ist das Geld?" Carlo fixierte Antonio mit starrem Blick.

„Das Geld ist in Sicherheit, mein Boot ankert in der nächsten Bucht, dort wartet das Geld auf uns. Ich hatte leichte Probleme. Mit meinem Freund Costas und mit meinem Boot. Beide waren nicht dort, wo ich sie erwartet hatte!" Er lächelte zu Chris herunter. „Doch letztendlich habe ich beide wiedergefunden." Erschrocken sah Chris zu ihm auf. Konnte er Klara in seiner Gewalt haben? Ausgerechnet dort musste er sie zurücklassen. Auf dem Boot, das Antonio für die Bergung des Geldes benutzen wollte. Wenn Antonio wirklich das Boot gefunden hatte, dann war er dort, er musste somit auch Klara gefunden haben.

Plötzlich wurden sie durch das Geräusch eines sich nähernden Flugzeuges abgelenkt.

„Verdammt, Pablo, wieso kommt sie schon jetzt?" Antonio verstand nicht, was hier los war.

„Es scheint mir, als hätten wir keine Zeit mehr zur Flucht." Pablo verfolgte das Flugzeug mit seinen Augen am Himmel, es näherte sich schnell.

„Das scheint mir auch so, nun hast du, was du wolltest, deinen Kampf, doch wir haben nicht vor zu sterben!" Carlo griff Pablo am Kragen und schüttelte ihn hin und her. Obwohl er etwas kleiner war, konnte ihn Pablo nur schwer abschütteln.

„Hört auf! Wir brauchen jetzt jeden Mann, wir müssen zusammenhalten!" Antonio war dazwischengegangen, er wusste, dass es zur Flucht, selbst mit ihrem Flugzeug, zu spät war. Das Flugzeug der GSG9 würde in Kürze landen. Sie würden ihnen den Weg versperren. Sie könnten versuchen den Strand mit dem Jeep zu erreichen und sein Boot zu nehmen.

Doch vielleicht waren bereits noch weitere Einsatzkräfte in Stellung gegangen. Da ihre Monitore nun blind waren, waren auch sie es.

„Was ist das?" Fassungslos starrte Pablo auf die Landebahn. Sie flimmerte in der Hitze der Sonne. Jemand rannte auf der Landebahn

217

ihnen entgegen, nur schwer zu erkennen durch das grelle Licht der Sonne, die noch nicht senkrecht am Himmel stand.

Jetzt hob auch Chris den Kopf, um wie die Anderen seine Augen angestrengt auf den auf sie zulaufenden Menschen zu richten. „Wer zum Teufel ist das?" Pablo konnte nicht glauben was er sah. „Die Maschine wird durchstarten, sie würden niemals über jemanden hinwegrollen, verdammt, schieß ihn nieder! Ich will, dass das Flugzeug landet und zwar jetzt, los, Antonio, schieß!" „Nein, das ist unsere Chance zur Flucht, Antonio, du darfst nicht schießen, du wirst es bereuen!" Carlo stürzte sich auf Antonio und wollte ihm die Waffe entreißen.

Doch Pablo riss Carlo von Antonio weg und hielt Carlo seine Waffe an die Schläfe. Erneut zielte Antonio auf den etwas größer werdenden Punkt auf der Mitte der Landebahn.

Doch dann senkte er unerwartet seine Waffe.

„Claire! Claire!" Er schrie ihren Namen in den heißen Wind hinaus, doch sie antwortete nicht. Die Maschine kam immer näher.

Pablo starrte auf die sich nähernde Maschine und die Person auf der Landebahn. „Was ist los, Antonio? Es ist eine Frau! Wer ist diese Frau? Warum schießt du nicht?"

Pablo riss ihm die Waffe aus den Händen und zielte auf ein türkisfarbenes Kleid.

„Klara! Nein!" Chris sprang auf, zog sein Messer aus seiner Weste. Doch noch bevor er Pablo erreichen und diesen Schuss verhindern konnte, warf sich Antonio vor das Gewehr in die Schusslinie.

Chris verharrte in seiner Bewegung. Ohrenbetäubender Lärm.

„Claire!" Antonios Augen blickten fassungslos von Pablo zu Chris. Der Schuss durchfuhr seinen Körper, er sackte zu Boden und blieb auf dem Rücken liegen.

Pablo zielte erneut, doch Chris stürzte sich auf ihn und stach ihm das Messer in die Brust. Noch im Fallen feuerte Pablo sein Maschinengewehr ab, drehte sich allerdings um sich selbst und zerschoss die Fensterscheiben der Wartehalle. Die Geiseln schrien und wurden von Glasscherben übersät.

Chris starrte auf die Landebahn, er sah Klara stürzen, der ohrenbetäubende Motorenlärm war über ihnen. Dann wurde er langsam leiser, die Maschine war über sie hinweggestiegen und verschwand hinter den Bergen.

Noch bevor Chris ihren Namen ein zweites Mal rufen konnte, schlug Carlo ihn von hinten mit dem Kolben seines Gewehres nieder.

Die anderen Geiselnehmer waren inzwischen ebenfalls auf die Landebahn gelaufen, als sie sahen, was geschehen war.

„Kommt, wir hauen ab, los, alle in den Jeep!" Carlo schwang sich ans Lenkrad und ließ den Motor an. Das ließen sich die anderen nicht zweimal sagen, sie sprangen hinter ihm her auf die Rückbänke des Jeeps.

„Und wo ist das Geld? Und was ist mit Chris?", fragte einer von ihnen.

„Du hast Recht, er weiß zu viel. Möchte ihn jemand von euch erschießen?" Carlo sah sie nacheinander an, doch sie blieben stumm. Er richtete sein Gewehr auf Chris.

„Nein, warte, vielleicht weiß er, wo das Geld versteckt liegt." Das war Marco.

Verblüfft sah ihn Carlo an. „Wo um alles in der Welt warst du?" Doch Marco kniete neben seinem Bruder und Antonio nieder.

„Wir nehmen Chris mit!" Carlo winkte seinen Kameraden zu. Die packten ihn und legten ihn zwischen den Sitzreihen in den Jeep. Dann packten sie auch Marco und zogen ihn mit sich. Er sprach kein Wort.

Augenblicke zuvor im Flugzeug:

„Verdammt noch mal, was soll das, was ist da unten los, eine Frau läuft direkt vor uns auf der Landebahn, ich kann unmöglich zur

Landung ansetzen, durchstarten, alle Maschinen auf Maximalschub!"

„Ok, Kapitän, das zu unserem ersten Landeversuch!" Der Copilot griff zum Gashebel. Sie flogen über die Frau und über die Gebäude hinweg.

„Ich habe mehrere Menschen vor dem Gebäude ausmachen können, um genau zu sein, vier!"

„Wer war diese Frau, eine der Geiseln? Aber warum lief sie dann zurück und was machen die vor dem Gebäude?"

„Ich weiß auch nicht, Sir, dieser Einsatz ist alles andere als durchschaubar!"

Beide sahen sich verständnislos an.

„Wir fliegen eine Schleife und gehen dann wieder auf Sinkflug, um einen erneuten Landeanflug zu starten.

Sie informierten ihre Mannschaft. Die Männer der GSG9 hatten mit den verschiedensten Szenarien gerechnet. Diese Variante kannten sie noch nicht. Dennoch waren sie bestens vorbereitet und hatten den Überraschungseffekt auf ihrer Seite.

21: Klara, Rettung

Völlig außer Atem blieb Klara auf der Landebahn stehen, sie drehte sich nach dem Motorengeräusch um und sah die Maschine hinter ihr im Anflug. Sie würde nicht mehr vor der Maschine das Gebäude erreichen, warum auch, die Maschine durfte das Gebäude nicht erreichen, auf keinen Fall landen. Vielleicht würde sie so einen Kampf verhindern können oder zumindest Chris mehr Zeit geben, für was auch immer. Doch wie konnte sie das verhindern? Es gab nur einen Weg, sie musste es versuchen und hoffen, dass sie rechtzeitig gesehen würde. Es war riskant, doch sie hatte keine andere Wahl, wenn sie nicht tatenlos zusehen wollte, und das war das Letzte, was sie wollte. Also schritt sie in die Mitte der Landebahn, um dann erneut weiter Richtung Flughafen zu laufen. Ihr Herz klopfte ihr bis in die Kehle. Ihr Mund war völlig ausgetrocknet und ein Dröhnen in ihrem Kopf wurde lauter und lauter. Sie lief immer schneller.

Sie wagte es nicht, sich umzusehen, vielleicht hätte sie sonst der Mut verlassen und ihre einzige Möglichkeit, die Maschine am Landen zu hindern, wäre gescheitert.

Sie konnte bereits Menschen erkennen, die vor dem Gebäude standen, dann hörte sie Schüsse und ein Mann fiel zu Boden, danach weitere Schüsse, dann hörte sie nur noch das Dröhnen der Düsen, Motoren über ihr und spürte die Hitze der Abgase in ihrem Gesicht. Sie warf sich zu Boden und für kurze Zeit glaubte sie, das sei ihr Ende. Sie bekam keine Luft mehr und ein riesiger Schatten legte sich über sie und verdunkelte die Sonne völlig.

Als das Dröhnen verklang und der Schatten davonflog, wagte sie es, ihren Kopf wieder zu heben, und so sah sie der Maschine nach, es hatte funktioniert, sie gewann weiter an Höhe und verschwand über den Bergen.

Erleichtert begann sie sich aufzurappeln. Sie sah einen Jeep davonfahren und begann erneut weiter auf den Flughafen zuzulaufen. Als sie näher kam, verlangsamten sich ihre Schritte, zwei Körper lagen auf dem Asphalt. Einer von ihnen trug eine schwarze Lederjacke, so wie Chris sie bei sich hatte, als er mit dem Boot davongerudert war. Doch das Gesicht war ihr abgewandt. Klaras Herz schien zu zerreißen, sie verspürte Schmerzen in ihrer Brust. Dunkle Haare bewegte der Wind. Sie stand nun ganz nahe bei ihm, dann ging sie um ihn herum, sie erkannte dieses Gesicht, es war Antonio!

Erleichtert und gleichzeitig betroffen, ihn hier vor sich liegen zu sehen, beugte sie sich zu ihm herab und legte ihre Finger an seinen Hals.

Plötzlich öffnete er seine Augen und ergriff ihr Handgelenk. Sie stieß einen kurzen Schrei aus. Er zog sie zu sich heran, so dass sie auf ihre Knie fiel.

Antonio lächelte sie an. „Claire, ich wusste, wir würden uns eines Tages wiedersehen. Nun bist du hier und trägst das Kleid, das ich für dich gekauft habe. Du bist wunderschön. Du bleibst doch nun für immer bei mir, ja?" Seine Hand umklammerte fest ihr Handgelenk, sein Körper zitterte.

Erst jetzt sah Klara die stark blutende Wunde in seiner Bauchgegend. Seine linke Hand hatte er auf sie gepresst. Er hatte bereits viel Blut verloren, es sah schlimm aus. Klara brauchte keine medizinischen Kenntnisse, um zu sehen, dass es zu spät war. Sie zwang sich zu einem Lächeln.

„Ja, ich bleibe bei dir, für immer!"

„Ich wusste es!"

Er musste husten und sagte mit schmerzverzerrtem Gesicht: „Sag Chris, er möge mir verzeihen, ich habe ihn geliebt!"

Dann hustete er erneut, legte seinen Kopf zur Seite und schloss für immer seine Augen.

Klara rannen Tränen über ihr Gesicht, wieso hatte er das getan, wieso hatte er sich gegen Chris gestellt? Und nun war er tot. Langsam erhob sie sich. Sie blickte zu dem zweiten Mann, der wenige Schritte entfernt am Boden lag, sie kannte ihn nicht. Das Messer steckte noch in seiner Brust. Klara wendete sich ab. Ihr wurde übel.

Langsam ging sie auf die Wartehalle zu, dort erhoben sich Menschen hinter der zerschossenen Scheibe, einer nach dem anderen. Sie hielten sich an den Händen und umarmten sich, einige weinten, doch es waren Tränen der Erleichterung, wie durch ein Wunder wurde niemand von ihnen getötet. Es gab einige Verletzte. Die Verletzungen waren mehr oder weniger schwer, jedoch nicht lebensbedrohlich, wie sie später erfuhr.

Klara sah sich suchend um. Nach und nach richteten sich die Blicke der nunmehr freien Geiseln auf sie, ihr Kleid war blutverschmiert und immer noch durchnässt.

„Chris? Wo ist Chris?" Sie rief seinen Namen immer lauter.

Niemand kannte seinen Namen.

„Suchen Sie den Mann, der uns gerettet hat? Sie haben ihn niedergeschlagen und in ihrem Jeep mitgenommen!", antwortete eine ältere Frau und kam immer näher auf sie zu.

„Er lebt?!" Klara schlug ihre Hände vor ihr Gesicht und erstickte ihren Schrei der Erleichterung. „Er ist am Leben. Aber warum haben Sie ihn mitgenommen?"

Die Frau schüttelte mit dem Kopf.

Minuten später landete das Flugzeug der Einsatztruppe GSG9. Bewaffnete Männer in grünen Tarnanzügen stürmten aus der Maschine. Gleichzeitig rannten Männer in Taucheranzügen von der Seeseite auf den Flughafen zu und gemeinsam umstellten sie das Gebäude.

Dann plötzlich drangen sie aus allen Richtungen gleichzeitig in das Gebäude ein. Die Männer, die in den Flughafen stürmten, sahen nicht viel anders aus als vorher die Terroristen. So war es den Geiseln nicht zu verdenken, dass sie sich schreiend zu Boden warfen oder dicht aneinandergedrängt dem Spektakel zusahen.

„Alles gesichert, von den Geiselnehmern keine Spur!", hörte Klara einen der Männer zu seinem Kommandanten sagen.

Erst jetzt kam ein uniformierter Mann auf die Gruppe der Geiseln, die am Fenster gestanden hatte, zu und stellte sich ihnen als Operator der GSG9 vor.

Im gleichen Moment kamen Sanitäter in die Halle und nahmen ihre Arbeit auf.

„Gibt es Verletzte zu melden?"

Ein Mann zeigte auf einige Verletzte, die an der anderen Seite des Raumes auf dem Boden lagen. Mitgefangene hatten ihnen Taschen als Kissen unter die Köpfe gelegt und sie mit Jacken zugedeckt. Eine Krankenschwester, die mit unter den Geiseln war, teilte den Rettungssanitätern ihre Erstversorgungsmaßnahmen mit.

„In welche Richtung sind die Geiselnehmer geflüchtet?", fragte ein Soldat.

Eine Frau trat aus der Gruppe hervor. „Sie sind mit einem Jeep in diese Richtung gefahren!" Sie deutete in Richtung Uferstraße und in die Berge.

Sogleich lief einer der Soldaten hinaus und gab den Befehl zur Verfolgung der Geiseln weiter.

„Wir werden Sie noch für weitere Befragungen benötigen, bitte haben Sie etwas Geduld, zuerst werden wir die Verletzten in ein nahe gelegenes Krankenhaus abtransportieren."

Die Toten auf der Landebahn wurden zugedeckt, aber nicht abtransportiert. Eine Absperrung wurde kurz vor dem Eingang des Flughafens aufgebaut.

Die Geiseln hatten sich um den Einsatzleiter versammelt, um zu erfahren, wie es nun weitergeht, warum sie gefangen gehalten wurden und was eigentlich passiert war in den letzten Tagen. Doch zuerst stellte der Einsatzleiter den Geiseln einige Fragen.

„Der eine war der Anführer!", begann ein junger Mann. „Der andere Mann wurde von ihm erschossen, wir hatten ihn vorher noch nie gesehen, er kam erst kurz bevor sie landeten mit einem Jeep. Mit dem dann die anderen Terroristen flüchteten."

„Ja, und sie nahmen den jungen Soldaten mit, der versucht hatte, uns zu befreien. Einer schlug ihn nieder und dann schafften sie ihn in den Jeep."

„Welchen Soldaten? Wir hatten niemanden aus unserer Einheit geschickt!" Der Einsatzleiter und einige Soldaten sahen einander fragend an.

„Vielleicht kann ich Ihnen helfen, ich kenne den Soldaten und ich kenne auch einen der Toten." Klara kam von der anderen Seite der Halle auf sie zu. Sie hatte sich etwas abseits gehalten, sie war erschöpft und hoffte, es ginge Chris gut.

„Gut, Sie kommen mit uns! Wir brauchen einen ruhigen Ort zum Reden und etwas Trockenes zum Anziehen für die junge Frau!" Gemeinsam betraten sie ein kleines Büro. Noch bevor sie sich setzen konnten, kam ein Soldat mit einer Nachricht hereingestürmt. In einer nahen Bucht sei ein Boot explodiert und vollständig verbrannt. Am Strand wurde ein Jeep gefunden und beschlagnahmt. Es wurden keine Menschen, keine Überlebenden gefunden. Nur Waffen und Munitionsgurte lieferten eindeutige Beweise für die Anwesenheit der Geiselnehmer. Das Lösegeld wurde nicht gefunden.

22: Klara, die Leserin

Klara schlug das Buch zu. Ihr war schlecht. Sie spürte noch jetzt, wie ihr nasses Kleid an ihr klebte. Mit Antonios Blut daran. Und dann diese Nachricht.

Damals musste sie kalkweiß geworden sein, denn ein Sanitäter schob sie sofort auf einen Stuhl und kümmerte sich rührend um sie. Nach dieser schrecklichen Nachricht nahm sie ihre Umgebung kaum noch wahr. Genau wie jetzt. Sie hörte nicht mehr, worüber die Anderen sprachen. Und erst heute fiel ihr wieder ein, dass sie in ein anderes Zimmer geführt wurde und ihr eine fremde Frau beim Umziehen half.

Später erfuhr sie, dass die Verfolgung der Geiselnehmer ausgeweitet wurde. Man wollte wirklich sicher sein, dass sie nicht geflohen, sondern alle umgekommen waren. Die Suche blieb ohne Erfolg.

Irgendwann, Stunden später, saß Klara im Flugzeug nach Deutschland. Das war ihr Ende dieser Reise. Sie glaubte, Chris wäre der Explosion zum Opfer gefallen, genau wie die anderen Geiselnehmer.

Warum das Boot explodierte, dafür gab es noch keine Erklärung.

Aber was geschah wirklich? Wie hatte Chris überlebt? Wie schilderte Chris das Ende in seiner Geschichte?

Sie blätterte wild in seinem Roman, bis sie endlich die Stelle gefunden hatte, an der sie ihn zugeklappt hatte. Es waren noch zu viele Seiten übrig, als dass er die Geschichte hier enden lassen würde.

Klara las und las.

23: Chris, auf der Flucht

„Chris, wach auf!"
Unsanfte Schläge ins Gesicht ließen seinen Kopf hin und her
pendeln. Er saß gegen eine Wand gelehnt auf einem kalten
Steinfußboden und in seinem Kopf dröhnte es. Er tastete mit seiner
Hand nach der schmerzenden Beule am Hinterkopf. Langsam
öffnete er seine Augen und blinzelte in das grelle Licht einer
Taschenlampe.

„Hey, Amigo, wir dachten schon, du würdest dich drücken, dabei
haben wir einen Job für dich, den du sicherlich gerne erledigen
wirst, für uns!"
Diese Stimme kam ihm bekannt vor und der modrige Geruch, der
ihn in der Dunkelheit umgab, ebenfalls. Er versuchte sich an die
letzten Geschehnisse zu erinnern, nach und nach schien sein Gehirn
wieder zu arbeiten. Der Schlag war kräftiger gewesen als nötig, um
ihn außer Gefecht zu setzen.

„Los, steh auf, wir haben keine Zeit, hier länger herumzusitzen!" Es
war Carlo und sie befanden sich in dem kleinen Gemäuer des
Tunneleinganges, den er erst vor zwei Tagen durchquert hatte – mit
Klara! Wo mochte sie nur sein? Und Antonio? Chris ließ sein
Gesicht in seine Hände sinken, seine Arme auf die Knie gestützt saß
er immer noch auf dem feuchten kalten Steinfußboden des
Häuschens. Antonio war tot! Wie konnte es nur dazu kommen?

„Hey, ich habe gesagt aufstehen!" Mit diesen Worten trat ihn Carlo
in die Seite. Chris erhob sich schwerfällig. Erst jetzt bemerkte er,
dass es auch außerhalb des Hauses schon dunkel war.

„Wie spät ist es?"

„Wir stellen hier die Fragen, du bist schon lange keiner mehr von
uns, warst es nie!"

„Warum habt ihr mich dann mitgenommen?"

„Vielleicht um dich langsam sterben zu sehen." Das war Marco, er stand an der Tür und drehte sich nun zu Chris um. Seine Augen blitzten vor Hass im Scheinwerferlicht der vereinzelten Taschenlampen. „Warum hast du das getan?" Er kam langsam auf Chris zu. „Du hast meinen Bruder getötet! Abgestochen wie ein Tier!" Dann stürzte er sich auf ihn und würgte ihn, Chris wehrte sich nicht, er hielt Marcos Hände nur davon ab, ganz zuzudrücken. Was allerdings schwierig genug war, denn auch wenn Marco nur unwesentlich größer war als Chris, so verfügte er dennoch über Kräfte, die ihn, von Wut und Hass erfüllt, noch stärker werden und ihn über sich hinauswachsen ließen. Doch Carlo riss ihn von Chris weg.

„Noch nicht! – Erst zeigt er uns den Weg durch den Tunnel auf die andere Seite des Berges. Antonio sagte mir, du hast ihn gefunden, den alten Schacht der Archäologen. Wo ist er?" Carlo kam aus der Dunkelheit ganz nah an ihn heran und alles, was aus seinen Augen funkelte, war die reine Gier nach Geld, Reichtum, vielleicht noch etwas Düsteres wie Mordgelüste konnte Chris auch entdecken, auf jeden Fall war er hier nicht sicher.

Marco sah ihn verachtend an. Sein sonst eher unbedarftes Wesen war verschwunden, er hatte stets im Schatten seines älteren Bruders gestanden, allerdings störte ihn das bis heute nicht besonders, er lebte in den Tag hinein und tat, was sein Bruder von ihm verlangte, dafür musste er sich auch um nichts kümmern, seine Jugend war ein Vagabundenleben, er genoss es. Doch nun war sein Antlitz von Rache gezeichnete. Er trat erneut an Chris heran. Ihre Augen begegneten sich und keiner wich dem Anderen aus.

„Ich dachte, du bist mein Freund! Wir haben uns gegenseitig das Leben gerettet, auch als wir wussten, dass wir nicht mehr auf derselben Seite standen, wir sind quit!

Doch sollte ich die Möglichkeit bekommen, dich zu töten, so rechne damit, dass ich sie nutzen werde. – Fahr zur Hölle, Chris!“ Marcos Stimme zitterte, er wendete sich ab und ging wieder zur Tür, an der bereits Costas seine Wache übernommen hatte.

Chris starrte ihm nach, was hätte er tun oder sagen können, er wusste, dass er etwas getan hatte, was er hätte nie tun dürfen, es gab keine Rechtfertigung für sein Verhalten, er war noch nicht einmal für diesen Einsatz abkommandiert, er war kein Soldat, er war ein Mörder, nichts anderes als das, was er an Pablo so abstoßend fand. Es keimte in ihm und als er zwischen Pablos und Klaras Leben wählen musste, war es einfach, zu einfach.

Was Marco sagte, schmerzte Chris mehr, als körperliche Schmerzen es hätten tun können. Er hatte innerhalb weniger Sekunden zwei Freunde verloren, seine einzigen.

Allerdings war zurzeit ein verdammt schlechter Moment, um zu grübeln und in Melancholie zu verfallen. Also versuchte Chris seiner Stimme Festigkeit abzuverlangen und an seiner Rettung zu arbeiten.

„Was wollt ihr auf der anderen Seite des Berges und warum wollt ihr durch den Tunnel, sind die Straßen für euch nicht mehr passierbar?“

„Dein ironisches Grinsen wird dir schon noch vergehen, oder glaubst du etwa, wir wissen nicht, dass ihr beide gemeinsame Sache machen wolltet und du nun das Geld für dich alleine haben willst, da hast du dich aber geschnitten, denn wir wissen, wo er es versteckt hat!“

„Von wem redest du überhaupt?“

„Tu doch nicht so, Chris, von Antonio natürlich, er hat das Geld versteckt; als wir an der Bucht ankamen, gingen die Söldner zuerst an Bord. Wir mussten   mitansehen, wie das Boot mit ihnen explodierte. Dann sind wir zur Festung gelaufen. Dich hatten wir vorerst versteckt zurückgelassen.

Und in der Festung haben wir Costas gefunden. Er sagte, er hätte euch auf Antonios Boot bringen sollen. Wo das Geld nun ist, weiß er auch nicht. Aber es gibt noch das Häuschen von Antonios Mutter. Leider wurde die Rumkurverei für uns immer gefährlicher, selbst in Costas Wagen. Antonios Jeep hatten wir am Strand zurückgelassen. Mittlerweile wusste die gesamte Insel Bescheid, da fiel mir der Tunnel ein und du. Was für ein Glück, dass ich dich nicht gleich erschießen ließ?" Carlos Blicke waren eiskalt.

„Bist du jetzt der neue Anführer, Carlo?" Chris stocherte in einer offenen Wunde. „Marco! Was hältst du von deines Bruders Nachfolger, kann er euch hier raus helfen, die Insel ungesehen zu verlassen? Ich dachte, ihr wolltet euch auf eine Nachbarinsel in Sicherheit bringen?"

„Hör auf zu denken, Chris, wir holen nur unser Geld, dann verschwinden wir, so wie es geplant war in die Türkei." Marcos Augen funkelten Chris wütend entgegen. Er spürte, was Chris vorhatte. Zwischen Carlo und ihm Unruhe zu stiften. Doch er durfte nicht darauf eingehen, auch wenn er es wollte.

„Und du wirst uns dann leider verlassen müssen." Damit beendete Marco das Duell.

Chris wusste, dass es nun höchste Zeit war, über einen Fluchtweg nachzudenken, denn den einzigen Freund in dieser Truppe, auf den er sich verlassen konnte, hatte er durch seine eigene Schuld verloren. Selbst Pablo hätte ihm nichts angetan, wenn Marco ihn darum gebeten hätte, doch nun war alles anders. Er war der Verräter, ein Spion der anderen Seite, es war vorbei, er war nichts weiter als eine Geisel, und eine Geisel kann sich keine Sympathisanten leisten. Marco, der mit Costas am Tunneleingang stand, drehte sich aufgeregt um und rief Carlo zu sich. Der eilte mit wenigen Schritten zu ihnen und stand nun neben Marco und Costas.

„Wir sollten sehen, dass wir verschwinden, es kommen Fahrzeuge die Bergstraße herauf, den Geräuschen zu urteilen sind es keine PKWs, sondern Geländewagen oder LKWs."

Plötzlich breitete sich Hektik aus, die drei Männer suchten ihre Sachen zusammen und einer nach dem anderen stieg die Stufen hinab, um zu verschwinden.

„Los, los!" Carlo stieß Chris die Stufen hinunter, so dass dieser gegen die Felsmauern stürzte und sich den Arm aufschrammte.

Marco ging als Letzter.

Er drehte sich nochmals um und durchsuchte das kleine Häuschen mit seinen Augen, sie durften nichts zurücklassen, was sie verraten könnte, wenn die Mittagspause zu Ende und die Besichtigungstouren wieder losgehen würden. Costas' Auto hatten sie in einem kleinen Waldweg stehengelassen. So schnell war das nicht zu finden. Und keiner würde auf die Idee kommen, sie hier unten zu suchen, denn nur ein Dummkopf würde sich freiwillig in eine Sackgasse begeben.

Carlo stieß Chris unsanft vor sich her und deutete ihm schneller zu gehen, das Licht war ausgeschaltet, und da Chris selbst keine Taschenlampe bei sich trug, kam er nur langsam voran. Er tastete sich an den Wänden entlang und dachte an Klara, wo war sie jetzt? Vielleicht schon auf dem Weg nach Deutschland? Oder bereits in Deutschland, in den Armen ihres Freundes!? In Sicherheit! Das war es doch, was er wollte. Sie war in Sicherheit!

24: Ben, Abschied

Die Nachricht von der Befreiung der Geiseln lief wie ein Lauffeuer durch die Reihen der Wartenden. Menschen umarmten sich, lachten und klopften sich gegenseitig auf die Schultern. Ben konnte es kaum fassen. Es war vorbei! Wirklich? Die Lautstärke in der Wartehalle nahm enorm zu. Es fehlte nicht viel und es wäre zu Freudentänzen gekommen. Doch ein uniformierter Mann trat mit einem Mikro an die Menschenmenge heran und bat um Ruhe.

„Wie ich sehen und hören kann, hat die gute Nachricht schneller die Runde gemacht, als ich zu Ihnen eilen konnte." Er wartete einen Augenblick und lächelte einzelnen Personen zu, bis sie sich etwas beruhigt hatten und ihn erwartungsvoll ansahen.

„Ich darf ihnen ganz offiziell mitteilen, dass die Geiseln vor circa einer Stunde erfolgreich befreit werden konnten." Tosender Applaus zwang ihn erneut zu einer Unterbrechung.

„Es sind leider einige Verletzte, allerdings keine Toten unter den Geiseln. Mehrere Geiselnehmer und Terroristen konnten fliehen. Sie starben allerdings bei dem Versuch, mit einem Boot zu entkommen, da dieses, aus noch ungeklärten Gründen, explodierte. Zwei weiter Entführer kamen noch auf dem Flughafengelände zu Tode." Seine Blicke ließ er durch die Reihen der Passagiere streifen. Es war still geworden. Er spürte, dass jedem von ihnen bewusst wurde, wie groß die Gefahr für die Urlauber im Flughafengebäude tatsächlich war. Und dass jeder von ihnen genauso gut an ihrer Stelle hätte sein können. Eine betroffene Stille war eingetreten.

„Wir von der Flugsicherung, der Flughafenbetreiber, die Spezialeinsatzkräfte der GSG9 sowie die Polizisten und die Beteiligten des Spezialeinsatzkommandos bedanken uns bei Ihnen für Ihre Bereitschaft, uns zu unterstützen, und Ihr Verständnis für diesen Ausnahmezustand, in dem wir uns befanden."

„Wann kommen unsere Angehörigen zurück?" Ben hatte sich weiter nach vorne gearbeitet und erlangte dank seiner Größe und Statur sofort die volle Aufmerksamkeit.

„Sobald die Untersuchungen vor Ort beendet sind, werden sie ihren Rückflug antreten. Mittlerweile gehen wir davon aus, dass das dort verbliebene Flugzeug vollkommen in Ordnung ist. Natürlich überprüfen wir es noch gründlich. Auch Spürhunde sind bereits im Einsatz. Alles Weitere werden Sie in unserer öffentlichen Stellungnahme in den Nachrichten erfahren. Natürlich dürfen Sie nun nach Hause fahren oder hier auf Ihre Angehörigen warten. Leben Sie wohl!" Er nickte in alle Richtungen und verließ dann die Halle.

Ben suchte sich einen freien Platz und setzte sich. Doch als er Serge in der Menschenmenge entdeckte, sprang er auf und folgte ihm. „Hey, wo willst du hin?"

Serge drehte sich erschrocken um.

„Du kannst doch nicht einfach so gehen!" Er hatte Serge mitsamt seinem Gepäck festgehalten.

„Ach, da bist du! Ich hatte dich nicht mehr gesehen. Aber ich muss jetzt wirklich los, alles Gute für dich und deine Klara!"

„Nein, nein, nein, so einfach kommst du mir nicht davon. Jetzt machen wir erst mal ein Selfie, für Klara und mich, schließlich hast du mir und dem Einsatzkommando hilfreich zur Seite gestanden." Mit diesen Worten ergriff Ben sein Handy mit der einen Hand und Serge mit der anderen und gemeinsam lächelten sie sich ins Bild. Serge wollte flüchten, winkte ab, aber er kam weder zu Wort noch einen Schritt weiter. Ben war verbal wie auch körperlich der Stärkere.

Dann verabschiedeten sie sich mit einem ungleichen Händedruck und Ben zog Serge an sich und drückte ihn fest zum Abschied. Dann verfolgte er ihn so lange mit seinen Augen, bis er ihn nicht mehr sehen konnte. Ab jetzt galten seine Gedanken nur noch Klara. Er hoffte inständig, dass sie nicht verletzt worden war und dass es ihr auch sonst gut ging.

25: Klara, zurück auf Samos

Die Maschine setzte auf, das Ruckeln durchfuhr ihren Körper, so dass sie ihre Blicke von dem Buch in ihrer Hand lösen musste. Er war nicht auf dem Boot, als es in die Luft flog. Einleuchtend! Sie flohen mit ihm durch den Tunnel. Welche Ironie des Schicksals. Sein Wissen über den zweiten Tunnel, den er erst zwei Tage zuvor mit ihr zusammen gefunden hatte und der sie so gequält hatte, rettete ihm sein Leben.

Sie wollte weiterlesen, aber es fehlte ihr die Zeit. Die weiteren Seiten werden warten müssen, dachte sie bei sich.

Sie starrte aus dem Fenster die Rollbahn entlang, hinter ihr das Meer.

Der Flieger fuhr dem Flughafengebäude entgegen, eine Treppe wurde bereits auf sie zubewegt. Dann stand die Maschine, Applaus, allgemeiner Aufbruch.

In wenigen Sekunden war der Gang mit Menschen gefüllt. Sie blickte immer noch aus dem Fenster, das Gebäude direkt vor ihr, die Treppe wurde bis dicht an das Flugzeug herangeschoben, die ersten Fluggäste traten in den grellen Sonnenschein hinaus.

Klara konnte Menschen im Flughafengebäude hinter der großen Fensterfront erkenne. Sie warteten auf ihren Rückflug.

Wahrscheinlich dachte niemand von ihnen an das, was hier vor zwei Jahren geschehen war.

Sie war zurück. Sie war wieder auf Samos!

„Miss! Sie müssen jetzt aussteigen!" Eine freundliche Stewardess reichte ihr das verbleibende Handgepäck. „Ist das Ihres?"

„Ja, danke!" Sie betrat die Treppe als Letzte. Ein heißer Wind nahm ihr den Atem. Sie hatte ein flaues Gefühl in der Magengegend. Warum gestand sie es sich nicht ein? Sie hatte Angst.

Vielleicht war das alles doch keine gute Idee, sie drehte sich um, die Stewardess lächelte ihr aufmunternd zu und deutete auf das Flughafengebäude.

Verflixt noch mal, sie umklammerte ihr Handgepäck, als würde sie sich daran festhalten müssen, und schritt vorsichtig die Stufen hinab, etwas wackelig, dann ging sie langsam weiter. Als sie plötzlich das Gefühl hatte, sie würde von jemandem hinter ihr beobachtet werden.

Sie drehte sich um, sah die Landebahn entlang, die Hitze ließ sie flimmern, sie strengte ihre Augen so sehr an, dass sie zu schmerzen begannen, sie meinte ihren Namen rufen zu hören, doch sie konnte niemanden entdecken. Sie drehte sich wieder um und begann zu laufen. An dem Bus vorbei, der für die Passagiere bereitstand. Immer weiter, bis sie am Flughafengebäude angelangt war. Hier hielt sie kurz an, um zu Atem zu kommen. Sie versuchte weder nach links noch nach rechts zu sehen. Sie wollte nicht an Antonio denken, das Blut.

Schnell ging sie hinein. Es war sehr kühl in der Wartehalle. Das Gepäck war noch nicht da. Ihre Schritte führten sie durch die Flure. Ihre Blicke fielen auf die Wand, hinter der Chris damals plötzlich aufgetaucht war, sie verharrte einen Augenblick, doch nichts geschah.

Sie senkte ihren Blick, wie dumm von ihr, diese Vorstellungen, Erinnerungen. Es war geschehen und es war vorbei!

Mit großen Schritten ging sie zurück zu den Gepäckbändern, die bereits mit Gepäckstücken beladen ihre Runden drehten. Ihr Gepäck fand sie schnell. Jetzt hatte sie nur noch einen Gedanken: Ein Taxi nehmen und in die Berge zu Mom zu fahren. So schnell es ihr möglich war. Vielleicht würde sie ihr sagen können, wo Chris zu finden war.

26: Klara, Mom

Im Taxi war es angenehm kühl, die Klimaanlage stand auf drei und wirkte wie eine kühle Brise, die vom vorbeirasenden Meer kam, obwohl die Fenster geschlossen waren. Als Klara die Adresse nannte, sah der Taxifahrer verdutzt in den Rückspiegel. Es kam selten vor, dass Touristen Einheimische besuchten, allerdings sah sie auch nicht wie eine typische Touristin aus, zu wenig Gepäck und zu schweigsam.

Antonios Namen und seine Adresse hatte sie schon vor zwei Jahren im Internet recherchiert. Sie hatte sich vorgenommen Mom zu schreiben, tat es aber nicht.

Doch heute war es so weit, sie fuhr in die Berge, sie erkannte den holprigen Weg und endlich auch das kleine Haus mit der Veranda ringsum. Die Pinienbäume dufteten, und der Wald verbreitete eine Ruhe, die sie sofort innehalten und die Augen schließen ließ.

Die Sonne brach nur spärlich durch das Dach der Bäume, so dass es angenehm kühl war. Das Grün hier war so frisch wie sonst nirgendwo auf der Insel. In diesem Moment verstand sie nicht, weshalb alle nur vom Meer schwärmten und kaum jemand von der Schönheit der Wälder. Hier schien die Zeit stehengeblieben zu sein.

Eine weißhaarige Frau trat zur Tür heraus und blickte abwartend zum Taxi herüber.

Klara fühlte sich wie in einem Märchen, mit dem Unterschied, dass sie weder dieses Märchen noch sein Ende kannte.

Als Klara den Taxifahrer bezahlt hatte und dieser immer noch mit erstaunten Blicken von einer zur anderen sah, nickte er dann doch zum Abschied und ließ sie allein. Sie betrachteten sich eine Weile, dann lief Klara auf Mom zu und sie nahm Klara in ihre Arme wie eine zurückgekehrte Tochter.

Unsicher löste sich Klara aus der Umarmung und sah Mom besorgt an.

„Schon gut, Kind!", antwortete diese, wissend um Klaras Bedenken. „Ich wusste, dass du irgendwann kommen würdest, ich habe auf dich gewartet und freue mich dich heute umarmen zu können! Komm ins Haus und erzähle mir, wie es dir ergangen ist!" Sie gingen hinein und die alte Vertrautheit war zurück, sobald sich die Tür hinter ihnen schloss.

„Möchtest du eine Limonade oder lieber einen Eistee? Ich mache beide immer noch selber, nur ich kenne die Rezepte, vielleicht verrate ich sie dir irgendwann einmal. Keiner kennt die Kräuter und Früchte unseres Waldes hier so gut wie ich, es ist eigentlich traurig, dass sich die heutige Jugend für die Natur so wenig interessiert." Mit diesen Worten ging sie in die Küche und holte zwei Gläser. Sie sah Klara fragend an, als sie wieder im Wohnzimmer stand.

„Tee, bitte!" Klara hatte die Tür zur Schlafstube, wie Mom sie nannte, betrachtet, sie war geschlossen. Klara hatte das Gefühl, sie würde sich jeden Moment öffnen und Chris würde mit seinem überheblichen Grinsen, was zu einem zauberhaften Lächeln wechseln konnte, in der Tür stehen und fragen, wo sie denn die ganze Zeit gewesen wäre.

„Du träumst!" Mom lächelte ihr zu. Sie saßen am großen Esstisch, der schon lange nicht mehr voll besetzt war, und Mom sah sie mit einem durchdringenden Blick an, so dass Klara nun doch etwas mulmig zumute wurde, wie so oft, wenn sie etwas Unangenehmes befürchtete.

„Warum kommst du erst heute, es sind jetzt über zwei Jahre vergangen, seit …" Sie sprach nicht weiter, sondern konzentrierte sich auf das Eingießen des Eistees, der sich in einem dicken, mit bunten Blumen bemalten Tonkrug befand. Ein Tongefäß, welches hier auf Samos in einer seiner vielen eigenen Töpfereien hergestellt worden war.

„Ich weiß, es tut mir leid, ich hätte dich schon viel früher besuchen sollen!" Klara erhob sich und ging zum Fenster, sie sah hinaus in den Wald.

„Du hattest Gewissensbisse, wegen Antonio, weil du noch lebst und er für dich gestorben ist und eigentlich eine ganz andere Frau schützen wollte. Habe ich Recht?"
Klara drehte sich zu ihr um. „Ich trug ihr Kleid! Eine Frau, die im Flughafen als Geisel gefangen gehalten worden war, sagte mir, dass ein Mann sich zwischen mich und die Waffe geworfen hatte – und starb. Das war Antonio. – Und ja, du hast Recht, ich fühle mich schuldig."

„Du hattest keine Schuld an seinem Tod! Ich bin froh darüber, dass er dich gerettet hat. Er gab sein Leben für deines. Und für Claire. In seinem Herzen hatte er sie gerettet. Damit hatte er seinen Frieden gefunden.
Und er hatte sich im letzten Moment für die richtige Seite entschieden. Das tröstet mich. Es war sehr schwer für mich, seinen Tod zu akzeptieren. Doch mit der Zeit wird der Schmerz weniger und die Erinnerungen an unsere gemeinsamen Jahre trösten mich jeden Tag." Mom tupfte sich eine Träne mit ihrem Taschentuch aus dem Gesicht und lächelte Klara an.
„Und wir gehen wieder regelmäßig ins Flüchtlingscamp. Chris und ich. Wir helfen, wo wir können. Ich glaube, Antonio hätte das gefallen, weil es Claire so wichtig war."
„Aber das ist noch nicht alles!" Klara wusste nicht, wie sie es ihr erklären sollte.
„Ich verstehe, du bist wegen Chris zu mir gekommen, ich habe gleich gewusst, als ich euch das erste Mal zusammen gesehen hatte, dass da etwas Besonderes zwischen euch war. Ich konnte nicht verstehen, warum ihr beide euch so sehr dagegen gewehrt hattet. Aber warum erst jetzt?" Mom beobachtete Klara genau, ihr

konnte keiner etwas vormachen, sie konnte in die Herzen anderer Menschen sehen. Und ihre Gedanken lesen, bevor sie sie selbst aussprechen konnten.

„Ich dachte, er wäre tot! Bis ich vor ein paar Tagen das Buch gefunden habe! Sein Buch!", begann Klara und setzte sich erneut an den Tisch.

„So so, du hast es also entdeckt, das hatte ich gehofft."

„Ich dachte all die Monate, Jahre, Chris wäre tot. Die Explosion, der Brand, sie hatten keine Leichen finden können, doch es war unvorstellbar, dass jemand überlebt hatte."

„Es sei denn, sie waren nicht an Bord!" Mom, die sich neben Klara an den Tisch gesetzt hatte, betrachtete die Blumen, die sie in einer alten Tonvase, die ebenfalls von der Insel stammte, dekoriert und auf dem Tisch platziert hatte. Sie hatte die Blumen heute früh am Waldrand gepflückt und zu einem bunten Strauß gebunden. Genau wie an dem Tag, als sie Chris blutüberströmt im Wald entdeckt hatte. Er hatte sich vom Tunnel bis zu ihrem Haus geschleppt. Sie erinnerte sich genau. Der bunte Blumenstrauß fiel ihr aus der Hand, als sie ihn stöhnend im Gras liegen sah. Und wenig später erfuhr sie von ihm die Nachricht von Antonios Tod. Mom wischte sich die Augen und blinzelte die Tränen beiseite.

„Entschuldige, was hast du eben gesagt?" Sie sah Klara auffordernd an.

„Aber die Umgebung war abgesperrt, der Jeep stand in der Bucht und es wurde niemand gefunden." Klara erinnerte sich genau.

„Haben sie denn überall gesucht?" Mom goss Klara noch etwas Eistee nach und sah ihr fragend in die Augen. Dann ergänzte sie: „Nein, das hatten sie nicht. Vorerst nicht! Und als sie Chris bei mir fanden und fortbrachten, musste ich schwören, niemandem zu erzählen, dass er noch lebte."

„Aber warum?" Klara konnte es nicht verstehen.

„Er war ein Spion! Er hatte einen Auftrag, den er nicht, nach seinen Worten, gewissenhaft erfüllt hatte. Eine Untersuchung sollte folgen, um herauszufinden, ob und welche Fehler er gemacht hatte. Er wurde suspendiert. Und er wurde in keinem öffentlichen Bericht erwähnt."

„Aber er lebte! Chris lebte wirklich! Er hat den Roman geschrieben. In den letzten Tagen hatte ich immer wieder Angst, es wäre alles nur ein Traum!" Klara sprang auf, lief um den Tisch herum und kniete vor Mom nieder.

„Wo, wo ist er? Sag schon, wo kann ich ihn finden, ich muss zu ihm!"

„Nun mal langsam, er ist ja hier, er hatte die ganze Zeit über bei mir gelebt, hier schrieb er auch seinen Roman. Er war verletzt und ich pflegte ihn, er war so durcheinander und ich riet ihm, er solle doch alles aufschreiben, es sich von der Seele schreiben, dann würde er wieder zur Besinnung kommen, den Kopf frei machen für einen neuen Anfang.

Das tat er dann auch, es wurde ein Roman daraus, und er begann mit diesem Roman ein neues Leben."

Klara ließ sich neben Mom auf einen Stuhl sinken, sie glaubte zu träumen, nachdem sie diesen Roman entdeckt hatte, hatte sie so sehr gehofft, dass es wahr sein möge, wer konnte sonst all das wissen, was darin geschrieben stand, wenn nicht er? Und nun war sie hier, und er lebte hier, und sie würde ihn wiedersehen.

Doch warum hatte er sie nicht gesucht, warum hatte er sie in dem Glauben gelassen, er wäre tot, vielleicht wollte er sie nicht wiedersehen?

„Ich sehe deine Ängste, sie sind dir ins Gesicht geschrieben!" Mom nahm Klaras Hände und hielt sie fest. „Du hast das Buch noch nicht zu Ende gelesen, habe ich Recht?" Klara nickte stumm.

„Das ist auch nicht nötig, denn tief in deinem Inneren kennst du das Ende der Geschichte, du musst nur auf dein Herz hören, dein Gefühl ließ dich doch noch nie im Stich, oder?"

„Aber dieses Mal ist es anders. Ich spürte es nicht, dass er noch lebte!" Klara erhob sich und ging unruhig im Zimmer auf und ab.

„Papperlapapp!" Mom stand ebenfalls von ihrem Stuhl auf und holte ihre Schlüssel. „Ich bringe dich zu ihm, jetzt gleich!" Klara war stehen geblieben und sah sie erschrocken an.

„Du willst ihn doch sehen, oder etwa nicht? Er konnte dich nie vergessen. Und vor einigen Monaten hatte er dann die Idee mit der Buchhandlung in deiner Nähe. Und jetzt bist du hier!" Klara musste an die Pyramide von Büchern denken. Sein Buch, es musste ihr einfach ins Auge fallen.

„Aber warum hat er mich nicht aufgesucht? Mir geschrieben? Mich angerufen?"

„Ich nehme an aus denselben Gründen, aus denen du noch heute zögerst."

„Wo ist er?"

„Er ist im Tunnel!" Wie selbstverständlich sie das sagte, so nebenbei, sie setzte ihren Sonnenhut auf und ging dann auf Klara zu. Vor Klaras Augen schien sich das Zimmer leicht zu drehen.

„*Wo ist er?*" Klara glaubte sich verhört zu haben.

„Im Tunnel, er hilft dort einem Archäologen bei dessen Arbeit. Vor ein paar Wochen war er hier zu uns in die Berge gekommen. Er hatte Chris gefragt, ob er ihm den Eingang zum Tunnel zeigen könnte, zu dem ‚zweiten' Tunnel, und ihn bei seiner Arbeit etwas unterstützen würde. Chris sagte zu und nun hilft er ihm."

Klara war etwas übel, als sie in die Wärme hinaustraten. Musste sie ihn ausgerechnet dort wiedersehen? Im Tunnel? Aber was machte das schon, sie würde ihm gleich wieder begegnen, endlich war es so weit.

27: Chris, Traum oder Albtraum

Es gab Tage, da überfiel ihn die Vergangenheit wie ein plötzlicher starker Regenschauer, der aus einem warmen Sommerabend eine kalte, dunkle Nacht werden ließ. Genau in diesem Moment erging es ihm so. Chris lehnte an der kalten Felswand und spürte die Feuchtigkeit durch sein Hemd. Er sah Lars bei der Arbeit zu. Lars war Archäologe und während Chris ihm die Lampe hielt, stocherte er in der alten Steinmauer des Tunnels herum.

Oder er pinselte mit einem feinen Malerpinsel den Staub und kleinste Gesteinskrümel aus den Fugen. Chris musste lächeln und verkniff sich einen nicht eben netten Kommentar. Er mochte den Jungen, Mitte zwanzig und voller Begeisterung für die Vergangenheit.

Vergangenheit! Seine letzten Erinnerungen an die Vergangenheit in diesem Tunnel waren alles andere als begeisterungswürdig.

Pablos Männer hatten ihn hierher geschleift, um ihnen bei ihrer Flucht zu helfen.

Das heißt, denen, die noch übrig waren. Die fünf fremden Söldner, die Pablo angeheuert hatte, um genügend Feuerkraft und Kampferfahrung in seine Truppe zu bringen, waren die ersten auf Antonios Boot gewesen. Als eine Explosion das Boot und alle sich an Bord befindenden Männer in die Luft fliegen ließ, entschlossen sich Carlo, Marco und Costas gegen die Flucht über das Meer und für ihre Flucht in die Berge, vorerst! Sie glaubten nicht an ein Unglück oder einen erfolgreichen Schlag der Eliteeinheit GSG9. Dazu kannten sie ihren Anführer besser. Sie ahnten, dass er Antonio das Geld anvertraut hatte und der wiederum niemals so dumm sein würde, es einfach in die Luft sprengen zu lassen.

Also war Antonios Haus eine Option, um herauszufinden, wo er es versteckt hielt.

Chris schmeckte noch jetzt das Blut in seinem Mund, als er die ganze Wut der drei über sich ergehen lassen musste, da sie über seinen Fluchtweg alles andere als erfreut waren. Wenn er an Klara dachte, wie tapfer sie sich, so lange sie es eben schaffen konnte, durch den engen Tunnel gekämpft hatte, und wie erbärmlich sich kräftig gebaute Männer in Dunkelheit und Platznot verhalten konnten, musste er erneut lächeln.

Leider bekamen sie, kaum aus dem Tunnel gekrochen, wieder jede Menge Sauerstoff. Sie schlugen ihn halbtot und verwüsteten Antonios Haus. Chris betete, dass Mom nicht zu Hause sein würde. Seine Gebete wurden erhört. Und es war Mom, die ihn fand und in ihr verwüstetes Haus brachte, wo sie ihn viele Tage pflegte.

„Bist du noch da, oder ist die Batterie leer?" Lars' Stimme kam aus einer Dunkelheit, die Chris nur zu gut kannte.

„Ja, ja, ich bin noch da!" Er hatte aus Versehen die Lampe in die falsche Richtung geschwenkt.

„Gut! Schön zu wissen!" Lars verzog sein Gesicht zu einer Fratze. Was so viel bedeuten sollte wie: Vorsicht, Untoter in Sicht!

Die drei flohen, wurden aber bald von der Polizei geschnappt. Nur das Lösegeld wurde nicht gefunden. Chris war es egal. Er hatte genug mit sich selbst zu tun. Es fand eine Anhörung statt. Er wurde rehabilitiert, bekam ein Schulterklopfen und fast einen Orden. Den bekam dann doch jemand anderes. Alles, was er wollte, war weg, weg aus Deutschland und weg von der Polizei. Er war … wie sagte Mom doch damals zu ihm? Er war nicht mehr ganz! Und sie meinte damit nicht die etlichen Knochen- und Rippenbrüche, die er davongetragen hatte. Er war nicht mehr eins mit sich selbst. Auf der Landebahn hatte er sich verloren. Und Klara!

„Oh, ich ahne es, du denkst wieder an sie!" Lars rappelte sich auf, was das Geräusch seiner Stiefel erkennen ließ, denn sehen konnte er ihn nicht.

„Was, wieso, woher weißt du?" Chris stammelte wie ein Teenie und schwenkte das Licht der Lampe über Lars' Körper.

„Morgen nehme ich mir eine Stehlampe mit, die ist wesentlich flexibler als du!"

„Ok!" Chris klopfte ihm den Staub von der Jeansjacke und musste sofort husten.

„Los, raus jetzt hier!" Lars hustete ebenso und schob Chris in Richtung Ausgang.

„Ich freu mich auf Moms Eistee!" Chris atmete tief durch, als sie im Sonnenlicht standen.

„Und ich mich auf Moms Geschichten!" Lars grinste Chris übermütig an und flüchtete in Richtung Haus. Chris lief ihm hinterher, doch er hatte keine Chance, ihn einzuholen. Seine Knochen streikten und er gab auf.

28: Klara, Zweifel

„Warte!" Klara blieb wie angewurzelt auf der Veranda stehen.

„Was ist los? Ich dachte, du willst Chris so schnell wie möglich wiedersehen?"

Mom nahm den Sonnenhut wieder ab und ging zu Klara auf die Veranda zurück. „Komm, wir setzen uns!" Mom rückte zwei Holzstühle zurecht und sah Klara abwartend an.

„Warum ist er nicht zu mir gekommen? Ich glaube, ich möchte doch zuerst seinen Roman zu Ende lesen." Klara sah Mom unsicher an.

„Glaubst du wirklich, er könnte ein anderes Ende geschrieben haben als das, welches du dir ersehnst? Wenn du dir nicht ganz sicher gewesen wärst, wärst du niemals hierher gekommen, um ihn zu suchen, oder irre ich mich?" Mom legte ihre Hand auf Klaras und drückte sie fest. Dann lächelte sie, erhob sich und holte Klaras Buch. Es lag auf der Reisetasche.

„Du hast es nicht aus den Augen gelassen! Auf der Veranda hinter dem Haus steht mein Schaukelstuhl. Setz dich dort in den Schatten und nimm dir die Zeit, die du brauchst. Du wirst sehen, dein Herz kannte die Wahrheit."

Klara nahm das Buch und ging von einer Veranda um das Haus herum zur nächsten. Hier war er kühler als vor dem Haus, in der Mittagshitze.

Klara setzte sich in den Schaukelstuhl und schlug das Buch an der Stelle auf, die das Stoffband für sie markierte. Sie ließ das Band durch ihre Finger gleiten und begann zu lesen, voller Hoffnung auf ein Happyend, wenn auch ein verspätetes

29: Klara, die Suche

Klara las und las:

Die Düsen der Triebwerke wurden gestartet. Das Flugzeug begann langsam am Flughafengebäude vorbeizurollen. Seine Passagiere sahen zurück auf geborstene Fensterscheiben und dunkle Flecken am Ende der Landebahn.

Sie flogen nach Hause. Es würde später Abend sein, bis sie in Deutschland landen würden. Weitere Gespräche sollten dort stattfinden. Es war noch nicht vorbei, erst recht nicht in ihren Köpfen. Für einige würde es nie vorbeigehen. Ängste und Albträume würden sie ein Leben lang begleiten.

Klara hielt sich ihre Haare aus dem Gesicht. Der starke Wind hier am Flughafen zerzauste sie. Ihr weißes Hemd, das ihr viel zu groß war, hatte sie mit einem Knoten fixiert. Und die blaue Jeanshose, die ihr eine junge Frau gab, war mindestens zehn Zentimeter zu kurz.

Klara stand einfach so da und sah der Maschine nach. Sie konnte nicht davonfliegen. Jetzt nicht! Noch nicht!

Mit großen Schritten überquerte sie den Parkplatz vor dem Flughafengebäude. Ein reger Betrieb herrschte hier. Polizisten, Soldaten, Reporter liefen hin und her. Endlich entdeckte sie ein Taxi, was hinter der ersten Absperrung stand. Der Fahrer lehnte am Wagen und betrachtete das Spektakel.

Die Explosionen hatten die Menschen herbeieilen lassen. Und die Absperrungen der Zufahrtstraßen hatten sie nur noch für kurze Zeit aufgehalten. Nun hatte die Polizei alle Hände voll zu tun, um sie vom Flughafengebäude fernzuhalten.

„Sind sie frei?" Klara sah ihn abwartend an.

„Oh, ja, natürlich! Bitte steigen Sie ein! Darf ich Ihr Gepäck?" Er stutzte.

„Ich habe kein Gepäck!" Klara lächelte ihn freundlich an. Sie hoffte nur, dass Mom ihr etwas Geld leihen würde, ansonsten würde sie diesen Taxifahrer nicht bezahlen können. Außer der Kleidung, die sie trug, und einer besonderen Flugkarte, ein Ticket zurück nach Deutschland, besaß sie nichts weiter.

Es war tatsächlich Antonios Boot, das in die Luft geflogen war. Mit wem auch immer an Bord.

Sie hatte einige Zeit gebraucht, um sich gegen die angeblichen Fakten aufzulehnen. Sie hatte ihre Tränen fortgewischt und die Tatsachen ignoriert.

Chris war nicht tot! Das war ihre Meinung und sie wollte sie bestätigt wissen. Aber zuerst musste sie zu Mom. Das würde nicht leicht werden.

Der Taxifahrer sah sie abwartend an.

„Mein Name ist Phillip! Wohin darf ich Sie fahren?"

Klara starrte ihn erschrocken an. Sie hatte keine Ahnung, wie die Adresse lautete, und kannte auch nicht den Familiennamen von Antonio oder Mom.

„Ich heiße Klara. Es tut mir leid, ich kenne die Adresse nicht." Klara rieb sich die Stirn.

„Chris hatte mich zu ihnen gebracht, ich kenne nur ihre Vornamen, Antonio und Mom, seine Mutter." Klara schüttelte ihren Kopf. So konnte das ja nichts werden. Nun hatte sie schon das Glück, einen Deutsch sprechenden Taxifahrer zu treffen, und trotzdem scheiterte sie noch bevor sie ihre Reise begonnen hatte.

„Chris? Meinen sie den Musiker Chris? Er spielt wundervoll Gitarre und singen kann der!" Phillip schwelgte in Erinnerungen.

„Ja! Ja, den Chris meine ich. Wissen Sie, wo sein Freund Antonio wohnt?"

„Natürlich weiß ich das!" Phillip wollte soeben losfahren, als ihm etwas einzufallen schien. Er machte den Motor aus und drehte sich zu Klara, die auf dem Rücksitz Platz genommen hatte, um.

„Es war komisch. Eigentlich wollte Chris schon vor drei Tagen nach Deutschland fliegen, ich hatte ihn zum Flughafen gebracht. Ich dachte, er hätte es noch vor den technischen Problemen dort geschafft fortzufliegen." Er nahm seine Sonnenbrille ab und putzte sie an seinem gelben T-Shirt.

Was für technische Probleme? Klara verstand erst nicht, doch dann begriff sie, dass diese Erklärung die Polizei, oder wahrscheinlich die Regierung, den Menschen hier auf der Insel aufgetischt hatten, nachdem sie von den Geiselnehmern über ihre Bedingungen informiert worden waren.

„Was wollten Sie sagen, was war *komisch*?" Klara hing ungeduldig an seinen Lippen.

„Er ist nicht fortgeflogen, denn ich habe ihn heute Mittag gesehen." Klaras Herz klopfte ihr bis zum Hals. „Wann? Wo?"

„Heute Mittag! Es war nachdem das Boot in der kleinen Bucht explodierte, das war eine Explosion, so etwas hatte ich zuvor noch nie gesehen. Ich kam aus den Bergen und dann machte es *bomb!* Ich hielt an und sah von der Bergstraße hinunter aufs Meer. Kein Mensch schwamm im Wasser oder kam an Land. Ich hätte das gesehen. Unser Meer ist glasklar, wissen Sie. Das hatte ich auch den Polizisten gesagt!"

„Aber was war mit Chris?" Klara begann zu schwitzen, zu frieren, alles gleichzeitig.

„Wie ich sagte, ich kam runter vom Berg. Und in der letzten Kurve haben sie mich total geschnitten. Costas fuhr das Auto, ich glaube es war seins. Jedenfalls saß Chris neben ihm und dann waren da noch ein paar Männer auf dem Rücksitz. Man, hatten die ein Tempo drauf. Gut, dass die Polizei gerade was anderes zu tun hatte!" Er lachte und startete den Motor.

„Stopp!" Klara beugte sich zu ihm vor. „Können Sie mich auf derselben Bergstraße in die Richtung fahren, in die Chris gefahren ist?"

„Natürlich kann ich!" Er gab Gas und fuhr winkend an den Polizisten vorbei, die noch immer neben der Absperrung standen.

Sie ließen noch niemanden weiter zum Flughafen fahren, außer Krankenwagen, Soldaten, Reporter mit Ausweis und Taxifahrer mit *Erlaubnis*!

Klaras Herz klopfte ihr bis zum Hals. Sie wusste es, sie hatte es gewusst, er lebte!

Wenn sich dieser Phillip nicht geirrt hatte. Zweifel, immer diese Zweifel?

„Und Sie sind sich ganz sicher, dass es Chris war, der Chris mit der Gitarre?"

„Sicher, der Chris, der Musiker, er war mein Freund! Und dann fuhr er weg, eigentlich!" Er sah in den Rückspiegel. Er sah, wie Klara sich aufatmend zurückfallen ließ und die Augen schloss.

„Ist alles in Ordnung mit Ihnen?" Seine Blicke sahen besorgt aus.

„Es geht mir gut, sehr gut, danke!" Sie lächelte ihm im Rückspiegel zu und sah aus dem Fenster, das Meer an ihnen vorbeifliegen.

30: Klara, Wunsch und Wirklichkeit

Klara klappte das Buch zu. Er hatte sich gewünscht, sie wäre nicht geflogen!

Sie erhob sich aus dem Schaukelstuhl und wollte schon zu Mom gehen und sagen ... ja, was wollte sie ihr sagen? Dass sie nicht so war, wie er sie sich   gewünscht hatte? Dass sie den Beamten geglaubt hatte, er wäre tot? Dass sie verzweifelt war, geweint hatte. Und dass sie zurück flog, zurück nach Deutschland, zurück zu Ben. Aber das wusste Mom ja bereits. Und Chris auch.

Als sie die Gangway verließ, erwartete Ben sie hinter der Absperrung. Er war einer von vielen Angehörigen, die den Rückflug von Samos sehnlichst erwartet hatten.

Er drängelte sich zwischen den Wartenden durch, was ihm nicht schwerfiel. Und noch bevor sie auch nur ein Wort sagen konnte, hatte er sie in seine Arme genommen und fest an sich gedrückt.

„Gott sei Dank! Ich habe dich wieder! Du lebst! Du bist unverletzt?"

Erst jetzt ließ er sie los und hielt sie mit beiden Armen vor sich, um sie von oben bis unten zu betrachten.

„Es geht mir gut! Wirklich!" Klara musste lächeln, vor Rührung. Er hatte sich wirklich unsagbare Sorgen gemacht. Seine Augen waren dunkel umrandet, seine Haare zottelig und allgemein sah er sehr schlecht aus. So hatte sie ihn noch nie gesehen.

Klara wollte ihm alles erzählen, alles und auch das, was sie sich schon vor ihrer Geiselnahme vorgenommen hatte, ihm zu sagen. Aber es ging nicht. Die Formalitäten nahmen kein Ende. Und als sie endlich entlassen wurden und nach Hause durften, hatte keiner von ihnen mehr die Kraft zu reden.

Es brauchte Tage, Wochen, bis sie beide bereit waren zu reden und zuzuhören.

Ja, sie war wieder daheim. Sie war zu Ben zurückgekehrt, vorerst. Und Chris wusste das auch. Aber er hatte sich gewünscht, dass sie geblieben wäre. Nicht aufgegeben hätte ihn zu suchen. Das war doch das Wichtigste!

Er wollte sie mit seinem Roman finden und zurückholen? War es so? Schnell blätterte sie um und las:

31: Klara, einzige Rettung

Klara entspannte sich langsam. Bis zu dem Moment, als ihr einfiel, wen Phillip am Steuer des Wagens erkannt hatte.

„Wer saß am Steuer?" Sie hatte sich vorgebeugt und hielt sich an den Vordersitzen fest. Den Gurt hatte sie völlig vergessen „Costas, es besitzt ein Restaurant am Hafen von Pythagorion!" Klara hörte ihm nicht weiter zu. Costas fuhr mit Chris durch die Gegend. Chris war noch immer in Gefahr. Wo fuhren sie nur hin?

„Phillip, wohin führt diese Straße?"

„Nach überall hin! Wohin Sie wollen, wir müssen uns gleich bei der nächsten Abzweigung entscheiden. Nach Karlovassi oder nach Samos Stadt. Oder, oder, oder! Südwest oder Südost?"

Klara überlegte. Wohin wollten sie flüchten? Wollten sie von der Insel runter, könnten sie eine Fähre nehmen, obwohl, dort würde sie die Polizei erwarten. Ein eigenes Boot in irgendeinem Hafen, das konnte überall sein.

Oder wollten sie sich versteckt halten, bis sie die Suche nach ihnen einstellen würden. Doch wo? Oder ahnten sie vielleicht schon, dass sie bereits für tot gehalten wurden? Klara zermarterte sich ihren Schädel.

„Vielleicht sind sie zu dem Restaurant an den Wasserfällen, westlich von Karlovassi im Norden, in die Berge gefahren. Der neue Besitzer hatten Flyer verteilt, er suchte eine Band oder einen Musiker für seine große Feier nächste Woche!"

Das Baumhaus-Restaurant! So nannten sie es. Sie hatte es mit Ben besucht. Es lag völlig abgelegen. Dort könnte man sich verstecken. Der Weg durch den Wald war beschwerlich. Und die einzige Straße gut zu überwachen. Im Wald war man schnell spurlos verschwunden. Ideal!

„Ja, lass uns dorthin fahren!" Klara hatte kaum noch Blicke für die wundervolle Landschaft der Insel. Sie hoffte inständig, dass sie

Chris dort finden würde. Sie brauchten ihn nicht. Und er wusste zu viel. Würden sie sich ihm entledigen? Nein, so weit würden sie nicht gehen. Doch Antonio war tot, hatte Chris noch einen anderen Freund unter den Männern, auf den er sich verlassen konnte wie früher auf Antonio? Doch würde ihm das viel nützen?

„Fahren Sie bitte schneller!" Klara hielt sich fest und starrte durch die Vorderlehnen auf die Fahrbahn. Was auch am besten war. Denn Phillip fuhr die Serpentinen-Strecke nicht das erste Mal und dementsprechend würde jedem seiner Mitfahrer schlecht werden, sollten sie seitlich aus dem Fenster in den Abgrund schauen, der sich die gesamte Strecke tief unter ihnen ins Tal erstreckte. Und es wurde langsam dunkel.

32: Klara, der Norden

Klara und Phillip hatten die *Serpentinen von Samos* unbeschadet hinter sich gelassen. Als sie durch Karlovassi fuhren, waren die Straßen hell erleuchtet und überall herrschte reges Treiben. Zu Fuß, mit dem Moped oder dem Auto, Einheimische und Touristen ließen es sich gutgehen. In Restaurants und Tavernen waren die Tische bis auf den letzten Stuhl voll besetzt. Das Lachen und die Musik erklangen weit hinaus, bis über den Hafen zu den Fischerbooten. Erst als ihr Taxi den Hafen hinter sich ließ, wurde es still und etwas dunkler.

„Ich kenne zwei Wege, den Weg durch den Wald am Bach entlang und die kleine Straße den Berg hoch, direkt zum Restaurant. Welchen möchten Sie nehmen?" Phillip hielt rechts am Straßenrand. Klara erkannte die Abzweigung, die sie direkt in den Wald führen würde, wo ein Weg, zu Fuß über Stock und Stein, bis zum Restaurant führte. In der Dunkelheit völlig unmöglich!

„Ich denke, wir sollten die Straße nehmen!" Klara lächelte Phillip zu, der freundlich zurücklächelte.

Phillips Bezeichnung Bergstraße machte ihrem Namen wirklich Ehre. Schmal, unbeleuchtet und ohne Straßenmarkierungen ging es immer bergauf. Klara war froh, als sie endlich Lichter durch die Bäume aufblitzen sahen. Das Restaurant!

„Vielleicht schalten Sie die Scheinwerfer aus und halten ein wenig abseits, im Schatten der Bäume. Ich möchte sie überraschen!"

Schatten der Bäume war ein super Tipp, da es ohnehin stockdunkel war.

„Und Sie sind sich sicher, dass Sie da jetzt alleine hingehen wollen? Ich meine, ich würde Sie auch begleiten und dann könnte ich Sie wieder mit zurück nehmen, wenn Sie Ihre Freunde besucht haben, ich meine fertig sind mit dem Besuch?"

Phillip spürte, dass hier irgendetwas nicht stimmte. Nach Einbruch der Dunkelheit kamen nur äußerst selten Touristen hierher. Warum auch? Der Weg war beschwerlich und man konnte nichts sehen von der Schönheit der Bergwelt.

„Wenn es nicht zu viel verlangt wäre, würde ich Sie bitten, hier auf uns zu warten." Klara sah ihn bittend an.

„Sie suchen Chris? Und Sie wissen nicht, ob er sich über Ihr Kommen freut?" Phillips Gesichtsausdruck war skeptisch.

„So ähnlich!" Klaras Blick wendete sich wieder den Lichtern des Restaurants zu.

„Ich helfe Ihnen sehr gerne und warte hier, bis Sie mir sagen, ob Sie mit mir zurückfahren möchten oder nicht."

„Das ist sehr freundlich von Ihnen!" Klara stieg aus dem Wagen und lief eine betonierte Einfahrt hinunter zum Gebäude. Das Haus war vollständig aus Holz gebaut. Es gab keine Glasfenster. Alles war relativ offen gebaut. Nur aus Holzbalken und Stämmen, Ästen und Brettern. Fensterläden aus Holz oder Strohmatten.

Das Restaurant, oder Baumhaus, wie es von den Einheimischen genannt wurde, stand nicht auf einem Baum, sondern war direkt an und auf die Felsen des Berges gebaut worden.

Klara schlich sich bis ans Haus und versuchte durch die Fenster ins Innere zu sehen. Die sie allerdings nicht erreichen konnte, da sie zu hoch waren. Sie hörte Stimmen, die aus dem vorderen Teil, dem eigentlichen Restaurant kamen. Sie zählte mindestens drei verschiedene Männerstimmen. Leider konnte sie keine Chris zuordnen.

Sie versuchte um das Gebäude herum auf die andere Seite zu kommen. Dort, wo sich die Aussichtsterrasse befand.

Auf der hatte sie schon mit Ben gesessen, und gemeinsam hatten sie das wundervolle Bergpanorama um sie herum und den atemberaubenden Blick ins Tal genossen. Die riesigen Berge rundherum und das grüne Tal waren mit Bäumen völlig zugewachsen, so dass man von hier oben den plätschernden Bach unter ihnen nicht erkennen konnte.

Und, wie konnte es anders sein, sie hatten zusammen den berühmten Samoswein getrunken. Es war fantastisch! Sie schob ihre Erinnerung so schnell es ging fort.

Die Aussichtsterrasse befand sich eine Etage tiefer als das eigentliche Restaurant. Eine kleine Holztreppe führte vom Restaurant auf sie hinunter.

Klara schlich um die Holzwände und erschrak jedes Mal heftig, wenn ein lautes Gelächter erschallte oder Stühle gerückt wurden und sie Schritte von herumlaufenden Personen hören konnte.

Der alte, offene Kuppelofen und Grill stand im hinteren Bereich, wo sich auch die Küche befand. Es duftete köstlich, sie hatte keine Ahnung, wonach. Wahrscheinlich nach Souvlaki, das griechische Nationalgericht, der Fleischspieß.

Endlich war sie auf der anderen Seite. Die Terrasse lag völlig im Dunkeln. So wie auch der Raum unter dem Restaurant.

Die wirkliche Attraktion lag hinter dem Gebäude. Die Wasserfälle, die den Bachlauf speisten und von den Touristen sehr gerne als Ausflugsziel besichtigt und durchlaufen werden konnten. Oder auch durchschwommen!

Doch Attraktionen konnten Klara im Moment nicht beeindrucken. Sie wusste nicht einmal, ob über ihr die *richtigen* Männer, Pablos Männer, saßen, tranken und feierten. Sie konnte keinen Blick riskieren, ohne selbst gesehen zu werden.

Plötzlich hörte sie ein schabendes Geräusch aus der hintersten Ecke der Terrasse.

Langsam wagte sie sich hervor. Das Licht von oben warf nur an bestimmten Stellen einen Lichtkegel auf die Terrasse. Sie huschte von Dunkelheit zu Dunkelheit und hoffte nur im Stillen, dass dort in der Ecke kein Hund seine Nacht verbrachte. Doch der hätte sie jetzt sicherlich schon lautstark verraten.

Nein, es war kein Tier, das da zusammengerollt lag und am Geländer mit beiden Händen über dem Kopf festgebunden war. Vorsichtig näherte sie sich der Gestalt und erkannte Chris. Er war es wirklich! Mit geschlossenen Augen lag er auf den Brettern der Terrasse. Wenige Zentimeter vor dem Abgrund. Das Tal und selbst die Bäume waren nicht zu erkennen, aber sie kannte den Anblick genau. Ein Schaudern lief ihr über den Rücken. Hatte Chris eine Ahnung, wo er angebunden und zum Nächtigen gezwungen wurde? Sie musste ihn wecken, aber sehr, sehr behutsam. Sollte er erschrecken, würde er sie vielleicht verraten.

Also beugte sie sich zu ihm herunter und schmiegte sich dicht an seinen Körper und näherte sich mit ihrem Gesicht dem seinen. Ihre Augen hatten sich an die Dunkelheit gewöhnt, so dass sie sein geschundenes Gesicht erkennen konnte. Blutverschmiert mit geschwollenen Lippen und einer Platzwunde über dem rechten Augen, ließ es ihr Herz fast stehenbleiben. War er überhaupt noch am Leben? Ihr Ohr über seinem Mund ließ sie erleichtert seinen Atem hören und spüren.

Plötzlich packte er sie mit seinen Beinen, warf sie um und hielt sie fest umschlungen. Es hätte nicht viel gefehlt und sie hätte geschrien. Seine Augen starrten sie ungläubig an. Große weiße Augen mit blauer Iris hielten sie gefangen wie auch seine Beine. Keine Worte hätten ihr deutlicher sagen können, was er dachte, als seine Augen. Völliges Erstaunen und gleichzeitiges Entsetzen spiegelten sich in seinen Augen wider. Vorsichtig lockerte er seinen Griff. Klara blieb unbeweglich liegen. Ihr Bewusstsein konnte die Tiefe des Abgrundes hinter Chris nicht ausblenden.

„Hast du vielleicht ein Messer dabei?" Chris flüsterte so leise er nur konnte.

Klara schüttelte den Kopf. Dann tastete sie nach dem Seil, das seine Hände am Geländer festhielt. Sie bewegte sich am Geländer entlang, verfolgte den Ast, an dem Chris angebunden war. Das Geländer bestand nur aus Ästen, die mit Nägeln fixiert und mit Seilen zusammengehalten wurden. Sie hatte diese Konstruktion bei ihrem Besuch mit größtem Argwohn betrachtet und hoffte insgeheim, dass niemand auf die Idee kommen würde, dieses Geländer als solches zu benutzen.

Klara kam an das Ende des Astes, an die Stelle, an der er mit dem nächsten Ast verbunden war. Es bestand eine relativ große Chance, dass das Holz morsch war und der Nagel locker im Stamm steckte und das Seil durch die Sonne mürbe geworden war. Es war eine Chance und Klara überlegte nicht lange. Sie setzte sich und trat mit beiden Beinen gleichzeitig so kräftig sie konnte gegen die Verbindung der beiden Äste. Einmal, zweimal, und beim dritten Mal gab es ein krachendes Geräusch, der Ast gab nach. Chris war ihr auf allen vieren gefolgt und konnte kaum glauben, was er sah. Er führte seine Fesseln über das nun offene Ende des Astes und fast gleichzeitig zog er Klara mit sich fort, in Richtung Treppe.

Das Krachen war nicht gänzlich unbemerkt geblieben. Costas hatte es gehört und stand nun an dem Geländer über ihnen.

„Was ist los?" Das war Marcos Stimme.

Die Stille danach war unberechenbar. Und die Dunkelheit der einzige Schutz.

„Alles ruhig!", antwortete Costas. Danach hörte man das Öffnen einer Bierflasche und Gelächter.

„Links rum zu den Wasserfällen, oder rechts die Felsentreppe zum Bachlauf hinunter?" Das war alles, was Chris Klara ins Ohr hauchte.

„Zur Bergstraße, das Taxi wartet am Wald!" Mehr konnte sie nicht antworten. Das Knarren der Dielen von oben verriet Aktivität. Chris wagte einen Blick um die Ecke, der die Entscheidung für den Fluchtweg zur Felsentreppe einfach werden ließ.

„Schnell!" Chris griff nach Klaras Arm und sie begannen zu laufen.

Zu laufen war eigentlich zu viel gesagt. Sie stolperten im Dunkeln vorwärts, denn hinter ihnen her stolperten Costas, Carlo und Marco. Sie hatten nur ihre Handytaschenlampen, die wild hin und her leuchteten.

„Die Treppe!" Klara rief es in Chris' Richtung.

„Ich weiß!" Chris versuchte das Geländer zu ertasten, es musste jetzt langsam auftauchen, und tatsächlich spürte er das Holz ohne Rinde, glatt und krumm, so wie die Natur es wachsen ließ. Er griff nach Karlas Hand und führte sie zum Geländer. Erleichterung! Nur so würden sie halbwegs heil unten ankommen.

Phillip war ausgestiegen und näher an das Haus herangetreten. Als er die Männer etwas rufen hörte, wusste er, dass hier irgendetwas schieflief. Sie wollten jemanden fangen, zurückholen. Er hatte die ganze Zeit über geahnt, dass das hier kein normales Date war. Er lief zum Taxi zurück und funkte SOS.

Klara drückte das Buch an ihre Brust. Was schrieb er da? Sie war seine Rettung? Ohne sie hätte er womöglich nicht überlebt? Warum schrieb er nicht die Wahrheit? Sie flog zurück nach Deutschland und er schrieb ein Buch, nachdem die Entführer ihn fast umgebracht hätten! Das war wohl nicht so verkaufsfördernd wie ein kitschiges Happy End!?
Gab es das denn? Ein Happy End?
Sie blätterte um und las:

Die Treppe, die ins Tal führte, war, genau wie das Geländer der Terrasse, nicht das, was sie sein sollte. Die Stufen waren aus Holzbrettern der verschiedensten Breiten, Höhen und Tiefen gebaut worden. Keine Stufe glich der nächsten. Oder sie waren einfach nicht da. Äste und Zweige genauso! Alles war an den Berg angepasst. Die Kurven und Biegungen, die Stufen der

Felsvorsprünge. Jeder Schritt war ein Wagnis, das Geländer eher ein Witz. Es war steil und es war gefährlich! Ein Abenteuer auf eigene Gefahr, bei Tageslicht! In der Nacht eine Dummheit ohne jegliche Vernunft!

Chris ging voraus. Er ließ sich über die Stufen rutschen und hoffte, dass ihn das Geländer so lange hielt, bis seine Füße wieder eine Stufe gefunden hatten.

Die Dunkelheit war in diesem Fall aber auch ein großer Vorteil. Sie konnten die Tiefe nicht sehen. Jeder Sturz wäre lebensgefährlich. Das Licht ihrer Verfolger streifte sie unregelmäßig. Denn auch sie hatten mit den Tücken der stark improvisierten Treppe zu kämpfen. Klara versuchte dicht hinter Chris zu bleiben. Ihre Hände waren bereits nach den ersten Schritten und festen Griffen von kleinen Ästen an den Handläufen zerschnitten und von Splittern und rostigen Nägeln zerschunden. Die Knöchel ihrer Füße aufgeschrammt und sie war schon mehrmals umgeknickt, wenn sie ins Leere trat.

Aber die Angst, im nächsten Augenblick von hinten gepackt und zurückgezerrt zu werden, trieb sie immer weiter.

Die Stimmen hinter ihnen waren laut und klangen alles andere als freundlich. Klara verstand kein Wort, sie sprachen Griechisch. Chris wünschte sich, er würde sie auch nicht verstehen.

„Wir sind gleich unten, ich kann den Bach plätschern hören." Chris suchte nach ihrer Hand.

„Ja, ich höre ihn auch." Klara konnte es kaum glauben, sie hatten es geschafft, ohne sich den Hals oder ähnliches zu brechen. Plötzlich hörten sie einen Schrei hinter sich und brechendes Holz, Gepolter und näher kommende Geräusche wie Stöhnen und Fluchen. Ein Lichtkegel verschwand, nachdem er kurz in den Himmel gestrahlt hatte.

Chris hatte Klaras Hand gefunden und riss sie mit sich zur Seite. Irgendjemand rollte an ihnen vorbei und blieb jammernd liegen.

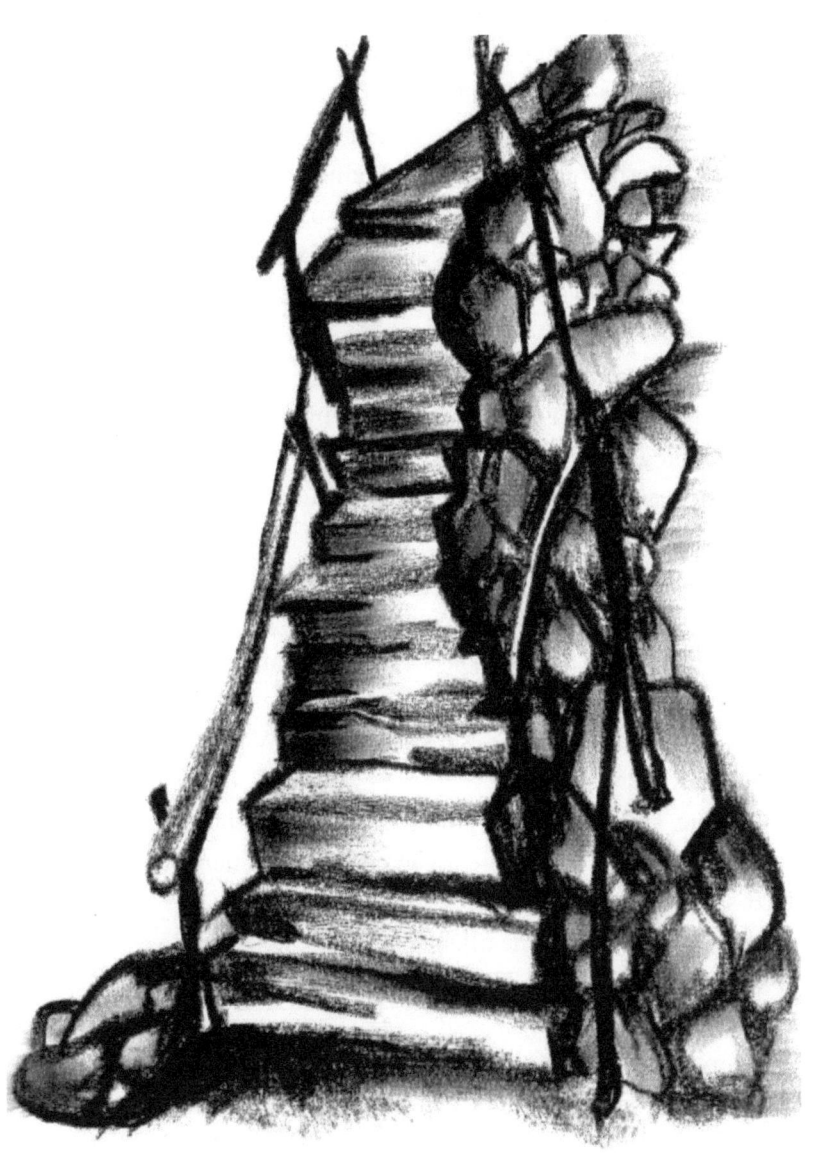

Chris hielt Klaras Mund kurz zu und dann versuchten sie sich an ihm vorbeizuschleichen und so schnell und so weit wie möglich zu entfernen, um zu verschwinden. Und da er so laut jammerte und seine Kumpel ihm antworteten, gelang es ihnen auch.

Der Unfall verhalf ihnen zu einem kleinen Vorsprung, den sie bitter nötig hatten. Der Weg am Bach entlang und manchmal auch über eine Baumstammbrücke über ihn hinweg war gut ausgetreten. Dennoch stießen sie an Steine, holten sich nasse Füße, rutschten aus oder stolperten über Wurzeln. Aber das war alles nicht so schlimm. Schlimmer waren die Rufe ihrer Verfolger, die ihren Freund anscheinend erst mal vertröstet und alleine zurückgelassen hatten. Ihre Lichtkegel trafen sie immer wieder.

„Früher oder später werden sie uns einholen!" Chris sprach leise und außer Atem.

„Ich möchte, dass du dich, wenn ich es dir sage, versteckt hältst und sie an dir vorbeilaufen lässt. Wenn du dich ganz still verhältst, bemerken sie dich nicht!" Chris rang nach Luft.

„Nein!" Klara hatte keine Luft zum Streiten.

„Du musst!" Chris konnte es nicht glauben. Warum wollte sie nicht auf ihn hören?

„Da vorne, sieh!" Klara zeigte in die andere Richtung auf mehrere sich bewegende Lichter, die ihnen entgegen kamen.

Jetzt sah er die Lichter auch.

„Wer?", fragte Klara. Sie blieben stehen.

„Ich weiß nicht!" Chris überlegte kurz. Vielleicht hatte sie die Polizei gefunden?

„Komm weiter! Wir werden sehen!" Er klopfte ihr kurz auf die Schulter und sie liefen den Lichtern entgegen.

„Ich verstecke mich nicht!", rief sie ihm hinterher und sie liefen weiter auf die immer näher kommenden Lichter zu.

Als sie Stimmen hören konnten, von hinten wie nun auch von vorne, stoppte Chris. Die Lichter hinter ihnen kamen näher, schwenkten allerdings wild um sie herum. Sie hatten sie aus den Augen verloren. „Wir verstecken uns beide, jetzt gleich, unter diesem Felsvorsprung so tief unter ihm, wie es nur geht." Abermals war die Dunkelheit ein Segen. Klara dachte an Spinnen und Käfer und wer weiß, was noch so unter dem Felsen krabbelte. Es war feucht und roch modrig. Auf ihren Knien saßen sie dicht an dicht gebückt, ganz weit hinten in ihrem Versteck.

Keine Minute zu früh. Ihre Verfolger kamen näher. Zwei Männer. Sie hatten die Lichter ebenfalls bemerkt, hielten an und lauschten. Jetzt erkannte auch Klara die Stimme von Costas.

Sie hielten vor dem Felsvorsprung an. Klara glaubte, ihr Herz müsste sie verraten, so laut klopfte es ihr bis zum Hals.

„Wer ist das? Polizei?" Das war eindeutig Costas. Chris bewegte sich vorsichtig nach vorne.

Dann rief jemand ihre Namen: „Klara! Chris! Wo seid ihr? Ich bin es, Phillip!"

In diesem Moment hechtete Chris unter dem Felsen hervor und riss Costas mit sich. Sie fielen zusammen in den hüfttiefen Bach. Sie rappelten sich auf, rangen miteinander, um sich dann erneut zusammen in das Wasser fallen zu lassen.

Der zweite Verfolger wollte Costas zu Hilfe eilen, doch Phillip sprang ihm entgegen und schlug ihn mitten ins Gesicht, so dass er taumelnd zurückwich, um jedoch gleich wieder auf Phillip loszugehen.

Mehrere Männer kamen nun hinter den Bäumen und hinter Phillip hervor und halfen ihm und Chris sich von den beiden zu befreien. Sie hatten Seile dabei und fesselten ihre Hände auf dem Rücken. Phillip zog Chris aus dem Wasser, sobald sein Gegner gefesselt war. Chris umarmte ihn herzlich.

„Was machst du denn hier?" Chris klopfte ihm so stark auf den Rücken, dass Phillip sein Gesicht verzog.

„Dich retten! Und deine Freundin! Wie kannst du sie nur so in Gefahr bringen? Was sind das für Typen?" Phillip stützte Chris, bis sie wieder festen Boden unter den Füßen hatten.

Klara kroch unter dem Felsen hervor und betrachtete ihre gefesselten Verfolger im Scheinwerferlicht mehrerer Taschenlampen.

Jeweils zwei Männer packten Carlo und Costas, wie sie später erfuhr, und traten den Rückweg in Richtung Straße an.

Chris und Phillip kamen auf Klara zu und blieben sprachlos vor ihr stehen. Phillip stieß Chris in die Seite und wendete sich dann ab.

„Ist bei dir alles in Ordnung Klara? Ich meine, bist du verletzt?" Chris wusste nicht, was er sonst sagen sollte.

„Es geht mir gut!" Klara ging mit großen Schritten hinter Phillip und seiner Taschenlampe her. Chris folgte ihr. Was sollte sie auch sagen? Alles war gut! Oder?

Chris und Phillip sammelten Marco ein, der noch immer jammernd am unteren Ende der Treppe lag.

Gemeinsam folgten sie dem Bachlauf in Richtung Straße.

An der Straße angelangt tauchte nun ein Polizeiwagen auf. Chris musste alles erklären, noch in derselben Nacht durchsuchten sie das Restaurant und fanden das Lösegeld, das Antonio hier versteckt hatte. Phillip bot Klara an sie in ein Hotel zu fahren. Sie stimmte zu. Doch auf halben Weg fiel ihr ein, dass sie weder Geld noch ihre Papiere besaß.

„Ich fahre sie zu Mom, ok?" Phillip sah sie lächelnd an. Klara wartete einen Moment. Sicher hatte Mom die schreckliche Nachricht von dem Tod ihres Sohnes bereits erhalten. Würde sie Klara um sich haben wollen?

Doch sie stimmte zu. Nur so konnte sie diese Frage beantworten.

33: Klara, die letzten Seiten

Nur noch eine Hand voll Seiten. Klara könnte die letzte Seite lesen, dann wüsste sie, was für ein Ende sich Chris ausgedacht hatte. Was er sich gewünscht hatte, oder auch nicht!

Mom sah neugierig um die Ecke. „Hast du zu Ende gelesen?", fragte sie gespannt.

„Nein, es fehlen noch fünf Seiten." Klara wippte im Schaukelstuhl hin und her.

„Worauf wartest du noch? Lies sie!" Mom verschwand hinter der Hausecke, um kurze Zeit später mit einem frisch gekühlten Glas Eistee zurückzukommen. Sie lächelte Klara aufmunternd zu und verschwand erneut.

Klara klappte das Buch genau an der Seite auf, aus der das Stoffband baumelte.

Ganz egal was Chris schreiben würde. Sie wusste, warum sie jetzt hier war, und vielleicht war ihr Grund derselbe, den Chris sich erträumte.

34: Klara: Das Ende einer Geschichte

Klara knickte die letzten Seiten kräftig herunter. Das Buch schien sich dagegen zu wehren und blätterte sich selbständig immer wieder zu. Irgendetwas stimmte hier nicht. Mit dem Buch oder mit ihr? Sie versuchte sich zu konzentrieren und las:

Mom saß am Tisch in der Wohnstube. Ihre Ellenbogen stützten ihre Hände auf den Tisch ab, und in ihnen lag ihr Gesicht verborgen. Hin und wieder bebte ihr Körper. Sie hatte Klara nur kurz in die Arme genommen und ihr gezeigt, sie möge sich neben sie setzen. Jetzt legte Klara ihren Arm um ihre bebenden Schultern und gemeinsam tropften ihre Tränen auf das Tischtuch.
Was konnte Klara tun? Nichts!
Sollte sie sie lieber doch alleine ihrer Trauer überlassen? Als könnte Mom ihre Gedanken lesen, nahm sie Klaras Hand und drückte sie fest, ohne ihr Gesicht zu heben.
Phillip war schweigsam zurückgefahren. Klara hatte sich bei ihm mit einer festen Umarmung und einem Kuss auf die Wange bedankt. Er war sichtlich gerührt und sagte, dass er nach Chris sehen wollte. Irgendwann mussten die Befragungen ja vorbei sein und dann würde er Chris nach Hause bringen.
Klara hatte ihm zum Abschied hinterhergewunken. Hoffentlich glaubte die Polizei Chris' Erklärungen. Wenn nicht, würde sie sich morgen dort melden und ihn unterstützen.
Es war schon sehr spät, weit nach Mitternacht, als sie ein Auto über den Hof fahren hörte, Mom hatte ihren Kopf flach auf den Tisch gelegt. Sie schlief.
Klara hatte es nicht gewagt, sie zu wecken, um sie ins Bett zu bringen. Der Schlaf tat ihr gut; wer wusste, ob sie sonst wieder eingeschlafen wäre.

Das Auto fuhr fort. Schritte auf den Stufen der Veranda. Langsam öffnete sich die Tür. Klara starrte wie gebannt auf die sich immer weiter öffnende Tür, als erwartete sie einen der Entführer; sie war zum Sprung bereit, um aus der Hintertür zu flüchten oder ihm den Eisteekrug über den Kopf zu schlagen, den sie sicherheitshalber mit ihrer rechten Hand fest im Griff hatte.

Als sie Chris in der Tür stehen sah, atmete sie tief aus. Chris lächelte sie an.

„Wolltest du mich etwa mit dem Krug erschlagen?" Er grinste kein bisschen überrascht. Dann ging er langsam auf sie zu, blieb neben ihr stehen, reichte ihr seine Hände und zog sie dicht an sich heran. In seinen Augen sammelten sich Tränen.

Doch noch bevor sie seine Wangen herunterrollen konnten, nahm er Klara in seine Arme und küsste sie. Er wusste, er hätte es niemals ertragen, wäre ihr etwas zugestoßen. Jetzt konnte er Antonio verstehen. Auch er hätte alles, wirklich alles für seine Liebe riskiert.

Ende

35: Klara, die Wirklichkeit

Eine Träne tropfte auf die letzte Seite des Buches. Schnell wischte sie sie von dem Buch und die zweite aus ihrem Gesicht. Das Ende seines Romans. Er küsst sie und alles war Friede, Freude, Eierkuchen!

Klara legte den Roman etwas grob auf den Tisch ab. Sie erhob sich aus dem Schaukelstuhl und stellte sich an das Geländer der Veranda. Hier war niemand zu sehen, dem ihre wie in einem Vulkanschlund kurz vor dem Durchbrechen der Erdkruste aufsteigende Wut entgegenschlagen konnte. Keinem sollte diese Wut ungerechtfertigt entgegenschlagen. Niemandem?

Ihr Blick fiel in den Wald. Und das war auch gut so. Die Bäume und Blätter, die Stille saugten sie auf. Und nachdem sie ein paarmal tief durchgeatmet hatte, war sie wieder in der Lage, sich etwas zu beherrschen.

Was hatte sie denn erwartet? Liebesschwüre? Rote Rosen und Champagner? Auf gar keinen Fall! Was dann? Sie wusste keine Antwort auf diese Frage. Alles andere, aber nicht so sollte es enden. Aber wie dann? Chris auf einem weißen Pferd reitet mit ihr in den Sonnenuntergang? Aufgang? So ein Quatsch!

Sie schüttelte ihren Kopf. Ihre Wut löste sich langsam wieder auf wie die Eiswürfel in ihrem Eistee. Eine Ruhe machte sich in ihr breit, die schwer und tief in sie einzusickern drohte. Sie wusste, es war vorbei. Er liebte sie nicht! Auch wenn sie nicht wusste, was er hätte schreiben sollen, um ihr seine Liebe zu gestehen, dieses Ende war für sie keine Liebeserklärung!

Sie putzte ihre Nase, schnäuzte kurz und kräftig in ein Taschentuch, tupfte ihre Tränen trocken und wartete noch eine Weile, bis sie ihre Beherrschung vollends wiedererlangt hatte.

Dennoch wagte sie sich noch nicht zu Mom in die Küche.

Aber es war Mom, die es einfach nicht mehr aushielt. Sie stand plötzlich vor ihr. Ihre Augen strahlten sie glücklich an.

„Na, bist du zufrieden mit Chris und seinem Happy End?"

Klara biss sich auf die Lippe. Sie wollte Mom nicht verletzen. Chris war wie ein Sohn für sie. Und da Antonio tot war, blieb er ihr einziges Kind.

„Er nimmt mich einfach in die Arme und küsst mich und dann ist alles super?", polterte es dann doch aus ihr heraus.

„Aber Kind, ihr seid gemeinsam durch die dunkle Nacht geflüchtet, er überwältigt Costas und rettet mit Hilfe seiner Freunde euch beide vor den Entführern. Das ist doch aufregend. Er kämpft für dich. Er liebt dich. Das ist doch ein schönes Ende, oder?" Mom blickte ihr fragend in die Augen.

„Es ist ein kitschiges Macho-Ende!" Klara ließ sich bockig in den Schaukelstuhl fallen.

„Es ist ein Roman, Kind, nichts weiter, außerdem rettest eigentlich du ihm sein Leben!"

„Nein, das ist es eben nicht, es ist unsere Geschichte, aber nicht unser Ende, niemals!" Mit diesen Worten sprang sie auf und lief ins Gästezimmer. Sie nahm ihre Tasche und stolperte auf die Veranda hinaus. Ihr Handy in der einen und ihre Tasche in der anderen Hand, lief sie zu Mom, um sich zu verabschieden.

„Es tut mir leid, ich kann nicht bleiben, nicht so! Es ist schon so lange her, wir kennen uns doch überhaupt nicht. Es war ein Fehler, hierher zu kommen.

Ich hoffe, er verkauft weiterhin sehr viele Bücher seines Romans. Damit er nicht wieder irgendwelche gefährlichen Jobs annehmen muss, bitte sag ihm liebe Grüße, ich kann nicht bleiben."

Mit diesen Worten wählte sie eine Nummer. Ein Taxi würde sie abholen. Dann würde sie heimfahren und dann würde sie endlich alles hinter sich lassen und neu anfangen.

36: Klara, das Ende

Das Meer rauschte an den Kieselsteinstrand und hinterließ dieses
wunderschöne Klirren der Steine.
Klara lief barfuß durch die heranrollenden Wellen. Sie hatte ihr
weißes Strandkleid angezogen und ließ ihre Gedanken einfach von
den Wellen hin und her schubsen. In der Hoffnung, sie würden sie
mit ins Meer nehmen und davonspülen.
Der nächste Flieger ging erst morgen. Also hatte sie sich ein
Hotelzimmer in der Nähe des Flughafens genommen.
Mom hatte sie mit Engelszungen gebeten zu bleiben, sie zu ihm zu
bringen oder zu warten, bis Chris aus dem Tunnel zurückkehren
würde. Aber sie hatte keine Chance. Klara wusste im Moment gar
nichts mehr. Warum war sie zurück nach Samos gekommen? Um
das Buch hier zu Ende zu lesen? Seine Geschichte! Um danach was
zu tun? Ihn wiederzusehen, ihm in die Arme zu fallen, mit ihm
zusammen hier glücklich zu werden? Wollte sie das? Wie dumm
konnte sie sein? Unglaublich!
Der Abschied von Mom war tränenreich, auf beiden Seiten. Sie
versprach ihr, sich zu melden. Sie anzurufen, zu schreiben.
Klara trat mit Schwung in eine heranrauschende Welle, dass das
glasklare Wasser nur so hochspritzte und ihr der Wind das Wasser
ins Gesicht und gegen ihr Kleid spritzte. Das tat gut. Frisch und kalt
und klar. So wollte sie sich wieder fühlen.
Morgen würde sie zurück nach Deutschland fliegen und alles
endgültig hinter sich lassen. Sie würde ihre Wohnung renovieren
oder sich eine neue suchen. Wieder Sport treiben, vielleicht einen
Tanzkurs belegen, genau das würde sie tun!
Es ging ihr von Minute zu Minute besser. Und als abends im Hotel
die griechische Musik erklang und ein köstliches Abendessen
serviert wurde, *Moussaka,* ein Auflauf aus Kartoffeln und

Auberginen und Hackfleisch, spürte sie erneut die Vorfreude auf ihr neues, freies, selbstbestimmtes Leben.

37: Chris und der junge Archäologe

Laut diskutierend und lachend betraten Chris und Lars polternd die Veranda.

„Mom! Wir sind wieder da!", rief Lars laut, bevor er die Küche betrat. Er hatte sich wirklich schnell bei ihnen eingewöhnt und Moms Herz im Sturm erobert.

Als sie die Küche betraten, saß Mom am Küchentisch und erhob sich etwas schwerfällig. Chris war sofort an ihrer Seite und stützte sie.

„Was ist los, Mom? Geht es dir nicht gut?"

„Ist irgendetwas passiert?" Das war Lars. Chris sah ihn überrascht an.

„Es geht mir gut, Jungs, wirklich, danke. Ich bin nur etwas traurig." Ihr Gesicht zeigte tiefe Falten und ihre Augen sahen verweint aus. Sie sah Chris aufmerksam an. Würde er sehr verletzt sein? Natürlich! Was würde er tun? Es hinnehmen? Sich wieder mehr zurückziehen wie nach Antonios Tod?

„Nun sag schon, Mom! Was ist passiert?" Chris drängte Mom, sich wieder zu setzen, zog einen zweiten Stuhl dicht an den ihren und setzte sich neben sie.

Lars stützte sich mit beiden Armen auf den Küchentisch und ließ Mom nicht mehr aus den Augen.

Sie versuchte vorsichtig zu beginnen. Aber das Ergebnis war dasselbe. Zuerst begannen Chris' Augen zu leuchten und sein Gesicht spiegelte Hoffnung und Glück. Doch Mom winkte sofort ab. Und als sie weitersprach, verschwand der Glanz aus seinen Augen. Er wurde blass und seine Lippen presste er so stark aufeinander, dass auch sie jegliche Farbe verloren.

Als Mom mit ihrem Bericht endete, sprach er kein Wort. Er sah Mom und Lars abwechselnd an und verließ dann stumm die Küche.

Auch Lars sagte nichts. Er ging um den Tisch zu Mom und legte ihr seinen Arm um die Schulter. So sahen sie eine Weile auf die Tür zur Veranda. Sie bewegte sich sanft im Windzug hin und her.

Chris stolperte wie in Trance die Verandatreppe hinunter. Er lief über den Hof und schlug dann den Weg in Richtung Tunnel ein. Nicht bewusst. Er musste einfach nur weg. Sich bewegen. Seiner Enttäuschung die Möglichkeit geben, sich auszubreiten, Luft zu machen, abzureagieren.

Er begann zu rennen. So schnell er konnte, rannte er durch den Wald. Erst als er am Tunnel angelangt war, lehnte er sich gegen einen Baumstamm und ließ sich langsam zu Boden sinken.

Sie war hier! Und verschwand wieder, ohne mit ihm zu sprechen. Unfassbar! Er konnte es nicht glauben. Warum war sie hierher gekommen? Sie musste sich doch irgendetwas dabei gedacht haben?

Aber was noch viel unglaublicher war: Warum ging sie wieder fort, ohne ihn zu sehen, zu sprechen, ihm zuzuhören?

Sie las das Ende seines Buches hier. Warum? Und was hatte sie denn erwartet? Was war denn so falsch an seinem Ende? Ein Happyend! He, wer wünscht sich das nicht? Er hatte es sich gewünscht. War das ein Fehler?

Natürlich hätte er sie aufsuchen können. Sie in Deutschland überraschen können. Ihr seine Liebe gestehen können. Aber nein, er wollte es ja außergewöhnlich angehen. So eine blöde Idee.

Ja, eigentlich war der Roman nicht von Anfang an für Klara als Liebeserklärung gedacht. Das hatte sich dann einfach so ergeben, entwickelt. Während des Schreibens hatte er immer mehr gespürt, wie sehr er sie vermisste.

Sie wurde zu seiner Protagonistin. Er hatte das Gefühl, sie zu kennen. In diesen kaum drei Tagen hatte er immer das Gefühl gehabt, genau zu wissen, was sie denkt. Das war ihm vorher noch bei keiner Frau passiert.

Und als er recherchierte und erfuhr, dass Klara und ihr Freund nicht mehr zusammen wohnten, wuchs in ihm die Idee, sie mit ihrem gemeinsamen Abenteuer zu überraschen.

„Ich hatte wirklich gedacht, da war mehr zwischen uns als … als was?"

Er schleuderte einen kleinen Zweig, den er schon arg ramponiert hatte, so weit er konnte in den Wald hinein.

„Hey! Freund, nicht Feind! Ich bin es, Lars!", kam eine Stimme aus der Richtung, in der der Ast verwunden war.

„Tut mir leid, ich wusste ja nicht, dass du da herumschleichst!", antwortete Chris etwas mürrisch und sah Lars langsam aus dem Wald auf ihn zugehen.

„Ich will mich ja nicht einmischen", begann Lars vorsichtig.

„Dann tu es doch einfach nicht!" Chris war aufgesprungen und klopfte sich den Staub von der Hose.

„Ich kenne diese Klara ja auch überhaupt nicht."

„Genau!" Sie standen sich nun dicht gegenüber und sahen einander kurz abwartend an.

Als Chris sich eben zum Gehen abwenden wollte, hielt ihn Lars zurück.

„Aber ich kenne dich schon so gut, dass ich weiß, wann du einen kleinen Schubs brauchst."

„Ach, das denkst du also?" Chris' Enttäuschung begann sich zu verwandeln. In eine unbändige Wut, die nur darauf wartete, so jemanden wie Lars vor sich zu haben, um sich an ihm austoben zu können.

„Ja, und ich denke nicht nur, ich handele auch sofort." Er grinste ihn mit einem so breiten Grinsegesicht an, dass Chris sich dermaßen beherrschen musste, ihn nicht wenigstens kräftig zu packen und durchzuschütteln.

„Also, du solltest dich frisch machen, was Nettes anziehen, denn in einer halben Stunde kommt dein Taxi und holt dich ab!" In diesem Augenblick standen zwei große Fragezeichen in Chris' weit aufgerissenen Augen.

„Aber sie will mich nicht sehen und ist längst wieder in Deutschland."

Lars verdrehte ungeduldig seine Augen. „Und du warst einmal ein echter Spion? Kaum zu glauben. Wahrscheinlich stimmt das Sprichwort *Liebe macht blind* – und wohl auch dumm."

Chris packte ihn an den Schultern. Doch Lars redete unbeirrt weiter. „Der nächste Flieger nach Deutschland geht erst morgen. Das hättest du eigentlich wissen müssen. Und wenn du Klara auch nur halb so viel in deinem Roman angedichtet hast, wie der Wahrheit entsprechen könnte, dann solltest du sie auf keinen Fall wieder fortfliegen lassen. Es sei denn, um ihre Wohnung zu kündigen und mit Sack und Pack zurückzukommen, zu dir!

Also, kriegst du das hin, du Superspion?" Sein Grinsen war unerträglich, aber echt!

Chris zog ihn an sich und klopfte ihm freundschaftlich auf den Rücken, so dass Lars vor Schmerzen zu jammern begann. Er hatte Recht. Er musste zu ihr.

„Nun geh schon, sonst brauche ich eine Woche, um wieder schmerzfrei Luft holen zu können." Er hustete und sah Chris lachend hinterher.

Chris winkte ihm im Laufen glücklich zu. Dann flog er durch den Wald, rannte die Treppe hoch, stürmte in die Küche, warf die Tür hinter sich zu und riss sich in seinem Zimmer die Kleidung vom Leib; sprintete unter die Dusche und schrie kurz auf, da das Wasser eiskalt aus dem Duschkopf strömte.

„Um Himmels willen, was ist geschehen?" Mom hatte es nun endlich aus ihrem Schlafzimmer bis vor die Badezimmertür geschafft.

„Mom, ich fahre in die Stadt, zu Klara, wartet mit dem Essen nicht auf mich!"

Die Dusche lief noch und Mom hörte nur noch gurgelnde Geräusche.

Sie ging zu dem Stuhl, der ihr am nächsten stand, und ließ sich langsam nieder. Zwei Tränen liefen über ihre Wangen. Aber sie lächelte. Sie lächelte auch noch, als das Taxi vorfuhr und er an ihr vorbeistürmte, es sich allerdings nicht nehmen ließ, ihr einen dicken Kuss auf die Stirn zu drücken.

Das Taxi fuhr vom Hof, als auch Lars langsam schlendernd aus dem Wald trat. „Mom, was gibt es zu essen, ich habe Hunger!", rief er schon, als er die Treppe betrat.

„Das Beste, was meine Kochkünste hergeben, mein *Sohn*!" Sie erhob sich etwas schwerfällig, doch ihre Schritte waren leicht und federnd.

Kapitel III

1: Klara, die Wirklichkeit kennt kein Ende

Nach dem zweiten Glas Rotwein verschlechterte sich Klaras Stimmung. Was hatte sie sich nur dabei gedacht? Einfach abzuhauen! Sie hätte ihm wenigstens gegenübertreten können; die Situation auf sich wirken lassen können. Was um Himmelswillen hatte sie denn erwartet?

Der Roman ist doch nur ein Roman. Er hatte nichts mit dem Hier und Jetzt zu tun. Vielleicht wäre ihre Begegnung vielversprechender verlaufen als sie sich vorstellen konnte.

Der Kellner kam mit der Rotweinflasche an den Tisch, um ihr nachzuschenken. Sie legte ihre Hand auf das Glas und lächelte ihm verneinend zu.

Nachdem sie bezahlt hatte und den Flur zu ihrem Zimmer betrat, spürte sie ein ungutes Gefühl im Nacken. Sie drehte sich um und konnte noch kurz eine Gestalt wahrnehmen, die eben um die Ecke bog, zurück in das Restaurant.

Klara beeilte sich mit dem Schlüssel, als sie ihre Tür erreichte, und verschwand so schnell sie konnte in ihrem Zimmer. Sie verschloss die Tür, rückte den einzigen Stuhl im Raum heran und klemmte ihn unter der Türklinke fest.

Was war bloß mit ihr los? Paranoia? Jetzt? Hier?

Der Wein war schuld! Das war ihre Diagnose, mit der sie ohne sich auszukleiden aufs Bett fiel und sofort einschlief.

2: Klara, ein guter Freund

Der nächste Morgen war sehr hell! Klara kam in Versuchung, schon beim Frühstück ihre Sonnenbrille aufzusetzen. Doch sie schob sie auf ihr Haar. Das Frühstück war köstlich und der Kaffee tat ihr gut. Ihr Flieger würde erst gegen Mittag abheben. Sie könnte also noch an den Strand gehen. Allerdings traten nun auch noch Kopfschmerzen auf. Vielleicht würde eine klimatisierte Wartehalle gar keine schlechte Idee sein. Und außerdem verspürte Klara nur noch den Drang, so schnell wie möglich nach Deutschland zurück zu kommen. Also streifte sie ihre Jeans über, wählte ein grünes Top aus und eine leichte schwarze Baumwolljacke. Danach ließ sie sich ein Taxi bestellen.

Der nette junge Taxifahrer, Anfang zwanzig, schätzte Klara, packte ihren Koffer in den Kofferraum, ließ sich dann auf den Fahrersitz fallen und wendete sich ihr zu.

„Wohin darf ich Sie fahren?" Er lächelte Klara freundlich an, die auf dem Rücksitz Platz genommen hatte.

„Zum Flughafen!", antwortete sie lächelnd. Er sprach Deutsch, das freute Klara. Wahrscheinlich hatte er sich eine weitere Tour erhofft. Er wendete sich wieder um und drehte am Radioknopf herum. Dann fuhr er langsam los.

Klara versuchte die Stimmung etwas aufzulockern. „Fahren sie schon lange auf Samos Taxi?"

„Seit über zwei Jahren, ungefähr!" Er beobachtete sie im Rückspiegel.

„Vor zwei Jahren war hier echt was los! Mann, Mann, da hatten wir hier eine Geiselnahme im Flughafengebäude. Und hatten es erst gar nicht bemerkt." Er schüttelte mit dem Kopf leicht hin und her, als würde er es bis heute nicht verstehen können.

Dann blieb er an einer etwas größeren Straße stehen und ließ den Verkehr vorbeifließen.

„Phillip ist mein Name!" Mit diesen Worten drehte er sich zu ihr um und reichte ihr die Hand.

„Klara!", erwiderte sie und schüttelte sie so kräftig sie konnte. Ihr Kopf schmerzte und sie wünschte sich eine Tablette, die sie leider nicht dabei hatte. Ungewöhnlich!

Dann betrachtete sie ihn im Spiegel. Phillip hatte er gesagt! Der Phillip? Den Chris in seinem Roman eingebaut hatte? Gab es ihn wirklich? Sie wagte einen Versuch:

„Phillip? Darf ich Sie etwas Persönliches fragen?" Sie beobachtete ihn gespannt im Rückspiegel.

„Ja!", lautete seine knappe Antwort.

„Kennen Sie einen Musiker, der Chris heißt?" Klara wagte nicht zu blinzeln.

Mit einem Ruck fuhr er rechts ran und stoppte den Motor. Dann drehte er sich um und fixierte Klara mit zwei funkelnden blauen Augen.

„Wenn Sie glauben, Sie können mich nach so langer Zeit wieder mit Ihren unverschämten Fragen nerven, dann haben Sie sich aber geschnitten! Am besten steigen Sie jetzt aus und gehen den Rest des Weges zu Fuß. Es ist nicht mehr weit. Sehen Sie, dort unten ist schon der Flughafen zu erkennen." Er wendete sich ab und wollte aus dem Wagen steigen, um ihren Koffer zu holen. Da hielt ihn Klara an der Schulter fest.

„Ich bin es, Klara, Chris und ich, wir kennen uns von der Geiselnahme!"

Langsam drehte er sich zu ihr zurück. „Sie sind das? Ich dachte, Sie sind eine Reporterin. Die waren damals wirklich unverschämt. Sie wollten Chris unbedingt was anhängen. Weil das Geld nicht aufzufinden war!" Nun ließ er Klara nicht mehr aus den Augen.

„Das war bestimmt schrecklich, als Geisel genommen zu werden, nicht zu wissen, was als Nächstes passieren könnte, ein Albtraum!" Seine Gesichtszüge verdunkelten sich.

Klara versuchte den Erinnerungen zu entfliehen. „Ja, das war es. Aber Ihnen hier auf der Insel hatte es sicherlich auch Schwierigkeiten gebracht. Es war für Sie alle bestimmt nicht einfach, die Zeit danach!"

„Ja, der Tourismus plumpste wieder in den Keller. Ich kam kaum über die Runden. Und dass Einheimische mit in die Sache verwickelt waren, machte es nur noch schlimmer. Auch wenn ihre Gründe nicht so eigennützig waren, wie es zuerst aussah!" Sie wusste nicht genau, was er damit meinte. „Das tut mir leid!" Er nickte und wendete sich ab. Dann spielte er wieder am Radio herum und Klara hatte das Gefühl, er war ganz woanders.

Aber dass sie ihn heute traf, irgendetwas sagte ihr, dass es Schicksal war, ihm heute zu begegnen.

Als er ein griechisches Lied, das von einer Frau gesungen wurde, gefunden hatte, stellte er es lauter und sagte, ebenfalls laut, kurz und knapp: „Ich fahre Sie nun zum Flughafen!" Er sah sie noch einmal merkwürdig im Spiegel an. Fast traurig – oder verständnislos? Klara konnte es nicht deuten.

Sie musste nachhaken: „Hat Ihnen Chris von mir erzählt?" Klara konnte sich diese Frage nicht verkneifen. Er schwieg eine Weile und Klara schämte sich, ihn überhaupt gefragt zu haben.

Phillip parkte eben auf dem großen Parkplatz vor dem Flughafen, der Klara so vertraut war. Sie blickte zu den Bäumen hinüber, hinter denen sie in der Nacht Schutz gesucht hatten. Alles war noch genauso wie vor zwei Jahren.

Er stieg aus dem Wagen, Klara tat es ihm gleich. Als er ihr den Koffer reichte und sie ihn nahm, hielt er ihn fest.

„Warum sind Sie fortgeflogen? Damals! Nach Deutschland!" Er starrte sie vorwurfsvoll an.

„Sie sagten mir, Chris sei tot!", stammelte Klara und spürte, wie ihr die Tränen in die Augen schossen. Und stammelte weiter: „Alle waren tot! Durch die Explosion, auf dem Schiff!" Sie ließ den Koffer los und lehnte sich an das Auto.

„War er aber nicht! Er wurde entführt, verschleppt und fast tot geprügelt. Aber er überlebte." Nun stellte auch Phillip den Koffer ab.

„Ich weiß, ich weiß es heute!" Sie wischte sich unsanft die Augen trocken.

„Er hätte sie so gebraucht! Alle waren gegen ihn. Antonio tot! Einer von uns, sein bester Freund! Und er, ein Spion!"

„Und Sie? Waren Sie auch gegen ihn?" Klara starrte ihn an.

„Nein! Ich war und bin sein Freund. Ich habe ihm alles geglaubt, was er erzählte. Chris ist der aufrichtigste Mann, den ich kenne!" Entrüstet wendete er sich kurz ab, um dann mit Schwung zu ihr zurückzukehren.

„Warum sind Sie hier? Waren Sie bei ihm?" Hoffnung schimmerte in seinen Augen.

„Nein, ich habe mich geirrt! Ich muss jetzt auch los! Auf Wiedersehn, alles Gute!" Klara nahm nun ihren Koffer und wollte gehen, als ihr einfiel, dass sie ihn noch nicht bezahlt hatte.

„Wie viel schulde ich Ihnen? Für die Fahrt?" Sie kramte ihr Portemonnaie aus ihrer viel zu großen Handtasche, als er seine Hand auf die ihre legte und sagte:

„Ich nehme kein Geld von der Frau, die Chris' Liebe war."

Sie standen einander gegenüber und kämpften beide mit den Tränen. Es war unglaublich welche Gefühle diese Worte in zwei Menschen auszulösen vermochten, die sich eben erst begegnet waren.

„Er hatte es mir gesagt. Nachdem er mir auch alles andere erzählt hatte. Auch das mit Pablo.

Die Polizei, die Reporter, alle hatten ihn genervt. Aber als die Reporter keine Schlagzeilen mit ihm füllen konnten, ließen sie ihn endlich in Frieden. Der Versuch, ihn aus allem möglichst herauszuhalten, gelang nicht. Zu viele Geiseln schilderten ausführlich sein Eingreifen. Sein Einsatz wurde als offiziell an der Rettungsaktion beteiligt anerkannt. Er wurde rehabilitiert. Dennoch brauchte er Monate, um wieder zur Ruhe zu kommen. Wir hatten sehr viele Gespräche geführt. Das Töten eines Menschen belastete ihn am stärksten. Mehr als in den vergangenen Jahren als Agent."

„Ich freue mich für Chris, dass er sie als Freund hatte – und hat."
Klara legte nun ihre Hand auf die seine.

Phillip nahm seinen ganzen Mut zusammen und sagte: „Und deshalb bitte ich Sie von ganzem Herzen, fliegen sie nicht zurück nach Deutschland! Nicht heute! Ganz gleich, was Sie hierher geführt hat oder was Sie hier getan, gesagt haben, gehen Sie zu ihm, sprechen Sie mit ihm, jetzt gleich!" Phillip sah sie aufmunternd an.

„Nichts ist so schlimm wie Worte, die nicht ausgesprochen, und Taten, die nicht getan worden sind!" Phillip beobachtete Klara aufmerksam.

Klara huschte ein Lächeln über die Lippen. „Woher haben Sie denn diese Weisheit?"

„Von einem alten Mann mit viel Wein in seinem Bauch!" Phillip beugte sich zurück und versuchte einen alten Mann mit dickem Bauch darzustellen. Was ihm auch leidlich gelang. Nun mussten sie beide lachen. Eine merkwürdige Verbundenheit fühlte Klara mit diesem jungen Mann.

Sie reichte ihm ihren Koffer, den er freudestrahlend annahm und mit einem Freudensprung zurück zum Auto in den Kofferraum verstaute. Sie wollte es tun, das, was Phillip ihr riet. Warum? Wieso brachte er sie dazu? Waren es die Worte von Liebe? Oder war es einfach nur vernünftig, da sie es sonst immer bereuen würde? Sie hatte keine Ahnung. Vielleicht von allem ein bisschen.

Als sie wieder auf dem Rücksitz Platz genommen hatte, kam eine Nachricht über Funk. Natürlich auf Griechisch. Phillip antwortete etwas aufgeregt.

„Was ist los?", fragte Klara.

„Ach, mein Boss ist sauer, da er mich nicht gleich am Funkgerät erreichen konnte. Er hatte einen Auftrag für mich in den Bergen. Der bringt viel Geld."

„Worauf warten wir noch? Fahren Sie los!"

„Sie sollten wissen, dass wir genau in die entgegengesetzte Richtung fahren werden als in die, in der Chris lebt. Sie können sich ein anderes Taxi bestellen, dann sind Sie wesentlich schneller dort."

„Es ist nicht so wichtig, wann ich heute bei Chris auftauchen werde, wichtig ist nur, *dass* ich ihn wiedersehen werde!"

„Oh, Sie haben bei mir gelernt!" Phillip schmunzelte und fuhr los.

„Von mir!" Klara beugte sich vor und blieb zwischen den beiden Kopfstützen, sich mit den Armen auf den Rückenlehnen abstützend, dicht hinter ihm sitzen.

„Genau!" Er strahlte sie an und begann ein Lied zu pfeifen. Dann fuhren sie den Berg immer weiter hinauf. Klara konnte nicht glauben, dass sie wirklich zu ihm wollte. Aber sie wollte es. Das war ihr jetzt vollkommen klar. Verrückt!

Dass es noch einige Zeit dauern würde, bevor sie ihm gegenüberstehen würde, war ihr ganz recht. Sie wusste immer noch nicht, was sie ihm sagen sollte.

Aber sie hatte das Gefühl, ihre gemeinsame Geschichte in ihre eigenen Hände nehmen zu können und ihr Ende vielleicht neu zu schreiben.

3: Chris, Schicksal oder Zufall

Als Chris seine Augen öffnete, sah er einen kleinen Jungen mit Sommersprossen und bunten Sonnencremeblockerstreifen im Gesicht vor ihm stehen und ihn genau betrachten.

„Mama, er lebt!" Dann lief er lachend zu seiner Mutter zurück, die ebenfalls auf einer Sonnenliege lag und sich eincremte.

Chris erhob sich schwerfällig und stellte fest, dass er die Nacht draußen am Strand geschlafen hatte. Seine Haare standen ihm struppig zu Berge und er hatte fürchterlichen Durst. Verdammt, wie spät war es? Er wollte längst bei Klara sein.

Gestern Abend hatte er es nicht für sinnvoll gehalten. Er hatte sie nach langem Suchen endlich hier im Hotel gefunden. Sie saß im Restaurant und sah unendlich traurig aus. Und als er zu ihr wollte, erhob sie sich und wollte gehen. Sie schwankte leicht und Chris ahnte, als er das nicht ganz geleerte Weinglas sah, dass es ihr nicht eben gut ging. Er wollte sich ihr nicht in diesem Zustand erklären. Vielleicht würde sie sich bedrängt fühlen und er würde mehr zerstören als gewinnen. Also vertagte er die ganze Sache. Wobei ihm das eine oder andere Glas Ouzo behilflich war.

So schnell er eben konnte stiefelte er vom Strand hoch zum Restaurant. Wieder sah er durch die Fensterscheiben. Aber er konnte Klara nicht entdecken. Es war erst zehn Uhr, sie konnte noch nicht fort sein. Also suchte er die sanitären Räume auf und machte sich frisch. Als er danach an der Bar einen Kaffee zu sich nahm, fragte er den Kellner nach der deutschen jungen Frau. Der erinnerte sich sofort und erklärte ihm, dass sie bereits sehr früh abgereist sei. Chris konnte es nicht fassen. Das durfte nicht wahr sein. Das konnte ihm doch nicht passieren, sie zu verpassen. Aber der Flug nach Deutschland ging erst gegen Mittag, da war er sich mittlerweile völlig sicher. Also musste sie schon am Flughafen sein. Er zahlte und nahm zu Fuß die Strecke am Strand entlang.

Am Flughafen angekommen, mischte sich Chris unter die Wartenden in der ersten Wartehalle, die für jedermann zugänglich war. Er konnte sie nicht finden. Ja, es war noch reichlich Zeit, aber wo steckte sie nur?

Der Kellner sagte ihm, sie hätte ein Taxi rufen lassen. Doch wo konnte sie sonst hingefahren sein, wenn nicht hierher, zum Flughafen?

Plötzlich fiel ihm das für ihn wohl Wahrscheinlichste ein. Sie konnte zu ihm, nach Hause, zu Mom gefahren sein. Er zog sein Handy aus der Hosentasche und rief an. Mom war sogleich am Apparat. Auf seine Frage, ob Klara zu Hause aufgetaucht sei, verneinte sie und fragte besorgt, wo er und wo Klara die ganze Nacht waren. Er hatte Mühe, ihre Sorgen zu besänftigen. Denn er wusste, wo sie in der Nacht war, aber nicht, wo Klara sich zurzeit aufhielt. Jetzt begann er sich auch um Klara Sorgen zu machen. Alles, was er sich ausmalte, kam ihm irgendwie abwegig vor. Sie könnte sich entschlossen haben doch hier zu bleiben und Urlaub zu machen. Irgendwo, alleine, um nachzudenken?

Nein, das passte nicht zu ihr.

Du kennst sie doch überhaupt nicht?, sagte eine innere Stimme zu ihm.

„Doch!", sprach er zu sich selbst. „Irgendetwas stimmt nicht. Ich habe ein mieses Gefühl!"

Er lief raus, vor die Flughafenhalle. Drei Taxis standen vor dem Gebäude. Er lief von Taxi zu Taxi und fragte nach einer hübschen jungen Frau aus Deutschland. Ohne Erfolg. Dann fiel ihm die Taxizentrale von Phillip ein. Er musste ein klein wenig erfinderisch sein, um eine Auskunft zu bekommen. Also gab er vor, dass seine Frau auf dem Weg vom Restaurant ihr Handy im Taxi vergessen hatte. Es klappte. Das Taxi, in dem sie gesessen hätten, wäre in diesem Augenblick auf dem Weg in die Berge, um einen Gast abzuholen und zum Flughafen zu bringen. Also würde er das Handy in, na ja, eineinhalb Stunden am Flughafen entgegennehmen können. Er würde den Fahrer informieren.

Chris scharrte nervöse mit den Füßen.

„Kann ich mit dem Fahrer sprechen? Ich kann ihm sagen, wo meine Frau saß und wo er suchen soll." Sein Gesprächspartner schwieg. „Das geht leider nicht, tut mir sehr leid. Aber er wird rechtzeitig zurück sein. Sein Gast fliegt nach Deutschland. So wie Sie, nicht wahr?" Er schien dem Anrufer nicht recht zu trauen und beendete das Gespräch freundlich, aber bestimmt.

„Verflixt!" Das war nicht ganz das, was sich Chris erhofft hatte. Aber er konnte hier auf ihn warten und würde ihn nach Klara ausfragen. Es wäre doch gelacht, wenn er sie nicht finden würde. Langsam schlenderte er über den Parkplatz. Erst jetzt begann er zu realisieren, wo er war. Seine Augen sahen sich suchend um. Der Parkplatz, die Bäume dort hinten. Der Seitenausgang, von dem aus Marco ihnen hinterherfeuerte. Heute konnte er sich vorstellen, wie viel Spaß er dabei hatte, über seinen Kopf hinweg zu schießen. Die Landebahn! Er hörte das Flugzeug im Landeanflug. Das Dröhnen über seinem Kopf. Er sah Antonio blutüberströmt. Er sah Pablo fallen, mit seinem Messer in der Brust. Die Augen auf ihn gerichtet, ungläubig über das, was passierte. Er sah Klara stürzen. Alles ging so schnell, fast zeitgleich.

Sein Herz begann zu rasen. Es war alles wieder da. Als wäre es gerade erst passiert. Langsam setzte er sich auf eine Bordsteinkante und wischte sich die Schweißperlen von der Stirn.

Wann würde es vorbei sein? Er glaubte, der Roman hätte ihm geholfen. Er hatte sehr viel mehr geschrieben als letztendlich veröffentlicht worden war. Seine ganz persönlichen Qualen konnte er nicht drucken lassen. Dazu war er nicht bereit. Vielleicht war er es irgendwann einmal. Er hatte viel erlebt. Sein Beruf war kein normaler Beruf. Es gab Dinge, die waren nach wie vor geheim.

Auch viele seine Erfahrungen, Erlebnisse unterlagen strengster Geheimhaltung.

Nur seine Gefühle und Ängste gehörten ihm allein. Sie aufzuschreiben halfen ihm mit ihnen umzugehen. Mom hatte ihn dazu ermuntert, sich alles, was er fühlte, von der Seele zu schreiben. Aber letztendlich halfen ihm Gespräche mit seinem Freund Phillip und mit seinem Psychologen. Situationen wie diese waren jedoch nicht auszuschließen.

Er versuchte sich auf das Hier und Jetzt zu konzentrieren. Klara! Er musste sie sprechen, bevor sie nach Deutschland zurückfliegen konnte. Alles andere war nicht wichtig.

Langsam erhob er sich und ging zum Eingang des Flughafens. Er brauchte kaltes Wasser für sein Gesicht und einen starken Kaffee für seinen Kopf. Vielleicht würde ihm dann auch sein Verstand helfen wieder klar zu sehen und zu handeln.

4: Klara, das Baumhausrestaurant

Die Serpentinentour meisterte Phillip mit Bravour. Klara hingegen wagte es nicht, nach links zu sehen. Die Straße war schmal, ohne Fahrbahnbegrenzung und zu allem Überfluss konnte sie an der rechten Seite immer mal wieder Leitplanken entdecken, die ihr links so viel sinnvoller erschienen.

Phillip pfiff gut gelaunt ein Lied vor sich hin, was Klara den Rest des Tages als Ohrwurm begleiten würde.

Es ging ihr gut. Ihre Entscheidung war die richtige. Es fühlte sich richtig an und was auch immer bei ihrer Begegnung geschehen würde, sie konnten miteinander reden und herausfinden, was wirklich in ihnen vor sich ging.

„Ich bin diese Strecke schon tausend Mal gefahren und jedes Mal überwältigt von dem Anblick der Hotelanlage." Phillip zeigte zu einer Bergspitze hinüber und Klara erblickte einen weißen Prachtbau.

„Ein Berghotel mit allem, was dazu gehört. Erst in den letzten Monaten komplett fertiggestellt. Für zahlungskräftige Gäste." Er machte eine typische Handbewegung des Geldzählens und grinste. „Allerdings freue ich mich auch über das üppige Trinkgeld."

Klara versuchte immer wieder einen Blick zu erhaschen. „Wirklich beeindruckend!" Sie erblickte viele Balkone und davor riesige Palmen. „Die Palmen standen da vor zwei Jahren aber auch noch nicht!"

„Nein, die wurden mit dem Schiff auf die Insel gebracht und mit dem LKW hier hinauf gefahren. Der Chef von dem Ganzen ist ein langjähriger Inselbewohner. Er hatte in der Lotterie gewonnen, so was gibt es wirklich. Und dann hatte er seinen Traum wahr werden lassen. Ein eigenes Hotel! Hey, was für ein Glückspilz!" Phillip schnipste mit den Fingern, von wegen, einfach so!

„Aber hier oben stand doch das Baumhaus-Restaurant!" Klara dachte an Chris und seine Romanversion ihrer Geschichte. „Das Restaurant befindet sich auf der nächsten Anhöhe, es wurde geschlossen. Ich weiß nicht, ob da überhaupt noch jemand wohnt?" Seine Stirn legte sich in Falten. Aber so sehr er sich auch anstrengte, er wusste es nicht.

Er fuhr vor der Hotelanlage in die für Taxis vorgesehene Parkbucht und sprintete ins Gebäude.

Mit sehr viel weniger Elan kam er nach fünf Minuten wieder heraus. Sein Gesicht war gerötet und als er sich mit einem Ruck ins Taxi fallen ließ, sprudelte es nur so aus ihm heraus.

„Was für eine bodenlose Schweinerei! Die spinnen, die Griechen. Rufen die doch ehrlich bei zwei Taxiunternehmen an und das Taxi, welches als Erstes hier oben ist, bekommt den Kunden. Das heißt, ich gehe leer aus. Und mein Chef wird mir eine Standpauke halten, die sich gewaschen hat." Er legte beide Unterarme aufs Lenkrad und den Kopf obendrauf.

Klara bekam sofort ein schlechtes Gewissen. Hätten sie sich nicht so intensiv vor dem Flughafen unterhalten, wäre Phillip schon früher ans Funkgerät gegangen.

„Und ich grüße den Kollegen der Konkurrenz, der uns vor fünf Minuten entgegenkam, auch noch freundlich." Er ließ sich zurückfallen und bemerkte, dass er ja nicht alleine im Fahrzeug saß. Schnell ergänzte er: „Dann sind wir eben früher bei Chris, und wenn wir Glück haben, ist Mom auch zu Hause und kocht uns was Feines." Er wollte eben den Anlasser betätigen, als Klara ihn stoppte.

„Warte! Ich möchte dir die Tour bezahlen. Du hast wegen mir eh schon Miese gemacht." Sie kramte in ihrer Tasche, doch Philipp drehte sich zu ihr um und widersprach sofort.

„Ich nehme kein Geld von dir, nein, nein und nochmal nein!"

„Weißt du was, dann lade ich dich jetzt sofort zu einem Super-Mittagessen in dieses Super-Hotel ein. Die haben doch bestimmt ein Restaurant."

Philipp überlegte kurz, er hatte eigentlich fast immer Hunger. Was man ihm keineswegs ansah.

„Aber keinen Schnickschnack! Nur was ganz Solides. Leckere griechische Küche!"

„Ich hoffe, dass es die hier gibt!" Klara öffnete die Autotür und stieg aus. Phillip tat es ihr gleich und reichte ihr seinen Arm, in den sich Klara nur zu gerne einhakte.

„Worauf hast du denn Appetit? Ich kann dir *Tomates jemistes* empfehlen, mit Reis und Hackfleisch gefüllte Tomaten. Oder *Stifado*, zartes Rindfleisch, das zusammen mit Zwiebeln und Zimt ganz lange gekocht wird. Das schmeckt auch mit Lamm oder Kaninchen sehr gut!" Phillip lief das Wasser im Munde zusammen.

„Ich hoffe nur, Klara, dass es wenigstens eines dieser Gerichte hier gibt."

Gemeinsam stiegen sie ein paar Stufen empor, betraten das Restaurant und suchten sich einen wunderschönen Tisch mit Fernblick ins nächste Tal aus.

5: Der Chef

Ein kleiner, schmaler Mann im weißen Anzug schlenderte durch die Reihen des Restaurants. Er grüßte hier, winkte da, schüttelte Hände oder umarmte Gäste, mit Küsschen rechts und links. Klara hatte ihn seit er das Zimmer betrat im Blick. Vielleicht so um die dreißig.

Phillip war mit seinem alkoholfreien Apparativ beschäftigt. Er sortierte essbare und nicht essbare Dekorationen auseinander. Ein Kellner brachte ihnen die Vorspeise, einen bunten Salat, an den Tisch und zündete die Kerze an.

Er war froh, dass er es noch rechtzeitig bemerkt hatte. Eigentlich hätte er sie sofort, als die Gäste ihre Plätze einnahmen, entzünden müssen. Sein Chef konnte äußerst ungehalten werden, sollten ihm Nachlässigkeiten des Personals auffallen.

„Entschuldigung!" Klara lächelte den Kellner an. Dieser zuckte erschrocken zusammen, fing sich aber sofort wieder.

„Ja, bitte!" Seine ganze Aufmerksamkeit galt Klara. Er lächelte freundlich zurück und spürte die Blicke seines Chefs auf ihn gerichtet, in seinem Nacken. Dieser war zu weit entfernt, als dass er ihre Fragen oder Wünsche hätte hören können. Dennoch hoffte er, sie mögen einfach zu beantworten oder zu erfüllen sein.

„Entschuldigen Sie bitte, aber können Sie mir sagen, wer dieser Mann im weißen Anzug ist? Er scheint eine Berühmtheit zu sein. Mich wundert es, dass noch keine Reporter um ihm herum Fotos machen?" Sie lächelte dem Kellner aufmunternd zu.

„Oh, er ist auf Samos eine Berühmtheit, das ist wahr. Er hat vor Jahren in der   Lotterie gewonnen und dieses Hotel erbaut. Ein Gewinn für die gesamte Insel."

Klaras Blick fiel auf den Mann in Weiß, der genau in diesem Moment sein Augenmerk auf sie richtete und ihr freundlich zunickte. Den griechischen Namen hatte sie sich nicht gemerkt. Was auch überflüssig gewesen wäre, denn er war falsch. Was Klara nicht ahnen konnte, genau wie seine Gedanken, die ihm bei dieser Begegnung durch den Kopf gingen. Schweißperlen sammelten sich auf seiner Stirn und er musste sein strahlend weißes Einstecktuch dazu missbrauchen, sie fortzutupfen.

6: Chris, Instinkt

Es war weit über Mittag. Chris stürzte sich auf jedes Taxi, das vor dem Terminal hielt. Aber das Taxi, das aus den Bergen kommen sollte und sein *Handy* dabei haben sollte, war nicht ausfindig zu machen.

Der Flieger nach Deutschland war längst davongeflogen und von Klara keine Spur.

Er ließ sich auf die Bordsteinkante der Fahrspur nieder, fuhr sich mit den Händen durch die Haare, die enorm gewachsen waren, seit er sie nicht mehr schneiden musste. Er durchsuchte sein Handy. Bei der Taxiagentur wollte er nicht noch einmal anrufen. Er hätte wahrscheinlich keine weiteren Auskünfte bekommen.

Da las er Phillips Namen. Natürlich, warum war er ihm nicht schon früher eingefallen. Er ließ sein Handy klingeln und nach wenigen Sekunden war Phillip am Apparat.

„Hey, Chris!" Er warf Klara einen vielsagenden Blick zu.

„Brauchst du ein Taxi? Oder hast du Langeweile?" Er zwinkerte ihr mit seinem rechten Auge zu und grinste fröhlich. Dann stellte er auf *laut*.

„Phillip! Hör zu, ich brauche deine Hilfe!" Chris klang ernst und gestresst. „Ich suche Klara! Ich muss sie unbedingt finden!"

Klara wurde unruhig. Er klang so verletzlich.

„Klara? Wieso? Willst du nach Deutschland?" Phillip spielte Theater, als hätte er nie etwas anderes getan.

„Nein! Sie ist hier, auf Samos. Einer deiner Kollegen hat sie gefahren. Heute Morgen! Vom Strandhotel zum Flughafen, dachte ich, aber hier ist sie nie angekommen." Er klang wirklich verzweifelt und Klara versuchte Phillip klarzumachen, dass sie mit ihm sprechen wollte, aber er erhob sich und ging ein paar Schritte mit dem Handy beiseite.

„Ich werde mich mal umhören, wo bist du jetzt?"

„Am Flughafen und du?"

„Im Luxushotel!"

„In den Bergen?"

„Ja, ich hatte hier einen Job, und jetzt esse ich eine Kleinigkeit."

„Melde dich, sobald du was erfährst, ja?"

„Ist doch klar, bis später!" Phillip setzte sich wieder zu Klara an den Tisch.

„Ich weiß, ich weiß! Ich sollte ihn nicht so zappeln lassen. Aber überleg doch mal, so wird die Überraschung noch größer. Wir suchen uns einen ganz romantischen Platz für euer Wiedersehn aus, ist das nicht eine Super-Idee?" Er sprüht nur so vor Begeisterung, dass Klara ihm nicht böse sein konnte. Dennoch hatte sie Bauchschmerzen. Phillips Ideen nahmen kein Ende.

„Es gibt tausend romantische Plätze hier auf der Insel. Das Meer, die Strände! Die Bars und Restaurants am Hafen, mit den unendlich vielen bunten Lichtern ringsherum, wie sie sich bei Nacht im Hafenbecken spiegeln." Er kam richtig ins Schwärmen und Träumen. Irgendwann würde auch er ein Mädchen an so einem romantischen Ort in die Arme nehmen und ihr seine Liebe gestehen. „Und hier in der Nähe, die Wasserfälle, sehr romantisch." Sein Blick fiel auf Klara. Sie sah irgendwie so gar nicht glücklich aus. Hatte sie erneut Bedenken, Chris gegenüberzutreten?

„Was meinst du? Fällt dir ein Ort ein, an dem ihr euch vielleicht sogar etwas näher gekommen seid, damals?"

„Oh, nein. Romantisch ist wirklich was anderes. Unsere Tour war alles andere als das." Sie überlegte angestrengt. Natürlich gab es Momente, in denen sie einander nah waren, aber an diesen Orten würde sie ihn heute nicht überraschen wollen. Um irgendetwas zu sagen, stimmte sie seinem Vorschlag mit den Wasserfällen zu.

„Die Wasserfälle sich eine tolle Idee, wir sollten sie uns ansehen!" Lächelnd sahen sie einander an, um dann ihre Mahlzeit zusammen zu beenden.

Chris lief vor dem Terminal hin und her. Wieso flog Klara nicht zurück nach Deutschland? Wo war sie nur? Was hielt sie hier? Machte sie Urlaub? Hier, in seiner Nähe? Chris hielt es für total unpassend. Schließlich wurde sie hier als Geisel genommen, war auf der Flucht gewesen! Oder so ähnlich. Musste viel ertragen. Antonio wurde vor ihren Augen erschossen.

Wenn man so etwas erlebt hatte, an diesem Ort, da macht man doch keinen Urlaub! Er fuhr sich erneut durch seine Haare. Dann nahm er wieder sein Handy in die Hand und wählte nochmals die Nummer des Taxiunternehmens, mit dem Klara angeblich gefahren war.

„Ach, Sie schon wieder!", dröhnte es aus dem Handy. „Ich habe wirklich andere Sorgen, als das Handy Ihrer Frau wiederzufinden."

„Bitte, legen Sie nicht auf! Hier ist kein Fahrer angekommen, der aus den Bergen kam."

„Ja, ich weiß, weil er immer noch in den Bergen ist. Er hatte die Tour nicht bekommen und macht jetzt was weiß ich denn!" Der Chef fluchte auf Griechisch und Chris flüsterte den Namen „Phillip" leise vor sich hin.

„Ja, genau! Woher wissen Sie das? Der Bursche kann was erleben, wenn er hier wieder auftaucht. Macht sich einfach einen schönen Tag da oben in den Bergen. Stellt den Funk ab und ich verliere einen Auftrag nach dem nächsten." Chris hörte ihn nicht mehr und steckte sein Handy in die Hosentasche.

Phillip war mit Klara in den Bergen. Es musste so sein. Aber warum log er ihn an? Weil er Klara für sich gewinnen wollte? Aber er war sein Freund!

Chris musste zu ihnen fahren. Er wollte es mit eigenen Augen sehen. Was? Wie sie miteinander flirteten? Egal was. Er musste dort hin, in die Berge, in das Luxushotel.

Er musste nicht lange warten, dann saß er im nächsten Taxi und verfluchte die lange Fahrstrecke. Es war später Nachmittag und er wäre die Strecke zurück bei Dunkelheit lieber selbst gefahren. Wieso dachte er daran? War ihm klar, dass er noch heute wieder zurückfahren würde, wahrscheinlich ohne Klara? Er starrte den Abhang hinunter. Er wünschte, der Fahrer würde schneller fahren. Doch als der Wagen auf Schotter leicht zu schlingern begann, vergaß er das ganz schnell wieder.

Klara konnte es kaum abwarten, bis Phillip den letzten Bissen gegessen und die Rechnung bestellt hatte.

„Du siehst irgendwie nervöse aus, Klara, was ist los?" Phillip zählte die Scheine in seiner Geldbörse und sah Klara immer mal wieder kurz an.

„Wir hätten Chris nicht belügen dürfen. Das war nicht notwendig."

Sie zog ebenfalls ihr Portemonnaie aus ihrer Handtasche und kramte noch in ihr herum, als würde sie etwas suchen. Allerdings wusste sie selbst nicht, was das sein könnte.

„Wenn du willst, rufe ich ihn gleich an. Vorher zahle ich noch und dann gehen wir zu den Wasserfällen. Und du entscheidest, wo du ihn treffen möchtest. Ich wette mit dir, er kommt überall hin, wenn er dich nur wiedersehen kann." Phillip lächelte. Es war ein warmes, ehrliches Lächeln.

„Aber ich zahle! Keine Widerrede!" Klara zog dem Kellner, der eben an den Tisch trat, die Rechnung aus der Hand und Phillip, der etwas sagen wollte, nahm ihre abwehrende Geste, die keinen Widerspruch duldete, dankbar entgegen.

„Ich gehe noch kurz wohin und dann kann es losgehen!" Klara erhob sich und hängte sich ihre Tasche über die Schulter.

„Bis gleich!" Phillip schwenkte den letzten Schluck Coca Cola in seinem Glas hin und her und musste an seinen Chef denken. Würde der ihn feuern? Nein, bestimmt nicht. Dafür war er ihm gegenüber sonst immer viel zu loyal gewesen. Noch völlig in Gedanken versunken, bemerkte er zu spät die große Gestalt, die an den Tisch herantrat und sich zu ihm herabbeugte, um ihn im selben Moment an den Schulter zu packen und kräftig zu schütteln.

„Hey, was soll das!", schrie er und versuchte die Hände von sich abzuschütteln.

Dann sah er das Gesicht seines Angreifers und ihm fehlten die Worte.

„Komme ich ungelegen? Vielleicht zu früh? Wie ich sehe, hattet ihr das volle Programm, ach, ich meine Menü! Mit Apparativ, Vorspeise und nach dem Hauptgericht ein Eis, nein, natürlich zwei." Chris hatte Phillip losgelassen und er plumpste auf seinen Stuhl zurück, Echtholz, wahrscheinlich Eiche.

Die Rechnung studierte er aufmerksam und setzte sich ihm gegenüber.

„Möchtest du mir irgendetwas sagen, oder kommst du gleich mit raus, vor die Tür?" Chris spielte nun mit dem Rand der fein umhäkelten, weißen Tischdecke.

Er konnte und wollte sich nicht beherrschen. Doch bevor er sie vom Tisch ziehen konnte, stützte sich Phillip mit beiden Händen dicht vor Chris auf dem Tisch ab und hielt sie fest.

„Chris! Es ist nicht so, wie du denkst. Ich wollte dich gleich anrufen. Klara und ich wollten nur noch kurz zu den Wasserfällen und dann …" Er kam nicht weiter.

„Sie ist also hier, und du hast mich angelogen! Und was wolltet ihr dann tun?" Chris sprang auf und platzierte sein Gesicht so dicht vor Phillips Nase, dass dieser seinen Atem in seinem Gesicht fühlen konnte.

„Sie will dich sehen!" Phillip versuchte ruhig zu bleiben, rechnete jedoch jeden Augenblick mit einem Kinnhaken.

„Wo ist sie?" Chris ließ ihn nicht aus den Augen und rührte sich nicht von der Stelle, obwohl es ihm Rückenschmerzen bereitete, wie er vornübergebeugt dastand.

Ein Kellner trat unsicher an den Tisch, er war sich über die Möglichkeit von ungewolltem Körperkontakt völlig im Klaren. „Wir brauchen keine Hilfe, danke!", kam ihm Phillip zuvor und setzte sich langsam zurück auf seinen Stuhl. Chris tat es ihm gleich und der Kellner verschwand erleichtert und so lautlos, wie er gekommen war.

„Klara ist nur mal kurz für kleine Mädchen, sie ist gleich wieder hier. Und du solltest ein freundlicheres Gesicht machen, sonst fliegt sie doch noch nach Deutschland zurück!" Jetzt hatte er ihn wieder, den Chris, den er kannte, er sah ganz genau, wie er zu grübeln begann und wie er unruhig zur Tür sah, die in die hinteren Flure führte.

„Sie ist nicht geflogen, weil …"

„… weil sie es sich anders überlegt hatte. Sie wollte dich wiedersehen. Aber mir kam der Auftrag dazwischen, und ich wollte sie doch zu dir bringen und da ist sie einfach mitgefahren."

„Einfach?"

„Ja, doch!"

„Und weiter nichts?" Chris drückte die eine Hand in die andere, so dass seine Knöchel weiß wurden.

„Weiter nichts! Außer, dass ich einen besseren Platz für euer Wiedersehen vorgeschlagen hatte. Die Wasserfälle!" Phillip war voll und ganz mit sich zufrieden. Jetzt musste Chris ihm noch dankbar sein, da er sich doch so um Klara gekümmert hatte.

„Aber wo ist sie jetzt?" Chris sprang auf und ging unruhig um den Tisch herum.

Phillip blickte zur Tür. Klara war wirklich schon viel länger weg, als er es sonst von seinen Bekanntschaften gewohnt war. Und die hatten sich meistens so stark bemalt, dass er sie kaum wiedererkannte und erst glaubte, sie hätten sich im Tisch geirrt.

„Ich gehe nachsehen!" Mit diesen Worten war Chris davongeeilt.

Phillip folgte ihm und murmelte vor sich hin, dass die Wasserfälle wirklich romantischer gewesen wären.

Zwei Angestellte kamen ihnen mit einem großen, zusammengerollten Teppich entgegen. Chris und Phillip ließen sie ungeduldig vorbei, um dann ohne Vorwarnung die Damentoilette zu stürmen.

Eine ältere Frau schimpfte aufgeregt über das ungeheuerliche Benehmen dieser zwei Männer und rief nach dem Personal.

Chris ignorierte sie völlig. Als er auch die letzte Toilettentür geöffnet und überprüft hatte, ob Klara dort wäre, sah er Phillip fragend an. „Hier ist sie nicht! Wo könnte sie denn sein?"

„Ich weiß es nicht!" Phillip sah sich suchend um.

„Wir sollten uns trennen, um das Hotel und die Gegend rund um das Hotel abzusuchen!"

Phillip nickte ihm zustimmend entgegen.

„Du gehst rechts, ich links herum. Wir treffen uns am Eingang!"

7. Klara, Fahrt durch die Nacht

Als Klara erwachte, wurde sie unsanft hin und her gerüttelt. Sie brauchte einige Zeit, um zu erkennen, dass sie in einem Fahrzeug lag, das über eine unwegsame Straße oder Weg fuhr, so dass sie jeden Stoß, jedes Schlagloch schmerzhaft zu spüren bekam. Um sie herum war es dunkel. Und es kam ihr vor, als würde sie in einer Röhre liegen. Sie versuchte sich zu bewegen, aber die Röhre war zu eng, sodass sie ihre Arme und Beine nicht bewegen konnte. Die Straße wurde besser. Über ihrem Kopf konnte sie Lichter erkennen. Die Straßenlaternen, die ihr Licht für kurze Zeit über sie warfen, um dann wieder in der Dunkelheit zu verschwinden. Bis zur nächsten Laterne.

Dann stoppte das Fahrzeug. Klara lauschte. Eine Tür wurde geöffnet und sofort wieder zugeschlagen. Die Fahrt ging weiter. Es musste jemand ein- oder ausgestiegen sein. Die Abstände der Laternen wurden größer, bis es überhaupt keine Laternen mehr gab. Klaras Angst wurde ebenfalls immer größer. Sie versuchte sich zu erinnern. Aber alles, was ihr noch einfiel, war, dass sie auf der Toilette war und danach im Flur von einem Kellner angesprochen wurde. Dann wurde alles schwarz um sie herum. Genau wie jetzt ohne das Licht der Laternen. Was war passiert? Wurde sie entführt? Weil sie eine Touristin war? Eine Deutsche? Würde es eine Lösegeldforderung geben?

Warum sonst machte sich jemand die Mühe, sie irgendwohin zu transportieren? Sie umzubringen wäre ringsherum im Wald sicherlich einfach gewesen.

Ihr wurde übel und ihr Kopf dröhnte noch stärker als zuvor. Außerdem hatte sie einen merkwürdigen Geschmack im Mund und schrecklichen Durst. Von ihrer Angst ganz zu schweigen, ging es ihr immer schlechter.

Wo Phillip wohl war? Würde er sie suchen? Was würde er denken?
Dass sie es sich anders überlegt hatte und einfach mit dem
nächstbesten Taxi zurück zum Flughafen gefahren wäre? Nein, das
konnte er nicht von ihr glauben. Das durfte er nicht glauben!
Klara ergab sich dem Rütteln und Schütteln. Ihre Tränen liefen über
ihre Wangen und wurden von einem wunderschönen, farbenfrohen
und unendlich wertvollen Perserteppich aufgesogen.

8. Chris, die Suche

Als sich Phillip und Chris vor dem Eingang des Hotels trafen, schüttelten beide nacheinander ihren Kopf. Phillip, etwas außer Atem, begann:

„Sie ist nirgends zu finden. Und keiner hat sie woanders gesehen, außer als sie mit mir zusammen am Tisch saß." Phillip sah sich besorgt um, bis Chris ergänzte:

„Bei mir das Gleiche. Sie hatte sich auch kein Zimmer gebucht oder Taxi bestellt. Die Angestellte an der Anmeldung hatte die ganze Zeit Dienst und war auch in der letzten Stunde nirgendwo anders." Chris ließ sich auf die Stufen sinken. Er sah Phillip fragend an. „Was denkst du?"

„Wieso ich?"

„Weil du ein ganz normaler Mensch bist und nicht wie ich ein jahrelang aktiver verdeckter Ermittler."

„Warum sagst du nicht einfach Spion?"

„Weil ich das Wort nicht mag! Aber was soll das? Sag endlich, was denkst du?" Chris sprang auf und scharrte nervöse mit seinen Turnschuhen über die Pflastersteine, die mit weißem Sand verfüllt worden waren, der nicht vollständig in den Fugen verschwunden war.

„Ich glaube, sie wurde entführt!" Phillip erschrak sofort, nachdem er diesen Satz ausgesprochen hatte.

„Wieso denkst du das? Vielleicht ist sie einfach zurückgefahren, zum Flughafen. Vielleicht traf sie eine alte Freundin oder einen Freund und ist mit ihr oder ihm auf und davon." Chris setzte sich wieder neben Phillip.

„Nein, Chris, niemals ohne mir Bescheid zu sagen."

„Aber du kennst sie doch überhaupt nicht! Vielleicht wollte sie dich anrufen und ihr Handy-Akku war leer. Sie meldet sich bestimmt, sobald es ihr möglich ist."

„Du spinnst! Was glaubst du? Was ist ihr wirklich passiert?" Sie sahen einander an.

Chris rieb sich mit seinen Händen über die Oberschenkel. Dann nickte er Phillip zu. „Sie wurde entführt! Ich bin mir ganz sicher!" Phillip schluckte trocken. Ihm fehlte die Spucke. Dann polterte es aus ihm heraus: „Was machen wir jetzt? Rufen wir die Polizei? Wir können doch nicht einfach nur hier rumsitzen!" Phillip hatte allerdings die große Hoffnung, der Polizei die Verantwortung übergeben zu können. Was er auf gar keinen Fall wollte, war, sich mit Entführern oder ähnlichen Verbrechern anzulegen.

Doch Chris zerstörte diese Hoffnung im Keim. „Auf gar keinen Fall! Bist du verrückt! Weißt du, was die mit uns machen? Die sperren uns in einen *Vernehmungsraum* und *verhören* uns so lange, bis wir nicht mehr wissen, wie wir heißen. Und sollten sie Klara nur noch tot finden, sitzen wir hier lebenslänglich im Knast. Was Besseres als uns können die Polizisten gar nicht finden. Und dem echten Geiselnehmer könnte nichts Besseres passieren." Chris lief hin und her.

Phillip blieb sitzen und verfolgte ihn nur mit seinen Augen. Er war weiß geworden. Was bei seiner Strandbräune schon sehr ungewöhnlich war. „Und was machen wir jetzt?" Phillips Stimme klang kläglich.

Chris sah ihn an und fragte sich, ob er ihn lieber nach Hause schicken sollte. Der Held, den er in seinem Roman darstellte, war er nun wirklich nicht. Dennoch konnte er ihm sehr nützlich werden. Und sei es nur, um als Zeuge auszusagen, falls das notwendig sein würde.

„Wir überlegen, warum und von wem sie entführt worden sein könnte. Dann kommen wir vielleicht auch auf den Ort, an dem sie festgehalten werden könnte. Und können sie befreien." Chris sah sich um. Irgendetwas musste ihm doch auffallen. Eine Spur, wenigstens eine klitzekleine Spur.

„Meinst du, sie ist noch am Leben?" Phillip war den Tränen nahe.

„Aber natürlich! Du glaubst doch selbst nicht, dass der oder die Entführer so dumm sind und sie umbringen, ohne Geld zu fordern?"

„Ja, das klingt logisch!" Chris klopfte Phillip freundschaftlich auf die Schulter. „Wir schaffen das! Zusammen! Im Roman hatte es ja auch geklappt!" Ein gequältes Lächeln hüpfte von dem einen auf das nächste Gesicht über, dann hing jeder seinen Gedanken nach.

Chris fand als Erster seine Sprache wieder. „Wir müssen uns trennen! Wir suchen dort weiter, wohin sie gebracht worden sein könnte."

Phillip sah ihn fragend an und versuchte es erneut: „Sie könnte überall sein. Wir sollten eine Vermisstenmeldung bei der Polizei machen. Sollte eine Geldforderung eingehen, können wir vielleicht behilflich sein!"

Chris verdrehte die Augen und wendete sich von Phillip ab. Er blickte in das Tal hinunter, aus dem sie gekommen waren. Ja, er wusste, dass Phillip im Grunde genommen Recht hatte. Dennoch sperrte er sich komplett gegen diese Möglichkeit. Das war keine normale Entführung. Da war er sich sicher. Wieso? Keine Ahnung! Klara würde nicht einfach so abhauen, ohne sich zu verabschieden. Und dass sie einem Gewaltverbrechen zum Opfer gefallen sein könnte, nein, einfach unmöglich. Chris drehte sich zu Phillip zurück.

„Du fährst zum Hafen. Wann kommt die nächste Fähre in Karlovassi an?"

„Heute Abend!" Phillip erhob sich.

„Gut, du hast noch genügend Zeit. Sieh dich genau um. Schlendere durch die Reihen der Fahrzeuge. Halte die Ohren offen, du wirst es spüren, sollte dir irgendetwas merkwürdig vorkommen."

„Wirklich?"

„Ja, wirklich! Und dann rufst du mich sofort an. Du unternimmst nichts ohne mich! Verstanden?" Chris sah ihn aufmerksam an. „Verstanden! Und was unternimmst du?"

„Ich fahre zurück zum Flughafen. Vielleicht entdecke ich sie dort? Oder jemanden, der sie kennt?"

„Du glaubst doch nicht wirklich, dass sie dort sein könnte, weil sie vielleicht ihren Ex getroffen hatte?"

„Ich weiß nicht, was ich glaube. Ich weiß nur, dass der Flughafen eine Option sein könnte, sie zu finden." Chris reichte Phillip eine Hand und zog ihn von den Stufen hoch. „Los jetzt!"

Phillip nickte ihm zu und lief zu seinem Taxi. Dann winkte er Chris noch kurz und verschwand hinter den Bäumen.

Chris stand vor dem Hotel und betrachtete die Eingangshalle von außen. Die großen, bis zum Boden reichenden Glasfenster, die pastellfarbenen Vorhänge, die sich leicht im Abendwind hin und her bewegten. Die Kristallleuchter, die ihr warmes gelbes Licht über Ledersessel und Glastische verteilten.

Als er die Halle betrat, um sich an der Rezeption ein Taxi zu rufen, überkam ihn ein seltsames Gefühl. Das war es, was er die ganze Zeit vermisst hatte. Seine Intuition! Sie war wieder erwacht. Sie arbeitete, endlich!

Er schlenderte an den Sitzgruppen vorbei, an Urlaubern, Angestellten die diese gewissenhaft umsorgten.

Seine Blicke liefen an den Wänden entlang, über Bilder, von denen nicht ein einziges nach einem Druck aussah. Berühmt klingende Namen, die er jedoch alle nicht kannte, standen auf den jeweiligen kleinen weißen Schildern neben den Originalen.

Chris verstand nicht sehr viel von Kunst, aber dass diese Bilder ein Vermögen wert waren, das sah er sofort.

Er lief weiter. Überall standen Bodenvasen mit edlen Blumenarrangements. Und kleine weiße Porzellanfiguren schmückten Beistelltische und Kaminsims.

Aber was sollte ihm das alles hier sagen? Dass der Herr dieses Hauses über einen erlesenen Geschmack und, was wahrscheinlich der wichtigere Aspekt war, über ein enormes Vermögen verfügen konnte. Dass er, wie es hieß, in der Lotterie gewonnen hatte, vor ungefähr *zwei* Jahren.

Chris war auf der Terrasse angekommen. Die Idee mit dem Taxi und dem Flughafen war aus seinen Gedanken verschwunden. Was wäre wenn? Ein Fragemuster, das ihm immer viel Phantasie am Spekulieren abverlangte, welche er zu nutzen wusste. Was wäre, wenn jemand, oder besser noch: was wäre, wenn einer der Geiselnehmer aus dem Flughafengebäude von vor zwei Jahren hier das nicht auffindbare Lösegeld gewinnbringend angelegt hatte! Und sich nun in seiner Existenz, seiner Freiheit bedroht fühlte durch Klaras Anwesenheit? Hatte sie ihn gesehen? Während der Geiselnahme, ohne Maske?

Woher auch immer sie ihn kennen, wiedererkennen konnte, wurde dieser Jemand nun zum Entführer?

Chris ließ sich in einen Korbsessel fallen und spürte den lauen Abendwind auf seiner feuchten Stirn. Er war nah dran, sehr nahe. Es ergab einen Sinn. Aber wer konnte es sein? Er nahm sein Handy heraus und wenig später betrachtete er das Bild des Besitzers dieses Luxushotels auf seinem Bildschirm. Er kannte diesen Mann nicht. War seine Phantasie dieses Mal mit ihm durchgegangen?

Nein, ganz sicher nicht. Er spürte es, diese Spur würde ihn zu Klara führen. Wenn er nur wüsste, wo die Verbindung zwischen ihnen bestand, dann würde er sie finden.

Marco, Costas und Carlo wurden verhaftet. Das Lösegeld wurde nicht gefunden. Zwanzig Millionen, wer auch immer es gefunden haben sollte, würde es bestimmt nicht zur Polizei tragen.

Als ein Kellner ihn nach seinen Wünschen fragte, bat er darum, den Besitzer sprechen zu dürfen. Der Kellner erklärte ihm, dass sein Chef außer Haus sei, morgen früh allerdings zurückerwartet würde.

Chris bedankte sich und erhielt wenig später sein Kaltgetränk ohne Alkohol. Er beschloss hier zu bleiben und hoffte auf ein wenig Glück, das ihm den richtigen Weg zeigen würde, um Klara zu finden.

9: Phillip, die Fähre

Phillip raste mit seinem Taxi den Berg herunter, als ginge es um sein Leben.
Dass er ohne einen Crash zu verursachen heil am Hafen ankam, verdankte er ausschließlich seiner jahrelangen Erfahrung und Fahrpraxis als Taxifahrer auf dieser Insel.
Er hatte Glück und war noch vor der Fähre am Tor, vor der Hafeneinfahrt. Es war bereits dunkel und er konnte die Lichter der Fähre auf dem Meer schon erkennen. Sein Blick fiel auf die vielen wartenden und in Reihen parkenden Fahrzeuge, nach PKWs und LKWs geordnet.
Phillip war schon oft bei der Ankunft von Fähren anwesend gewesen. Hier war eine gute Möglichkeit, eine einträgliche Fahrt zu bekommen, die länger war als bloß bis in die jeweilige Stadt. Und diese Chance war hier viel größer als am Flughafen, wo viele Touristen mit Bussen oder dem eigenen Mietwagen ins Landesinnere gebracht wurden oder selbst fuhren.
Es war jedes Mal ein riesiger Rummel. Sobald die Fähre ihre gewaltige Ladeluke öffnete, ging das Spektakel los. Er konnte sich noch an seinen ersten Einsatz hier im Hafen von Karlovassi erinnern. Damals hatte er schon das Handy einsatzbereit in die Hand genommen, um so schnell wie möglich einen Krankenwagen oder die Feuerwehr rufen zu können, falls ein Unfall passieren würde. Heute würde es nicht viel anders sein, deshalb beeilte er sich und ging zu Fuß zwischen den parkenden Autos hindurch, in der Hoffnung, ihm würde etwas auffallen, was ihn weiterbringen konnte. Seine Hoffnung schwand von Minute zu Minute. Viele Familien mit Kindern waren zu sehen. Oder alte Menschen. Oder Frauen, Arbeiter, Jugendliche. Er konnte einfach keinen Verdächtigen ausmachen.

Die LKWs waren schwieriger zu beurteilen. Er hatte keine Chance, ihre Ladung einzusehen. Die Männer hinter dem Steuer sahen aus wie LKW-Fahrer, weiter nichts. Klara könnte hier irgendwo in einem Kofferraum liegen, auf einem Anhänger oder in einem Laderaum, er würde sie nicht finden.

Als er zu dieser Erkenntnis gekommen war, landete die Fähre an und keine zwei Minuten später brach die Hektik aus. Phillip hatte Mühe, sich in Sicherheit zu bringen. Die ersten LKWs fuhren aus dem Bauch der riesigen Fähre auf den Parkplatz des Hafengeländes. PKWs folgten. Gleichzeitig verließen Passagiere die Fähre an zwei Seiten und strömten in Richtung Stadt. Wo an Straßen und Wegen Autos parkten, in denen Menschen auf sie warteten oder die sie selbst fuhren.

Fährarbeiter kontrollierten Tickets von Passagieren, die von hier mitfahren wollten und den Weg in die Fähre suchten. Das Chaos wurde perfekt, als die ersten PKWs sich in Reihen auf die Fähre zubewegten und immer wieder herausfahrenden PKWs oder auch LKWs Platz machen mussten. Familien mit Kindern, Kinderwagen und Koffern kreuzten die Wege der Fahrzeuge, als wäre es das Selbstverständlichste der Welt. Es passierte kein Unglück – unvorstellbar!

Phillip steckte damals sein Handy ungläubig wieder ein und dankte Gott für seine schützenden Hände.

Heute sah er dem Schauspiel gelassener zu, er blickte sich immer noch suchend um, aber er konnte keinerlei Hinweise entdecken.

Sollte Klara hier irgendwo versteckt gewesen sein, dann war sie nun auf dem Weg in die Türkei. Er schluckte. Hatte Chris nicht gesagt, er würde es spüren? Phillip spürte, dass Klara nicht hier war. Ja, er war sich plötzlich ganz sicher.

Dann rief er Chris an und erzählte ihm, was er gesehen hatte und was er nicht sehen konnte.

„Phillip, wann kommt die nächste Fähre?"

„Morgen früh, so gegen sieben Uhr."

„Phillip, ich möchte, dass du heute Nacht dort bleibst. Kannst du das für mich tun? Damit du morgen schon ganz früh vor Ort bist. Frag mich bitte nicht, warum, ich kann es dir nicht sagen, ich weiß nicht, irgendwas sagt mir, wir sind sehr nahe an der Wahrheit."

„An welcher Wahrheit, Chris?"

„Ich glaube, es hat etwas mit der Geiselnahme und dem Lösegeld von vor zwei Jahren zu tun."

„Aber was hat Klara damit zu tun?"

„Das werde ich auch noch herausbekommen! Ich melde mich bei dir, sobald ich etwas weiß!"

„Gut, bis dann!" Phillip steckte sein Handy ein und ging zu seinem Taxi zurück.

Die ganze Nacht hier im Auto zuzubringen, war nicht eben eine schöne Vorstellung. Aber die Alternative wäre, sich ein Zimmer zu nehmen, was Geld kosten und Chris enttäuschen würde. Chris verlässt sich auf dich! Dieser Satz ließ Phillip die unbequeme Rücksitzbank gemütlich erscheinen.

Den Funk hatte er ja schon lange gekappt, so dass die Nacht sehr ruhig verlief.

10: Chris, Licht im Dunkeln

Chris zahlte sein Getränk und vertrat sich die Beine rund ums Hotel herum. Eigentlich wartete er nur darauf, dass Ruhe im Außenbereich der Hotelanlage einkehrte. Die Terrasse war mit komfortablen Liegen ausgestattet worden. Sie sahen aus wie Himmelbetten, mit Dach und Seitenvorhängen. Er hatte Glück und die Beleuchtung wurde sehr bald auf Notbeleuchtung reduziert. Chris suchte sich ein Plätzchen aus, was am weitesten vom Hotel und nahe an der Aussichtsplattform lag. So hoffte er, hier ungestört die Nacht verbringen zu können. Doch so sehr er sich auch Schlaf wünschte, sein Kopf ließ ihn nicht zu. Er grübelte, bis es fast Mitternacht war. Mit einem Seufzer richtete er sich auf, zog den Vorhang beiseite und starrte in die dunkle Nacht.

Welche Verbindung konnte es geben? Antonio war tot. Die anderen wurden verhaftet, das Lösegeld nie gefunden. Was hatte er übersehen? Einen unsichtbaren Komplizen?

Chris wollte sich erneut auf seine Luxusschlafstätte begeben, als er im Augenwinkel Lichter auf der gegenüberliegenden Bergseite aufblitzen sah. Er hielt Ausschau und tatsächlich konnte er mehrere Lichter erkennen. Eine von hier aus sichtbare Straße gab es dort nicht. Sie führte auf der anderen Seite des Berges dort hinauf. Autoscheinwerfen waren also unwahrscheinlich. Und Häuser, Gebäude, Stallungen? Er wusste es nicht. Langsam legte er sich wieder hin.

Ihm wurde kalt. Hier oben in den Bergen sanken die Temperaturen tiefer als am Meer. Er zog seine Lederjacke über, die er bis dahin als Kopfkissen benutzt hatte. Doch die Lichter gingen ihm nicht aus dem Sinn. Wer um alles in der Welt hatte im Dunkeln dort drüben im Wald am Berghang etwas zu suchen?

Es ließ ihm keine Ruhe. Er schnappte sein Handy und rief Phillip an.

„Hey, was ist los, Chris? Hast du etwas herausgefunden?" Er klang verschlafen.

„Nicht wirklich, ich wollte dich eigentlich nur was fragen. Weißt du, ob es dem Hotel gegenüber, also auf der anderen Seite der Berge bewohnte Häuser gibt?"

„Bewohnt? Nein, das glaube ich nicht. Dort war vor Jahren das alte Baumhausrestaurant, du selbst hast es in deinem Roman erwähnt, oder besser gesagt, mit Leben gefüllt. Das war echt spannend, wie du uns da ..."

„Ja, danke, ich weiß, aber ich wusste nicht, dass es so nahe am Hotel liegt."

„Das tut es auch nicht, der Weg durch das Tal ist eine mittelschwierige Wanderroute. Und auf der Straße außenherum brauchst du eine gute Stunde."

Stille.

„Wieso interessiert dich das?"

„Ich habe Lichter gesehen!"

„Hm! Vielleicht Waldarbeiter!"

„Mitten in der Nacht?"

„Oder ein Liebespärchen, das bei Mondschein im Wald übernachtet."

„Der Mond scheint nicht und ich glaube auch nicht an eine Mutprobe von Jugendlichen. Phillip, ich fahre dorthin!"

„Jetzt? Wie?"

„Ich leih mir das Motorrad vom Kellner aus. Das steht hinterm Haus."

„Und du meinst, er gibt es dir?"

„Ernsthaft?"

„Verstanden, Chris, fahr vorsichtig, die Straßen sind überall sandig oder mit Schotter überzogen."

„Danke, Phillip, leg dich wieder hin, ich wecke dich, sobald es hell wird."

315

Philipp hielt das Handy noch in der Hand, als Chris schon mit großen Schritten den Fußweg ums Hotel entlangging. Das Motorrad war leidlich mit einer Kette gesichert. Für Chris keine wirkliche Herausforderung. Und der Schlüssel befand sich in einer Tasche im Innenfutter des Helmes, der am Lenker hing. Danke! Chris zeigte den Schlüssel hoch in Richtung Personaltrakt. Dort lagen alle Fenster im Dunkeln. Erst als er den Schlüssel im Schloss drehte und das Motorengeräusch die Stille durchbrach, erhellte sich ein Fenster im Obergeschoss.

Als sich das Fenster öffnete, war Chris schon vor dem Hotel auf der Straße und orientierte sich an den wenigen Namensschildern der umliegenden Dörfer. Er erinnerte sich an den Weg, der zum Baumhausrestaurant führte. Aber er hatte keine Ahnung, was ihn dort erwarten würde. Wahrscheinlich nichts weiter als Dunkelheit. Aber er musste es tun. Er folgte seinem Instinkt.

11: Klara, Déjà-vu

Das Fahrzeug bewegte sich schon eine ganze Weile nicht mehr.
Klara musste wieder eingeschlafen sein. Als sie erwachte, war es
immer noch dunkel. Ihre rechte Schulter schmerzte, da sie die ganze
Zeit auf ihr gelegen hatte. Sie versuchte sich mit Schwung etwas
weiter zu drehen, doch bevor ihr dies gelang, hörte sie Stimmen.
Zwei Männer sprachen miteinander, auf Griechisch, wie sie glaubte
heraushören zu können. Dann sprach der eine Mann plötzlich
Deutsch:
„He, he, he! Mal ganz langsam, da hinten."
Klara spürte, wie jemand auf die Ladefläche stieg, sie bewegte sich
ein wenig.
„Gleich holen wir dich da raus!"
Mit diesen Worten wurde Klara mitsamt ihrer Röhre fortgezogen,
bis sie plötzlich geknickt über den Schultern des zweiten Mannes
mit dem Kopf nach unten hing. Dieser rückte sie ein paarmal zurecht
und schien dann dem ersten zu folgen. Klara konnte die Lichter
einer Taschenlampe über den Boden tanzen sehen. Erst über einen
festen Straßenbelag, dann leuchtete sie über Erde und Steine wie auf
einem Wald- oder Feldweg. Und zu guter Letzt konnte sie
Holzdielen erkennen.
Das Licht wurde heller und sie wurde unsanft auf den Boden fallen
gelassen. Im selben Moment, als sie aufschlug, zog jemand an dem
Teppich, wie sie nun eindeutig erkennen konnte, und sie rollte aus
ihm hervor, über die Dielen bis vor die Füße eines jungen Mannes.
Dort lag sie auf dem Boden, sah sich um und stellte zu ihrem
Schrecken fest, dass dort niemand anderes zu sehen war als diese
zwei Männer. Klara realisierte, in welcher akuten Gefahr sie sich
nun befand. Angst wäre eine Untertreibung. Sie konnte vor Panik
kaum atmen.

Der Ort, an den sie gebracht worden war, war ihr bekannt. Und auch einen der Männer erkannte sie sogleich. Er war der Besitzer des edlen Nobelhotels, in dem sie noch vor wenigen Stunden mit Phillip gespeist hatte. Den zweiten Mann kannte sie nicht. Er hielt sich ein wenig im Hintergrund. Es schien eindeutig, wer hier das Sagen hatte.

Der Chef ließ sich in einen alten Korbsessel fallen, dass dieser nur so knarrte. Er hatte seinen weißen Anzug gegen ganz normale hellblaue Jeans und ein blaukariertes Hemd getauscht. Er mochte nur wenige Jahre älter als Klara sein.

Sie überlegte angestrengt, wie sie ihm begegnen sollte. Ängstlich auf Gnade hoffend? Stärke zeigend und ihm die Stirn bieten? Beides war so abwegig. Sie wollte einfach nur laut schreien, brachte aber keinen Ton heraus. Sie wusste nicht, warum er sie hierher gebracht hatte, aber sie wusste, dass er ihr sein Gesicht gezeigt hatte und sie niemals wieder gehen lassen konnte.

Klara setzte sich auf und zog die Knie an ihren Körper heran. Aufzustehen wagte sie nicht. Der Mann ihr gegenüber betrachtete sie mit einem Lächeln und schien mit seinen Gedanken vollständig beschäftigt zu sein. Bis er sich erhob und ihr entgegentrat, um dann mit einem Abstand von nur wenigen Zentimetern um sie herum im Kreis zu gehen.

„So so, das ist also die Klara!"

Eine Feststellung, als würde er schon lange auf ihre Begegnung gewartet haben.

Klara verfolgte ihn mit ihren Augen. Sie musste etwas unternehmen.

„Was soll das? Was wollen Sie von mir? Lassen Sie mich gehen!"

Er seufzte tief und sah sie mitleidig an. „Auf dem Bild, das mir jemand von dir gezeigt hatte, sahst du allerdings viel schöner aus. Es wurde am Meer aufgenommen. Genauer gesagt in einem Hafen. Nach Sonnenuntergang. Das Wasser spiegelte die vielen Lichter wider, die Boote lagen dicht an dicht hinter dir im Wasser und du hattest ein weißes Kleid an und ein Glas Rotwein in der Hand." Klara überlegte angestrengt. Ein Foto von ihr am Hafen, wo wurde es gemacht? Von wem und woher kannte er es? Sie war schon einige Male am Meer und dank Facebook waren wahrscheinlich einige ihrer Fotos dieser Art für jedermann zu sehen. Was sie ab sofort mit ganz anderen Augen betrachtete.

„Es ist wirklich schade, dass wir uns unter diesen Umständen kennenlernen müssen, aber leider nicht zu ändern. Du bist eine Gefahr für mich, auch wenn du es anscheinend noch nicht weißt. Aber alleine die Möglichkeit, es könnte dir wieder einfallen, kann ich nicht riskieren."

Das war die Bestätigung für ihre Annahme. Verdammt, sie musste hier weg! Aber wie?

Es war eindeutig niemand weiter zu sehen. Die Beleuchtung war schlecht. Glühbirnen hingen an Kabeln von der Decke. Überall Spinnweben und Staub, zerbrochenes Geschirr, umgekippte Stühle und Tische mit Kerzenresten und Flecken übersät. Es würde auch kein Mensch hierher kommen. Der Wind wehte durch die offenen Fenster. Rundherum nur Dunkelheit.

„Es tut mir wirklich leid. Ich hätte schwören können, dass du mich schon im Lokal erkannt hattest. Dein Blick war irgendwie anders als der der anderen Gäste. Anscheinend hatte ich mich geirrt. Also hatte dein Freund dir unser gemeinsames Foto wohl nicht gezeigt. Auch das hätte ich nicht gedacht. Was mein Fehler und dein Pech war." Er blieb an einem Fenster stehen und sah in die Dunkelheit hinaus.

„Weißt du, es ist dumm von dir, hier draußen herumzuspazieren. Oder bist du vielleicht lebensmüde und ganz bewusst hierher gekommen, um diesen Ort niemals wieder zu verlassen?" Er drehte sich um, lächelte sie an und nickte dann dem etwas älteren Mann hinter ihr zu. Dieser ging sofort auf sie zu und ergriff ihre Arme von hinten, um sie mit sich zur Tür heraus, die eigentlich nur eine Öffnung war, eine kleine Treppe hinunter auf die Terrasse zu zerren. Klara wehrte sich, indem sie mit den Beinen strampelte, sich von den Holzbalken abstieß. Aber es half nichts. Er zerrte sie weiter nach draußen in die Dunkelheit. Sie begann zu schreien, doch sie wusste, dass sie niemand hören würde, hier draußen im Wald, in den Bergen, mitten in der Nacht.

Jetzt kam auch der Chef auf sie zu. Er ergriff ihren rechten Arm und sein Komplize ihren linken Arm. Gemeinsam schleiften sie sie in Richtung Geländer.

Klara kannte diese Terrasse und sie kannte auch den Blick in die Tiefe, der sie vor über zwei Jahren mit Ben gemeinsam erschaudern ließ. Ben! Es war Ben, von dem er sprach. Es war hier auf Samos, wo er sie fotografiert hatte.

Sie waren kurz vor dem Geländer angekommen. Klara schrie nicht mehr. Ihre Tränen liefen über ihre Wangen, ihr Herz schlug ihr bis zum Hals und ihr Verstand wollte nicht akzeptieren, was gerade geschah.

Mit Schwung schleuderten sie sie gleichzeitig in Richtung Geländer und ließen sie los. Sie flog, sah den dunklen Himmel über sich, die Sterne. In diesem Moment hörte sie einen Schrei.

„Nein!"

Dann spürte sie einen der Balken schmerzhaft im Rücken. Er knackte gefährlich, aber er hielt. Sie sackte sofort auf den Dielen in sich zusammen und hielt sich an einem der Querbalken fest.

Die Männer wendeten sich von ihr ab und dem Schrei zu.

Nun sah auch Klara den Mann an der Treppe zum ehemaligen Restaurant stehen. Das Licht fiel von oben auf sein Gesicht, wenn auch nur kurz, denn er sprang die wenigen Stufen hinunter, rannte auf die Männer zu und blieb nur wenige Schritte vor ihnen stehen.

„Chris!" Es war nur ein Flüstern, das Klara über die Lippen kam, aber der Chef sah Klara an und dann wieder Chris und sein Mund verzog sich zu einem hässlichen, fiesen Grinsen, was er Chris präsentierte.

„Ach, das ist ja ein unerwarteter Besuch! Der Spion spioniert wieder. Ich dachte, du bist in Rente."

„Und ich dachte, es gibt hier auf Samos nichts mehr für mich zu tun, da hatte ich mich anscheinend getäuscht." Chris ließ die beiden nicht aus den Augen.

Klara konnte es kaum glauben. Er war hier! Hier im Baumhausrestaurant!

Warum? Woher wusste er, dass sie hier war? Sie hatte das Gefühl, als wäre sie in seinem Roman. Nur dass nicht sie ihn, sondern er sie retten wollte.

Würden sie das Ende ihrer Geschichte heute neu schreiben?

Oder gemeinsam sterben?

Chris' Gedanken rotierten im Kreis. Klara, sie war es. Sie lag dort nur wenige Zentimeter vom Abgrund entfernt in größter Gefahr, warum? Wer waren die beiden? Woher kannten sie Klara und ihn selbst? Verdammt!

Er besaß keine Waffe mehr. Ja, er konnte kämpfen, es waren nur zwei. Aber sie waren im Vorteil. Nur ein kräftiger Stoß und sie würden Klara den Abhang hinunterstürzen. Dass die Balken bis jetzt hielten, war schon ein Wunder.

Er musste die Männer ablenken, beschäftigen, vielleicht würde ihm noch etwas Besseres einfallen als das, was ihm gerade durch den Kopf ging und er nicht für seine beste Idee der letzten Jahre hielt.

In diesem Augenblick klingelte sein Handy.

„Wage es nicht, den Anruf entgegenzunehmen!" Das war der Jüngere, er hatte offensichtlich das Sagen.

„Das hatte ich nicht vor!", erwiderte Chris. „Helfen Sie mir lieber weiter. Woher kennen Sie mich?"

„Du weißt es also auch nicht. Gut, euer Leben sollte nicht völlig unwissend enden. Daher erzähle ich es euch, so kurz wie möglich: Ich habe *das* Lösegeld! Macht es jetzt bei euch klick? Mein Freund Antonio war auch dein Freund, Chris!"

Chris ballte seine Hände zu Fäusten.

„Ich sehe, du erinnerst dich an die Geiselnahme. Mein zweiter Freund hieß Pablo! Er dürfte dir auch bekannt sein. Beide sind tot!"

„Da kann man nur hoffen, dass Sie keine weiteren Freunde besitzen!" Chris versuchte ein ebenbürtiges Grinsen um seinen Mund zu zaubern, was ihm nicht wirklich gelang.

Allerdings verfehlte sein Blick in Richtung des nur stumm daneben stehenden zweiten Mannes seine Wirkung nicht. Unruhig scharrte er mit den Füßen.

Der Anführer sprach schnell weiter: „Kein Wunder, dass sie dabei draufgegangen sind. Pablo wollte Rache nehmen, ein Exempel statuieren. Er wollte ein Massaker heraufbeschwören, dem die Geiseln zum Opfer fallen sollten und die GSG9 für immer von der Bildfläche verschwinden lassen würde.

Es war ihm völlig gleich, ob er und seine Leute dabei draufgehen würden. Auch das Geld war ihm egal. Das war nur ein Köder für seine Söldner und Kumpel.

Und Antonio war so naiv, dass er mir schon leidtat. Er dachte, dass die Geiselnahme die Öffentlichkeit wachrütteln und die Verzweiflung der Menschen hier auf der Insel, die der Flüchtlinge und auch die der Einheimischen, so eine Solidaritätswelle auslösen würde und der Druck der Öffentlichkeit die Politik verändern würde. So, dass die Regierung zu ihrem Wort, oder besser den geforderten Papieren, auch wirklich stehen mussten. So dass sie die Flüchtlinge fortbringen und das Lager schließen würden."

Er rieb sich die Stirn. Alle Blicke waren auf ihn gerichtet.

„Es regt mich noch heute auf, wenn ich darüber berichte. So viel Dummheit auf einem Haufen.

Antonio und Pablo waren die Einzigen, die von mir wussten. Ich sollte für Pablo in Deutschland das Sondereinsatzkommando ausspionieren, wenn möglich! Damit er wusste, wann sie landen wollten. Oder ob sie irgendwelche Tricks oder Ablenkungsmanöver planten.

Das Geld war unser Ablenkungsmanöver für alle Beteiligten. Allerdings hatte ich meinen eigenen Plan. Der dank Antonio auch prächtig funktioniert hatte. Ich machte ihm weis, dass er den Auftrag hatte, das Lösegeld erst einmal unter Wasser zu verstecken, in der Bucht, unter einer Felsennase.

Was er auch tat. Mit etwas Verzögerung, da ihr beide sein Boot geklaut hattet und er es sich erst zurückholen musste. Was ich später durch einen Einheimischen erfuhr, den er gebeten hatte, ihm bei der Suche seines Bootes zu helfen. Und noch viel später durch deinen Roman. Du siehst, ich bin gut informiert.

Dass du den Sprengstoff im Bug des Bootes nicht gefunden hattest, war ebenfalls mein Glück. Den hatte ich hauptsächlich für Pablo und Antonio dort platziert.

Ja, es ging einiges schief, aber ich hatte viel Glück. Auch, dass Antonio das Boot im eingehaltenen Zeitrahmen wie geplant in die Bucht zurückgebracht hatte. Die Überlebenden sollten es für ihren Fluchtweg nutzen. Das Flugzeug war nur ein Köder für die Einsatztruppe.

Dass es zu keinem Kampf kam und nur die Söldner mit dem Boot in die Luft flogen und die Anderen die Flucht mit dir im Gepäck antraten, das war so nicht geplant. Egal! Das Geld war mir sicher. Es gab niemanden, der wusste, dass ich dabei war.

Außer deinem Freund, Klara!" Er drehte sich zu ihr um und sie erschrak, als er ihren Namen rief.

„Er hätte dir von mir erzählen können. Er war nicht zu Stillschweigen verpflichtet wie alle anderen in dem Sitzungszimmer. Er wusste, dass ich dort drinnen war und geholfen hatte. Alle Anwesenden hielten mich für einen Niemand und hatten mich längst vergessen.

Aber er würde mich nicht vergessen. Ich war ihm eine Stütze. Wenn er erfahren hätte, dass ich wenig später ein Vermögen gewonnen hatte, wäre er misstrauisch geworden und hätte eins und eins zusammengezählt.

Als alles vorbei war, erfuhr ich, wieder auf der Insel angekommen, von dir, Chris, dem Spion! Und dir, Klara, seiner kleinen Spionin. Mit euch konnte ich nicht rechnen.

Klaras Name war in der Zeitung, mit Bild. Sie hatte das Massaker verhindert. Durch deinen Mut, Klara, hast du die GSG9 und die Geiseln gerettet. Bravo! Und mir meinen Traum ermöglicht. Eigentlich undankbar von mir, dass es nun so mit dir zu Ende gehen muss. Mit euch! Ein Liebespaar stürzt in die Schlucht! Tolle Schlagzeile! Aber ich möchte ja einfach nur, dass alles so bleibt, wie es ist."

Mit diesen Worten drehte er sich ruckartig um und trat mit seinem Fuß kräftig gegen das Geländer, so dass mehrere Balken, oder besser Stämme, krachend den Abgrund herunterstürzten. Das Loch im Zaun war mindestens zwei Meter breit. Nur wenige Meter von Klara entfernt.

„Ich glaube, wir sollten die ganze Sache nun ein wenig beschleunigen. Da es dir, Chris, wohl die Sprache verschlagen hat."

Klara hatte sich erhoben und hielt sich an einem der Stützbalken fest. Sie wusste, dass die Verstrebungen keinerlei Halt boten. Aber sie würde auch nicht an den beiden vorbeikommen, um Chris zu erreichen

„Nun, wer möchte als Erster springen? Damen zuerst?" Er drehte sich zu Klara um und ging auf sie zu. Doch Chris war schneller, er stürzte sich auf den zweiten Mann und stieß ihn in Richtung Abgrund. Der konnte sich gerade noch vor der Öffnung taumelnd zur rettenden Seite fallen lassen. In diesem Moment war Chris schon weiter geradeaus zu Klara gestürmt und stellte sich schützend vor sie. Verblüfft hatte der Chef zugesehen.

„Was soll das Theater? Du kannst sie nicht retten!" Mit diesen Worten zog der Chef eine kleine Waffe aus seinem Hosenbund hinter seinem Rücken. „Aber sie wird nicht alleine da hinunterstürzen!"

Chris hatte sich für die eigentlich blöde Idee entschieden und versuchte im Dunkeln die Entfernung aus der äußersten rechten Ecke abzuschätzen, vier Balken, fünf Balken? Er packte Klaras linken Arm und zog ihn nach vorne um sich herum und klammerte ihn mit seinem linken Arm fest. Klara stand direkt hinter ihm und ergriff seinen rechten Arm.

„Egal was passiert, halte dich an mir fest, so fest es nur geht, und lass nicht los!"

Klara konnte es nicht fassen, was hatte er im Sinn? „Was hast du vor? Chris, bist du verrückt?" Klara konnte und wollte sich nicht vorstellen, was Chris vorhatte zu tun.

Langsam, Schritt für Schritt näherten sie sich gemeinsam der Öffnung im Geländer.

„Was soll das?" Leicht verwirrt sah ihnen der Chef dabei zu. „Das war so nicht gedacht! Du solltest zusehen, wie sie fällt!"

„Das werde ich!" Mit diesen Worten riss er Klara herum und sprang mit ihr zusammen in die Dunkelheit!

„Nein!" Klaras Schrei verstummte abrupt und die Stille danach ließ den beiden Männern auf der Terrasse das Blut in den Adern gefrieren.

Der Chef fand als Erster seine Stimme wieder. „Übrigens, mein Name ist Serge! Das hatte ich völlig vergessen zu erwähnen!"

Gemeinsam näherten sie sich langsam dem Abgrund. Sie leuchteten mit ihren Handys hinab, den Abhang hinunter. Sie konnten niemanden entdecken.

„Es ist zu tief, das überlebt kein Mensch!" Serge ging langsam rückwärts. „Wir sollten fahren, und nimm den Teppich mit!" Sie liefen zur Treppe, löschten das Licht im ehemaligen Baumhausrestaurant und fuhren zurück, durch die Nacht in Richtung Hotel.

12: Phillip, am Abgrund

Mehrere Fahrzeuge schlängelten sich den Berg hinauf. Ihre Scheinwerfer strahlten die schmale Bergstraße bis in den Wald hinein gut aus. Der erste Wagen war ein Taxi. Er gab die Geschwindigkeit an. Das heißt, er legte ein rasantes Tempo vor. Niemand hätte gewagt ihn zu überholen, denn auch die nachfolgenden Fahrer kannten diese Strecke, wenn auch nicht so gut wie Phillip.

Er hatte versucht Chris zu erreichen. Der ging nicht an sein Handy. Was noch nicht selbstverständlich als ein Alarmzeichen zu deuten war.

Dennoch, Phillip hatte so ein merkwürdiges Gefühl. Und Chris hatte ihm ja eindeutig zu verstehen gegeben, dass er auf sein Gefühl, seinen Instinkt hören sollte. Das tat er und alarmierte die Polizei. Zuerst waren die Polizisten alles andere als kooperativ, schon gar nicht begeistert.

Aber nachdem Phillip ihnen erzählte, wer Chris einmal war und dass er in die Geiselnahme im Flughafen verstrickt war, wurde ihr Interesse immer größer. Vielleicht konnten sie sich mit einem überraschenden Erfolg profilieren, das wäre die Sache schon wert, mitten in der Nacht an Abhängen vorbeizurasen.

Sie waren nicht mehr weit entfernt. Noch ein paar Biegungen und Kurven und sie würden das alte Baumhausrestaurant erreicht haben. Mit dem Folgenden hatte niemand gerechnet. Wie aus dem Nichts tauchte ein ihnen entgegenkommendes Fahrzeug auf. Dessen unangemessenes Tempo und der Schreck des zu befürchtenden Zusammenpralles beider Fahrzeuge ließ den Fahrer des entgegenkommenden Fahrzeuges das Lenkrad herumreißen und direkt in den nahen Abgrund stürzen.

Phillip riss ebenfalls das Lenkrad herum und brachte sein Taxi auf der Gegenfahrbahn – soweit man das so nennen konnte, da die

Fahrbahn so schmal war, dass sich zwei Fahrzeuge nur sehr dicht aneinander vorbeibewegen konnten – zum Stehen.

Er sprang aus dem Wagen und sah dem Kleintransporter hinterher, wie er sich überschlug und immer weiter ins Tal fiel, bis seine Scheinwerfer erloschen. Er explodierte nicht, so wie es häufig in Filmen zu sehen war, aber dass diesen Sturz niemand überleben konnte, war allen klar.

„Ich kann nichts dafür, er kam plötzlich um die Kurve gerast!", stammelte er, als ihn der erste Polizist erreicht hatte und neben ihm ebenfalls dem Wagen hinterherstarrte. Er hatte wie auch die nachfolgenden Fahrzeuge Schwierigkeiten, rechtzeitig zum Stillstand zu kommen, ohne von der Fahrbahn abzukommen.

„Da ist nichts mehr zu machen, der Bergungstrupp kann frühestens da runter, wenn es hell wird! Wir sollten sehen, dass wir weiterkommen, hoffentlich war dein Freund nicht in dem Fahrzeug!"

Phillip wurde übel. Das durfte nicht sein. Es ging alles so schnell. Er war sich sicher, zwei Personen gesehen zu haben. Aber er konnte ihre Gesichter nicht erkennen.

„Ja, wir sollten uns beeilen, hier stimmt etwas nicht! Das ist sicher!"

Phillip lief auf sein Taxi zu. Sein Bauchgefühl bereitete ihm mittlerweile Schmerzen.

13: Klara und Chris, Sternenhimmel

„Klara, Klara!" Sie hörte ihren Namen und öffnete ihre Augen. Sie konnte zuerst nur schemenhafte Umrisse erkennen. Es war finster und überall um sie herum waren Zweige und Blätter. Doch dann erkannte sie sein Gesicht. Er beugte sich dicht über sie und sah sie voller Sorge an.

„Gott sei Dank! Ich dachte schon …" Er sprach nicht weiter. Sachte strich er ihr kleinere Zweige und Blätter aus dem Haar. „Wie geht es dir? Hast du Schmerzen? Bist du verletzt?" Er flüsterte und seine Stimme zitterte ein wenig.

Klara spürte den harten Felsboden unter ihr. Sie versuchte sich aufzurappeln. Der Aufprall war *steinhart*, im wahrsten Sinne des Wortes.

„Nein, nein, bleib bitte noch ganz still liegen. Ich weiß nicht, ob sie wirklich weg sind. Und ehrlich gesagt, muss ich erst herauszufinden, wo dieses Plateau zu Ende ist." Er streckte seinen Arm über sie hinweg und tastete nach der Kante.

„Wieso, wo sind wir?" Klara realisierte den Sturz in die Tiefe. Er hatte sie wirklich mit sich gerissen und war mit ihr zusammen gesprungen.

„Wir liegen auf einem Felsvorsprung. Circa zwei Meter unterhalb der Terrasse. Er ist ungefähr drei Meter lang, also parallel zum Berg, und ragt vielleicht zwei Meter hinaus über den Abhang. Er ist völlig überwuchert von Bäumen und Büschen. Sie sind um ihn herum und auch über ihn hinausgewachsen. Und manche kleinere Bäume sind aus der Felswand herausgewachsen. Daher konnten sie uns nicht sehen. Hoffe ich! Geht es dir wirklich gut?" Er hielt sie fest, aus Angst, sie könnte eine falsche Bewegung machen. Er hatte die Kante des Plateaus ertastet. Gleich hinter ihr. Das Reden half ihm beim Denken. Sie waren so gut wie in Sicherheit.

„Ja, es geht mir gut. Dank dir lebe ich noch! Ich glaube, ich bin unverletzt." Klara versuchte seine Gesichtszüge zu ergründen, aber sie konnte sie nicht genau erkennen. „Woher wusstest du, wohin du springen musstest?" Klara war immer noch fassungslos über sein Handeln.

Er konnte sich ein leises Lachen nicht verkneifen. „Du wirst es kaum glauben, aber ich hatte für meinen Roman diesen Abgrund genau studiert. Ich wollte das Ende in meinem Roman erst anders schreiben. So, dass sie mich hier herunterstürzten und du mich finden und von diesem Felsvorsprung retten würdest."

„Tolle Idee!" Klara musste ebenfalls kurz lachen. „Warum hast du diese Szene nicht so geschrieben?"

„Ehrlich gesagt bin ich zu dem Ergebnis gekommen, dass es einfach zu unglaubwürdig wäre, dass ich genau auf diesem kleinen Plateau landen würde und gerettet wäre."

„Ach, wirklich?" Klara boxte ihn mit der Faust leicht in die Seite.

„Ey, es scheint dir wirklich gut zu gehen!"

„Ich wünschte nur, es würde endlich hell werden." Klara blickte in den samtblauen Himmel, der von Sternen übersät war.

„Ich nicht!" Mit diesen Worten zog er sie noch dichter zu sich heran, hielt sie festumschlungen und küsste sie. So wie sie es sich schon vor zwei Jahren gewünscht hatte.

Nicht auf die Wange und nicht auf die Stirn! Klara wünschte, dieser Moment würde niemals enden. Sie waren ganz alleine hier oben, in der Wildnis und trotzten der nahen Gefahr des Abgrundes. Nichts und niemand würde sie wieder trennen.

Ein kurzer Traum, denn plötzlich tanzten Lichter über ihnen. Aber leider waren es nicht die Sterne.

„Hierher, kommt schnell! Das Geländer wurde durchbrochen!" Das war Phillips Stimme, Chris erkannte sie sofort.

Musste der Kerl ausgerechnet heute Nacht Eigeninitiative zeigen? Er brauchte keine Hilfe, jetzt nicht!

„Das war Phillip!", flüsterte Klara. Sie hatte ihn auch erkannt.

„Ich hätte dich morgen früh auch alleine von hier oben gerettet!" Chris klang wie ein kleiner enttäuschter Junge.

„Ich weiß. Du brauchst fast nie Hilfe." Klara strich ihm lächelnd eine Strähne aus dem Gesicht. Seine Haare waren nun länger als damals. Es gefiel ihr. So wie eigentlich alles an ihm.

Chris ließ Klara keinen Zentimeter fort. „Ich wünschte, ich wäre damals nach Deutschland gefahren und hätte dich gesucht und gefunden – und dir gesagt, was ich für dich empfinde. Und hätte nicht nur unsere Geschichte aufgeschrieben und zu Ende geträumt." Er nahm ihre Hand und führte sie an seinen Mund.

Klaras Herz schlug so heftig wie nie zuvor. „Und ich wünschte, ich wäre nicht zurück nach Hause geflogen und hätte nicht zugelassen deinen Tod hinzunehmen. Ich wünschte, ich wäre geblieben, um dich zu suchen und zu finden. Denn auch ich hätte dir sagen müssen, was ich wirklich für dich empfinde."

Klara küsste ihn mit einem Glücksgefühl, welches unbeschreiblich war. Dann nahm sie sein Gesicht in beide Hände.

„Und ich bin froh, dass du deinen Roman geschrieben hast, sonst hätten wir nie die wahre Geschichte erfahren und gemeinsam bis zum Ende erleben können."

„Unsere Geschichte ist noch lange nicht zu Ende!" Chris hielt sie fest in seinen Armen. Die Angst der letzten Stunden hatte er nicht vergessen. Um sie dann   endlich wiederzusehen, in dieser Situation. Als sie gegen das Geländer geschleudert worden war, hatte er für einen Moment geglaubt, er hätte sie für immer verloren. Er schloss stumm seine Augen, als könnte er damit dieses Bild auslöschen.

„Ich sehe etwas! Da unten hat sich jemand bewegt! Hierher!" Phillip winkte die Polizisten herbei und mit vereinten Kräften, oder besser gesagt, Taschenlampen, konnten sie die beiden ausfindig machen.

„Wir sind hier!" Chris winkte und Klara sah ihn verblüfft an.

„Phillip wird eh keine Ruhe geben, bis er uns gerettet hat. Das hatte ihm in meinem Roman schon so gut gefallen. Und jetzt rettet er uns auch im wahren Leben!" Chris konnte es kaum glauben.

„Ich bin stolz auf ihn! Auf euch beide!" Klara wusste, wie knapp sie dem Tod entkommen war. Ohne Chris würde sie den nächsten Morgen nicht erleben. Und ohne Phillip würde der wohl mit einer Klettertour ohne Seil beginnen.

„Chris? Klara? Keine Angst, wir werden euch raufholen!"

„Unser Phillip managt dort oben seine *Truppe* ganz gut. Wenn der so weitermacht, adoptiere ich ihn womöglich noch!" Chris konnte sein Glück kaum fassen. Noch gestern war sein Leben eintönig. Er hätte nicht gedacht, dass Klara ihn aufsuchen würde. Gehofft ja, aber daran geglaubt eher nicht. Und dass sie seine Gefühle erwidern würde, davon hatte er nur geträumt.

Die Geiselnahme war schon so lange her, sie befanden sich damals in einem Ausnahmezustand. Und es hätte doch sein können, dass sie nicht daran erinnert werden wollte. Auch nicht an ihn. Und plötzlich war sie da und ihm noch viel näher als vor zwei Jahren. Und das nicht nur aufgrund ihres ungewöhnlichen Standortes, das fühlte er.

Klara verstand ihr törichtes Verhalten nicht mehr. Wieso hatte sie noch gestern so große Zweifel? Sie spürte keine Angst und keine Kälte. Der Abgrund war so nahe, aber Chris war es auch und das war nach all der Zeit einfach unglaublich – und wundervoll.

14: Klara und Chris, gerettet

Zuerst wickelte Chris Klara das Seil, das kurz vorher über ihren Köpfen baumelte, um ihre Hüften und knotete es fest zu. „Keine Angst, ich bin genau unter dir. Sollte irgendetwas schiefgehen, fange ich dich auf!" Chris klang besorgt. Klara umarmte ihn schnell und gab ihm einen Kuss. Sie vertraute ihm und auch Phillip.

„Seit ihr da unten bereit?" Phillip versuchte durch das Blätterdach zu spähen, aber er konnte nur wenig von ihnen erkennen.

„Ja!", antworteten Klara und Chris gleichzeitig.

Und schon ging es los. Die Männer auf der Terrasse zogen Klara langsam, aber stetig durch die Zweige nach oben. Sie versuchte sich mit ihren Händen und Füßen von der Felswand abzustoßen, um nicht an ihr entlangzuschleifen, was nicht so einfach war, und gleichzeitig die Äste beiseitezudrücken.

Oben angekommen wurden ihr mehrere Hände entgegengestreckt. Sie ergriff eine von ihnen und wurde über die Kante hochgezogen. Wenige Sekunden später lag sie in Phillips Armen. Er drückte sie so fest an sich, dass sie nach Luft schnappte.

Als er sie losließ und sie sein Gesicht sehen konnte, entdeckte sie Tränen in seinen Augen.

„Gott sei Dank! Das hätte böse ausgehen können! Wie bist du hierher gekommen? Was war denn los? Wieso seid ihr da hinuntergestürzt?" Phillip überschlug sich fast vor Aufregung.

„Das erkläre ich dir später. Wir müssen erst noch Chris heraufholen!"

„Ja, sicher!" Er wendete sich den Anderen zu, die schon dabei waren, das Seil herunterzulassen.

Keine fünf Minuten später stand Chris neben ihnen und wurde ebenso fest von Phillip umarmt wie kurz zuvor Klara.

Phillip blickte von Chris zu Klara und umgekehrt. Und sein glückliches Grinsen breitete sich bis zu seinen Ohren aus. Er war so froh, dass sie unverletzt gerettet werden konnten. Gemeinsam fuhren sie zurück zum Hotel. Sie setzten sich an die Bar und erzählten die ganze Nacht. Phillip konnte kaum glauben, was er zu hören bekam. Das Rätsel war gelöst! Das Lösegeld steckte in diesem noblen Luxushotel. Serge war der einzige Gewinner der Geiselnahme. Die Betonung lag auf *war*! Und nur für eine kurze Zeit. Seine Leiche wurde noch am nächsten Tag geborgen. Ebenso die seines noch unbekannten Handlangers. Das Geld hatte ihm kein Glück gebracht. Was Ben wohl dazu sagen würde, wenn er erfuhr, wem er da so einfach vertraut hatte und in welcher Gefahr auch er sich befand? Denn Serge hatte einen Plan B, sollte er enttarnt werden, den die Passagiere des Rückfluges nicht überlebt hätten.

„Was ist eigentlich mit diesem Ben?", fragte Chris Klara wenige Tage später, als sie am Strand entlangschlenderten.
„Was soll mit ihm sein? Er lebt in Deutschland!" Klara lächelte Chris an und damit war Ben Geschichte.
„Schreibst du deinen Roman neu?" Klara hoffte, er würde Ja sagen.
„Nur mit dir gemeinsam! Und nur wenn Phillips Person noch ein wenig aktiver werden darf. Er hatte mich darum gebeten!"
Sie mussten beide lachen.
„Ich freue mich auf unsere Zusammenarbeit, wir waren schon einmal ein gutes Team!" Sie reichte Chris beide Hände und er hielt sie fest.
„Und ich darf dich wieder retten, auch wenn ich nun kein echter Spion mehr bin und vielleicht doch ein Macho?" Er verzog sein Gesicht zu einer coolen Grimasse.
Klara strahlte ihn glücklich an. „Unbedingt!"

Von Frieda Rosa Meer sind bei Amazon bereits weitere Titel erschienen.

Die Liebe eines Klons

Erhältlich auf www.amazon.de
ISBN 978300047714-0

Die Rache eines Klons

Erhältlich auf www.amazon.de
ISBN 9783981905816